# SUR LES CÔTES DE TERRE-NEUVE

## Tome 1

## Sylvanus

# Donna Morrissey

# SUR LES CÔTES DE TERRE-NEUVE

### Tome 1

## Sylvanus

*Traduit de l'anglais (Canada)*
*par Laurent Boscq*

*Buchet-Chastel*

TITRE ORIGINAL
*Sylvanus Now*

ÉDITEUR ORIGINAL
Penguin Random House Canada

© Donna Morrissey, 2005

ISBN 979-10-414-2279-1

© Éditions Libella, 2024, pour l'édition en langue française

*À Milton, Verna et Paul, ses bébés.*

« Viens. Je regardai, et apparut un cheval noir.
Celui qui le montait tenait une balance dans sa main.

Et j'entendis une voix [...] qui disait :
Une mesure de blé pour un denier,
et trois mesures d'orge pour un denier ;
mais ne fais point de mal à l'huile et au vin.

Et je me dressai sur le sable de la mer.
Puis je vis monter de la mer une bête
qui avait dix cornes et sept têtes,
et sur ses cornes dix diadèmes,
et sur ses têtes des noms blasphématoires. »


Apocalypse selon saint Jean 6.5 ; 6.6 ; 13.1

# PREMIÈRE PARTIE

---

# SYLVANUS

Printemps 1949 – Été 1953

# 1

## La valeur d'un homme

Ce matin-là, le dernier jour avant les vacances d'été, Sylvanus Now venait d'atteindre quatorze ans. Il franchit en courant les portes de l'école, quitta dans son doris le paisible rivage de l'anse de Cooney Arm, alla à l'aviron à travers l'étroit goulet qui protégeait la crique et mit le cap sur les eaux agitées de l'océan Atlantique. Bien plié dans la poche de son pantalon, il avait le bon de commande pour son costume de confirmation (en attente chez le commerçant) contre trente-deux quintaux de morue séchée et salée, et entre ses pieds, deux bobines de fil de pêche armées par des dandinettes à morue.

Quand il eut ramé un demi-mille le long de la côte accidentée, il mouilla l'ancre à un jet de pierre de l'embouchure du petit ruisseau de Pollock's Brook. Enroulant les deux lignes autour de ses mains, il laissa les dandinettes couler à pic de part et d'autre, en regardant disparaître les hameçons, plus argentés qu'un ventre de hareng. Puis il se mit debout, les pieds bien calés de part et d'autre du fond plat de son doris, et commença de dandiner, avant-bras gauche en haut, avant-bras droit en bas, avant-bras droit en haut, avant-bras gauche en bas. Trente-deux quintaux de morue. Cent douze livres au quintal. Il pensait pouvoir y arriver.

Au bout de cinq minutes à peine, il ferra une prise du côté gauche.

Il poussa un grognement de satisfaction, se rassit sur son banc et remonta le poisson. Au moins dix livres. Le bon calibre pour être mis en vente une fois séché. Nouveau grognement satisfait. C'était ça qui le comblait, cette immédiateté, car en même temps qu'il décrochait l'hameçon de la bouche du poisson, il évaluait sa propre valeur – contrairement à toutes ces heures passées sur des livres d'école, à étudier des lettres et des chiffres auxquels il ne trouvait aucun sens.

Tirant son couteau à vider de sa botte en caoutchouc, il trancha la gorge de la morue et la saigna, en maudissant les mouettes qui piquaient en hurlant autour de lui. Un claquement d'aile passa si près de son visage qu'il brandit sa lame vers les yeux jaunes menaçants. Puis, il déposa le poisson au fond de son bateau, relança la dandinette et se campa de nouveau sur ses jambes – avant-bras gauche en haut, avant-bras droit en bas, avant-bras droit en haut, avant-bras gauche en bas ; en haut, en bas, en haut, en bas –, robuste silhouette dans les vêtements cirés noirs de son père, inébranlable malgré le tangage du doris, son suroît enfoncé sur les yeux le protégeant du soleil tandis que les fous de Bassan, telles des flèches noires en contre-jour, plongeaient plusieurs mètres sous sa coque avant de rejaillir en tenant dans le bec les capelans censés appâter les morues.

Quatorze livres. En une journée de pêche, il devrait rapporter au moins un demi-quintal. À ce rythme, le temps de la découpe, du salage et du séchage des morues sur le rivage prendrait tout l'été, pensait-il, avant de pouvoir retourner chez le commerçant pour marchander le prix du costume – car il ne comptait le payer que *trente-deux* quintaux de poisson, et non les quarante-deux demandés. Peut-être qu'il n'était pas très doué pour apprendre dans les livres, et qu'il écrivait ses chiffres et ses lettres à l'envers, tapant sur les nerfs des professeurs et des adultes qui essayaient de lui faire perdre cette mauvaise habitude ; en revanche, il pouvait passer un temps fou à calculer la quantité de bûches nécessaires pour remplir un vide sanitaire de quatre mètres sur quatre, ou la durée de salage dans un bain de saumure, ou encore le nombre d'heures de travail qu'il fallait pour tailler et coudre un costume de taille quarante, et les quintaux de poissons équivalents pour faire un échange équitable.

Une nouvelle touche – puissante. Très puissante. Excité, il se pencha au-dessus du plat-bord et releva sa ligne, une main après l'autre, jusqu'à ce qu'il distingue à une brasse de profondeur les yeux vitreux d'une morue qui frétillait de la queue de manière désordonnée alors qu'on l'extirpait du fond saumâtre, plus haut, toujours plus haut, jusqu'à ce qu'elle finisse par émerger dans la lumière éblouissante du soleil.

« Allons bon, qui voilà ? » s'étonna-t-il à voix haute, en sortant à moitié de l'eau une morue de quarante livres au dos brun luisant et au ventre laiteux enflé de frai. Un poisson mère. Il était rare que des morues pleines mordent à la dandinette, trop occupées d'habitude à chercher de quoi se nourrir sur le fond et à se préparer à frayer. Il décrocha respectueusement l'hameçon de la bouche de la femelle pleine qui se débattait en silence, la remit à l'eau et observa le soleil se refléter une dernière fois sur ses branchies et son ventre indemne gonflé d'œufs disparaître à nouveau dans les profondeurs. Il se sentit fier car elle assurait la fécondité de l'océan, et malheur à celui-là qui profanait le ventre d'une mère. Les dieux lui sourirent, et la minute suivante, il remontait une autre morue d'une vingtaine de livres, deux fois le poids normal de celles qu'on pêchait d'habitude à la dandinette, et la bascula dans son bateau, le cœur battant.

Deux heures plus tard, il avait les paumes brûlées par le fil de pêche et les épaules voûtées à force de dandiner. Avant d'être emporté par la mer (en même temps qu'Elikum, son grand frère), son père aurait continué à pêcher jusqu'au jusant. Et le soir venu, il aurait fait une deuxième sortie en mer pour remplir son doris, et serait rentré tard, de nuit, travaillant encore plusieurs heures pour ébreuiller, tailler et mettre sa prise dans la saumure. Peut-être que moi aussi, se dit-il, je reviendrai pour la prochaine marée. Quand j'aurai éviscéré, découpé et mis à saler ma pêche du matin, avec un bon repas de Mère dans le ventre, ça se pourrait bien. Et peut-être que d'ici la fin de l'été, j'arriverais moi aussi à dandiner debout toute la journée sans ressentir ni douleur ni envie, comme Père.

Peut-être. En attendant, il lui restait juste assez de forces pour saigner un ultime poisson, lever l'ancre et contraindre ses bras plombés à soulever ses avirons hors de l'eau. Les épaules douloureuses, il rama contre un grain qui se levait, souquant plus ferme pour louvoyer dans les eaux houleuses qui obstruaient toujours l'étroit goulet. Après un dernier coup de rames, il hissa celles-ci à l'intérieur de la coque et se laissa glisser vers la grève de Cooney Arm. Et ainsi qu'il avait vu faire ses aînés après qu'ils avaient franchi le goulet quand le temps se gâtait, il se mit debout et leva la tête comme pour saluer les collines coiffées de bois qui protégeaient du vent et des vagues les rares maisons nichées dans l'anse.

Mais le salut de Sylvanus ne ressemblait pas à celui de ses aînés, et le coup de vent qu'il venait d'affronter n'était qu'une petite brise comparé aux grains qu'ils avaient traversés. Son salut à lui était un signe de fierté, car bien qu'il soit rentré des dizaines de fois avec quinze à vingt livres de morue pour faire bouillir la marmite maternelle, cette fois, il en rapportait au moins cent vingt livres – un peu plus d'un quintal – après seulement quatre heures de pêche. Une prise de vrai pêcheur, pour sûr, destinée à son troc avec le boutiquier. Cette pensée aimanta de nouveau ses yeux vers les collines. Et contrairement à ses aînés, il dirigea plutôt les yeux sur sa droite, vers le ravin rocheux où s'écrasaient les milliers de mètres cubes d'eau écumante dégringolant du haut de sa paroi, avant de traverser la prairie et de se jeter dans les bras accueillants de la mer nourricière qui les avait ramenés à bon port, son butin et lui. L'eau. Le sang de Dieu, comme disaient les anciens. En cet instant de fierté, Sylvanus Now aurait donné jusqu'à sa dernière goutte de sang pour marquer sa gratitude.

Trois mois plus tard, une fois les trente-deux quintaux de morue livrés et entreposés dans la remise du commerçant, il se hâtait de rentrer chez lui, tout bouffi de satisfaction, avec son costume soigneusement emballé dans du papier kraft. Eva, sa mère, l'accueillit à la porte. Elle avait des cheveux poivre et sel ramenés en chignon sur sa nuque et des yeux gris pâle surmontés par les mêmes sourcils noirs brillants qu'elle avait légués à tous ses fils. Fièrement, il sortit le costume de l'emballage – il l'avait demandé trois tailles trop grand en prévision de ses dernières années de croissance –, le déplia devant elle et lui annonça qu'il arrêtait l'école pour devenir pêcheur à plein temps.

Eva soupira. Il était son enfant impuni, celui qui avait jailli tout tremblant de son corps vieillissant quand les autres étaient déjà grands, un mois après que son mari et son fils aîné s'étaient perdus en mer. Elle était déjà trop fatiguée pour lui courir après lorsque, sachant à peine marcher, il s'était mis à ouvrir les portes et les barrières pour aller gambader sur la plage en braillant pour que Manny, son troisième plus grand fils, l'emmène avec lui. Et ce fut en vain qu'elle avait protesté lorsque Manny, qui avait encore du duvet au menton, mais le cœur plus grand que ses larges épaules, chagriné par ce jeune sans père, l'avait emmitouflé dans un ciré qui lui tombait sous les genoux et porté dans sa plate, où il avait attaché une ligne à chacune de ses mains potelées, puis avait pris la mer vers les zones de pêche. Mais aujourd'hui, alors que son fils encombrait son entrée, souriant comme un idiot en tendant son costume, avec ses cheveux et ses sourcils noirs touffus qui accentuaient l'air buté qu'il avait gravé sur le visage depuis la naissance, elle se contenta de passer devant lui d'un pas tranquille en enfilant ses gants de jardinage.

Sylvanus accrocha son costume au linteau de la porte et quitta la maison. Il descendit le sentier vers l'appontement et l'échafaud où son père salait son poisson, et dans lequel personne n'avait mis les pieds depuis sa noyade. Il entrouvrit la porte. À l'intérieur, l'air trouble empestait la saumure. Il remplit ses poumons sur le seuil, attendant que ses yeux s'habituent à la pénombre et donnent peu à peu forme au capharnaüm épars devant lui.

# 2

## Coquillages et poulamon

Son costume lui apporta beaucoup plus qu'un certificat de confirmation. S'il ne s'était pas senti honteux de laisser un si bel habit suspendu à sa porte, il ne l'aurait jamais porté. Mais en ce samedi soir, quatre années plus tard – alors qu'il barrait son nouveau bateau de neuf mètres propulsé par un moteur hors-bord quatre temps en direction de Ragged Rock et du bal organisé par Eb Rice dans la nouvelle dépendance qu'il bâtissait à côté de sa maison –, il lui allait comme un gant. Quand il arriva, il y avait déjà beaucoup de monde à l'intérieur, et la porte était inaccessible.

Il joua des coudes pour se frayer un chemin au milieu des garçons amassés devant une fenêtre, puis regarda à travers la vitre maculée de traînées de peinture. Et ce fut là qu'il la vit. Debout, appuyée contre le mur opposé, observant les gens qui grouillaient autour d'elle ou dansaient au rythme d'un accordéon. Elle était petite et pâle ; pourtant, la blancheur de sa peau semblait absorber la lumière de la salle, ce qui renforçait son éclat et transformait tout le reste en ombres grises et mouvantes. Bien qu'elle se tienne à l'écart, elle attire l'attention, pensa-t-il en voyant les autres lui lancer des regards curieux. Elle ne manquait pas non plus de suffisance, car chaque fois qu'elle croisait un regard dans la lumière vacillante, elle détournait les yeux avec arrogance, le menton haut, et replongeait les pauvres âmes fautives dans des nuances de gris. Elle était fière, aussi ; il s'en rendit compte quand Rubert Bladwin effleura sa poitrine alors qu'il passait devant elle pour aller chercher un verre de bière. Elle lui tapa sur les doigts, il éclata de rire ; elle lui tourna le dos avec ostentation, mécontente. Puis, les bras croisés pour protéger la courbe de ses seins, elle s'éloigna vivement, et quand elle croisa les regards désapprobateurs de plusieurs danseurs, elle se mit à chalouper exagérément des hanches. Comme si elle les sentait dans son dos, elle s'approcha de la fenêtre derrière laquelle était collé Sylvanus et décocha un sourire aussi indifférent que spontané. Sylvanus y fondit pourtant telles les ailes d'Icare dans le soleil.

C'était comme s'il était enterré dans une tombe et que, en projetant sur lui un seul rai de lumière, elle l'avait ouvert en deux et ramené à la vie. Les autres garçons essayèrent de le repousser, mais il refusa obstinément de bouger, l'observant quand elle finit par accorder une danse, ses yeux aimantés par la soie verte ondulante de sa robe lorsqu'elle se laissa emporter par le fox-trot. Et plus tard, pendant la nuit, elle continua de valser dans ses rêves, et au petit matin, son chant de sirène pesant sur son bras qui tentait d'agiter ses dandinettes, elle le nargua encore en dansant sur les flots, sa peau rayonnante de lumière étincelant dans le soleil. Que la mer était bleue alors qu'elle se déhanchait, et que le parfum des pins était suave. Et la brise semblait une douce caresse sur son front enfiévré.

« Syllie, bon Dieu. Tu es devenu dingue ? » s'écria son frère Manny ce matin-là en découvrant Sylvanus appuyé contre la porte de l'échafaud, les yeux levés au ciel, le visage déformé par un large sourire. Il s'ébroua comme pour se réveiller et feignit de s'occuper du loquet de la porte pendant que Manny, franchissant le portail de leur mère, s'approchait de lui sur le sentier.

« Viens, on passe chez Jake, dit Manny. Ambrose rentre juste de St. John's. Il s'est payé un nouveau bateau, un palangrier.

– Ambrose ? Où a-t-il trouvé le cran de faire un truc pareil ?

– Le cran de quoi ? pouffa Manny. De s'acheter un palangrier ? Essaie de rester le cul posé sur une goélette pendant plusieurs semaines de suite. Pas compliqué d'avoir du cran quand tu as des hémorroïdes et des escarres qui te pourrissent le cul. C'est un beau rafiot, en plus. Neuf mètres, deux fois plus petit qu'une goélette.

– Les palangriers, les goélettes : pour moi, c'est du pareil au même, répondit Sylvanus en secouant la porte pour vérifier qu'elle était bien fermée.

– Du pareil au même ? T'as qu'à voir ces bonnes vieilles grosses goélettes qui font parfois du surplace pendant des semaines en attendant qu'un souffle de vent gonfle leurs voiles. On verra bientôt les dernières disparaître, maintenant qu'on a du diesel.

– N'empêche. Pour moi, il n'y a pas de différence.

– Vraiment pas ? Bon sang, Syllie, les goélettes ont des voiles, les palangriers ont des moteurs. Ça fait pas une différence, *ça* ? Les unes restent plantées dans l'eau des jours entiers et envoient les marins pêcher sur les doris pendant que les autres lancent leurs filets directement depuis le pont. Sur les unes, on sale le poisson à bord, alors que les autres le vendent frais directement à la conserverie. Et douze hommes embarquent sur les unes, contre huit sur les autres…

– D'accord, d'accord, le coupa brusquement Sylvanus. Mais comme je l'ai dit, c'est toujours la même chose. Des gars qui triment sur un pont, en train de hurler et de s'agiter pendant des jours et des jours.

– Je t'ai parlé de diesel, jeune crétin. Du diesel. Avec son moteur, Ambrose pourra rentrer tous les soirs, rempli jusqu'au plat-bord de poissons pris dans ses beaux filets tout neufs. Tu es bien le fils de Père – tu n'entends que ce que tu as envie d'entendre. »

Manny se dressa devant son cadet. Le duvet qui adoucissait autrefois son menton était à présent une barbe drue et grisonnante, mais il se fendit du même grand sourire rassurant qu'à l'époque où il portait dans ses bras le petit Sylvanus emmitouflé dans un ciré à bord de sa plate. « Allons-y, avant que Jake ne siffle toute la bière, dit-il en balançant un coup de poing dans le bras de son petit frère avec une telle force qu'il lui tira une grimace de douleur, et surveille tes paroles, les chalutiers ont encore déchiré nos filets et il est plutôt soupe au lait.

– *Plutôt*, tu rigoles ? Ce mec est bourré de bile.

– Tu l'as dit. Et quand il bouge, ça fume, fit Manny en s'engageant sur le sentier. Alors, tu viens ? appela-t-il, tandis que Sylvanus traînait derrière, peu enclin dans l'immédiat à avoir de la compagnie. Bon sang, pourquoi tu demandes pas à Am une place sur son palangrier ? Tu deviens comme Père, tu as les jambes arquées à force de dandiner. »

Sylvanus sourit, examinant la porte une dernière fois, puis il emboîta le pas à son frère en prenant garde d'éviter les poussins et les poules qui se chamaillaient près du portail.

« Comment ça va, tout le monde ? » salua Manny en débouchant à l'angle de la maison de Jake. Avec leur ami Ambrose, leur frère aîné hissait une barrique sur des tréteaux posés côte à côte à l'intérieur d'une remise à bois couverte de toile. Sylvanus redressa un rondin du pied et s'assit, tandis que Manny se précipitait pour les aider à porter le tonneau. Ainsi érigée sur le côté de la maison, la remise protégeait efficacement du vent, et le large rabat attaché au-dessus de la porte comme un auvent ménageait un abri contre tout ce que la météo pouvait faire tomber du ciel. Bien qu'il n'y eût pas de feu allumé par cet après-midi ensoleillé, Sylvanus, les coudes appuyés sur les genoux, se pencha vers le vieux tiroir à cendres rempli à ras bord enfoncé dans la terre, qui servait de brasero. Une fois la barrique installée, Manny et Ambrose prirent place autour du foyer éteint, en piaffant d'impatience devant la mousse couronnant les chopes de bière que Jake remplissait au tonneau et leur faisait passer.

« Voilà bien un truc que Père t'a appris, vieux crabe, dit Manny en aspirant la mousse. Comment brasser une bonne bière. Je porte un toast à ton nouveau bateau, Am. » Il leva sa chope.

Jake leva la sienne à contrecœur, ses yeux gris – qu'il tenait de sa mère – paraissant plus âgés au-dessus de ses joues creuses et de ses pattes hirsutes. « Encore un truc pour déchirer nos filets, dit-il. Tout le monde achète des palangriers. »

Ambrose secoua la tête. « Les chalutiers ne font pas de pêche côtière, rétorqua-t-il calmement. Ils resteront à bonne distance – à soixante milles des côtes.

– C'est vrai, approuva Manny. À soixante milles. Ça laisse pas mal de place à ceux, comme nous, qui pratiquent la petite pêche avec nos trappes et nos dandinettes. Ça serait bien si on pouvait obliger les chalutiers à rester à cent milles au large – ou même à respecter les trois bon Dieu de milles de distance où la loi dit qu'ils ne devraient pas pénétrer.

– Trois milles, renifla Jake. La distance idéale pour un bon coup de canon – parfaitement, un coup de canon, répéta-t-il devant l'air dubitatif sur le visage de Sylvanus. C'est la portée d'un canon : trois milles. Et du temps de Grand-Père, si jamais un bateau étranger dépassait cette limite, ils te disaient d'envoyer ces salauds par le fond, sans problème. Aujourd'hui, on n'a même plus le droit de leur expédier des boulets dans le cul. »

Manny s'esclaffa. « Rigole pas, mon pote, l'avertit Jake. Parce que c'est exactement ce qu'ils font, les étrangers. Ils rigolent. Nos lois sur la pêche datent de saint Pierre, le patron des pêcheurs. Bon sang, essaie juste de tirer un orignal et tu verras ce qui te tombera dessus : tu finiras au cachot.

– Fais gaffe, ne t'énerve pas trop, dit Manny alors que des taches rougeâtres empourpraient les longues pommettes saillantes de Jake. Mon gars, tu ressembles à une poule en train de couver. Tiens, sers-m'en une autre. » Il jeta le dépôt dans le cendrier et tendit sa chope à son frère.

« Une bonne guerre, dit Jake en haussant le ton. C'est ça qu'il nous faut. Un nouveau conflit avec quelques dizaines de mines dans le coin – ça maintiendrait ces salauds au large de nos côtes si on en faisait exploser quelques-uns. Parce que je te promets que, pendant la guerre, on n'a jamais eu de problème de filets quand les chalutiers étaient bloqués à terre ; jamais aucun problème.

– Mais oui, mon petit, c'est ça qu'il nous faut : une aut' bonne guerre », dit Manny sur un ton moqueur en faisant un clin d'œil à Sylvanus. Jake voulut l'interrompre, mais se contenta de roter en bavant un filet de bière sur son menton. « Vas-y, gars, sers-toi un autre biberon. Et va chercher un mouchoir, parce que tu vas finir par chialer si tu continues à causer de ces chalutiers. À ton avis, Am, ils sont combien au large ?

– Cinq cents », répondit Ambrose du tac au tac. C'est un gars des Pêcheries qui me l'a dit l'autre jour.

– Cinq cents. Bonté divine. »

Ambrose hocha la tête.

« En tout cas, ça t'a fait réagir, dit Jake. Et la semaine prochaine, quand tu les trouveras amarrés au large de ton appontement, ça ne te fera pas marrer. Ah çà non, tu ne rigoleras pas à ce moment-là. »

Sylvanus réagit à son tour. « Cinq cents, dit-il lentement. Tant que ça ? » Il se tassa sur son rondin, essayant de visualiser cinq cents navires d'une vingtaine de mètres avec leurs chaluts de trois cents mètres. Les filets, il ne les avait jamais vus, mais il arrivait sans peine à imaginer les dégâts qu'un seul pouvait causer – avec ses trois cents mètres calés sur le fond et ses mâchoires maintenues béantes par de grands panneaux de bois lestés de fer –, délogeant les rochers et nivelant les crevasses et les affleurements, écrasant et ensevelissant des myriades de poissons et leur habitat sur son passage, forçant ceux qui vivaient au fond à remonter dans sa gueule géante, parmi lesquels ces poissons mères aux ventres gonflés d'œufs pas encore pondus. Et maintenant, se dit-il, essaie de visualiser cinq cents fois le même filet labourant les zones de frai. Et il se redressa sur son rondin, visiblement troublé.

« Combien de poissons ils prennent, alors ? demanda Ambrose.

– Beaucoup, mon pote. Des tonnes. Et ils en rejettent aussi des tonnes à l'eau. Directement par-dessus bord. S'ils prennent de l'aiglefin alors qu'ils veulent de la morue, ils le rejettent. S'ils prennent de la morue alors qu'ils veulent de l'aiglefin, ils la rejettent. Des tonnes. Ils gaspillent des tonnes de poisson. Tu peux me croire, je les ai vus souvent faire quand je naviguais sur des goélettes. » Il marqua une pause, ses yeux protubérants les fixant tour à tour avec méfiance. « Et il y a aussi ceux qu'ils perdent, quand leurs filets se déchirent à mi-chemin sur leurs ponts, et – *pfuit !* – tout repasse à la baille. Et alors, il n'y a que les mouettes qui se régalent.

– Bon Dieu, et les gars des Pêcheries, ils voient tout ça ? »

Jake ricana. « Comment peux-tu voir quoi que ce soit quand tu as la tête dans le cul ? Si les gars des Pêcheries faisaient ce pour quoi ils sont payés, ils interdiraient toute embarcation de plus de dix mètres à moins de cinquante milles au large – ou plus loin. Bon sang, c'est ce qu'ils font dans d'autres pays, alors... »

Une porte claqua, il grimaça et se tut, comme tout le monde, lorsqu'une femme aux larges épaules apparut, telle la lumière de l'aube mettant un terme à l'intimité de la nuit.

« Ils recommencent à ferrer des mouettes à l'hameçon ! s'exclama-t-elle en colère, ses yeux en alerte glissant sur les autres pour se planter dans ceux de Jake.

– Qui ? Qui ferre les mouettes ? demanda Jake.

– Les garçons, qu'est-ce que tu crois ? rétorqua-t-elle d'un ton sec en désignant les jeunes regroupés sur la plage. Vas-y, dégage-les de là, ou je jette ton dîner aux chiens ! » Elle retourna à grands pas dans la maison et claqua la porte derrière elle.

Jake lâcha un juron à voix basse.

« Allez, tu l'aimes », dit Manny.

Jake se leva, et, après un regard noir vers son foyer, se dirigea vers l'appontement devant son échafaud, pendant que Manny continuait à le titiller : « Bien sûr que tu l'aimes. Vas-y. Cours-lui après. Dis-le-lui. »

Manny était hilare. « Ces deux-là font la paire, vous pouvez me croire, déclara-t-il à Sylvanus et Ambrose. Et ils sont aussi secoués l'un que l'autre. Près de chez Mère, l'autre nuit, ils essayaient de pêcher la lune dans le ruisseau. Ma parole, c'est ce qu'ils faisaient, assura-t-il face à leurs ricanements. Je le jure devant Dieu. Allez demander à Mère – elle est sortie et leur a proposé une passoire. »

Un cri excité retentit du côté des garçons sur la plage. Manny se leva d'un coup. « C'est un des miens que j'entends ? Petit bougre, il devait fendre du bois. Bon Dieu, ils ont vraiment ferré une mouette. » Il se rassit, souriant, observant les garçons insouciants de Jake, marchant vers eux, les poings levés, qui tiraient une ligne d'un peu moins de cinq mètres au bout de laquelle se débattait la mouette. « Ce n'est pas nous qui aurions fait un truc pareil, hein, Am ? Tu te rappelles quand on mettait de l'écorce dans l'eau pour que les fous de Bassan plongent dessus ? Ça leur cassait le cou à tous les coups. Bon sang, c'était moche. Je me demande ce qui pousse les garçons à faire des trucs pareils. Tu faisais aussi ça, Syllie ? Tu faisais flotter des bouts d'écorce pour les fous de Bassan ? »

Sylvanus fit une grimace. « Leur casser le cou ? Comment ça, tu leur cassais le cou ?

– Ils voyaient l'écorce, ils pensaient que c'était un poisson, et ils plongeaient droit dessus. Ça pique vite un fou de Bassan. Fallait entendre le claquement que ça faisait quand leurs becs frappaient l'écorce. » Sylvanus fit une moue dégoûtée. « Oh allez, ce n'était pas si grave, reprit son frère d'une voix traînante. Et on ne les laissait jamais perdre – on les rapportait toujours pour que Mère les cuisine. Elle n'en a jamais rien su, parce qu'une fois plumés, ils ressemblaient à des canards. Tiens, Am, passe ta pinte, que je te fasse le plein. Et la tienne, elle est où ? Hé, où tu vas ? » Sylvanus s'était levé en secouant la tête, écœuré. Sans répondre, il repoussa le rondin du pied et retourna vers la maison de sa mère.

« Tu as raison, petit, cria Manny dans son dos. L'avenir appartient à ceux qui se couchent tôt. Mais je dois reconnaître qu'hier soir, quand tu regardais par la fenêtre dans ton beau costume, tu étais le plus élégant de la fête. »

Sylvanus se retourna, en rougissant.

« Regarde ça, Am ! s'exclama Manny, il pique un fard. Doux Jésus, Syllie rougit ! Qu'est-ce que tu as fait ? Tu t'es trouvé une femme ? » Il bondit de son siège et courut derrière lui. « C'est ça, tu as trouvé une femme ? C'est ça, Syllie ?

– Imbécile ! » marmonna Sylvanus avant de disparaître derrière la maison, énervé. Melita, la femme de Manny, tourna vers lui son visage rond piqueté de fossettes encadré par le casque de ses cheveux bouclés, et le regarda bizarrement quand il trébucha sur les poules qui picoraient les graines qu'elle leur lançait.

« Bonne journée, la salua-t-il, en contournant les volatiles qui caquetaient en battant des ailes.

– Bonne journée », répondit-elle, et il secoua la tête, remarquant son sourire lorsqu'elle jeta une poignée de graines près de ses chaussures, le faisant trébucher à nouveau dans un déferlement de coups de bec et de battements d'ailes.

« Encore pire que Manny », grogna-t-il, en sautant sur la plage. Plantant ses mains dans ses poches, il s'éloigna en sifflotant le long du rivage, sa nymphe de la nuit précédente ondulant une fois encore devant lui dans la brise, le guidant sur un chemin mystique, l'appelant à l'intérieur d'une cabane et l'asseyant au coin d'un feu qui réchauffait son cœur autant que son foyer. Il n'emportait rien avec lui – ni bateaux, ni poissons, ni ventres blancs et crémeux remplis d'œufs inutiles –, tout s'était évaporé dans la chaleur de ce feu qui embrasait la peau nue de la femme et circulait dans ses veines à lui, enfiévrant sa vision pendant les jours suivants qu'il passa à errer au milieu des chèvres et dès poussins et à vociférer, de plus en plus faible, contre son échafaud, ses vigneaux et son tas de bois.

« Il nous faut une nouvelle maison, dit-il un soir à sa mère d'une voix irascible, après s'être pris les pieds dans les nattes qui recouvraient le sol depuis qu'il était petit, en jetant un œil critique aux panneaux de lambris jamais peints et au papier peint terni.

– Celle-ci ira très bien jusqu'à ma mort, grommela Eva en l'écartant de son chemin.

– Il y a des trous dans le plancher.

– Alors arrête de faire les cent pas, grand dadais. »

Il s'accouda à la fenêtre et regarda dehors, morose.

« Je me disais qu'on pourrait peut-être apporter un saumon fumé aux Trapp », dit-elle.

Il faillit se tordre le cou en se retournant vivement vers sa mère, à moitié enfoncée dans le placard du bas.

« Toi, tu veux aller les voir ? demanda-t-il, incrédule.

– Avec tout ce qu'ils ont fait pour nous, on peut bien leur rendre visite. »

Plantant ses mains dans ses poches arrière, il étudia la nuque de sa mère. « Ça fait dix-huit ans que les Trapp ont repêché Elikum dans l'océan, et là, d'un coup, tu as envie de leur rendre visite ? Qu'est-ce que tu farfouilles là-dedans ? Sors la tête de là et explique-moi pourquoi, bon Dieu, tu veux aller voir les Trapp ? »

Eva se redressa en brandissant un bocal de pickles. « Surveille tes paroles, l'avertit-elle sèchement. Ils ont rapporté le corps de ton frère à la maison. Au moins, nous avons une tombe au cimetière avec son nom gravé. Pour l'amour du Ciel, on ne peut pas rendre une visite sans toutes ces sottises ?

– Sottises ! Tu es prise du besoin urgent de te pointer chez les Trapp et tu me parles de sottises ? Bon sang, ils préféreraient envoyer ton bateau par le fond plutôt que de te laisser débarquer.

– Ils n'ont jamais fait de mal à personne.

– Suffit de voir comment ils te regardent. Alors très peu pour moi ; les Trapp n'aiment pas la compagnie, et c'est très bien comme ça.

– Alors, je demanderai à Jake de m'emmener. » Elle se releva péniblement et se dirigea d'un pas las vers la poubelle en essuyant le bocal de pickles avec son tablier. « D'ailleurs, j'ai quelque chose à leur demander, reprit-elle. Je pense prendre une des filles avec moi pour m'aider au jardin cet été.

– Holà ! Tu veux qu'une Trapp travaille pour nous ? Oh, s'il te plaît, Maman…

– Ne commence pas avec tes *s'il te plaît, Maman* ! cria Eva en se retournant vers lui. Je vieillis, et vu l'aide que tu m'apportes ces derniers temps, tu ferais aussi bien de déménager à Ragged Rock, puisque c'est là-bas que tu as la tête.

– C'est ça qui te tracasse ? Que je déménage à Ragged Rock ? » Il frappa son poing dans sa paume. « Foutu Manny ! Il a pas pu tenir sa langue, pas vrai ? Il s'est mis en tête de me faire épouser une fille de Ragged Rock, ce crétin ! Et c'est pour ça que toi, ma mère, tu voudrais me marier avec une Trapp. Cette famille de sournois.

– Qu'est-ce que tu en sais ? Personne n'a jamais fait l'effort d'apprendre à les connaître.

– Ça veut tout dire : ils sont à un jet de pierre du rivage, et c'est à peine si on sait comment ils s'appellent.

– Il n'y a rien de mal à rester dans son coin. On devrait tous être plus attentifs aux autres. Au moins, eux, ils ne demandent pas de routes, ni d'électricité, et ils restent en place.

– C'est ce qui t'effraie ? Qu'une fois que j'aurai trouvé une fille, je brûle mon bateau pour m'acheter une voiture ? »

Il éclata d'un rire sonore.

Le dos tourné, sa mère continuait de frotter le bocal de pickles.

Sylvanus se calma et se pencha pour voir son visage. « Bon sang, Mère, tu sais bien que je ne vais pas partir… » Il s'interrompit en voyant une larme mouiller le coin de son œil.

Elle n'allait pas se mettre à pleurer, quand même. « Bon Dieu, tu ne vas pas pleurer ?

– Surveille tes paroles ! commanda-t-elle, lui donnant un coup de torchon quand il essaya de la prendre par la taille pour la retourner face à lui.

– Pour l'amour du Ciel, continua-t-il. Un bon bol d'air, voilà ce qu'il te faut. Allez viens, on va t'extraire toutes ces sottises de la tête. » Et, ignorant ses cris de protestation, il la chargea sur son épaule comme un sac de pommes de terre, puis sortit de la maison, descendit le sentier à grands pas et pénétra dans son échafaud. « Maintenant, descends ou je te jette par terre, menaça-t-il, avant de la déposer sur l'appontement où était amarré son bateau.

– Je n'ai pas le temps pour ces bêtises », cria-t-elle. Quand il la décolla de nouveau du sol, elle hurla de plus belle. Sylvanus la fit descendre dans le doris, qui se mit à tanguer dangereusement lorsqu'il sauta à bord à côté d'elle. « Syllie, pour l'amour du Ciel, j'ai un pain dans le four, et les chèvres ont faim…

– Oh, petit ! cria son fils à l'intention d'un des rejetons de Manny qui traînassait sur le rivage. Va dire à ta mère d'aller retourner le pain de Mère ! » Puis il la poussa en grommelant vers le banc de nage à la poupe. « Épouser une Trapp ! » Secouant la tête, il se pencha vers le compartiment moteur et frappa du poing le volant d'inertie. « Voilà que ça me donne envie de quitter Cooney Arm. » Il écouta ses reproches lorsqu'ils franchirent le goulet puis il la sermonna sur son égoïsme : elle aurait préféré le voir emménager avec une Trapp sournoise, plutôt que dans une gentille famille de Ragged Rock ! « Toi qui voulais de la sottise, tu es servie. » S'asseyant à côté d'elle, il passa son bras sur ses épaules rétives. Elle finit par se laisser aller, savourant avec lui la chaleur du soleil sur leurs visages, le vent dans leurs cheveux et le clapotis sur la coque des vagues venues du large.

Le temps de revenir à terre, la mère comme le fils avaient retrouvé leur calme. Qui perdura environ dix minutes après qu'ils avaient débarqué. Puis Sylvanus recommença de bougonner contre la maison trop petite, ses peintures écaillées et son plancher qui s'affaissait. Puis il ressortit et se mit à calculer combien de quintaux de poissons seraient nécessaires pour faire les fondations et bâtir sa propre maison – qui devrait être plus proche du rivage, se dit-il en observant la dizaine de mètres de terre ferme derrière celle de sa mère, car la femme de ses rêves pourrait aimer s'asseoir sur son perron le soir et observer le flux de la marée qui soulevait les algues des rochers et les faisait flotter devant elle telles des verges d'or au milieu d'étoiles de mer, comme des papillons. Son jardin, songea-t-il. La mer serait son jardin, elle mettrait des coquillages et des oursins sur son appui de fenêtre, dessinerait des sentiers dans les herbes marines, dévoilant les crabes minuscules et les poulamons cachés dans les rochers, et la bercerait de ses vagues roulant sur le rivage.

Au fil de la semaine, il fut de plus en plus fiévreux à l'idée de la revoir, de la toucher. Ses nuits passées à s'agiter dans son lit étaient détestables, tout comme ses jours, quand il essayait de garder le rythme avec ses dandinettes et de gérer la gîte de son bateau. Il arpenta le rivage. Il jeta des galets dans l'océan. Il escalada les falaises au-dessus du goulet, piétinant les nids de rissas et de pétrels-tempête. Et il se mit à maudire les pointes, les criques et les anses qui la séparaient de lui.

Un dimanche matin, deux semaines après qu'il l'avait aperçue pour la première fois, il débarqua à Ragged Rock et, alors qu'il gravissait le chemin vers chez elle, il s'immobilisa, tétanisé par son aveuglement. Qu'allait-elle penser de lui, de son corps tout poilu depuis qu'il avait quatorze ans, de ses épais sourcils noirs qui lui donnaient un air hargneux, de son incapacité à lire quoi que ce soit à part les nuages et de sa démarche avec ses jambes arquées ?

Il sentit qu'il flanchait, ses genoux fléchissant sous le poids de son infériorité. Mais il devait aller jusqu'au bout. Retirant sa casquette de marin, il rejeta ses épaules en arrière, heureux de s'être frictionné sous les bras avec le savon de sa mère, et boutonna son dernier bouton pour dissimuler les poils sur sa poitrine. Puis, s'efforçant de redresser ses jambes, il obligea ses pieds à gravir le chemin jusqu'au bout et leva sa main pour frapper à sa porte.

# Deuxième partie

# ADÉLAÏDE

Printemps 1949 – Été 1953

# 3

# La destruction d'un rêve

Elle s'appelait Adélaïde, et supportait son statut d'aînée de sa fratrie comme un fardeau, car d'aussi loin qu'elle se rappelât, elle avait toujours été la domestique de sa mère, chargée de donner le bain aux bébés, de changer leurs couches et de les nourrir, et aussi de récurer, de balayer et de ramasser les petits qui s'accrochaient à ses basques. Elle les détestait, tout comme elle détestait leurs querelles et leurs cris incessants, leurs petites mains crasseuses toujours en train d'arracher, de saisir et de griffer ; et elle détestait aussi sa mère, Florry, de plus en plus tassée et grosse à chaque nouveau bébé, et sa façon de rôder, chancelante, au milieu des disputes, incapable de mettre le holà, l'obligeant elle, Adélaïde, à plonger dans le chaos en pinçant, en tapant et en grondant jusqu'à ce qu'il y ait trois fois plus de tumulte et de bagarres. Et alors, c'était à elle qu'on attribuait la faute, et un nouveau vacarme éclatait lorsque Florry se débattait au milieu des plus jeunes en la provoquant avec ses yeux bleus perçants et sa langue acérée.

« Tu me mets toujours tout – tout sur le dos. » Adélaïde ne tardait pas à se mettre à hurler. « Et ces morveux ne sont jamais punis.

– Ah, tu n'es vraiment bonne à rien, lui rétorquait alors sa mère. Toujours à discuter et à rechigner devant un peu de labeur. À t'entendre, on croirait presque que tu te tues au travail. Fiche la paix aux enfants, tu n'es pas leur mère, tu n'as pas à les rudoyer. Tu es effrontée comme une sang-mêlé d'Irlandaise, et ne t'avise pas de me regarder de travers, Addie, parce que, je le jure devant Dieu, tu as l'air démoniaque dès qu'on te demande de faire quelque chose.

– Ce n'est pas vrai.

– C'est la pure vérité – toujours à te cacher dans un coin pour dormir et pour rêvasser...

– Je ne dors pas plus que je ne rêvasse ! J'étudie, voilà ce que je fais. J'étudie.

– Que tu puisses étudier dans la crasse jusqu'aux genoux, ça me dépasse. »

Un matin où Adélaïde, ne sachant plus où donner de la tête, essayait de faire franchir la porte à Ivy et Janie, ses deux sœurs plus jeunes qu'elle de cinq et six années, sa mère lui dit : « Attends, ne t'en va pas, il y a le cendrier du fourneau à vider.

– Mais je vais m'en mettre partout, gémit Adélaïde.

– C'est moi qui vais t'en mettre une si tu n'obéis pas, l'avertit Florry qui se dandina vers le poêle, un bébé ventousé à son sein, et retira le tiroir chargé de cendres sous le foyer. Addie, par le Christ, obéis et ne commence pas à faire le museau – je n'ai le temps de rien faire avec le bébé qui veut téter et les autres qui réclament leurs flocons d'avoine. Dépêche-toi d'aller vider ce cendrier, ou je vais le dire à ton père.

– *Je vais le dire à ton père, je vais le dire à ton père* », se moqua Adélaïde. Elle saisit le cendrier oblong par sa poignée en fil de fer et se précipita vers la porte.

Sa mère fut prompte à se relever. « Tu mets des cendres partout, espèce de peste. » Mais déjà, Adélaïde claquait la porte. Prenant garde à ne pas salir sa robe, elle se faufila entre les mauvaises herbes qui envahissaient la cour, ses genoux gainés de bas frottant l'un contre l'autre, s'efforçant d'ignorer sa mère qui frappait maintenant à la fenêtre, menaçant de tout raconter à son père.

« Raconte-lui ce que tu veux ! » finit par crier Adélaïde par-dessus son épaule. Puis, elle poursuivit son chemin, le menton haut, boudeuse et grimaçant à la pensée de son père, de son visage et de son cou rouge cramoisi au-dessus de son corps à la blancheur maladive, chaque fois qu'il était de retour d'une campagne de pêche sur une goélette et se frottait vigoureusement la peau, torse nu devant l'évier. *Le dire à ton père, le dire à ton père !* Comme s'il allait y faire quelque chose, se dit-elle, lui qui était trop faible pour donner un coup de pied à un chat, et elle se mit à prier pour qu'il ne revînt jamais encombrer la cuisine déjà surpeuplée avec son gros ventre bien gras et sa façon pleurnicharde et malsaine de *se plaindre* de tout, des petits, de leur mère, du gouvernement, de la Grande Pêche et des marchés financiers. Y avait-il une chose dont il n'avait pas à *se plaindre* ?

*Pfff !* Un nuage de cendres lui balaya le visage et elle releva vivement la tête, en s'éraflant le genou contre le bord du cendrier métallique. « Bon sang », murmura-t-elle en essuyant une tache sur son bas filé, avant de s'éloigner plus calmement vers la plage. Elle fit la moue, déformant son joli visage en une caricature de femme âgée acariâtre, et scruta la plage jonchée d'algues à la recherche d'un passage dégagé pour accéder à l'eau. Elle détestait la mer, son odeur de saumure, de pourriture et de méduse, et sa façon de s'agiter et de gémir toute la nuit telle une vieille harpie tourmentée dans son sommeil. Et pire que tout, elle détestait la puanteur du poisson salé mis à sécher sur les vigneaux qui lui agressait les narines.

Elle entendit sonner la cloche de l'école. « Je vais encore être en retard », gémit-elle. Elle vida le cendrier à l'endroit où elle se trouvait, s'éloigna en courant du tas de cendres fumantes, traversa la cour dans l'autre sens et retourna dans la maison. Ignorant les hurlements de sa mère et les cris des bébés, et l'avoine qui chauffait sur le fourneau, elle saisit ses livres sur l'évier rempli d'assiettes, et se rua dehors, vers la route qui menait à l'école, et à la délivrance. Car c'était là que son travail était pris en compte, où son excellence en latin, en orthographe et en lecture faisait d'elle une des meilleures de sa classe, devant tous ces élèves qu'un simple petit devoir mettait au supplice.

Les filles la surnommaient la Bêcheuse car elle connaissait toujours les réponses et s'asseyait au premier rang, près du bureau de l'institutrice. Quant aux garçons, ils l'appelaient la Pimbêche, parce qu'elle passait devant eux en se pinçant le nez quand ils étaient sur les vigneaux de leurs pères, enfoncés jusqu'aux coudes dans les boyaux de morue, en train de découper les langues et les joues.

Elle se moquait des noms qu'on pouvait lui donner et n'aspirait qu'à être seule et à se réfugier dans l'église. C'était l'endroit où elle préférait être. Surtout pendant la semaine, quand elle était déserte. Elle s'y faufilait alors, faisait le signe de croix et s'asseyait au premier rang, ses livres posés à côté d'elle. Elle s'installait toujours sur le même banc, savourant le silence apaisant qui s'abattait sur elle ; là, elle pouvait rêver de traverser la mer un jour pour devenir missionnaire et s'occuper d'enfants affamés dans un lieu où, se jura-t-elle, il n'y aurait pas de planchers sales et pourris, ni de vaisselle à laver, ni de seaux hygiéniques ou de cendriers à vider. Et où les enfants ne seraient pas revêches et crasseux comme ceux de sa propre famille, car ils seraient reconnaissants envers la main qui les nourrirait et sentiraient aussi bon que le petit Jésus tout mignon et tout rose couché dans la paille sur l'autel, qui souriait dans ses langes bien propres à sa mère et son père, immenses et élancés dans des robes tout aussi propres et colorées. Et peut-être qu'elle pourrait vivre dans un endroit semblable à celui-ci, se dit-elle en admirant les dalles propres et cirées de l'église, et le prie-Dieu verni devant elle. Et plaise à Dieu, elle aurait peut-être même sa propre chambre un jour, avec une porte qu'elle pourrait fermer à clé.

Et dans le silence feutré qui régnait toujours sur la maison de Dieu, même lorsqu'elle était remplie de paroissiens du dimanche, elle se mettait à prier : « Ô mon Dieu, faites de moi une missionnaire. » Et les yeux fixés sur une statue de saint sculptée et peinte d'un bleu profond (la couleur de ses yeux, avait-elle pensé un jour), elle faisait le signe de croix. Puis, elle se reposait, apaisée, sur son banc, les yeux baissés désormais, car l'église était le seul havre dans ce patelin miteux, un sanctuaire orné de beaux vitraux et de fidèles bien habillés, où l'air frais la purifiait de la pisse et du vomi de bébé.

Puis, les années passant, elle découvrit au fil de sa croissance que, dans la maison du Seigneur, on comprenait qu'elle eût pris en grippe ses sœurs et frères plus jeunes qu'elle. Saint Augustin n'avait-il pas écrit dans le beau livre qu'elle avait reçu pour sa confirmation que, si les nouveau-nés étaient inoffensifs, c'était par manque de force, et non par manque de volonté ? Que s'ils le pouvaient, ils frapperaient et blesseraient tous ceux qui ne se plieraient pas à leurs caprices ? Et que, dans les fratries, la jalousie et l'envie provoquaient des bagarres pour s'accaparer le sein de la mère, même quand le lait coulait en abondance pour tous ?

Par conséquent, il était encore plus facile de ressentir de l'aversion, quand l'innocence était rare et que la gloutonnerie et la mesquinerie rampaient autour d'elle. Et elle préférait se mettre au service d'étrangers plutôt que de ceux de son propre phalanstère, car au moins, dans les territoires affamés des sermons du prêtre, la famine et les conflits venaient des défaillances de la terre, et non de la cupidité et de l'envie.

Mais dans ce monde ancien où la valeur d'une femme était déterminée par la blancheur de ses draps battant au vent sur le fil à linge, tel un pavillon matinal annonçant que des âmes laborieuses vivaient à l'intérieur, il y avait peu de place pour la lecture, l'écriture ou les projets. Hormis les moments de détente des dimanches après-midi, et la demi-heure qu'elle y consacrait chaque soir, ses temps d'étude étaient autant d'instants volés entre la vaisselle, les couches, la lessive et le balai.

Et au fur et à mesure qu'Adélaïde progressait vers les classes supérieures, de nouveaux enfants continuaient de voir le jour et de grandir derrière elle, et il devint de plus en plus difficile de trouver le temps nécessaire pour effectuer le surcroît de travail qu'on exigeait d'elle à l'école. Et même quand elle parvenait à échapper aux vociférations de sa mère et aux petits qui rivalisaient de volume, il restait encore les voisins avec qui elle devait composer. Avec leurs mauvaises langues bien pendues, lorsqu'ils passaient emprunter un peu de pain ou rapporter un sac de bleu à linge, ils la découvraient dans sa chambre, le nez fourré dans un livre, alors que la table était jonchée de vaisselle sale, que les petits se battaient à moitié nus et que leur mère, assise au milieu, donnait la tétée aux bébés en hurlant des ordres.

« Espèce de petite feignante ». Elle l'appelait comme ça au moins une fois par jour. « Lève tes fesses, allez, lève tes fesses et rends-toi utile. Il n'y a que les aristocrates et Ethel, la vieille fille au cochon, qui peuvent se la couler douce pendant la semaine. » Combien de fois l'avait-elle entendue évoquer Ethel et son cochon ? Et combien de fois peut-on traiter un homme comme un chien avant qu'il ne commence à aboyer au lieu de répondre ?

Ce fut peut-être ainsi qu'Adélaïde finit par se sentir négligée. Elle avait beau savoir que c'était juste et normal pour une fille de son âge de bien travailler à l'école, au plus profond, une petite part d'elle-même s'était bel et bien mise à grogner comme un cochon. Et l'aspect négligé de la maison de sa mère devint son affaire. Dès lors, si un voisin indiscret venait fureter, si un petit se mettait à pleurer ou si sa mère commençait à hurler, elle fourrait ses livres sous son lit et fonçait dans la cuisine pour nettoyer, nourrir et consoler. Mais chaque chose a un prix ! Car le grognement au fond d'elle se mua en méchanceté qui la poussa à répondre sèchement à sa mère, à chasser les enfants à coups de pied, et à pester contre la vaisselle sale, les vêtements éparpillés, et tout le reste. Ce faisant, elle se préparait pour le jour où elle pourrait dire adieu à ce taudis et à ses voisins trop curieux, et s'éloignerait sur la route pour ne jamais, au grand jamais, revenir dans ce trou perdu. Jamais.

Ses rêves s'écroulèrent comme un château de cartes, un beau matin de mai, deux jours avant son quinzième anniversaire, quand sa mère l'arrêta à la porte et s'empara de son cartable d'écolière, lui expliquant que, à cause de la pénurie de poisson, son père gagnait à peine assez pour payer sa couchette sur la goélette, et que désormais elle allait devoir rester à la maison pour s'occuper encore plus des petits, et l'accompagner sur les vigneaux.

Les vigneaux ! Adélaïde n'en crut pas ses oreilles. À chaque début de printemps, on arrachait de pauvres mortelles de l'école pour aller travailler sur les vigneaux de leurs pères – surtout ceux des Reid et des Dyke. Depuis la fin de la guerre, compte tenu de l'accroissement des volumes de pêche et des prises qui séchaient sur les vigneaux le long du rivage, de plus en plus de femmes et d'enfants étaient réquisitionnés pour s'occuper du poisson, augmentant ainsi le crédit chez le commerçant. Mais -- pas d'illusion – personne ne travaillait sur les vigneaux à moins d'y être contraint.

Les yeux écarquillés par l'incrédulité, Adélaïde observa sa mère, petite et dodue, pour qui le monde extérieur s'arrêtait aux marches de son perron.

« Non ! Je n'irai pas sur les vigneaux, s'écria-t-elle en s'accrochant à son cartable. Tu as voulu faire des enfants, débrouille-toi pour les nourrir.

– Surveille tes paroles, Addie. Ce ne sont pas quelques mois sur les vigneaux qui vont te tuer. Un peu de vrai travail te fera même du bien. Et ce n'est que pour l'été, tu pourras reprendre les cours en octobre.

– Non, non, je sais que je ne reprendrai pas l'école. Personne ne la reprend jamais. Tu ne peux pas me faire ça, tu ne peux pas me faire abandonner les études.

– Je viens de te dire que ce n'était que l'affaire de quelques semaines, cria Florry de sa voix menaçante. Et je ne changerai pas d'avis, alors arrête de râler et mets-toi bien ça dans le crâne. Tu survivras de manquer quelques semaines d'école. Comme j'ai dit, un été sur les vigneaux te fera le plus grand bien. »

Adélaïde porta une main à sa bouche. On lui ordonnait d'arrêter d'étudier. Sa mère voulait la retirer de l'école. « Tu ne peux pas faire ça, s'écria-t-elle. Tu ne peux pas. Je ne veux pas, je n'irai pas ! ». Le bébé juché sur l'épaule de sa mère prit peur et commença de brailler, le visage sombre et froncé. Les yeux d'Adélaïde tombèrent sur le ventre de sa mère. Et elle comprit. Il s'arrondissait, une fois de plus. Voilà pourquoi on la retirait de l'école, la raison était là, devant elle : pour donner la becquée à ces bébés qui n'arrêtaient pas de naître, pour les laver et pour changer leurs couches.

« Je les déteste, murmura-t-elle. Je déteste ces bébés. » Le dégoût déformait son visage lorsqu'elle releva les yeux et les planta dans ceux de sa mère.

Se murant dans le mutisme, Florry recula, la main posée sur son ventre en un geste protecteur.

« Fais attention, Addie, l'avertit-elle alors que sa fille marchait sur elle, de chaudes larmes bouillonnant dans ses immenses yeux bleus. Addie ! » répéta sa mère. Puis serrant contre son sein le tout-petit qui braillait, elle s'enfuit dans la cuisine, poursuivie par Adélaïde. « Et tu vas t'y mettre tout de suite, lui cria-t-elle. Pas plus tard que maintenant, ma petite.

– Non, attends, plaida Adélaïde, d'une voix plus aiguë, empreinte de supplication, en essayant de la rattraper. Ce n'est pas juste, je n'arrêterai pas l'école, je n'irai pas sur les vigneaux. Tu ne pourras pas m'y obliger. » Saisissant sa mère par le bras, elle la tira brusquement en arrière. Déséquilibrée, Florry trébucha et se cogna contre le mur, à deux doigts de tomber et de lâcher le bébé, dont les hurlements étaient devenus frénétiques. Adélaïde recula, sous le choc, observant sa mère qui se redressait, agrippée au coin de l'évier, en calant à nouveau le bébé sur son épaule.

« Pas de taille, dit Florry. Tu n'es pas de taille. » Traversant la cuisine comme une tornade, elle s'engouffra dans sa chambre et claqua la porte après un dernier regard outré à sa fille, étouffant les cris du nourrisson.

La porte d'entrée s'ouvrit à la volée, laissant entrer dans la pièce le tintement de la cloche de l'école, et Janie, sa plus jeune sœur, les joues rougies par le froid, qui attrapa un cartable sur la pile de bottes près de l'entrée.

« Ah au fait, dit-elle en fixant crânement Adélaïde. Tu dois rester à la maison. J'ai dit à la maîtresse que tu ne retournerais plus à l'école.

— Dégage, lâcha Adélaïde, la gorge trop serrée pour parler convenablement.

— J'ai un truc à dire à Maman…

— Je t'ai dit de te barrer ! cria Adélaïde en levant le poing quand Janie fit mine de s'élancer dans la pièce.

— Cause toujours », répondit la petite, avant de se replier à l'extérieur pour éviter la botte que sa sœur lui lança dessus. Adélaïde claqua la porte et s'appuya contre le battant, regardant par la fenêtre. Les larmes chaudes de ses yeux ridelaient d'un voile liquide les vigneaux sur la plage.

# 4

## Les vigneaux

Le lendemain matin, alors qu'elles descendaient le sentier boueux vers la plage sous le ballet des mouettes hurlant comme des possédées au-dessus de leur tête, il y avait une différence notoire entre le silence de la mère et celui de la fille. Hormis quelques coups d'œil furtifs vers Adélaïde, Florry fendait le vent violent, ne levant pas les yeux plus loin que le bébé qui balançait à son bras dans un couffin. Adélaïde marchait à côté d'elle, raide, le regard vide sur son visage de marbre.

Elle ralentit le pas en découvrant le spectacle déjà vu d'une bonne douzaine de femmes et de jeunes filles, qui arboraient – tout comme Adélaïde, ce matin-là – des tuniques-tabliers en toile de jute et des bonnets en coton blanc. En regardant ces femmes au dos voûté et au visage ombragé par la visière de leur bonnet, et leur nuque protégée du soleil par des rabats cousus qui claquaient au vent, elle se dit qu'il y avait une sorte de rite dans leur manière de clopiner avec solennité sur les vigneaux de branchages pour y mettre à sécher des brassées de morues. Certaines se redressèrent en apercevant Florry et sa fille et les accueillirent avec des cris et de grands gestes. « Bonjour. Fait un peu venteux, mais ça chasse les mouches. »

Adélaïde passa au milieu d'elles, raide comme un piquet, laissant à sa mère le soin de répondre à leurs amabilités. Elle avait l'impression d'avancer dans un rêve. Un mauvais rêve. Un cauchemar. Elle s'approcha des fagots – ces piles de morues partiellement séchées, hautes pour certaines de plus d'un mètre. Ainsi ouvertes et aplaties, avec cette forme de cerfs-volants tachés, elles ne ressemblaient même plus à du poisson.

« N'aie pas peur, elles ne vont pas te manger », s'exclama Gert, qui régentait les opérations depuis le centre des vigneaux – sûrement embauchée à cause de sa voix de stentor, se dit Adélaïde. Tous les yeux se tournèrent vers elle, et elle se sentit rougir. Choisissant un des plus hauts fagots, où les poissons avaient déjà un peu séché et n'étaient plus trop imprégnés de saumure, elle saisit avec précaution une morue par la queue, grimaçant au contact de sa peau. Celle-ci lui glissa des mains. Elle la ramassa, la cala sur son bras, remerciant intérieurement les longues manches de sa tunique-tablier, et la tint à bout de bras, à bonne distance de sa poitrine.

Gert se précipita entre les vigneaux en beuglant : « Seigneur Dieu, une âme sensible ! » Elle commença de lui empiler des poissons bien humides sur les bras. « Voilà, qu'est-ce que tu penses de cette charge ? » demanda-t-elle une fois qu'Adélaïde dut tendre le cou pour voir par-dessus les morues. Sur les vigneaux alentour, les femmes s'esclaffèrent. Gert sourit à son tour et plaqua un dernier poisson sur la pile en coinçant la chair froide et humide sous le menton d'Adélaïde. À deux doigts de vomir à cause de l'odeur âcre, celle-ci détourna la tête, l'estomac parcouru de haut-le-cœur. Après avoir déposé le bébé près des trois ou quatre autres petits endormis dans des couffins, Florry s'approcha d'elles, avançant en canard sur les vigneaux, l'air préoccupé.

« Ça va, Gert, tu t'amuses bien ? dit-elle, avec un grand sourire. Ne l'écoute pas, Addie, elle est mauvaise comme une teigne. Va t'installer là-bas. On travaillera ensemble. »

Gert éclata de rire. « Je parie que tu tirerais plus de travail du bébé endormi dans son couffin. »

Luttant contre sa nausée, Adélaïde s'éloigna en essayant de voir où poser les pieds au-dessus des poissons empilés dans ses bras.

« De l'autre côté, bourrique, de l'autre côté, s'écria Gert au milieu de nouveaux éclats de rire. Tu vas rentrer chez toi si tu continues par là. »

Une silhouette apparut à la porte de l'échafaud. Suze. Suze Brett. Adélaïde ne put réprimer un grognement. Suze était assommante et n'avait cessé de la coller comme une mouche jusqu'à ce qu'on la retire de l'école, deux ou trois ans plus tôt, pour la mettre sur les vigneaux. Depuis, elle s'était mariée.

« Addie, s'exclama Suze. Mon Dieu, qu'est-ce que tu fais là ? »

Adélaïde ne répondit pas. Agrippée à ses poissons, elle se dirigea vers le vigneau plus proche de l'eau, là où les femmes étaient moins nombreuses. Logique, pensa-t-elle, lugubre, en examinant la minable structure devant elle, des tables branlantes constituées de longues perches de bouleaux parallèles et d'une couche de branchages où l'on faisait sécher le poisson. En dessous, les supportant en corrigeant la pente de la plage, des pilotis de tailles variées – les plus proches du bord de l'eau atteignaient presque deux mètres. À marée haute, comme c'était le cas actuellement, les vigneaux avançaient sur plus de trois mètres au-dessus de l'eau et craquaient follement quand les vagues se brisaient contre les pilotis. S'y ajoutait le piétinement des autres femmes, qui donna l'impression à Adélaïde que tout allait s'effondrer.

« Même si tu tombes dedans, c'est pas assez profond pour se noyer », cria Suze.

Calant un pied sur le premier barreau d'une échelle vétuste, Adélaïde commença de monter en équilibrant maladroitement les poissons contre sa poitrine. Avec courage et appréhension, elle avança sur le vigneau. Il semblait bancal sous ses pieds, malgré les couches de rameaux. Elle se tordit la cheville, faillit chuter, mais se ressaisit en apercevant Suze quitter le seuil de l'échafaud et venir dans sa direction. Avec ses larges épaules et ses hanches encore plus développées, elle avait un côté hommasse, et son ventre gonflé sous sa tunique-tablier donnait l'impression qu'elle risquait d'accoucher d'un moment à l'autre. Elle grimpa néanmoins facilement à l'échelle, avança en tanguant et se planta devant Adélaïde, avec sa figure cramoisie par l'effort, ses yeux pleins de lumière et ses lèvres purpurines qui soulignaient l'ombre d'une future moustache.

« Donne-m'en un peu, ordonna-t-elle, tendant la main vers les poissons d'Adélaïde.

– Ça va aller, répondit celle-ci.

– Ça n'ira pas du tout si tu te casses la figure, rétorqua Suze, alors qu'Adélaïde s'approchait du bord, en équilibre instable. Et d'abord, qu'est-ce que tu fais là ? Ta mère t'a retirée de l'école ? Bon sang, une grosse tête comme la tienne, j'aurais trouvé un moyen de la laisser là-bas. Vas-y, passe-m'en un peu. »

Ignorant les protestations d'Adélaïde, elle prit dans ses bras la moitié de sa charge et commença d'étaler le poisson.

« Comme ça, tu vois ? expliqua-t-elle, courbée en deux, en déposant une morue bien à plat sur les claies. Le côté avec la peau vers le haut, tête contre queue, queue contre tête. » Elle clopina un peu plus loin et allongea deux autres morues sur les branchages. « Tu fais ça jusqu'au bout du vigneau, et puis tu recommences – peau vers le haut, queue contre tête, tête contre queue. Ce n'est pas si difficile, n'est-ce pas ? »

Sans un mot, Adélaïde l'imita, saisissant une morue par ses nageoires gluantes et l'étalant, peau vers le haut, tête contre queue, queue contre tête. Peau vers le haut, tête contre queue, queue contre tête. À mi-hauteur sur l'échelle, Florry appela, chargée d'une autre brassée de poissons luisants de saumure. Suze avait presque fini de déposer les siens sur le vigneau et se précipita vers elle.

« Non mais tu as vu ton tour de taille ? s'écria-t-elle en regardant Florry, la main sur le ventre. Bon sang, ne t'approche pas trop près de moi où on va se retrouver à la flotte toutes les deux. On ferait mieux de laisser Addie entre nous – maigre comme elle est, ce n'est pas elle qui risque de passer au travers.

– Elle finira bien par s'empâter, grogna Florry. Nous aussi on a été minces un jour, pas vrai, Nelly ? » Elle se tourna vers une femme plus vieille et plus massive qui avançait en se balançant.

« Assure-toi qu'elle les allonge bien avec la peau vers le haut, cria Gert à l'adresse de Suze, debout à côté des fagots.

– C'est sûr, c'est très compliqué d'apprendre à disposer le poisson, râla Suze en réponse. Dis, Gert, tu as beaucoup répété pour avoir une voix pareille ? Nom d'un chien, quelle grande gueule – une vraie corne de brume. » Gert continua de beugler au-dessus des rires et des gloussements des autres filles qui profitaient d'une bonne tranche de railleries matinales. « Qu'est-ce que tu en dis, Addie ? Elle ferait pas une bonne corne de brume ? Ce que tu es taiseuse, quand même, ajouta-t-elle devant le mutisme d'Adélaïde. À quoi tu penses ? À l'école que tu rates, je parie.

– Peut-être que je n'ai rien à dire », répondit Adélaïde, en essayant d'étaler ses poissons le plus vite possible pour mettre de la distance avec Suze. Par chance, celle-ci laissa retomber le silence et s'éloigna en clopinant pour que Florry puisse s'installer près de sa fille.

« Ce que tu peux être désagréable, soupira la mère. Elle essaie juste de t'aider.

– Je n'ai pas besoin d'elle. Pas plus aujourd'hui qu'hier. » Et je n'ai pas besoin de toi non plus, ajouta-t-elle *in petto*, en observant sa mère qui grognait, courbée en deux. Comme le cochon de la vieille Ethel, se dit-elle encore en calant du pied les poissons : tête contre queue, queue contre tête ; tête contre queue, queue contre tête.

Ce ne fut pas la seule fois qu'Adélaïde penserait à la vieille Ethel, ce matin-là. Car à force de clopiner, voûtée, sur les pilotis recouverts de branchages, et de disposer des poissons puants en se mordant la langue chaque fois qu'elle se piquait à une arête, elle se mit à rêver d'une masure, d'un exil – tout ce qui pourrait lui permettre d'échapper à cet enfer, à ces femmes stupides et jacassantes, à ces bonnets qui grattaient et à ces tuniques-tabliers informes. Et à Suze qui travaillait juste à côté d'elle et ne remarquait rien de son silence, déversant un flot continu de commentaires sur le temps, sur l'eau, sur les maudites mouettes criardes et sur la taille de l'organe de Gert qui braillait plus fort que le vent.

La matinée passa lentement, le bord de son bonnet glissant sur son visage quand elle se penchait ou se déplaçait, et les rabats giflant ses joues chaque fois qu'elle tournait la tête face au vent. Brassée après brassée, des vigneaux aux fagots, des fagots aux vigneaux, tête contre queue, queue contre tête, tête contre queue, queue contre tête. Vers le mitan de la matinée, le bas de son dos la faisait souffrir comme si elle s'était fêlé le bassin. Alors qu'elle s'accordait une rapide tasse de thé sur la plage, où les femmes avaient allumé un feu et mis la bouilloire à chauffer, Adélaïde ne put réprimer un grognement en apercevant deux bateaux qui rentraient avec leurs prises, puis les pêcheurs qui déchargeaient à la fourche encore plus de poissons sur l'appontement de l'échafaud.

« Le jour où ils rentrent à vide, c'est toi qui as le ventre vide », dit Effie Jean, l'aînée des sœurs Dyke, assise suffisamment près d'elle pour l'avoir entendue grommeler. Haussant les épaules, Adélaïde termina son thé et jeta le résidu au feu. Ensuite, laissant sa mère donner le sein au bébé en compagnie de deux autres mamans, elle retourna en traînant les pieds vers les fagots qui diminuaient sans cesse. À midi, il n'en restait plus rien, les morues étaient toutes étalées sous le soleil et, sa douleur dans le dos plus hurlante que les mouettes, elle suivit les femmes près du feu sur la plage. Cette fois, elle eut droit à une pause plus longue, accompagnée d'un pudding préparé avec le pain rassis de la veille et une tranche épaisse de mortadelle crue pour tenir au corps. Quand les mères eurent rentré leurs seins sous leur tunique-tablier et remis les bébés dans leur couffin, elle se redressa péniblement et retourna vers les vigneaux avec les autres. Reprenant du début, par le même bord qu'au matin, elles recommencèrent à retourner les poissons, mais cette fois, ventre vers le haut, tête contre queue, queue contre tête ; ventre vers le haut, tête contre queue, queue contre tête.

En fin d'après-midi, le vent tomba et une escadrille de mouches noires s'abattit en bourdonnant autour de sa tête. Puis des moustiques diaboliques s'attaquèrent en sifflant à son cou, à ses yeux et à son nez, jusqu'à ce qu'elle commence à se frapper le visage et la gorge comme une forcenée avec ses mains incrustées de sel, ce qui n'eut pour résultat que d'enflammer les dizaines de piqûres et de mettre sa peau à vif. Mais même cela était préférable aux bulles de salive perlées et humides que les mouches, de plus en plus abondantes au fil des jours, vomissaient sur les parties des poissons qui avaient échappé au salage et où des asticots se développaient, qu'elle devait arracher avec un bâton. C'était ça qui lui retournait le plus l'estomac : chasser les larves avec un bout de bois. Et plus d'une fois, elle se contenta de retourner la morue en faisant semblant de ne pas remarquer les bulles de salive, se moquant complètement de la pourriture qui allait proliférer et avarier la chair. La pourriture était déjà partout, véhiculée par l'odeur putride. Et contrairement à ses reins qui se renforçaient à mesure que les jours devenaient semaines, et aux paumes de ses mains devenues calleuses après le premier mois, rien ne l'immunisait contre la puanteur des poissons gorgés de saumure.

Un matin, pendant l'été, elle se redressa, le cou autant encroûté de sel que ses mains à force d'y gratter les piqûres des mouches noires, et sentit une grosse goutte de pluie s'écraser sur sa joue. Une autre suivit, puis encore une. Les femmes se mirent à crier lorsqu'une averse s'abattit. Levant les mains au ciel, Adélaïde bascula son visage vers la pluie douce et froide, comme en attente d'un baptême. « On s'y met, on se dépêche ! hurla Gert en la pinçant à l'épaule. Bon Dieu, tu as perdu la tête ? » À contrecœur, elle rejoignit les autres femmes qui s'activaient frénétiquement autour des vigneaux, se hâtant de ramasser les morues avant qu'elles ne prennent l'eau et moisissent. Elle se précipita avec les autres vers les fagots, formant des meules de poissons qu'elles protégeaient sous une toile. Une fois la dernière morue recouverte, et les bébés récupérés, tandis que les travailleuses s'étaient réfugiées dans l'échafaud, et que celles qui fumaient rallumaient leurs mégots à la porte, Adélaïde resta debout près des fagots, peu désireuse de sécher la pluie fraîche et propre qui dégoulinait le long de sa gorge, et lui lavait la peau.

Après cela, elle prit l'habitude de prier pour qu'il pleuve. Peu lui importait que chaque averse perturbe le temps de séchage – ce qui donnait parfois des poissons gluants et des prix au rabais ou, pire, couverts de brun de morue, cette moisissure verte qui peut parfois se répandre sur la totalité d'une morue et infester les autres – et qu'on doive les jeter par brassées à la poubelle. Qu'est-ce que ça peut faire de perdre quelques poissons, se demanda Adélaïde, quand jour après jour, des bateaux de pêche continuaient à décharger des prises toujours plus importantes ? Et tous les jours, elle priait pour que chaque poisson pêché soit le dernier vivant dans la mer, et que la moisissure finisse par ronger les vigneaux devenus inutiles. Et pour que plus jamais, au grand jamais, elle n'ait à clopiner courbée en deux pour étaler des poissons, tête contre queue, queue contre tête, ni à chasser les larves, ou ces satanées mouches qui lui piquaient le cou, les oreilles, le visage et les yeux.

Un matin de septembre, elle leva les yeux des vigneaux et repéra deux femmes qui marchaient à grands pas sur la route en direction de l'école avec des seaux et des serpillières. Ses yeux s'emplirent d'espoir. Des émissaires, se dit-elle, envoyées par les anges pour annoncer la fin de la saison du séchage des morues en plein air. Peut-être qu'elle aussi, d'ici quelques semaines à peine, se hâterait sur la route de l'école, ses livres sous le bras. Après tout, sa mère ne lui avait-elle pas dit qu'elle reprendrait les cours en octobre ?

Elle renifla, puis se remit à l'ouvrage. Elle était sûre d'une chose : une fois qu'on l'avait retirée de l'école, une fille n'y retournait jamais. Enfin non, il y avait une autre chose dont elle était certaine, c'était qu'une fille n'avait aucune chance de quitter un village isolé sans éducation et sans argent. À moins que ce ne fût pour se marier. Ou pour aller faire la domestique contre un salaire de misère. Et comme il n'y avait pas un homme à Ragged Rock qui n'ait pas les mains imprégnées de viscères de poissons, et que ce serait encore pire de servir dans la maison d'un étranger, elle ferma son esprit à toute pensée et se concentra sur son travail.

Ses yeux obliquèrent à nouveau vers la route et découvrirent le vieux M. Jacobs qui descendait les marches de l'église, lui faisant entrevoir, par la porte qu'il avait laissée ouverte derrière lui, l'Enfant Jésus couché dans sa mangeoire et les glorieux personnages en toge qui l'entouraient. Elle rattrapa de justesse une morue qui lui glissait entre les mains et constata que ses longs doigts effilés, qui traçaient autrefois des lettres calligraphiées sur les pages de ses cahiers, étaient à présent tout rougis et pelés à cause de la saumure et des piqûres d'arêtes.

« Addie », l'appela sa mère, quelque part derrière elle. Elle se retourna vers sa silhouette grasse et gonflée qui avançait vers elle, haletante, en tenant une brassée de poissons. « Addie, vite, les poissons me glissent des mains. »

Feignant de ne pas l'avoir entendue, Adélaïde se repencha sur son travail.

Gert se précipita vers elles en braillant. « Nom de Dieu, Ad, mais tu es où ? En état de transe ? » Et d'un seul bras, elle rattrapa Florry et sa brassée de morues. « Et toi, bon sang, tu ne crois pas qu'il serait temps de rentrer chez toi pour nous pondre ton petit ? »

Adélaïde continua de travailler. La culpabilité qu'elle aurait pu ressentir était enfouie sous sa colère, celle d'une personne obligée de suivre le sillage de quelqu'un d'autre.

# 5

## Aussi puissant que le roi

Après deux années passées à frotter les planchers, à s'occuper des enfants, et à trimer sur les vigneaux, la colère d'Adélaïde commença de s'émousser. Ainsi, pour son dix-huitième anniversaire, alors que des routes et des lignes électriques commençaient à relier les petits ports, elle écouta d'une humeur apaisée le gouvernement expliquer aux pêcheurs : « Les gars, le temps est venu de remiser vos doris et de brûler vos vigneaux. L'avenir est à la pêche semi-hauturière à bord de navires de dix-huit mètres, et la congélation et les usines de transformation sont la nouvelle manière de préparer le poisson. Ça procurera aux femmes comme aux hommes des emplois sains et bien payés. »

Adélaïde sentit que l'espoir se remettait faiblement à briller quand le gouvernement proposa d'aider les commerçants locaux pour acquérir quelques palangriers et construire une usine de transformation du poisson à Ragged Rock, sans écouter les pêcheurs de la vieille école qui voulaient conserver les vigneaux. « Ce que vous voulez atteindre, les gars, ce n'est pas le marché des Noirs pauvres d'outre-mer, mais l'Amérique du Nord et ses jolies maîtresses de maison modernes qui cherchent de bonnes recettes et du poisson pané fabriqué avec de la morue fraîche. Pensez comme tout sera bien organisé, quand vous, les hommes, déchargerez le poisson directement à l'usine, sans salage ni séchage, et quand vos femmes le trancheront et le mettront en paquets, prêt à être expédié, à des prix préfixés qui assureront à chacun une paie régulière. Et vous, femmes des villages, imaginez ne plus trimer en plein air sur les vigneaux, mais travailler à l'intérieur avec un salaire régulier pour acheter aux petits de beaux habits dans les catalogues. Pouvoir se débarrasser des vieilles armoires en chêne pour acheter des meubles de cuisine avec du plastique et des chromes, et toutes ces jolies choses que vous verrez dans la nouvelle télé que vous installerez quand nous aurons fait venir l'électricité et tout modernisé. »

« *Mo-der-ni-ser*, dit un matin Joycie-Anne, la fille de Gert, blottie avec les autres dans l'échafaud en attendant qu'une pluie fine cesse. J'entends parler que de ça ces derniers temps, de se *mo-der-ni-ser*. Je me demande à quoi on va ressembler quand on sera *mo-der-ni-sées*.

– Ah, Joycie-Anne, tu seras encore plus belle qu'une dame de la ville, dit Suze, adossée contre un fagot en compagnie d'Adélaïde, en resserrant son bonnet pour se protéger de la pluie. Dieu bénisse les petits doigts de ces femmes qui pensent que les vers ne vivent que dans la terre. Qu'est-ce que tu en dis, Addie ? Tu crois qu'on aura toutes de beaux doigts tout roses quand on ne se plantera plus d'arêtes dedans ? » Adélaïde ne répondit rien, le visage fouetté par la bruine. « Imagine, plus de corvée de bois ni de cendrier à vider. Rien qu'un bouton à tourner sur une cuisinière pour avoir un four chaud où faire cuire nos poulets. Moi, je suis sûre qu'on aura les plus jolis doigts roses de la région.

– Pour sûr, ils seront roses, intervint le seul homme présent, un vieux trop abîmé pour relever un filet. Et pas seulement tes doigts, mais aussi tes moignons, parce que c'est tout ce qu'il en restera quand tu auras bossé assez longtemps à l'usine : des moignons de doigts amputés et insensibles.

– Oh Seigneur, grogna Gert. C'est reparti.

– Tu verras, continua-t-il, un faux frisson lui parcourant le visage. Ce n'est pas agréable de travailler dans une usine de transformation pendant l'hiver avec les mains plongées dans une eau froide à te glacer les sangs jusqu'aux coudes, que si on t'amputait le bras à ce moment-là, ça ne saignerait même pas – ma parole ! » Il affronta les regards sceptiques qui le visaient et poursuivit : « Demandez à ma femme. Un jour, je me suis ouvert la main, et rien, même pas une goutte de sang – ma plaie était plus blanche que de la chair de poisson. Pas étonnant qu'elle soit tombée malade, ma femme. À force de piétiner sur des bouts de carton tout l'hiver, elle a fini par attraper la goutte.

– Hein ?

– Parfaitement : des bouts de carton. Il fait si froid là-dedans qu'ils mettent du carton sous tes pieds pour isoler du froid. Essaie un peu de rester debout pendant des heures sur un sol en ciment dans des bottes en caoutchouc avec des morceaux de carton glissés sous tes semelles. Je vous jure qu'on a pris sa maladie comme une grâce ; car un hiver de plus l'aurait tuée sans appel.

– Foutaises, dit Gert. Si c'était le froid qui refilait la goutte, on serait toutes fripées comme des accordéons.

– Je n'ai jamais dit que c'était le *froid* qui donnait la goutte. C'est l'*eau chaude* qu'elles jettent qui

rend malade, rétorqua le vieux râleur. Parfaitement :
l'eau chaude ! Elles remplissent les barriques d'eau
chaude et les installent par terre à côté pour y plonger
leurs mains quand elles sont trop transies pour tenir
un couteau. C'est ça qui refile la goutte – plonger
ses mains gelées dans l'eau chaude. C'est dans l'eau
froide qu'il faut les mettre. Un bon coup dans l'eau
froide.

– Pourquoi ta femme ne le savait pas ?

– Elle le sait. Tout le monde le sait. Même ceux qui
fournissent l'eau le savent. Tout ce qu'ils veulent, c'est
que tu travailles plus vite. Et comment tu y arrives, ils
s'en foutent. Même quand tu as les mains tellement
difformes que tu ne peux plus tenir une aiguille à tricoter, ils continuent à te convaincre de les plonger dans
l'eau chaude. Et tu obéis. Je l'ai assez fait moi-même
pour le savoir, et maintenant, j'ai de la goutte et de
l'arthrite. Alors vous pouvez y aller, dans vos usines.
Moi, je reste sur les vigneaux.

– Si c'est ta décision, ne change rien, dit Gert. Il y
en aura toujours qui suivront les anciennes méthodes,
peu importent les avantages que les nouvelles peuvent
apporter. Mais je parie qu'on sera pas mal à accepter
un vrai chèque de salaire pour acheter des pommes
de terre de temps en temps plutôt que de les culti-
ver, parce que moi, je ne supporte plus de jardiner,
je déteste ça. Et je m'en fous de quelques nœuds aux
phalanges si je ne dois plus jamais arracher une mauvaise herbe.

– J'espère qu'ils s'en sortiront mieux qu'Ambrose
avec leurs palangriers, dit Suze. Il raconte à qui veut
l'entendre qu'ils coûtent trop cher pour faire des béné-
fices. Mais le gouvernement continue de construire des
usines, de plus en plus grandes, sans savoir si tout ça

va fonctionner. Moi, je dis qu'ils devraient conserver le marché du poisson salé. Pas besoin de mettre tous ses œufs dans le même panier.

– Et pourtant, c'est exactement ce qu'ils font, reprit l'ancien. Tout dans le même panier. Je les entends à la radio chaque matin qui brossent tout le monde dans le sens du poil pour qu'ils quittent les vigneaux et s'en aillent à l'usine.

– Eh bien moi, dit une des mères allaitantes à l'intérieur de l'échafaud, ils n'auront pas à me brosser beaucoup, parce que je ne pourrai pas attendre l'été prochain pour quitter ces foutus vigneaux.

– Et moi non plus, pour échapper à ma mère, dit Joycie-Anne en adressant un regard noir à Gert. Tu feras quoi, hein, quand il n'y aura plus personne à faire bosser ?

– Méfie-toi, parce que je pourrais encore être celle qui commande. Ce n'est pas parce que vous vous serez *mo-der-ni-sées* qu'on ne vous donnera plus d'ordres. Allez, on y retourne avant que ça rouille, s'écria-t-elle, constatant que la pluie se calmait. Addie, attends une minute. Qu'est-ce que tu fabriques avec les morues ? Celles que tu as empilées sur le fagot sont pleines de salive. »

Adélaïde se réjouit en voyant Suze s'interposer, ainsi qu'elle l'avait fait des dizaines de fois au fil des derniers étés, pour affronter Gert.

« Alors, c'est que quelqu'un leur a craché dessus, dit-elle, parce qu'on a travaillé côte à côte toute la matinée, et on n'a pas cessé de chasser la salive et les mouches. »

Gert fronça les sourcils, l'air de ne pas trop y croire. « Alors, comment tu expliques toutes ces taches sur ce dernier fagot où elle empilait ses poissons ?

– On a empilé les nôtres sur le fagot du milieu, dit Suze. Tu devrais jeter un œil au vieux croûton. C'est lui qui a rempli le dernier fagot. Il doit avoir trop de crampes pour tenir un bâton. Allez viens, Addie, c'est à notre tour de faire le feu pour le thé. » Suze s'éloigna, sa carrure refroidissant toute objection supplémentaire, et Adélaïde se hâta de la rattraper, suivie par le regard hargneux de Gert.

« Elle ne s'arrête jamais », dit Suze. Se retournant vers les fagots, elle afficha un grand sourire. « Regarde-la, comme elle parle au vieux. Elle ne la ramène plus, maintenant, on l'a bien eue.

– Une vraie corne de brume », dit Adélaïde sans se retourner.

Suze lui prit le bras. « Dépêche-toi, on ferait mieux de s'y mettre, parce que c'est sûr qu'elle va nous avoir à l'œil. Bon sang, que je suis impatiente d'être à l'été prochain, quand ils auront construit l'usine, et que nous n'aurons plus à l'écouter rabâcher tous les jours. Je ne supporte pas cette femme. Et toi, Addie, tu me dois une faveur. »

Suze s'immobilisa. Ses yeux gris brillaient comme des galets humides. « Je voudrais que tu sois la marraine de mon bébé. » Adélaïde lui retourna un regard intrigué. Suze posa une main sur son ventre. « Il – ou elle – est prévu pour mars. Mais je suis sûre que c'est un garçon ; j'ai exactement les mêmes sensations qu'avec Benji quand j'étais enceinte de lui. Je lui ai déjà trouvé un nom, Stewie, comme le pauvre vieux père d'Ambrose, Dieu ait son âme. Alors, dis oui. Dis oui ! implora-t-elle en voyant Adélaïde détourner les yeux.

– Mais je… je n'ai jamais fait ça, dit-elle.

– N'importe quoi. Ce n'est pas quelque chose qui s'apprend, il faut juste mettre une robe et aller à l'église.

– Ça, je le sais, Suze. » Adélaïde dodelina des épaules, mal à l'aise. Seigneur, comment refuser ça à quelqu'un qui avait toujours pris sa défense – et continuait à le faire ? De son côté, hormis quelques hochements de tête et commentaires superficiels, Adélaïde était restée aussi distante avec Suze qu'elle l'avait toujours été ; tout au plus tolérait-elle sa présence permanente. Et indubitablement, la carrure imposante de Suze faisait un bon écran entre elle et les autres, car bien que ce fût son troisième été sur les vigneaux, et que la maison où elle dormait et prenait ses repas fût saturée d'enfants, elle ne s'était jamais fait au commerce des gens, préférant le confort du silence, de la solitude et du sentiment d'être à sa place qu'elle ressentait uniquement lorsqu'elle était assise avec un livre à l'écart, ou toute seule sur un banc d'église.

« Bon, d'accord », dit-elle. Puis, coupant court aux effusions reconnaissantes de Suze, elle se mit à rassembler des copeaux de bois pour le feu, en jetant des coups d'œil au clocher, qui semblait aussi triste et maussade qu'elle, en cette matinée grise. Elle n'avait pas remis les pieds à l'église depuis que sa mère l'avait retirée de l'école. C'était comme si elle avait échoué et était devenue ordinaire, ses mains rouges piquées jusqu'aux os n'arrivant plus à se joindre pour vénérer les magnifiques personnages dorés qui ornaient l'autel. Pourtant, ses souvenirs étaient encore vivaces, car rien qu'en regardant les portes et en s'imaginant les franchir, elle ressentait à nouveau la fraîcheur de cette immense salle décorée, son calme et la chaleur qui la remplissait, comme si c'était hier qu'elle était assise, jambes ballantes, sur le banc du premier rang.

Néanmoins, lorsque le printemps succéda à l'hiver et qu'Adélaïde se retrouva devant les fonts baptismaux le jour du baptême en compagnie de Suze, de son nouveau-né, Stewie, et de son aîné, Benji, qui réclamait plus de place pour mieux voir – et de tout un tas d'autres personnes réunies dans l'église –, elle observa l'autel avec un certain détachement. Il lui semblait plus petit avec tous ces paroissiens entassés sur les bancs, et le silence qui régnait d'habitude sous les hauts plafonds résonnait à présent de chuchotements, de quintes de toux et de froissements de tissu. Tout s'effaça autour d'elle et Adélaïde sentit son cœur se serrer en découvrant une petite fille assise, jambes ballantes, sur le banc du premier rang. Et alors que les murmures, les froissements et les toux diminuaient, Adélaïde eut l'impression d'être arrivée à la fin des temps et de regarder dans son passé vers un moment plein d'espoir et de paix où elle avait glorifié le bleu de ses yeux et de la robe du Seigneur, l'esprit plein de rêves de rivages lointains, en tendant vers Lui ses lettres soigneusement calligraphiées pour qu'Il les approuve. Depuis ses premiers jours sur les vigneaux, elle s'était interdit de rêver, et sans leur dose journalière, les rêves avaient fini par mourir, les robes colorées s'étaient effacées peu à peu de sa mémoire et les statues étaient redevenues de vulgaires des morceaux de bois.

Des rêves ! se dit-elle avec un peu de mépris, alors que le petit se mettait à hurler sous l'eau de baptême glacée qui coulait sur son crâne. Quelle place restait-il pour les rêves dans ces journées interminables passées à faire sécher le poisson, à chasser les mouches et les larves de mouches ou à effectuer des tâches ménagères monotones qui émoussaient les sens ? Et qu'était donc un missionnaire, sinon quelqu'un qui nourrissait les plus jeunes comme elle s'épuisait déjà à le faire ? Et dans des pays chauds, n'y aurait-il pas beaucoup plus de mouches et de bébés qui braillaient, à l'image de celui de Suze ? Sûrement même qu'ils hurleraient encore plus fort, s'ils étaient affamés, et sans le vent marin pour tempérer la chaleur. Un sourire triste se dessina sur ses lèvres.

Elle déclina l'invitation au dîner de l'église qui suivait le baptême. Et après s'être laissé persuader par Suze de passer au bal que Eb Rice organisait le même soir, dans la nouvelle extension qu'il avait construite, elle se hâta de rentrer chez elle. Miraculeusement, la maison était vide, sa mère et le reste de la tribu étant encore à l'église. Et bizarrement, en errant de pièce en pièce, elle ne trouva aucun réconfort dans ce rare moment de calme.

Commençant à se lasser elle-même, elle sortit son unique jolie robe, heureuse de trouver une occupation. Elle posa le fer à repasser sur le poêle et humidifia son corsage en soie vert afin de le repasser pour le bal de ce soir. Un fanal, pensa-t-elle en écartant le rideau pour observer le clocher de l'église dans la lumière du crépuscule, voilà ce que ses rêves avaient été. Un fanal la guidant par les petits matins pressés, quand elle courait partout pour nourrir, laver et habiller les autres, et se préparait ensuite, avant d'aller à l'école. Traverser les mers, quelle blague. Les chances de traverser les mers étaient pratiquement nulles quand déménager dans la petite ville la plus proche, à une centaine de kilomètres, était pratiquement impossible – à moins d'y avoir une gentille tante, comme celle de

Leah Jacobs. Un petit détail qu'elle entendit une bonne douzaine de fois ce soir-là au cours du bal surpeuplé.

Adossée au mur en contreplaqué, luttant contre la fumée de tabac et le crincrin du violon mal accordé, elle écouta d'une oreille distraite Leah Jacobs raconter son calvaire après l'hiver passé chez sa tante à Corner Brook, comment elle avait dû s'occuper des corvées, laver les sols, faisant les lits et vidant les pots de chambre dans une pension bas de gamme. Pas pour moi, se dit Adélaïde, en faisant mine d'ignorer le sourire aguicheur et salace de Rubert, le frère aîné de Gert, qui la reluquait entre les robes et les cravates voltigeantes de Suze, d'Ambrose et des autres danseurs du square dance. Une ville n'est pas magique simplement parce que c'est une ville, même si on y a une gentille tante habitant dans une jolie rue. L'argent, c'est la clé pour l'ailleurs. Ou l'éducation. Ou avoir trois jambes, comme l'avait déclaré Gert un matin sur les vigneaux, car c'est toujours plus facile d'aller loin quand on a trois jambes, et qu'on porte un pantalon.

Après avoir fait le tour de la salle de danse, Rubert passa près d'elle pour aller chercher un verre de bière posé sur le rebord de la fenêtre, et lui effleura délibérément la poitrine de sa grosse main veineuse. Elle sentit son haleine alcoolisée et l'écarta vivement, ignorant son éclat de rire. Puis elle le planta là et s'éloigna sous les regards critiques et courroucés de Joycie-Anne et de deux de ses cousins, qui l'observaient bouche bée un peu plus loin.

Maudissant Suze pour l'avoir persuadée de venir, elle traversa la salle en chaloupant exagérément des hanches, puis sourit en apercevant dans le reflet d'une vitre le regard acerbe de Joycie-Anne accroché à son dos. Ayant enfin cessé de se plaindre, Leah dansait, et poursuivait son cavalier, les yeux brillants de joie. Elle ne repartirait plus en ville, songea Adélaïde ; d'ici l'année prochaine, elle serait mariée et installée près de chez sa mère, travaillerait à l'usine et aurait des bébés. Adélaïde se dit qu'elle aussi pourrait suivre le même chemin pour peu que Rubert, dont elle rabroua une nouvelle fois le sourire croche alors qu'il repassait devant elle, arrive à ses fins.

Ensuite, Suze lui cria quelque chose, et quelqu'un – qui n'était pas Rubert – lui attrapa le bras sans lui demander son avis et l'entraîna dans une danse. Elle se laissa faire sans enthousiasme – pour échapper à Rubert – et accepta ce cavalier maladroit en repensant à ses rêves. Folies. Les rêves étaient folies, et elle était encore plus folle de les avoir nourris. Il en allait de même pour les prières. Et pour le cynisme croissant qui vient quand on arrive à la conclusion irrévocable que le monde n'est pas plus vaste que la maison où l'on habite, et que les rois ne sont pas plus puissants que soi. Les yeux piquants à cause de la fumée et la tête douloureuse à force de ressasser les mêmes pensées, elle essaya de calquer ses pas sur ceux de ce danseur qui, à présent, la faisait tournoyer follement.

Pas étonnant dès lors que son cœur se fût mis à battre la chamade, en ce dernier dimanche avant sa première journée dans la nouvelle usine de transformation, quand elle ouvrit sa porte à ce jeune homme au visage tanné, debout sur son perron dans un costume bien coupé, alors qu'il n'y avait ni enterrement, ni mariage, ni baptême prévu à des kilomètres à la ronde.

# 6

## L'émissaire

Un émissaire, pensa-t-elle. Un messager envoyé par le Seigneur pour lancer un pont entre Ragged Rock et le vaste monde au-delà des mers. Et puisqu'elle le croyait d'origine divine, elle fut d'abord marquée par la force qui émanait de ses lèvres épaisses, de sa peau, de ses cheveux d'un noir profond et, sous l'arête de ses sourcils, de ses yeux sombres et insondables qui plongeaient dans les siens. Elle tendit la main, comme pour le toucher, et il la serra immédiatement dans la sienne, ne laissant plus apparaître que le bout de ses doigts d'un blanc spectral, qui contrastait avec sa propre peau hâlée et velue. Oh, la chaleur de son contact ! Sous leurs mains nouées, elle admira la coupe de son pantalon bien repassé, et son cœur se serra quand elle aperçut les bottes en caoutchouc usées qui poignaient sous les jambes de pantalon de costume bien repassées.

Seigneur, qu'est-ce qui lui arrivait ?

Retirant sa main, elle lui fit face et remarqua ses doigts tordus typiques des pêcheurs à la dandinette, ses jambes arquées à force de se tenir debout sur son bateau à l'équilibre instable, et ses épaules qui commençaient à se voûter d'avoir trop relevé d'ancres et de lignes. Elle soupira, une main sur la hanche. Il ressemblait à une créature façonnée par le vent et la mer, uniquement adaptée à la terre ferme pour parcourir le chemin entre sa porte et son bateau. Comme s'il lisait dans ses pensées, il baissa les yeux, se pencha un peu vers elle et, de sa calme voix de basse, lui proposa sur un ton franchement maussade de faire une virée en bateau jusqu'à Cooney Arm.

« Cooney Arm », répéta-t-elle en faisant la moue comme si elle parlait d'un parent un peu cochon. Elle avait plusieurs fois parcouru la côte pour aller à des bals ou participer à des pique-niques, mais avec ses habitants liés par le même sang, ses brebis en liberté dispersées un peu partout et ses étranges lopins de rhubarbe, Cooney Arm n'était pas le genre d'endroit qu'elle avait voulu voir de plus près. « Ce n'est pas par là-bas qu'il y a les chutes de Bear Falls ? » demanda-t-elle, histoire de gagner du temps. Il se contenta de hocher la tête. « Certaines nuits d'hiver, quand c'est calme, on les entend d'ici, ajouta-t-elle. Je n'aime pas trop les bateaux. Attends une minute. » Derrière elle, les jérémiades d'un des bébés s'étaient muées en hurlements. Elle referma la porte et retourna dans la cuisine. Ivy était en train de traîner l'aîné des bambins dans sa chambre pour le mettre à la sieste, pendant que l'autre, assis par terre, devenait tout rouge à force de ne plus pouvoir respirer, et que les deux plus grands, Johnnie et Alf (qu'elle préférait appeler les cancrelats), s'enfuyaient dans la cuisine.

« Qu'est-ce que vous lui avez fait ? s'écria-t-elle en se précipitant vers le bébé. Elle lui tapa dans le dos, collant sa main à un crachat de mélasse sur sa chemise de nuit. Bande de petits saligauds – ils lui ont fait quelque chose ! » hurla-t-elle à sa mère qui accourait dans la cuisine en portant une pile de vêtements sur son ventre gonflé.

« Là, ça va aller. » Adélaïde poussa un soupir de soulagement quand le petit reprit son souffle. « Janie… Janie, appela-t-elle en couvrant un nouveau braillement. Tu vas lui faire sa toilette ? »

Janie sauta de l'évier où elle s'était réfugiée. « Je l'ai déjà lavé une fois ! s'écria-t-elle.

– Eh bien, recommence, – et cette fois, change-le », répliqua sa sœur. Puis, faisant mine d'ignorer ses contestations, les hurlements des petits, et le dernier-né qui se mit à pleurer dès que Florry quitta la pièce en houspillant Johnnie et Alf, Adélaïde attrapa son pull sur le dossier d'une chaise, et sortit sans un mot d'au revoir.

Sa voix était douce et claire quand il parlait ; il sentait bon le savon. Et il habitait seul avec sa mère, sans frères ni sœurs plus jeunes que lui. Ce fut pour cette unique raison qu'elle accepta de visiter Cooney Arm. Elle descendit avec lui sur la route boueuse – ils durent contourner un bélier agressif –, sursautant à chaque choc d'une douzaine de haches fendant les stères de bois de chauffage qui s'empilaient telles d'énormes ruches jaunes, près de chaque porte à Ragged Rock.

« Par ici », lui dit-elle en l'entraînant dans un jardin envahi par les mauvaises herbes pour rejoindre l'ancien emplacement des vigneaux. Car conformément aux instructions du gouvernement, les commerçants les avaient vraiment brûlés pour faire place au quai qui bordait l'usine de transformation du poisson flambant neuve. Elle avait l'air sinistre, cette usine, avec son grand toit bas et ses petits hublots répartis le long de ses murs en bois. Et pas si différente des vigneaux, pensa Adélaïde, en remarquant qu'une grande partie des bâtiments était construite au-dessus de l'eau sur des pilotis. Un palangrier d'une quinzaine de mètres balançait et craquait contre le quai, ses treuils et ses ancres tout tachetés d'une rouille brunâtre qui s'était répandue au fil du temps, écaillant la peinture jaunie qui recouvrait le gaillard d'avant et la cheminée.

« Le nouveau palangrier, dit-elle avec une pointe d'humour. Tu as déjà embarqué sur ce genre de bateau ? » Il examina de plus près le vire-palangre automatique qui envoyait par le fond les dizaines d'hameçons munis d'esches répartis sur une ligne mère d'une trentaine de mètres. Il secoua vivement la tête, évaluant le treuil vertical et automatique qui relevait les lignes, ne laissant aux pêcheurs que la tâche fastidieuse consistant à déshameçonner les quatre mille livres de morue qu'ils remontaient chaque jour, puis à amorcer à nouveau les hameçons avant de rejeter la ligne à l'eau.

« Pas mon genre de pêche, répondit-il fermement. Je préfère être maître à bord de mon propre bateau. Peut-être que l'usine et tout le reste, ce sera bénéfique pour les femmes. Bien mieux que de travailler sur les vigneaux à la merci des intempéries. Et puis, il y a la paie, elles seront contentes de gagner plus d'argent. » Il se tourna vers elle, un sourire éclairant son visage. « J'imagine que les marchands vendront beaucoup de robes et de chapeaux quand tout cet argent coulera à flots. »

Elle jeta un coup d'œil caustique à son costume.

« On dirait que tu as pris de l'avance.

– C'est vrai que ce costume a été beaucoup porté. Trois fois pour des baptêmes, deux fois pour des mariages, et aussi pour deux enterrements. » Il hocha la tête, laissant son doigt courir sur son revers. « Ouais, il a beaucoup servi.

– Avec tout ça, je suis surprise que tu trouves encore le temps de le mettre pour me rendre visite.

– Oh, ce n'est pas moi qui le portais. Pour être honnête, je n'aime pas trop les foules. Alors, je prête mon costume.

– Tu prêtes ton costume. » Elle le regarda, perplexe. « On te demande comme témoin de mariage parce que tu as un costume. »

Il acquiesça, le visage sérieux, déterminé. « À Cooney Arm, ils ne sont pas nombreux à en avoir un. Et c'est aussi ce costume qui m'a permis cette promenade avec toi… Tu aurais préféré que je vienne frapper à ta porte habillé en ciré ? » demanda-t-il avec un grand sourire, les yeux plissés.

Ne sachant pas s'il se souriait à lui-même, ou à elle, Adélaïde lui adressa une œillade sympathique et reprit sa marche. « Tu es amarré là ? s'enquit-elle en montrant les bateaux au bout du quai.

– Non, là-bas », fit-il en désignant la criée aux poissons un peu plus loin.

Elle coupa par un autre jardin abandonné, progressant entre d'anciennes plates-bandes piétinées et des fossés boueux. Il la suivit en silence lorsqu'elle enjamba avec précaution une clôture renversée qui pourrissait sur le sol.

« La terre a l'air bonne, dit-il. Pourquoi personne ne cultive rien ici ? »

Elle haussa les épaules.

« Ils ont laissé tomber le jardinage quand ils ont appris qu'on allait installer la nouvelle usine.

– Je trouve que ce n'est pas une bonne idée de laisser tomber les jardins.

– Pourquoi ? Quand tu passes tes journées sur les vigneaux ou à l'usine, il ne te reste pas beaucoup de temps pour retourner la terre et faire des plantations.

– C'est important de garder du temps pour le jardin. Sinon, tu fais quoi les saisons où la pêche est mauvaise ?

– Grâce aux usines, il n'y aura plus de mauvaises saisons. On ne dépendra plus du soleil, comme toi. » Elle s'accroupit et se faufila dans une ouverture étroite entre deux piquets manquants. « Et en fait, les gens n'ont pas tous abandonné leur jardin – la plupart sont par là-bas. » Elle se retourna et tendit le bras vers un bouquet de pins au bout du port près du chemin qu'ils avaient emprunté. Il y jeta un coup d'œil, puis rebaissa les yeux vers la terre à ses pieds.

« Content de savoir qu'ils ne pensent pas tous à l'envers, répondit-il en sautant par-dessus la clôture. Bon sang, quand on pêche, on a toujours l'estomac sens dessus dessous. C'est bon d'avoir des patates dans le cellier.

– Vous n'avez jamais entendu parler d'allocations chômage à Cooney Arm ? demanda-t-elle. Plus besoin de jardiner, ni de chasser, ni de piéger des oiseaux. Si l'usine ne fonctionne pas, tout le monde touche le chômage. Je suis surprise que vous ne soyez pas déjà tous en train de ramer pour venir vous engager. » Il la regarda avec un air sceptique. « Ce n'est pas compliqué, ajouta-t-elle. Ils se déplacent partout dans l'île et ils s'occupent de tout, des relogements et du reste.

– Les relogements, dit-il en reniflant. C'est sûrement bien pour certains… »

Il s'interrompit et l'agacement d'Adélaïde ne fit que croître lorsqu'il se retourna et jeta un regard critique sur le lugubre petit port de Ragged Rock qui, comme son nom l'indiquait, n'était qu'un morceau de terre déchiquetée s'avançant dans la mer, avec une cinquantaine de maisons accrochées au moindre bout de rocaille disponible. On aurait dit que les plus éloignées étaient enfoncées dans les rochers, quand les autres sur les rivages paraissaient en équilibre, dressées à trois mètres au-dessus de l'eau. Leurs sentiers semblaient des traînées noires tracées sur la roche comme des longueurs de chaînes d'ancrage reliant leurs portes à celles de leurs voisins, et sur les fils à linge, des vêtements claquaient au vent comme des voiles déchirées.

Étudiant son profil pendant qu'il scrutait le petit port, elle nota un changement d'expression sur son visage ; pourtant, rien n'avait bougé – sauf les sourcils, peut-être : il avait détendu ses sourcils, tellement sombres qu'ils ombrageaient ses yeux et le reste de ses traits, comme s'il était de mauvaise humeur. Et sa bouche semblait plus tendue par la détermination, et ses lèvres épaisses si finement sculptées donnaient l'impression qu'elles allaient se mettre à trembler s'il acceptait de les détendre aussi.

« Et le septième jour, Dieu se reposa, dit-il en faisant un sourire qui exprimait surtout la satisfaction de ce qu'il contemplait. Ouais, un bien bel endroit, ajouta-t-il, continuant à observer le petit port sans rien dire.

– Tu ne crois pas qu'il aurait dû prendre un jour de plus ? demanda-t-elle. Histoire de planter un peu plus d'arbres ? Et quelques jardins, pourquoi pas ?

– Hum, il a dû penser qu'il avait terminé, sinon, il ne se serait pas reposé.

– Si c'est ainsi que tu interprètes les versets, je suppose.

– Quels versets ?

– Ceux que tu viens de prononcer – le septième jour, Dieu se reposa.

– Et comment veux-tu les interpréter autrement ? »

Elle hésita devant le poids de l'explication à apporter. « Ce n'est pas Dieu qui s'est reposé, mais les hommes qui se sont reposés en Lui. Comme quand Il parle de "joie dans le foyer". Ce n'est pas de la maison qu'Il parle, mais de *ceux* qui l'habitent… Oh, et puis laisse tomber, lâcha-t-elle devant son regard vide, avant de s'élancer en courant vers la criée sur le quai, le frôlant au passage. Lequel est ton bateau ?

– Le gris, avec le compartiment moteur jaune, répondit-il en la rattrapant. Pourquoi penses-tu que ces versets – sur Dieu qui prend du repos – signifient autre chose que ce qu'ils disent ?

– Parce que la Bible est écrite comme ça. C'est un beau gris.

– J'avais compris que l'Agneau de Dieu n'était pas qu'un foutu mouton, rétorqua-t-il sur un ton irrité, mais là, avec ton histoire de "repos", tu mets le doigt sur quelque chose de complètement différent.

– C'est la lecture qu'en font les saints.

– Quels saints ?

– On s'en fout, de quels saints ! Tous les saints. Tu préfères continuer à marcher et qu'on oublie la balade en bateau ? »

Il changea de ton dans la seconde : « Nan, c'est un bon jour pour naviguer. Allez, viens. » Devant l'insistance de son regard, elle l'autorisa à l'aider à monter à bord, se sentant trop engagée pour revenir en arrière. Quelques minutes plus tard, il avait largué les amarres et le quai s'éloignait. Après une poussée du volant d'inertie, le moteur embraya, parsemant l'air de bouffées de fumée. Elle regarda derrière elle. Elle avait toujours aimé s'éloigner de la côte et mettre de la distance avec Ragged Rock. Quel horrible endroit, se disait-elle chaque fois qu'elle s'écartait de son rivage – et de sa maison, la plus laide de toutes avec sa peinture jaunasse délavée qui cloquait comme une vieille peau fiévreuse. Les autres maisons n'avaient pas meilleur aspect – des taches de couleur plaquées sur un versant gris et aride. Pourquoi des gens s'étaient-ils installés sur un si morne paysage, quand en amont et en aval s'étendaient des anses et des criques boisées ?

À cause de la mer, répondit-elle *in petto*. Parce que tout bon pêcheur voudrait lancer son bateau d'une terre située le plus près possible des bancs de morues. Elle jeta un regard en coin vers Sylvanus. Ses yeux étaient posés sur elle, pleins de curiosité, comme si elle était un trophée qu'il rêvait de soulever. Étonnamment, elle ne trouva pas cette pensée désagréable, mais elle ne ressentait pas le même désir à son égard. Un pêcheur de Cooney Arm. Qu'est-ce qu'un pêcheur de Cooney Arm pouvait avoir qu'elle n'eût pas déjà refusé ?

Au bout d'une heure, avec seulement le rivage au loin et l'eau grise autour d'elle, elle commença de s'agiter.

« On y sera bientôt, annonça-t-il par-dessus le ronronnement du moteur. Encore vingt minutes. Bel endroit, non ? » Ils longeaient une petite crique bien proprette bordée par une prairie verdoyante, où deux maisons étaient nichées à l'abri d'un bosquet de bouleaux, avec quelques échafauds et des cabanes en bois le long du rivage. « Little Trite. Il n'y a que les Trapp qui habitent là. Ils sont connus pour leurs manières inamicales », ajouta-t-il tandis que les enfants des Trapp jetaient des galets et des sorts dans leur direction. Ils continuèrent, les plages faisant place à une falaise dont la paroi lisse et verticale s'élevait à une trentaine de mètres au-dessus des flots. « Et là-bas, c'est Old Saw Tooth », dit-il en passant à bonne distance d'un récif déchiqueté qui jaillissait des flots face à la muraille rocheuse et du bouillonnement d'écume sur la mer d'huile. Il se tut, comme s'il examinait pour la première fois ces dents acérées qui perçaient la surface de l'océan si calme par ailleurs.

« C'est lui qui a emporté mon père, poursuivit-il calmement, les yeux captivés par les canines minérales. Et aussi Elikum, mon frère. Ils ont été pris dans un coup de tabac et se sont empalés sur une de ses dents – c'est ce que les Trapp avaient dit. Ils avaient tout vu. » Quand son regard bascula de nouveau vers elle, son visage était empreint d'un sourire triste. Ensuite, il désigna un étroit passage qui s'ouvrait un peu plus loin entre les parois rocheuses des falaises. « Cooney Arm est de l'autre côté du goulet – tiens-toi bien, ça va secouer quand on va le traverser. »

Quelques minutes plus tard, ils viraient dans le goulet. Elle se cramponna à son siège avec appréhension tandis qu'il leur faisait franchir la zone de houle. Il réduisit les gaz, le bateau ballotté par les remous déferlants répercutés par la paroi de la falaise.

« Ça secoue toujours dans la passe », répéta-t-il alors qu'ils ondulaient, ballottés dans tous les sens. Alors qu'ils zigzaguaient et tanguaient sur les vagues, effrayée, elle lui lança un regard accusateur, ses yeux bleus plus glacés que la mer. « On est presque passés », la rassura-t-il, réduisant un peu plus la puissance du moteur. Et une minute plus tard, ils glissaient sur la dernière houle vers des eaux plus calmes. « Et voici Cooney Arm. » Il se leva comme pour lui présenter une grande dame.

Et pour le coup, elle était grande, se dit Adélaïde en levant la tête vers les collines abruptes drapées de vert qui surplombaient l'anse et la chute d'eau à la blancheur d'écume qui projetait des nuées de gouttes scintillantes sur la prairie qui s'étalait somptueusement devant elle. Il coupa le moteur et elle se leva à son tour pour contempler l'averse tonitruante et la course de l'eau à travers la prairie, vers la mer.

« Bear Falls, dit-elle, émerveillée. Pas étonnant qu'on l'entende à vingt milles à la ronde. » À droite de la prairie, sur le côté le plus proche du goulet et des falaises de la pointe, il n'y avait pas de maison. C'est là qu'il se dirigea.

« Ouais, la chute est déchaînée en ce moment avec la fonte des neiges printanière. Elle va se calmer bientôt. Là-bas, c'est la maison de Mère. » Il pointa le doigt vers l'autre côté du ruisseau, et la première maison à la peinture délavée depuis longtemps. Son toit s'affaissait par le milieu, et ses fondations paraissaient s'enfoncer dans le sol recouvert d'une épaisse couche de gazon. Un grand potager, au moins trois fois plus grand que la maison, s'étendait vers l'arrière à flanc de colline, sa clôture sinuant autour des mottes et des fossés, pour interdire l'entrée aux chèvres qui bêlaient et sautillaient de l'autre côté. Une couple de moutons paissait des touffes de camomille près du portail, passant la tête par les trous dans la clôture, se rassasiant après la disette hivernale, leur laine épaissie prête à être tondue.

« Et voici Mère, dit-il en adressant un sourire à une vieille femme debout au fond du jardin qui chassait fébrilement une chèvre qui avait introduit son museau assez loin entre les piquets pour s'attaquer à ses pieds de rhubarbe. Et les autres maisons appartiennent presque toutes à mes frères ou à ma famille », ajouta-t-il fièrement, lui désignant la dizaine d'habitations aux couleurs vives qui constituaient le hameau, toutes de formes différentes avec leurs extensions et leurs toitures allongées. Contrairement à celles de Ragged Rock construites en hauteur et en équilibre précaire sur des promontoires rocheux, les maisons de Cooney Arm étaient soigneusement réparties sur le rivage étale et herbeux, avec des jardins sur l'arrière, à l'instar de celui de la mère de Sylvanus, et des bouquets de pins et de trembles devant les portes et les fenêtres. Par contre, au bord de la mer, les vigneaux pour faire sécher le poisson, les échafauds pour le saler et le trancher, les appontements pour le décharger étaient assez semblables à ceux de Ragged Rock, tout comme la fumée s'échappant des cheminées.

« Quand l'herbe est haute, on ne voit presque plus les échafauds, dit-il comme s'il lisait dans ses pensées. C'est très joli quand elle monte jusqu'à la taille.

– Il n'y a pas d'enfants, ici ? demanda-t-elle, constatant le calme alors qu'il l'aidait à descendre du bateau.

– C'est l'heure du repas. Mais c'est toujours assez calme. Mère ne supporte pas les enfants qui braillent. C'est pour ça qu'on a construit la maison si près de la cascade – elle disait que c'était pour couvrir nos cris quand on était petits. » Il fit un grand sourire. « Je crois que les bruits du fracas de l'eau lui sont entrés dans le crâne de façon permanente, car même aujourd'hui, elle n'entend rien quand je lui parle. Ou bien elle fait semblant, parce que j'ai remarqué que, quand elle veut, elle n'a aucun problème d'audition. »

Adélaïde arpenta l'appontement vers la prairie qui bordait le ruisseau.

« Pourquoi il n'y a aucune maison construite de l'autre côté du ruisseau ? demanda-t-elle lorsqu'il la rejoignit, après avoir halé son bateau en sécurité sur la plage.

– Trop proche du goulet. En hiver, des vents très violents s'engouffrent dans la passe. »

Elle balaya du regard la prairie qui serait bientôt couverte d'herbe et de fleurs des champs.

« Qu'est-ce que ça peut faire, le vent, quand on habite ici ? dit-elle doucement. Tout est si calme, si *beau*. » Elle déambula devant lui, foulant l'herbe mouillée, à l'écoute du roulement puissant du ruisseau qui arrachait la terre, mettant la roche à nu, et de sa musique, légère, joyeuse, qui s'harmonisait avec le ramage des oiseaux voletant dans les branches nues des sorbiers.

Le lit du petit cours d'eau devenait plus profond à l'approche de la chute, et elle contempla avec respect son flot tumultueux. Bien que la chute soit la source qui lui donnait naissance, l'eau du ruisseau semblait différente de celle qui coulait d'en haut, depuis les lacs cachés dans les montagnes. Quand elle atteignait la crête, elle tombait lourdement et se fracassait sur les rochers en contrebas dans un furieux bouillonnement d'écume. S'approchant, Adélaïde posa un genou sur le tronc d'un épicéa déraciné qui avait dévalé la pente et gisait à présent, agité par les remous, à moitié immergé dans le bassin profond. Elle sentit dans sa cuisse les turbulences de l'eau contre le tronc de l'arbre. Il y a plus de remous que quand, petite, je lessivais les planchers *de Maman*, se dit-elle. Un courant d'air frais et humide caressait son visage et elle se rapprocha encore, comme aspirée par le tumulte de l'eau. Levant les yeux vers l'endroit où le rideau d'arbres s'ouvrait pour expulser le flot d'écume blanche qui se confondait avec les nuages blanc perlé, elle pensa que la chute tombait directement du ciel. À cet instant précis, le soleil émergea de la masse nuageuse, atténuant encore plus la frontière entre le ciel et l'eau. Et lorsque le chant d'un oiseau retentit au-dessus de la rhapsodie de la chute puissante, telle une soprano entraînant le chœur vers un ultime amen, Adélaïde se sentit emplie d'un grand calme.

« C'est ici que je vais construire ma maison, dit Sylvanus. Et je commence demain. »

Elle se retourna, surprise de le trouver si près d'elle et de découvrir le même ravissement dans ses yeux que celui qui l'avait saisie quand elle avait posé les siens sur la chute.

Il sourit de toutes ses dents. « Je tiens ça de Mère, on dirait : j'adore le bruit de l'eau vive.

— Ça t'apaise l'esprit ? demanda-t-elle.

— L'esprit ? » Il sourit à nouveau. « Il y en a qui pensent que je n'ai pas d'esprit. Ça devait être pour ça qu'on n'arrêtait pas de me mettre à l'écart quand j'étais petit.

— On t'a mis à l'écart ?

— Ouaip.

— Pourquoi ?

— Oh, j'étais toujours trop sérieux.

— Ça t'a gêné ?

— D'être sérieux ? Non. Je crois que je préférais déjà les bateaux aux bouteilles.

— Je parle du fait d'être mis à l'écart. Tu en as souffert ?

— Nan. Je n'ai jamais beaucoup recherché la compagnie ; j'aimais trop rester seul. Et j'aime toujours ça. Dandiner sur les flots par une bonne brise, à l'écoute de l'immensité autour de moi, c'est ça qui me plaît. Et flotter sur une chose aussi profonde et puissante que la mer, ça ne donne pas envie de faire des bêtises. En plus, j'adore le calme. »

Ses paroles sonnèrent aux oreilles d'Adélaïde comme la cloche d'une église. Et à ce moment précis, alors qu'elle était encore éblouie par la splendeur de la chute, et que le soleil perçait enfin entre les nuages, la promesse d'un autre monde apparut dans le regard de Sylvanus, et elle sentit son cœur s'embraser comme une allumette.

« C'est paradisiaque », murmura-t-elle. Et son cœur s'emballa quand il baissa les yeux vers ses lèvres.

« Qu'est-ce qui est paradisiaque ? demanda-t-il.

– Ce calme.

– Ah oui, le calme. » Son regard remonta vers ses yeux marron qui semblaient plus chauds, en fusion. « Mais en fait, ce n'est pas calme, reprit-il. Le vent et la mer, ils causent sans arrêt, ils t'attirent quand tu sors et ils te reconduisent chez toi. J'ai l'impression d'être toujours en train de me battre ou de discuter avec les intempéries. À part ici, dans les bois. Je n'aime pas trop les bois et leur silence pesant qui m'oppresse. » Il marqua une pause. « C'est un peu ridicule, non ?

– Non. Non, c'est juste que je ne pense jamais comme toi au temps qu'il fait. » Elle haussa les épaules. « Pour moi, il pleut ou il ne pleut pas et ça tombe soit à verse, soit de travers.

– C'est sûr que c'est difficile de connaître le temps dans une ville, avec des maisons tout autour qui te bloquent la vue. Maintenant, dans un endroit comme ici – il fit un geste vers la prairie alentour –, tu vois le temps constamment, surtout en été quand le vent espiègle joue avec les herbes et les fleurs. »

Elle hocha la tête, entraînée dans ses pensées, dans ses belles paroles, l'observant tandis qu'il balayait d'un revers de la main ses cheveux épais et drus qui lui tombaient sur le front, appréciant leur manière de se remettre en place.

« Ouais, c'est sûr, cette prairie est paradisiaque, ajouta-t-il avec un grand sourire. Presque aussi agréable qu'une coque remplie de poissons. Ça, c'est vraiment le paradis. Si je pouvais, je passerais ma vie et je mourrai sur un bateau. »

Et voilà. On ne pouvait pas faire d'une buse un épervier. Laissant échapper un grognement, Adélaïde lui tourna le dos et rebroussa chemin le long du ruisseau. Une fenêtre s'était entrouverte pour elle sur un autre monde, un royaume de princes et de châteaux. Et la vue qu'elle en avait eue était exaltante, renversante et équilibrée durant ces moments où elle avait plongé dans ses yeux marron incandescents. Mais elle ne portait pas d'œillères. Il avait peut-être l'air d'un prince sur sa prairie, mais ce n'était qu'un déguisement pour le pêcheur bestial qui régnait dessus et n'attendait que d'instiller dans son corps une douzaine de nourrissons braillards. Et qui serait le maître, alors ? Qui dominerait dans une maisonnée pleine de bébés gueulards ?

La misère, se répondit-elle *in petto*. Rien d'autre que la misère.

Et pourtant, il était là, derrière elle, ses doigts étaient forts et chauds quand il touchait son bras, et son regard, doux et limpide quand il l'invita à s'asseoir. Il prit sa main dans la sienne, à la fois ferme et délicat, comme si elle était un pinson entre ses doigts, et lui désigna un rocher plat tacheté d'écume au bord du ruisseau, assez large pour qu'ils puissent s'y installer tous les deux. Elle s'y laissa guider, mais il aurait aussi bien pu être le fiévreux Apollon, car elle sentait son dos raide comme un chêne et son cœur cuirassé d'écorce.

Elle retira sa main en s'asseyant, disposant sa jupe autour d'elle. « Et qu'est-ce qui rend la pêche si paradisiaque à tes yeux ? » demanda-t-elle, remplaçant mentalement son costume bien repassé par un ciré – afin de bien se souvenir que ce n'était pas un prince qui était assis à côté d'elle, mais un pêcheur esclave de la mer, et que ce bref moment de fantasme, un peu plus tôt, n'était bien qu'un fantasme.

Pourtant qu'elle était agréable, cette prairie martelée par le fracas de la chute d'eau qui couvrait tous les autres sons hormis le chant des oiseaux autour d'elle, et le souffle du vent dans ses cheveux. Quel mal y avait-il, dès lors, à s'attarder un peu et à cueillir quelques feuilles pour sa couronne de lauriers ?

« Tu as de beaux cheveux », dit-il à brûle-pourpoint. Il s'allongea dans l'herbe à côté d'elle et tendit la main pour toucher la mèche droite comme une baguette qui tombait entre ses deux épaules.

« Ne fais pas ça », dit-elle sèchement. Il retira sa main, le rouge aux joues. Elle haussa les épaules, aussi surprise que lui par sa propre réaction, et se pencha en avant, entraînant d'autres mèches telle une trame devant son visage. « Bon, alors, dis-moi ce que tu aimes tellement dans la pêche. »

Il croisa les mains derrière sa nuque et contempla le ciel. « Difficile de te donner une seule réponse, commença-t-il après une pause. J'imagine que c'est un tout. Cela me donne l'impression d'avoir une valeur, d'être riche, si tu veux. Ouais, c'est ça… Pêcher me rend plus riche. » Il fit un grand sourire en captant le coup d'œil qu'elle lança à ses bottes en caoutchouc usées. « Ne t'occupe pas des bottes. Il n'y a pas que l'argent qui enrichisse un homme. J'imagine que, toi, tu t'achèteras toutes sortes de belles chaussures quand l'usine démarrera.

– Je dirais même que ça sera génial de bien s'habiller pour aller en voiture à Hampden, et d'y croiser des gens bien habillés avant de revenir à Ragged Rock.

– On dirait que tu détestes l'endroit où tu vis. » Il s'appuya sur un coude, tournant une nouvelle fois vers elle ses yeux pleins de curiosité. Elle haussa les épaules. « Alors, imagine une maison *tellement* belle qu'elle comblerait de joie ceux qui vivraient à l'intérieur. » Elle baissa vers lui un regard perplexe. « Imagine qu'elle rende une personne *tellement* heureuse qu'elle trouverait la paix de Dieu à l'intérieur ? Ce que j'essaie de dire… c'est que tant que tu aimes ta maison, tu n'as pas besoin d'apprécier les alentours.

– Peut-être que ça marcherait si je pouvais à habiter toute seule quelque part.

– Mère était toujours levée aux aurores. Et je peux te dire qu'elle avait du monde à gérer. Il peut y avoir beaucoup de chambres dans une maison. C'est ce qu'on dit toujours d'elle, qu'elle cultivait son jardin secret – malgré toute sa marmaille – et qu'elle n'était jamais maussade, en dépit de sa charge.

– Peut-être qu'elle était devenue sourde, comme tu l'as dit, et n'entendait plus rien d'autre que le bruit de la chute d'eau, ajouta-t-elle, un peu honteuse de le voir serrer les dents. En tout cas, moi, c'est probablement comme ça que je finirais.

– Toi, ce qui te plairait c'est de l'argent sonnant et trébuchant qui te permettrait d'acheter de belles chaussures et des voitures. Voilà le bruit que tu aimerais entendre. »

Elle renâcla.

« Et dans ta maison, il y aura de la place pour tout ça ?

— Dans ma maison, il y aura beaucoup de chambres, répéta-t-il pour lui-même cette fois. Un homme sait au premier regard quand une femme a besoin de beaucoup d'espace. À sa façon d'être fière et de dédaigner ceux qui lui demandent une danse. » Elle le regarda sans comprendre. « Chez Eb Rice, précisa-t-il. Il y a quelques semaines. Je t'observais par la fenêtre. »

Elle leva le menton, un mouvement de défiance venu droit de l'enfance qui faisait, tout autant que son nez, partie de son visage.

« Pas étonnant qu'on t'ait toujours tenu à l'écart, si tu furetais et fouinais comme ça tout le temps. Alors, pourquoi m'avoir proposé une promenade si tu penses que je suis trop fière pour toi ?

— Je n'ai jamais pensé ça. Je te l'ai dit, je n'ai peut-être pas d'argent, mais je suis riche. Et les femmes fières aiment les hommes riches. C'est ce qu'elles visent toutes, non ? À épouser un homme riche.

— Ce qu'elles visent ? » Adélaïde éclata de rire. « La seule chose que je vise, c'est me laver les mains après une journée de travail. » Puis, lassée de son impertinence, elle se leva en époussetant sa jupe.

« Eh, attends. » Il lui courut après alors qu'elle s'éloignait déjà vers le bateau. « Écoute, c'était pour rire… Je croyais qu'on plaisantait. Bon sang, ça ne t'arrive jamais de dire des bêtises ?

— Je ne parade pas en croyant savoir ce que pensent les autres, ça, c'est sûr, et je ne dis pas que je suis riche.

— Là-dessus, je ne plaisantais pas. » La rattrapant, il se planta devant elle comme une épine de sapin.

« Quand tu choisis ce que tu fais, tu n'es jamais pauvre. »

Son visage se durcit. « Là d'où je viens, rétorqua-t-elle, une houe rouillée reste une houe rouillée, que tu le *choisisses* ou pas. Comme si on choisissait son sort ! » Elle le planta là et s'élança vers la plage, pour l'attendre près du bateau. Mais il ne l'avait pas suivie, et elle se retourna avec mauvaise humeur, captant une nouvelle fois le drôle de regard misérable qu'il lui lançait, et ses mains crispées le long de son corps, tel un enfant se retenant de toucher à un jouet interdit.

« Riche », grommela-t-elle. Et pourtant, il n'avait pas l'air d'un mendiant lorsqu'il s'avança vers elle dans son pantalon bien repassé avec la démarche mesurée d'un lord, malgré son allure maladroite et ses bottes en caoutchouc. Adossée au bateau, elle se mordit les lèvres, énervée de constater la véracité de ses paroles.

# 7

## Négocier une prairie

Elle savait qu'il passerait le dimanche suivant, et avait décidé qu'elle ne l'accompagnerait pas cette fois-ci. Pourtant, elle se retrouva à attendre qu'il frappe à sa porte. Le destin avait été cruel en enflammant son cœur. Et les jours qui suivirent, alors qu'elle remplissait mécaniquement ses tâches ménagères, elle revisitait à n'en plus finir cette réserve de victuailles qu'elle avait découverte en elle-même, qui continuait à lui aiguillonner les sens, embrasant tout son être au moindre effleurement de tissu sur sa cheville nue ou d'une mèche de cheveux sur sa gorge, ou tendant tout son ventre quand elle s'appuyait contre le rebord de la fenêtre pour regarder dehors. Et la nuit aussi, une fois le calme enfin retombé sur la maison, dans l'obscurité tentatrice avec tous ses mondes possibles, elle se tordait d'un tel désir qu'elle avait envie de hurler.

Mais malgré les murmures mystiques des rêves qui envoûtaient ses nuits et les soudaines taches de couleur qui illuminaient ses champs gris de labeur, elle savait que c'était stérile, fugace comme la gloire éphémère de l'iris bleu, qui fleurit avec une telle fièvre au matin qu'il fane sur sa tige au crépuscule. Et comme ses champs semblaient plus ternes maintenant qu'elle avait aperçu une fleur, même si celle-ci n'avait pas pris racine en elle. Elle avait vu sa splendeur et elle avait goûté son pistil dans son lit déchiré par les rêves.

Par conséquent, lorsqu'il frappa à la porte alors qu'elle était en train de ranger dans un tiroir la nappe qu'elle avait repliée, ses mains se mirent à trembler et elle traversa la cuisine en courant, chassant la meute d'enfants qui encombrait son chemin. Ivy et Janie, ses sœurs, se levèrent en gloussant pour regarder par la fenêtre, et elle leur adressa un si mauvais regard qu'elles laissèrent retomber le rideau, intimidées. Fouillant dans un tas de linge, elle sortit son pull préféré, le secoua pour le défroisser avant de l'enfiler, et, calant ses mèches de cheveux derrière ses oreilles, elle alla ouvrir la porte.

Au vu de la façon dont ils s'étaient séparés le dimanche précédent, il se doutait bien qu'il y avait beaucoup de chances qu'elle refuse de ressortir avec lui sans une bonne raison, et dès qu'il la vit, il se mit à parler avec un débit précipité :

« Il faut que je te montre quelque chose. Je le jure devant Dieu, sinon, je ne serais pas venu.

– À condition que tu me ramènes dès que je te le demande. » Et sans même attendre sa promesse, elle partit bille en tête vers son bateau, se sentant un peu coupable de l'obliger à lui courir après. Elle haussa les épaules avec insouciance. Ne lui avait-elle pas clairement dit adieu la semaine précédente ? Et pourtant il était revenu. Parfait. En se comportant de la sorte, il réduisait à néant les éventuels remords qu'elle aurait pu ressentir en sachant que ce n'était pas lui qu'elle recherchait – et surtout pas la vie qu'il lui offrait –, mais une douceur supplémentaire dans sa réserve de victuailles.

En une seule semaine, la prairie s'était métamorphosée d'une tourbière gorgée d'eau à un jardin d'été dont l'herbe n'était pas encore assez haute pour masquer les touffes de marguerites, de pissenlits et de boutons-d'or qui se balançaient dans la brise aussi enivrée qu'elle par leur nectar. Le vent bruissait doucement dans les trembles bourgeonnants, et la cascade s'était apaisée depuis l'assèchement du ruissellement printanier, de sorte qu'il lui était plus facile d'éloigner ses yeux de ses flots tumultueux et de s'émerveiller devant ce bouquet de fleurs sauvages que ce pêcheur lui apportait. Incontestablement, se dit-elle, ouvrant les bras comme pour une danse en remplissant ses narines de cet air doux et parfumé, ce n'est pas le même vent qui fait bruire les arbres à Cooney Arm. On dirait qu'il est préservé du sel de la mer, comme s'il se purifiait à travers l'eau de la cascade avant de l'atteindre.

« Ça t'ennuie si je marche un petit peu… toute seule ? lui demanda-t-elle quand, après s'être amarré à un rocher, il la rejoignit sur l'appontement.

– D'abord, je veux te montrer quelque chose là-haut. » Il pointa du doigt le bout de la prairie, où un chemin s'élevait dans le bois qui flanquait la colline et débouchait sur les falaises, au-dessus de la pointe et du goulet. « Ça ne sera pas long, dit-il d'un ton persuasif. Allez, viens. »

Il passa le premier et traversa la prairie au milieu des boutons-d'or, des marguerites et des trèfles qui se prenaient dans ses bottes. En approchant de la lisière des arbres, la pente s'inclinait vers le haut et un sentier bien tracé s'enfonçait en serpentant dans le bois. Elle accrocha son pull au clou d'un écriteau en bois pourri cloué à un tronc d'arbre. Les mots gravés dessus

– « Chemin de la Veuve » – semblaient plus rongés par les vers que ciselés au burin.

« Mère l'a cloué là quand Père a disparu », dit-il, vérifiant que les jambes de son pantalon étaient bien rentrées dans ses bottes avant de s'attaquer à la montée. Elle hocha la tête. Dans les environs de nombreux villages de pêcheurs, de tels promontoires offraient une vue panoramique sur la mer ; ils servaient quand quelqu'un tardait à rentrer au port mais n'étaient jamais indiqués.

Elle l'interrogea du regard alors qu'il s'agrippait à des branches pour se tracter vers le haut.

« Elle ne m'a jamais dit pourquoi elle avait mis ce panneau, répondit-il. Elle ne parle pas de cette époque. »

Elle lui emboîta le pas, patientant pendant qu'il escaladait une souche pourrie. Une fois de l'autre côté, il l'aida à passer et poursuivit l'ascension en se retournant pour s'assurer qu'elle suivait, lui tendant la main à l'occasion – autant pour la toucher que pour la guider, se dit-elle, car bien qu'escarpé, le sentier n'était pas à ce point difficile. Malgré cela, elle était contente d'avoir mis ses grosses chaussures en toile et peinait à reprendre son souffle à mesure que la pente devenait plus abrupte et que le vent forcissait.

Le sentier et les conifères laissèrent place à des tuckamores aux faîtes écimés par des décennies de bourrasques hurlantes qui les avaient réduits au rang d'arbustes aplatis dans le sens du vent. Elle s'accroupit pour passer entre les branches enchevêtrées, scrutant le sommet nu et rocailleux de la falaise qui surplombait le goulet, et les mouettes qui plongeaient en piqué vers la mer s'étendant en contrebas comme un ciel renversé, le soleil coulant, jaune, sur sa surface, et les lames déferlant par intermittence tels des nuages ballottés par les vents. Un peu plus loin au large émergeaient les récifs de Old Saw Tooth, écumant tel un cyclone au milieu des brisants qui s'écrasaient tout autour.

Sylvanus avança face au vent vers le bord de la falaise. Son pantalon claquait contre ses jambes et les pans de son manteau voletaient comme les ailes noires étendues d'un cormoran se séchant au soleil.

« Tu vois, là-bas ? » cria-t-il. Elle tourna ses yeux larmoyants dans la direction qu'il lui indiquait et découvrit un arbrisseau ressemblant à de la mousse, chargé de nombreuses grappes de fleurs jaunes, à l'autre bout de la falaise. Il se baissa, passa un bras autour de ses épaules, faisant écran de son corps contre le vent pour l'aider à s'accroupir près de lui, et lui désigna une parcelle de terre un tout petit peu plus loin. Elle tordit le cou, n'apercevant qu'un terrier dissimulé sous une touffe d'herbe.

« Un oiseau de tempête », lui cria-t-il à l'oreille. Il rit quand elle sursauta. « C'est l'heure de nourrir les petits. » Elle plissa les yeux en vain, à la recherche d'un oiseau, imaginant que ce terrier était en fait un nid. Il resserra son étreinte autour de ses épaules et la fit doucement pivoter vers sa droite, pointant du doigt une autre touffe herbeuse plus proche du bord de la falaise. « Un nid de mouettes tridactyles, lui cria-t-il. Tu vois l'oisillon ? »

Non, elle ne voyait rien, pas avec ce vent qui gémissait à ses oreilles tel un millier de veuves et fouettait ses yeux comme s'il lui en voulait de ne pas avoir les joues baignées de larmes. Agrippant les mèches de cheveux qui lui cinglaient le visage, elle demanda : « On peut rentrer, maintenant ? »

Immédiatement, son bras retomba de ses épaules. Cette fois, ce fut lui qui la suivit quand elle redescendit en courant à travers les tuckamores rabougris, puis dans la forêt, soulagée de retrouver le sentier.

« C'est... c'était beau, dit-elle à bout de souffle, calant ses cheveux en désordre derrière ses oreilles, lorsqu'ils débouchèrent dans la prairie. Vraiment beau. »

Il sourit, plein d'espoir. Et quand il fut clair qu'elle n'en dirait pas plus, il prit son bras et lui montra la bruyère bordant la prairie avec ses fleurs jaune vif. Et les cassissiers, et un coin à champignons, qu'il appréciait en fricassée. « Et, là-bas, le long du ruisseau, il y a encore de la bruyère – c'est la préférée de Mère. Elle fleurit tôt cette année. Ça annonce un bel été – tout est en avance, même les feuilles. L'été devrait arriver au milieu du mois de juin. Et là, regarde tous ces boutons éparpillés comme de petites étoiles, ils te plaisent ? » Elle hocha la tête. « Mère, elle les adore », conclut-il. Elle recula devant son enthousiasme, se demandant, lorsqu'il toucha son bras, s'il allait l'entraîner encore plus loin le long du ruisseau, et ce qu'il ferait quand il serait à court de choses à lui montrer, car alors, il n'aurait plus de raison de la retenir.

Il dut le voir venir, comme dut le sentir arriver la vieille femme aussi rabougrie que les tuckamores, derrière son visage buriné barré de sourcils noirs telle une ultime résistance au gris de ses cheveux, qui sortit sur son perron au moment où il finit de lui montrer la bruyère qui grimpait à l'assaut des rochers près du ruisseau.

Sans un mot, la vieille femme hocha poliment la tête et rentra dans sa maison.

« Le repas est servi, dit-il. Ensuite, tu pourras faire ta balade toute seule, ça te va ? »

Elle hésita, peu sûre de l'accueil qu'elle lui réservait, mais déjà, il reprit son bras et l'entraînait vers la partie du ruisseau plus large et plus profonde, tentant de l'amadouer avec la promesse de thé et de tartes à la fin du repas. « Deux tartes – elle en fait toujours deux : une à la rhubarbe et une au cassis. Elle a rempli des bocaux entiers de cassis l'automne dernier. Tu aimes le cassis, n'est-ce pas ? C'est ce que Mère préfère, et je t'assure qu'elle s'y connaît en pâtisserie. Personne ne sait faire des tartes comme elle. Tu pourras en prendre une pour chez toi, si tu veux, pour tes frères et sœurs… » Et, feignant de ne pas entendre ses protestations, il la souleva dans ses bras et traversa le ruisseau.

Par la suite, il revint chaque dimanche, utilisant la prairie comme prétexte pour l'appâter. Et il ne ménagea pas sa peine, attirant tantôt son attention sur un papillon aux ailes chocolat posé sur une touffe de chardon, ou les turbulences provoquées par une libellule glissant sur une mare isolée, pas loin de la chute d'eau. Et toujours, il était autour d'elle, faisant courir les doigts autour de ses épaules quand il lui proposait de s'asseoir sur le rocher blanc et tacheté, ou retournant son poignet pour lui verser des baies de cassis dans la main avant de reculer pour l'observer quand elle les mettait dans sa bouche. Un jour où deux pinsons se querellaient sur une branche, il alla fouiller dans un bosquet d'aulnes et revint avec une pleine poignée de baies de thé du Labrador de l'année précédente qu'il fit rouler dans sa paume. Puis, debout derrière elle, il prit sa main sur la sienne et la leva en l'air, jusqu'à ce que le premier pinson puis l'autre se posent sur ses doigts et commencent à picorer les baies, tandis que son autre main était chaleureusement posée sur sa hanche.

Ça se passait toujours de la même manière : il la touchait, l'attirait près de lui, puis reculait, les mains dans les poches de son pantalon de costume bien repassé et l'observait pendant qu'elle regardait ce qu'il lui montrait. Même lorsqu'elle se moquait de lui et lançait des regards hautains, il faisait mine de ne pas le remarquer, de plus en plus soucieux de son confort, de petits cadeaux à dénicher qui éveilleraient sa curiosité, l'étudiant et l'effleurant parfois, même en présence de sa mère. Et les fois où Adélaïde était invitée à prendre le thé, il s'affairait sans répit pour disposer les tasses en porcelaine rarement utilisées, mais avec ses doigts trop larges pour les petites anses, il finissait par les poser dans le creux de sa main, soufflant nonchalamment (croyait-il) pour refroidir le thé et soulager sa peau brûlante.

« Je suis sûre qu'Addie va marier ce pêcheur », énonça Suze sur le ton de la plaisanterie.

Malgré le matin glacial et pluvieux, Adélaïde attendait devant la nouvelle usine que la sirène annonçant le début de la journée de travail retentisse, près d'un groupe de fumeurs tirant sur leur mégot jusqu'à la dernière bouffée. Sa mère discutait avec eux, et quand elle entendit ce que Suze avait dit, elle lança un coup d'œil inquiet à sa fille. Respirant profondément l'air frais et humide, préparant ses poumons à être confinés pendant de longues heures, Adélaïde fit le dos rond. Elle était habituée aux tentatives continuelles de Suze pour l'attirer parmi les autres. Étant donné qu'elle était la marraine de son bébé (qu'elle n'avait pas vu plus d'une demi-douzaine de fois depuis son baptême) et qu'Ambrose, son mari, était originaire de Cooney Arm (où sa mère vivait toujours et où ils séjournaient pendant la quasi-totalité de leur temps libre), ils savaient tout ce qui s'y passait autant qu'à Ragged Rock, et il était donc logique que Suze puisse tenir de tels propos.

« C'est un cas, ce Sylvanus, continua-t-elle, comme Adélaïde faisait mine de ne pas avoir entendu, mais il est plutôt beau gosse, hein, Addie ?

– Il est peut-être bel homme, intervint Gert, l'ancienne contremaîtresse des vigneaux reconvertie en inspectrice du contrôle de qualité à l'usine, mais c'est un coq comme les autres – quand il ne se pavane pas tel un paon dans son beau costume. C'est ça que tu vas épouser, Addie ? Le beau costume ? Je parie que ça te fera froid dans le dos quand il gigotera pour enlever son pantalon bien repassé. Et tu verras bien assez vite à quel point il est beau gosse quand il t'aura mis un polichinelle dans le tiroir. » Elle tourna les yeux vers la lourde poitrine gonflée de lait de Suze. « Ose dire que tu avais prévu celui-là. Je parie que, maintenant, tu voudrais bien qu'Ambrose n'ait jamais quitté les jupes de sa mère.

– La quitter, tu parles, répéta Suze en reniflant. J'aurais préféré qu'il amène cette vieille chose avec lui. Parce que quand elle n'est pas ici, on doit aller à Cooney Arm pour s'occuper d'elle et on y passe la moitié du temps. Mais bon, je l'aime toujours et la vieille devrait mourir bientôt.

– Elle a de nouveau de l'eau dans les poumons ? demanda Florry avec compassion.

– J'aimerais bien, ça pourrait la noyer, répondit Suze. Mais elle est bourrée de méchanceté, et c'est ça qui risque de nous tuer tous avant elle. Mais au moins, elle nous aide un peu avec Benji. Elle a passé toute la nuit à son chevet.

– Petit poussin. Il a attrapé le croup ? demanda une autre.

– Nan. C'est pas le croup. J'ai toujours dit qu'il avait de l'asthme. Cette nuit, on entendait sa respiration siffler dans toute la maison. Pauvre petit amour. Et jamais une plainte, que des sourires.

– Petit chou.

– Alors c'est peut-être aussi bien d'avoir la vieille avec vous.

– Au moins, vous pouvez vous reposer un peu – c'est déjà assez dur de se lever le matin.

– Tu parles comme je me repose avec le petit ange calé contre son oreiller toute la nuit, et sa poitrine qui se soulève quand il essaie de reprendre son souffle. Alors, je vais m'asseoir dans la cuisine et je pleure jusqu'à ce qu'Ambrose vienne me chercher pour me ramener au lit. Et ensuite, il faut nourrir le bébé. Et Am, il a pas la fibre paternelle. Une chose qu'on peut dire sur ton homme, Addie, c'est qu'il est gentil comme pas croyable. La semaine dernière, quand il est passé aider Am à réparer le bateau, il a pris Benji avec lui. Il sera gentil avec les petits quand vous en aurez… »

Adélaïde ronchonna, soulagée d'entendre la sirène, forte et stridente, retentir au-dessus de leurs têtes, lui donnant une raison de franchir le gros portail en bois, et de s'éloigner de Suze. Avec mauvaise humeur, elle ôta son manteau, ignorant sa mère qui arrivait en traînant les pieds derrière elle.

« Tu te laisses atteindre trop facilement », lui reprocha Florry. Comme sa fille, elle se débarrassa de son manteau, et l'échangea contre une des blouses blanches suspendues aux dizaines de clous alignés sur les murs grossièrement peints du vestiaire. « Tu sais bien qu'elle disait ça pour rire. Seigneur, comme si on pouvait t'imaginer avec un bébé !

— Suze me porte sur les nerfs, répliqua Adélaïde, énervée.

— Mais tout te porte sur les nerfs, Addie.

— Comment tu veux faire autrement quand tout ce dont elles parlent, c'est d'avoir un mari et des bébés ? Bon sang, je préfère me taire plutôt que de ne parler que de ça.

— Mon Dieu, ce que tu peux être arrogante, dit Florry. Je ne sais pas ce qui cloche chez toi, tu es comme ça depuis le jour de ta naissance. Alors ne passe pas tes nerfs sur moi. » Comme Adélaïde, une fois sa blouse boutonnée, partit sans répondre en lui tournant le dos, elle se mit à trépigner avec colère.

Ce comportement enfantin eut raison de l'irritation d'Adélaïde. Elle revint vers cette mère qui la toisait d'un regard agressif. « Je ne passe pas mes nerfs, dit-elle, sur la défensive. Oh, et puis laisse tomber, soupira-t-elle en s'éloignant. Comme si c'était moi la plus nerveuse de toute ta marmaille.

— *Ma marmaille !* » la singea Florry. Dans un rare élan de vivacité, elle bondit vers sa fille, la défiant du regard. « Pourquoi tu dis ça ? Pour moi, tu n'es pas de la *marmaille*, tu es Addie. Et Janie est Janie. Et j'aime tellement ton prénom que je vais aussi appeler Addie le bébé que je porte. »

Adélaïde écarquilla les yeux vers le ventre de sa mère. Trois mois ? Six mois ? Neuf mois ? Comment savoir avec son corps courtaud et sa panse arrondie en permanence ?

« Peut-être qu'on a eu tort de faire d'autres enfants alors qu'on n'avait pas beaucoup de moyens, murmura Florry, le visage rougissant sous le regard insistant de sa fille. Mais je fais toujours comme bon me semble. Et quand je regarde en arrière, je n'ai pas l'impression de m'être trompée. C'est seulement quand vous ne mettez plus de couches que j'ai envie de vous abandonner. »

Adélaïde leva les mains, exaspérée. « Alors pourquoi tu continues à en faire ?

– Parce que j'adore les bébés, voilà pourquoi. Et que, dans ma *marmaille,* personne d'autre que *toi* – elle marqua le coup d'un silence – n'est tout le temps en colère.

– Je ne suis pas tout le temps en colère.

– Bien sûr que si, et c'est toujours pour de vrai, peu importe la raison de ta colère perpétuelle. Mais c'est à toi de le découvrir, pas à moi. Vraiment, j'aimerais que tu te maries. Pour voir si ça te ferait changer un peu. »

Changer ! Changer quoi, et pour quoi ? pensa sombrement Adélaïde alors que la deuxième sirène retentissait. Une soixantaine d'ouvrières se bousculèrent autour d'elle, assaillant ses narines de leur odeur âcre de tabac et de thé noir, et échangèrent leurs manteaux et leurs casquettes contre des tabliers et des charlottes. Au milieu de dizaines d'autres corps, Adélaïde pataugea dans le pédiluve désinfectant avant d'avancer à l'intérieur de l'usine. Elle longea les neuf premiers postes de travail disposés côte à côte face à un long tapis roulant, et s'installa devant le dixième et dernier. Puis, serrant la charlotte sur ses cheveux, elle attacha le tablier en caoutchouc rigide qui lui descendait aux genoux, sortit son couteau de sa botte et tira devant elle un des bacs de filets de morue qui défilaient sur le tapis roulant. Dès lors, toutes ses questions sur un *changement* s'évanouirent. Elle sortit un poisson glacé du bac et le plaqua sur le morceau d'acrylique qui délimitait son espace de travail. Elle préleva l'os en V du filet, trancha la queue et découpa les chairs trop molles ou abîmées, puis lança chaque morceau dans les bacs prévus pour le tri. Un des tapis roulants émergeant de la salle de stockage à l'arrière de l'usine se mit à émettre un gémissement sourd qui évolua rapidement en crissement strident, et elle plaqua ses mains sur ses oreilles pour atténuer ce son qui lui faisait grincer des dents.

« Éteignez ça, éteignez ça ! hurla quelqu'un. Au nom de Dieu, faites taire ce bruit ! » Le son diabolique finit par s'estomper, et Adélaïde poussa un soupir de soulagement. Quatre semaines ! Elle était là depuis quatre semaines et n'avait jamais eu autant les nerfs à fleur de peau. Cette usine était infernale. Un véritable enfer avec dix stations de travail de chaque côté du tapis roulant, et derrière, un autre tapis ronflant avec vingt autres stations, ce qui faisait quarante postes de travail et quarante femmes se querellant, caquetant et criant pour se faire entendre dans le brouhaha des tapis charriant ses bacs entre les fileteuses, les écorcheuses et les trancheuses (dont elle faisait partie), jusqu'aux empaqueteuses qui conditionnaient les morues découpées par boîtes de cinq, dix ou vingt livres, qu'elles cachetaient et empilaient ensuite dans des congélateurs dans les cliquetis de plateaux d'acier, les claquements de portes et les sifflements de la vapeur projetée par les tuyaux serpentant juste au-dessus des têtes. Même si c'était le poste le plus bruyant, le plus proche des écorcheuses et de la salle de stockage, elle l'avait choisi, s'épargnant la contrariété supplémentaire de devoir crier au-dessus du vacarme des machines pour répondre à Suze, à Gert, à sa mère ou à la douzaine d'autres ouvrières travaillant autour d'elle.

Presque tous les matins, elle trimait pendant trois heures d'affilée, jusqu'à la pause, sans prononcer une parole, et sans lever les yeux. Au moins, aussi infernal que ce travail pût paraître, il était pour elle l'assurance de ne jamais plus avoir à racler un poisson véreux, car même un moustique n'aurait pas osé s'aventurer dans cette prison oblongue et basse de plafond, sous la lumière aveuglante des lampes suspendues au-dessus des têtes, entre ces murs tremblant de chocs métalliques et de vibrations de générateurs, à l'air chargé d'effluves putrides d'entrailles et de débris de poissons, et près de laquelle des pêcheurs sur le quai hurlaient pour s'entendre dans le fracas des moteurs et des treuils quand ils amarraient leur palangrier, leur skiff, leur bateau à moteur et leur plate et déchargeaient leurs milliers de kilos de poissons dans la station d'entreposage.

Pourtant, malgré les plaintes de plus en plus nombreuses des ouvrières qui demandaient de l'aération, des pauses plus longues et un endroit pour s'asseoir à l'heure du déjeuner, elle appréciait de pouvoir se tenir droite, et pas courbée en deux, et se satisfaisait de son monde réduit à un morceau d'acrylique éclairé par en dessous et entouré de cinq bacs, et de sa tenue de travail composée d'un trop grand tablier en caoutchouc et d'une charlotte qui les faisait ressembler, elle et tous les autres – les hommes comme les femmes –, à des caricatures de vieilles femmes. À quoi bon perdre cinq minutes à caresser les pétales d'un bouton-d'or, à tenter de percer des yeux la brume dorée du soleil, ou à savourer les dernières gouttes de pluie fraîche glissant doucement le soir sur une joue ? Quel sens, d'ailleurs, pouvait-on trouver à quoi que ce soit quand on passait presque toute sa journée debout comme une idiote dans le rugissement furieux de machines à découper de la chair si prompte à se gâter ?

Épouser le pêcheur au beau costume ? Hum. Comme si elle n'y avait pas pensé. La prairie, les pinsons et l'eau vive et limpide étaient des visions paradisiaques. Et elle crevait d'envie de retrouver la douceur de lézarder sur un matelas d'herbe près de la chute d'eau, sous une pluie de gouttelettes rafraîchissant ses joues, les cheveux caressés par la brise comme par un peigne au parfum de fougères. Mais évoquer la prairie sans Sylvanus Now, c'était comme imaginer le ruisseau sans la chute d'eau tant sa silhouette sombre pesait sur ce manteau d'herbe et de fleurs sauvages, aussi imposante que les eaux blanches d'écume qui dévalaient la colline.

La solitude était ce qu'il lui évoquait, une solitude immense et famélique. Elle la recherchait depuis toujours, ayant banni les autres autour d'elle et dédaigné leurs jeux stupides. À présent, il avait violé son isolement volontaire et élargi les horizons de son monde, l'invitant à aller se promener, lui offrant des besoins différents en échange de sa prairie.

Elle grimaça, pas seulement parce que le tapis se remettait à rouler en sifflant, mais aussi en raison de l'endroit où ses pensées l'avaient conduite. Car aussi sûrement qu'un beau visage masque le regard qu'on porte sur la personne cachée derrière, le mariage était un simulacre qui attirait l'attention sur des choses futiles – des bagues, des voiles et de belles cuisines – et détournait l'esprit des costumes bien repassés qu'on remplace par des cirés, des bébés qui gonflaient le ventre, et de l'éternité des jours à venir rongés par l'usure de la vie domestique.

Un souffle d'air glacé la fit frissonner. Elle posa son couteau et boutonna jusqu'au menton le gilet qu'elle portait sous sa blouse. Une porte latérale s'ouvrit au bout du tapis roulant défectueux, laissant passer un rai de lumière qui s'éteignit aussitôt la porte refermée, telle une étoile séparée de sa nébuleuse et aspirée dans un trou noir. C'était exactement ce qu'elle ressentait quand elle partait travailler chaque matin : l'impression d'être un corps forcé de s'arracher à la lumière, avant d'être avalé par un trou noir. Pas étonnant qu'elle ait besoin d'être purifiée, ni que ses pensées la ramènent sans cesse vers les yeux brûlants de désir de Sylvanus Now. Elle invoqua une nouvelle fois la douceur de sa prairie. Même quand il l'emmenait voir sa mère sans se soucier de la tranquillité – ou de la réserve – de la vieille femme, en la portant pour lui faire traverser le ruisseau, elle trouvait cela agréable. Car, elle paraissait distante, la mère, et aussi un peu réticente au fait que son fils ramène à la maison une fille qui venait de quelque part plus haut sur la côte. Mais ça n'avait pas d'importance, c'était précisément ce qu'Adélaïde aimait chez elle : sa façon de rester à l'écart, de tricoter dans son rocking-chair et de regarder par la fenêtre quand retentissait le sifflement de la bouilloire.

Et un beau jour, alors que Sylvanus était allé chercher quelque chose, et qu'elle était installée dans une chaise longue, dodelinant de la tête en rythme avec le cliquetis des aiguilles à tricoter, la joue caressée par le même courant d'air qui soufflait sur les rides de la vieille dame, elle, Adélaïde s'était vraiment endormie.

Une nouvelle stridulation du tapis roulant défectueux la fit sursauter, à tel point qu'elle laissa échapper son couteau. Elle le ramassa et essuya la lame sur son tablier, maudissant ce trou à rats infernal qui n'autorisait même pas ses pensées à vagabonder par cette matinée glaciale et pluvieuse.

# 8

## Le départ de la dernière goélette

« On peut avoir une machine à laver ? réclama Ivy ce soir-là, alors qu'Adélaïde et sa mère venaient de rentrer à la maison, toujours vêtues de leurs blouses, et regardaient, épuisées et consternées, les tas de vêtements sales jonchant le sol, les bottes éparpillées, les billes et les cailloux répandus d'un vieux seau en plastique aux couleurs délavées. Oh dites, on peut ? Allez. *S'il vous plaît ?*

– On peut *quoi*, nom de nom ? s'écria Florry.

– Avoir une machine à laver quand on aura l'électricité.

– Bon sang de bois, c'est ça que tu attends ? poursuivit sa mère, dont les yeux stressés passaient des vêtements sales à la vaisselle dans l'évier. Pourquoi tu n'as rien fait dans la maison ? Et les petits... Ils sont où, les petits ?

– Je les ai envoyés jouer dehors pour pouvoir faire quelques lessives et la vaisselle, mais l'évier s'est bouché et...

– Par ce temps ? Tu les as envoyés jouer dehors par ce temps ?... Bonté divine, et pourquoi tu fais la lessive un mercredi – et aussi tard dans la journée ?

– Parce que, demain, je n'aurai pas le temps. Je dois passer chez Carol Ann, ajouta-t-elle sur un ton suppliant. Son père est le présentateur du nouveau spectacle de western et elle a dit que je pouvais y assister. Ce vieil évier se bouche toujours. Si un jour, nous obtenons l'électricité…

– L'électricité ? ricana Adélaïde, qui se frayait un chemin dans la cuisine en enlevant sa blouse. Quel rapport avec l'évier bouché ? Et qui va s'occuper de la maison quand tu seras au spectacle en pleine journée ? »

Ivy lui fit face.

« Tu crois que je vais filer et tout laisser sens dessus dessous ? s'écria-t-elle, sur la défensive.

– On peut se poser la question quand on voit ce que tu as fait aujourd'hui. »

Ivy lui fit une grimace.

« Essaie un peu de rester ici, toi. On verra comment tu t'en sors.

– Tu penses qu'elle va s'enfuir et abandonner tout le monde ? dit Janie, revêche, depuis l'autre côté de la pièce. C'est moi qui m'occuperai d'eux… si ça ne te dérange pas. »

Adélaïde renifla et s'assit sur une chaise après avoir envoyé voler les vêtements entassés dessus.

« D'accord, tu vas t'occuper d'eux, dit-elle d'une voix lasse. Vu l'état de cette pièce, vous ne serez pas trop de deux. » Ivy s'avança vers elle en criant pour protester : « Et toi, ne viens pas m'embêter !

– Et toi, ne nous embête pas non plus, s'énerva Janie.

– Elle est tout le temps après *nous* ! plaida Ivy quand sa mère leva un poing vers elle en guise d'avertissement. En plus, je voulais emmener Johnnie et Alf voir le spectacle avec moi, donc Janie n'aurait dû s'occuper que des petits. » Elle donna un coup de pied dans un tas de vêtements et se mit à pleurnicher. « Ce n'est pas juste, je ne peux jamais aller nulle part.

— Grande gueule, dit Janie, qui, sortant une clé à cliquet d'un tiroir, fusilla Adélaïde du regard. Peut-être que tu es jalouse et que tu voudrais y aller toi-même.

— Janie, intervint Florry, surveille tes paroles. Personne n'ira nulle part tant qu'on n'aura pas nettoyé ce foutoir. Qu'est-ce que tu fabriques avec cette clé ? Vous avez fait tomber quelque chose dans l'évier ? Qu'est-ce que vous avez mis dedans ?

— On n'a rien fait tomber, s'écrièrent Janie et Ivy d'une même voix.

— Il est bouché, c'est tout, poursuivit Ivy. Comme toujours, et si on avait de l'eau chaude, on pourrait en faire couler dans le siphon pour faire fondre la graisse.

— De la graisse ! s'exclama Adélaïde. Vous avez mis de la graisse dans le siphon ?

— Je n'ai jamais dit ça ! Tu n'écoutes jamais. Tous les autres ont fait installer l'électricité. Pourquoi nous, on le fait pas ?

— Pour l'amour du Ciel, tais-toi », gémit Florry. Elle s'assit dans son rocking-chair et entreprit de retirer de ses bottes ses pieds endoloris. « Et va chercher les petits, bon Dieu – fais ce que je te dis et arrête d'en rajouter. Qui parle devant la fenêtre ? Addie, va voir qui c'est. » Adélaïde avait aussi enlevé ses bottes. Elle se leva de sa chaise et passa pieds nus devant la fenêtre sans même y jeter un coup d'œil. « C'était trop te demander de regarder ? hurla Florry. Janie, va voir qui c'est. Janie ? Seigneur, mais qu'est-ce qu'elle fait maintenant ? » À moitié enfoncée dans le placard, Janie se mit à marteler la canalisation avec la clé à cliquet. « Attends, arrête. Ce n'est pas comme ça qu'on s'en sert, bon sang, ce n'est pas un marteau !

Addie, enlève-lui ça des mains, avant qu'elle casse le tuyau. »

Adélaïde était en train de verser de l'eau brûlante de la bouilloire dans une vieille bassine en plastique sur la table de toilette. « Tu ne peux pas faire attention ? Tu as failli m'ébouillanter », s'écria-t-elle, quand Ivy la bouscula en apportant un marteau. Ivy se précipita dehors, laissant la porte grande ouverte derrière elle. Adélaïde poussa un soupir exaspéré et alla la refermer d'un coup de pied. « Bon Dieu de bicoque ! »

La porte se rouvrit aussitôt. Pensant que c'était Ivy qui rappliquait pour une dernière saillie, Adélaïde se dressa devant le seuil, brandissant la bouilloire dans un geste menaçant. Mais ce fut son père, Leamond, qui apparut. Encore vêtu de son suroît, les joues noircies par une barbe d'un mois, et ses yeux bleus paraissant plus brillants que dans son souvenir, il observa la pièce, les paupières plissées, comme s'il scrutait encore l'horizon depuis la proue d'une goélette.

« Leam ! s'exclama Florry. Je pensais bien que c'était toi que j'avais entendu. Mon Dieu, Addie, pousse-toi et laisse entrer ton père. Mais qu'est-ce que tu fais à terre en plein milieu du mois ? » Elle envoya bouler ses bottes en caoutchouc, se leva du rocking-chair et s'avança vers lui entre les tas de vêtements sales. Adélaïde s'écarta pour laisser passer sa large carcasse. Son épaule ployait douloureusement sous le poids de la sangle d'un sac de marin et une paire de chaussures bateau Logan pendait par les lacets à son cou.

– Aide-moi, retire cette sangle », dit-il impatiemment en courbant l'épaule vers sa fille. Adélaïde recula avec un air gêné à cause des odeurs de goélette et de rouille qui émanaient de lui.

« Mais quelle petite nature ! s'exclama Florry, quand elle tira légèrement sur la sangle en passant un doigt dessous. Ah, va-t'en, laisse-moi faire, continua sa mère, la lui arrachant de la main et la retirant de l'épaule de Leamond. Bonté divine, qu'est-ce que tu as mis là-dedans ? Des pierres ? s'exclama-t-elle en laissant le sac tomber lourdement sur le sol. Alors, mon homme, comment ça se fait que tu sois de retour ? Quel est le problème ? Tu ne t'es pas blessé, au moins ?

– Y a pas de problème. Tout va bien », répondit Leamond sur ce ton à la fois querelleur et pleurnichard, comme s'il était toujours pris dans une dispute, qu'Adélaïde détestait. C'est exactement ça, pensa-t-elle en l'examinant pendant qu'elle reposait la bouilloire sur le fourneau : il lui rappelait un tuckamore rabougri et plié, constamment battu par le vent, avec ses branches noueuses, son tronc courtaud et cette touffe de cheveux plaquée comme une natte sur le haut de son crâne – la même qu'avait Sylvanus, se dit-elle, le jour sur les falaises, quand il s'était tenu, jambes arquées face au vent, pour lui montrer le nid d'oiseaux de tempête. Son cœur s'emballa lorsqu'elle vit son père traverser la pièce de sa démarche arquée.

Un jour, as-tu été fort et ténébreux, lui cria-t-elle silencieusement. Te dressais-tu comme le genévrier avant d'être rabougri par le vent ? Oh… Et incapable de faire face à une telle idée, elle plongea la main dans l'évier plein de vaisselle sale, à la recherche du savon qui n'était jamais reposé à sa place, sur le bord, attendant, impatiente, une réponse de son père à qui sa mère n'en laissait pas placer une.

« Alors, pourquoi es-tu rentré ? Tu n'es parti que quelques semaines. Nom de Dieu, Janie, arrête de taper sur ce tuyau. Addie, prends-lui cette clé à cliquet – ou à molette, je ne sais pas. Tu m'as entendue ? Arrache-lui cette clé des mains. Et toi, Leam, assieds-toi avant de t'écrouler, et ne me dis pas que tu n'es pas malade, sinon, tu ne serais pas à la maison en pleine saison. » Les manches retroussées, prête à les plonger dans l'eau brûlante, Adélaïde se mit à tirer Janie pour la sortir du placard, pendant que celle-ci poussait des cris perçants, lui donnant des coups de pied sans cesser de marteler la canalisation. « Attention ! Ne lui fais pas mal, s'exclama Florry, puis se tournant vers son mari : Seigneur, elles vont me rendre folle. Je voudrais tellement que tu sois à la maison, Leam, si seulement c'était possible. Parce que plus les enfants grandissent, plus ils sont insupportables. Janie, arrête !

– Ça ne sert à rien de taper dessus », ajouta Adélaïde, dont la sœur continuait à ruer et à asséner des coups de clé sur le tuyau.

– Je ne *tape* pas dessus. Je le desserre, répliqua Janie.

– Continue comme ça et tu vas te faire tremper par un évier plein d'eau.

– J'ai mis un seau en dessous, pauvre idiote. Tu crois que je suis aussi débile que toi ?

– Tu les entends ? reprit Florry. Tu entends comme elles se parlent. C'est comme ça toute la sainte journée. De vraies sauvages. Je voudrais tant que tu arrêtes de partir en mer, Leam, ou alors, que tu les emmènes avec toi sur les bateaux. Qu'ils larguent les amarres pour le restant de leurs jours, ce serait une vraie bénédiction. »

Leamond soupira, comme s'il hésitait entre s'asseoir à table et entrer dans la mêlée autour de la clé à cliquet. « Quels bateaux ? dit-il avec humeur, choisissant de s'asseoir, grattant son cou rougi par les intempéries. Il n'y a plus de bateau. Aucun, tu m'entends ? La dernière goélette a pris la mer aujourd'hui – la dernière. Salauds de pouvoirs publics », jura-t-il, sans se soucier d'Adélaïde et de Florry qui se retournèrent vers lui, surprises.

« Quoi ?… Qu'est-ce que tu dis ? » demanda Florry, en secouant la tête comme si elle n'avait pas bien entendu. Elle tira une chaise et s'assit près de lui pendant qu'il continuait de pérorer sur le départ de l'ultime goélette et le foutu gouvernement.

« Dès qu'ils découvrent un nouveau truc, leur premier réflexe, c'est de se débarrasser de ce qu'il y avait avant. Comme si le poisson frais n'était pas le cadeau que Dieu fit à Pierre, et sans se soucier de nous autres, les saleurs qui le pêchons et le mangeons depuis l'Arche d'Alliance.

– Enfin, c'est pas possible, tempéra Florry, s'efforçant de comprendre. Tu veux dire que la dernière goélette est partie pour de bon ?

– Bien sûr que c'est ce que je veux dire ! s'écria Leamond. C'est trop dur à comprendre pour toi ? La dernière goélette a mis les voiles. C'est terminé. Tout le monde embarque sur des palangriers qui vendent directement leur pêche à ces foutues usines !

– Alors, c'est pas si pire. Ils ne peuvent pas tout vendre aux usines, puisqu'il n'y en a pas assez dans la région pour acheter tout ce qu'ils pêchent.

– Non, il n'y en a pas encore assez. Mais dans un an, tu verras combien il y en aura – plus d'usines que de vigneaux, je te le garantis ! Et dans pas longtemps, plus de vigneaux du tout. » Il grommela : « Et ils s'en foutent que le prix du poisson salé soit aussi bas qu'en ce moment. Plus jamais ils ne l'augmenteront – ils

114

n'essaient même pas, ces salauds du gouvernement ! Tout ce qu'ils veulent, c'est qu'on laisse tomber les vigneaux pour aller trimer dans leurs usines. Tu verras si ce n'est pas ça qu'ils manigancent : se débarrasser de la morue salée et ne plus travailler que le poisson frais.

– Tu te fais du souci pour rien, dit Florry. Il y aura toujours un marché pour le poisson salé. Je ne suis pas inquiète pour les prix qui baissent. Le prix du poisson, ça monte et ça descend, comme le ventre d'un chien. C'était déjà pareil quand j'étais petite. » Elle se releva et marcha à pas lourds vers l'évier. « Ce que tu pues, ça pique les yeux. Enlève ta chemise et viens par là. Dépêche-toi, moi aussi, je dois me laver et je dors debout. Allons bon, quoi encore ? » Adélaïde était parvenue à arracher la clé des mains de Janie et avait poussé un hurlement en voyant son père qui s'approchait de la cuvette d'eau chaude en enlevant sa chemise. « Au nom de Dieu, Addie, tu peux quand même laisser ton père se laver, non ?

– Ah, les femmes et les enfants », grommela Leamond entre ses dents. Il plongea ses mains dans l'eau et s'aspergea le visage. « C'est ça qui a pourri le marché de la morue salée – autoriser les femmes et les enfants à travailler le poisson » – *splash* – « et laisser la qualité se dégrader » – *splash splash* – « la faute à la Grande Pêche et aux chalutiers qui rapportent plus de poissons qu'ils ne peuvent en vendre, ces pauvres imbéciles » – *splash splash splash* – « impossible de maintenir la qualité avec des femmes et des enfants pour préparer le poisson. Le savon, il est où ?... Flo, il y a du savon ?

– Impossible d'en garder, les petits s'enfuient toujours avec. Janie, qu'est-ce qu'ils ont fait du savon ?

Addie, pour l'amour de Dieu, tu vas rester plantée là à bouder toute la nuit ? Prends le flétan que j'ai rapporté pour le dîner. Et toi, frotte bien ta nuque, Leam – puisque je sais maintenant qu'une femme ne sait pas même nettoyer une morue. »

Adélaïde rangea bruyamment la clé à cliquet dans le tiroir. « Dans ce cas, je vais laisser passer pas mal de poissons véreux », dit-elle à voix haute. Elle se retourna et découvrit son père qui la fixait des yeux, de l'eau dégoulinant de ses moustaches.

« Dommage qu'on n'en ait pas un ce soir ! gronda-t-il. Tu l'aurais mangé au dîner, espèce de souillon !

– Surveille tes paroles, ce n'est pas ce qu'elle voulait dire, tempéra Florry en lui épongeant le visage avec une serviette. Ta fille est la meilleure ouvrière de l'usine. Tiens, voilà le savon. Dépêche-toi de frotter. Elle peut devenir mauvaise si on l'empêche de se laver… Et toi, calme-toi », hurla-t-elle quand Janie donna un coup de pied dans le tibia de sa sœur et tenta une percée vers la porte.

Adélaïde poussa un cri de douleur et s'élança à la poursuite de Janie. Leamond se déroba aux frictions de Florry et se mit à hurler à son tour : « Bon Dieu, et il faut en plus que je supporte ça. Comme des enfants. Des jeunes filles qui se comportent comme des enfants.

– Attention, s'exclama Florry en frottant de plus belle. Ne commence pas, j'ai déjà assez à faire avec les autres. Janie, si tu ouvres cette porte, je te casse les doigts – va préparer du thé pour ton père. C'est Ivy qui revient avec les petits ? Mon Dieu, je n'y vois goutte. » Elle balaya de la main le fatras qui encombrait le rebord de la fenêtre. « Qu'est-ce que c'est que ça ? Ton ciré ? » Elle recula en écarquillant les yeux de surprise et porta sa main potelée contre sa bouche. « Leamond Ralph, tu as arrêté la pêche ! »

À son tour, il la regarda avec des yeux ronds. « Ce n'est pas ce que j'ai dit ?

– Mais je ne pensais pas que tu arrêtais *vraiment* !

– Ce n'est pas moi. Ce sont les goélettes qui arrêtent. Tu vois que tu n'écoutes rien.

– Eh bien, j'aurais jamais cru te voir un jour mettre pied à terre. Pour l'amour du Ciel, Janie, ne casse pas cette tasse, s'écria-t-elle vers sa troisième fille qui remuait le thé du père en cognant la cuillère contre la porcelaine. C'est pas une grande nouvelle ? Ton père revient vivre à la maison. Qu'est-ce que les petits vont penser de ça ? Ils te connaissent à peine. Addie, regarde dehors et dis-moi si c'est bien Ivy que j'entends. Dieu merci, ce sont eux qui reviennent. » La porte s'ouvrit à la volée, et deux jeunes garçons sortis des couches depuis à peine deux ans firent irruption dans la pièce et se mirent à pousser des cris où se mêlaient la peur et l'excitation quand Johnnie et Alf entrèrent derrière eux à quatre pattes, leur cognant le derrière avec la tête en hennissant comme des chevaux. « Par pitié, Johnnie, laisse-les tranquilles. Dans quel état ils sont ! Enlève leurs bottes, Janie. Où est passée Ivy ? Où est-elle encore partie ? Addie, ajoute de l'eau dans la cuvette, je vais me débarbouiller à mon tour ; dépêche-toi, j'ai le repas de ton père à préparer. Tu as trouvé ce flétan ? Il va falloir t'y faire, ton père est de retour. »

« Et s'ils arrêtaient vraiment le commerce du poisson salé ? » demanda Adélaïde en bâillant, plusieurs matins plus tard. Ils avaient débarqué près d'un banc de moules juste après Little Trite. Sous le vieux chapeau de feutre qui protégeait ses yeux du soleil, Sylvanus avait de l'eau et des algues jusqu'aux genoux. Ses jambes de pantalon rentrées dans ses bottes, et ses manches de veste roulées jusqu'aux coudes, il était plié en deux et tâtonnait dans les algues et les rochers à la recherche de moules.

« Il y aura toujours des marchés pour le poisson salé, répondit-il avec désinvolture, en lançant une moule grosse comme le poing dans une casserole d'eau de mer posée sur un rocher.

— Alors pourquoi ils brûlent leurs vigneaux, dans le Labrador ? Et pourquoi la dernière goélette a pris la mer la semaine dernière ?

— Qu'est-ce qui te fait dire ça ?

— C'est mon père qui l'a dit : la dernière goélette est rentrée la semaine dernière et il était dessus. Aujourd'hui, il n'y est plus. Il est à la maison pour de bon, ajouta-t-elle en faisant la moue.

— Moi, ça me va. Je ne donnerais pas à mon chien le poisson qu'ils salent et font sécher dans le Labrador. Et je l'enverrais encore moins à l'étranger. »

Elle se rebiffa devant son arrogance.

« Ils font ça depuis des années. C'est quand même pas si compliqué de saler le poisson correctement.

— Alors ils ne doivent pas être très regardants sur le tri. Parce que c'est ça ce qu'ils font depuis des années dans leur foutue sélection. Ils laissent passer de la morue jaune et craquante de sel comme si elle avait chopé la jaunisse. C'est le tri qui fait du mal au commerce. Je ne vendrais jamais un poisson s'il n'était pas de qualité supérieure. Est-ce pour ça que tu es agressive ce matin ? Parce que ton père est rentré à la maison ?

— Je ne suis pas agressive.

118

– Non, bien sûr que non. Si je ne t'avais pas entendue grincer des dents, je ne m'en serais pas douté. Pourquoi va-t-il chaque été pêcher dans le Labrador ?

– Je ne sais pas. J'imagine qu'il aime ça.

– Il aurait pu partir en haute mer par ici, sur les goélettes, et il serait rentré quelques jours toutes les deux ou trois semaines si ça l'avait chanté. Pas besoin d'aller passer tout l'été dans le Labrador. »

Elle haussa les épaules, marquant son indifférence. « Peut-être qu'il n'avait pas envie de rentrer », dit-elle en étouffant un nouveau bâillement. Et elle remercia Dieu que cela ait été le cas, en repensant aux vingt minutes supplémentaires qu'elle passait chaque matin aux fourneaux depuis son retour, pour cuire des pancakes qu'il engloutissait en buvant bruyamment son thé, tout en râlant et en se lamentant sur les prix, les palangriers et les salauds du gouvernement.

« Je me demande ce que vont devenir les côtes du Labrador quand il n'y aura plus de goélettes pour pêcher sur leurs bancs, dit Sylvanus. J'imagine que beaucoup de pêcheurs vont rester par là-bas, se construire une maison et s'installer avec ceux qui y vivent déjà. Peut-être qu'ils finiront par avoir une morue de qualité, s'ils commencent à travailler pour eux-mêmes, et plus sur les grands chalutiers.

– Oh, pour l'amour du Ciel, s'énerva-t-elle. Tu parles comme mon père.

– Alors, ton père sait de quoi il parle. Je ne dis pas que tu ne sais pas préparer le poisson, Addie. Je dis seulement que tu ne te soucies pas autant de la qualité du séchage que quelqu'un qui travaille seul, à son compte. C'est cette histoire de sélection qui a fait chuter les marchés. Un homme ne devrait pas pouvoir pêcher plus qu'il ne peut saler et faire sécher lui-même. Essaie d'expliquer ça à Manny et Jake. Ils sont sortis la semaine dernière avec un nouveau piège à morue et maintenant, ils en remontent plus qu'ils ne peuvent transformer. Du coup, leurs femmes et leurs enfants doivent travailler pour eux sur les vigneaux. »

Adélaïde se leva, rassemblant nerveusement du pied quelques morceaux de bois flotté pendant qu'il recommençait à radoter sur les palangriers, l'essor de la pêche semi-hauturière et le gouvernement qui distribuait de plus en plus d'argent à ceux qui voulaient acquérir des palangriers, ajoutant qu'il y aurait bientôt plus de palangriers sur la mer qu'il y avait eu de goélettes, que les pêcheurs devraient se méfier parce qu'un palangrier, ça ne rapportait pas plus que des pièges à morue, et que tout le monde s'endettait pour rien – le même genre de bavardage que son père affectionnait depuis son retour à la maison. Les bateaux, les poissons et le gouvernement, tout ça me soulève le cœur, pensa-t-elle. Y avait-il un endroit quelque part qui ne puait pas le poisson salé, où l'on n'avait jamais vu de joue ni de langue de morue et où l'on n'ignorait pas que la culotte était un vêtement d'homme ? Peu de chances qu'un tel endroit existe, quand même Jésus s'était repu de poisson. Gémissant en son for intérieur, elle fit un cercle de pierres pour allumer le feu. « Tu n'as pas répondu à ma question, l'accusa-t-elle quand il marqua une pause pour reprendre son souffle, continuant de fouiller dans les algues.

– Quelle question ?

– Qu'est-ce que tu feras si le commerce du poisson frais remplace celui du poisson salé ?

– Je te l'ai dit, ça n'arrivera pas.

– Et si ça arrivait quand même ? insista-t-elle. Je te le demande : tu ferais quoi si ça arrivait ?

– Ce n'est pas quelque chose qui m'inquiète. Quarante millions de livres par an, c'est la quantité de poisson salé qu'on envoie chaque année à l'étranger, contre cent mille livres de poisson frais. Des chiffres pareils ne s'inversent pas dans la nuit. Et ce n'est pas juste une question de conservation, ajouta-t-il d'une voix forte en pointant vers elle une coquille de moule. C'est le goût. Les gens *veulent* de la morue salée parce qu'ils aiment son goût. Bon sang, si je devais passer une semaine sans ma ration de beurre fondu… » Il s'interrompit, grimaçant devant une telle éventualité.

« Tu ne réponds toujours pas, répéta-t-elle vivement. Je t'ai demandé ce que tu ferais *si*… Oh, et puis, laisse tomber. Je sais exactement ce que tu ferais. La même chose que les autres : tu basculerais sur le poisson frais et tu déchargerais directement à l'usine. Et bien sûr, tu n'abandonnerais jamais ton précieux bateau. » Il avançait dans l'eau lourde de varech, arrachant sans effort les pieds d'algues qui entravaient sa marche. « Tu ne m'écoutes même pas », grommela-t-elle. S'asseyant sur un carré d'herbe près de la casserole pleine de moules, elle se dit que, quand il était sur ou au bord de la mer, il était solide comme une frégate. Et elle commença de préférer son allure pataude quand il était loin de l'eau, comme lorsqu'il la suivait sur la prairie ou sur les chemins de Ragged Rock, quand il était peu sûr de lui et soucieux de lui plaire. Dans ces moments au moins, elle avait une chance de le persuader de quelque chose.

Elle poussa un cri quand une autre moule grosse comme le poing tomba dans la casserole, éclaboussant sa cheville nue d'eau glacée.

« Tu vas te contenter de regarder ? » cria-t-il. À présent, avec son col de chemise blanc plaqué contre sa gorge poilue, ses pans qui pendaient sous sa veste noire et son index pointé malicieusement vers elle, il lui fit penser à un prêtre défroqué.

Elle fronça le nez. « Pou de mer, dit-elle.

– Pou de mer ? » Il examina les poils noirs et humides sur ses avant-bras, à la recherche de parasites. « Tu me prends pour un pouilleux, c'est ça ? Je parie que ça te met mal à l'aise de déjeuner avec un pêcheur pouilleux. Si tu avais su, tu serais restée chez toi, pas vrai ?

– Si j'avais pu aller autre part, répondit-elle, piquée, je ne serais sûrement pas ici. »

Il baissa d'un ton, ses yeux perdant leur côté revêche, et elle rougit de sa propre franchise. Il regagna la terre ferme, ses bottes pleines d'eau, la bouche déformée par la colère.

« Si je détestais un endroit autant que toi tu détestes celui-ci, je m'enfuirais, finit-il par dire. Ça doit être pour ça que tu détestes tellement les bébés – ils te rappellent qui tu es.

– Qu'est-ce que ça veut dire ?

– Que, dans leur vulnérabilité, tu vois ta propre impuissance. Ils ne peuvent pas partir si personne ne les guide. Et j'ai l'impression que c'est pareil pour toi. Sinon, comme je l'ai dit, tu te serais enfuie. »

Elle le fusilla du regard et il détourna les yeux, sortant une boîte d'allumettes de sa poche. Il s'agenouilla près du cercle de pierres, craqua une allumette, jura doucement quand la flamme s'éteignit, et recommença. Deux autres allumettes connurent le même destin et il rapprocha les mains du foyer. Le feu commença enfin à prendre. Il s'assit et continua de l'alimenter d'écorces de bouleau et de copeaux de bois jusqu'à ce qu'il obtienne de bonnes flammes. Puis, il plaça la casserole de moules sur deux bâtons posés en croix au-dessus du foyer et, s'accroupissant à nouveau, il l'observa à travers le voile de chaleur et de fumée.

« Je ne pensais pas ce que j'ai dit », dit-elle.

Il hocha la tête et jeta un autre bout de bois dans le feu. Puis, il croisa les mains autour de ses genoux, le visage soucieux. Et enfin, d'une voix à peine audible, il dit :

« Je ne suis pas vraiment un cadeau pour toi, n'est-ce pas ? » Elle ouvrit la bouche pour protester, mais il ne la laissa pas parler. « Bien sûr que non et ce n'est pas grave, ajouta-t-il d'une voix plus forte. Je sais ce que je suis. Je suis comme l'orignal que je chasse, j'avance toujours face au vent et, dès que je sens l'odeur humaine, je me sauve. Je ne suis allé qu'une seule fois à Corner Brook. Les villes, c'est pas pour moi – des gens qui grouillent partout, et impossible d'approcher de l'eau à cause des quais et des cargos. Moi, j'aime être tout seul. Et toi, c'est le contraire.

– Je ne sais pas comment tu peux dire ça alors que je cherche toujours la solitude.

– La foule de la ville, c'est ça que tu voudrais. Des gens partout, mais personne qui te connaît – et pas de vigneaux, ni de poissons à cent milles à la ronde. Tu détestes ça, les poissons et les vigneaux.

– Tu peux ajouter les bébés, dit-elle, et elle se sentit penaude devant son air attristé. Qu'est-ce que j'en sais de ce que j'aime ? reprit-elle. Si ça se trouve, je serai une grande danseuse ou une couturière. Je crois que la seule fois où j'ai été proche d'un émerveillement, c'était devant la chute de Cooney Arm.

– Alors tu devrais trouver quelque chose qui t'émerveille, répondit-il. La chasse, pour moi, c'est une merveille ; ça m'emmène chaque fois dans un coin

123

différent de mon cerveau, je pense à plein de choses, à l'heure qu'il est, au vent, aux vieux réflexes et aux nouvelles ruses qu'on développe, l'orignal et moi. Pareil quand je pêche la morue : je pense aux marées, aux courants, à ses habitudes. » Il secoua la tête. « Aux eaux plus chaudes ou froides, aux endroits où elle se nourrit et quand elle n'est pas là, où il vaut mieux jeter l'ancre. Ça te rentre dans le sang de réfléchir et de prévoir comme ça tout le temps. Même quand je coupe du bois en hiver, je pense à la première traque du printemps, au mouillage, au moment où le capelan va se pointer. À la radio, il n'y a rien qui me rentre dans la tête comme ça, à moins que ça parle du prix du poisson, des marchés ou des nouveaux filets qui vont sortir. Tu dois t'abandonner dans quelque chose, Addie, et tu y découvriras l'émerveillement. » Il s'arrêta devant ses yeux lointains, comme si elle le regardait depuis une autre rive.

« C'est impressionnant que tu arrives à trouver le temps de rassembler tes pensées comme ça, dit-elle après un moment. Moi, même quand je dors, il y a un mioche qui beugle pour avoir son biberon, son pot de chambre, ou une tartine de confiture. Je n'arrive pas à me rappeler une seule pensée qui m'appartienne.

– Laisse-moi te construire une maison », l'exhorta-t-il, les yeux rendus brillants par les flammes qui dansaient.

Il bondit au-dessus du feu, atterrissant à côté d'elle, et la poussa pour qu'elle lui fasse un peu de place sur son coin d'herbe. Elle secoua la tête, levant sa main comme pour le tenir à distance.

« Je la construirai sur la prairie, tout près du ruisseau, dit-il. Tu adoreras vivre ici, je te le promets.

– Non, ça restera pareil.

– Non, bien sûr que non. Ce sera ta maison. Ce n'est plus pareil quand c'est la tienne ; tu t'y sentiras mieux.

– Tu l'as dit toi-même : c'est quand on choisit une chose qu'elle te rend riche. Et là, ce que tu fais, c'est choisir à ma place, comme tout le monde.

– Et moi ? Tu me choisirais, moi ? » Ses mains étaient lourdes quand il les posa sur ses épaules. « Tu aurais dansé avec moi, si je te l'avais demandé ? Tu aurais accepté ? » Il parlait tout bas, la joue collée contre la sienne. Elle ferma les yeux, appréciant sa peau rugueuse et la chaleur de son torse sur son chemisier. « C'est comme prendre un pinson dans ses mains, souffla-t-il à son oreille en l'enlaçant. C'est merveilleux que le vent ne t'emporte pas au loin. Si je te construis une maison près du goulet, je devrai t'amarrer au perron. »

Elle se débattit pour protester, mais l'air était plein de son odeur, et ses bras étaient de chaudes bandes la protégeant du froid.

« Tu n'auras plus jamais à toucher un poisson, dit-il d'une voix rauque, ni même à regarder un vigneau – je te le promets.

– Bien sûr que non, puisque je serai trop occupée à faire des bébés », s'écria-t-elle, esquissant une faible tentative pour se libérer. Mais la méfiance d'Adélaïde finit par devenir une grâce plus forte que la culpabilité de Sylvanus, et il l'attira vers lui pour être face à elle. Ses lèvres étaient douces et tremblantes, comme elle l'avait imaginé.

« On n'est pas obligés de le faire, murmura-t-il précipitamment, je veux juste continuer à te toucher comme ça », et un frisson la parcourut lorsqu'il reposa sa bouche sur la sienne et que ses doigts attisèrent le

brasier dans son ventre. Et alors que son désir pro-
pageait le désir en elle, une autre chose fut créée : le
besoin de l'autre. Allongé dans l'herbe sur le dos, il la
tira sur lui, sentant ses seins contre son torse, laissant
ses mains vagabonder dans son dos, la serrant de plus
en plus fort.

TROISIÈME PARTIE

# SYLVANUS

Été 1953 – Hiver 1955

# 9

## Un plus grand homme

Il commença de lui construire une maison dans la prairie, avec la porte ouvrant sur la forêt, les fenêtres orientées vers le goulet, et un mur aveugle faisant face aux autres habitations et aux vigneaux de Cooney Arm – même si elle n'avait pas demandé un tel mur. Non, elle n'en avait jamais parlé, mais il savait à quel point elle avait les vigneaux en horreur et appréciait de se sentir seule, à l'écart des autres. Sans aucun doute, c'était ce qu'elle aurait voulu s'il le lui avait demandé. Les gens de Cooney Arm décrétèrent que c'était une sottise de construire sa maison si près du goulet et, pire, d'orienter sa porte face au vent. Et que dire de ce mur sans fenêtre ? Sans fenêtre, comment veux-tu voir quoi que ce soit ?

Durant l'automne, les femmes multiplièrent les tasses de thé prises à la table d'Eva, observant Sylvanus par la fenêtre qui sciait, martelait et clouait avec l'aide de Manny et de Jake, et de tous ceux qui avaient un peu de temps, et l'observant surtout elle, Adélaïde – la femme qu'il avait épousée –, qui se promenait sans cesse dans la prairie, ou s'asseyait près de la cascade en picorant des baies de cassis qu'elle gardait dans sa poche. Bien sûr, elles étaient toutes heureuses que le dernier rejeton d'Eva se soit trouvé une épouse, mais qu'est-ce qu'elle était farouche ! Hormis quelques balades d'amoureux dans le hameau lorsqu'il l'avait amenée chez lui pour la première fois, on l'avait rarement vue se promener sur la côte ; une seule fois, elle était allée prendre une rapide tasse de thé avec Manny et Melita, et même pas avec Jake et Elsie.

« Je dois y aller, avait-elle dit un soir sur le perron d'Elsie. Sylvanus m'attend. »

« Elle est venue jusqu'à ma porte et elle n'a même pas voulu entrer, avait raconté Elsie à ses voisines par la suite. Et elle est repartie en courant après un coup d'œil malin, comme si j'avais craché dans le thé, que je lui proposais. »

– *Sylvanus m'attend !* » la singèrent-elles, méprisantes. Au moins maintenant, il a son mot à dire sur ses allées et venues, puisqu'elle l'a traîné au temple protestant de Hampden pour se marier, alors qu'ils étaient tous les deux anglicans. Et sans inviter personne, à part Suze Brett qui faisait office de témoin. Et Sylvanus qui s'est laissé faire. Pour sûr, il a trouvé une perle rare avec celle-là. Même Jake le dit, elle a peut-être de jolis seins, mais sa peau blanche comme un linge ne tient pas ses promesses, et on allait voir comment elle se débrouillerait, toute seule de l'autre côté du ruisseau, le dos tourné à tout le monde. Et Sylvanus, ce pauvre fou ! Un jour qu'Adélaïde était allée se promener dans les bois, il avait délaissé son marteau pour lui faire un bouquet de houx et de bruyère parsemé de fleurs jaune pâle cueillies dans les buissons de chèvrefeuille, et l'avait déposé au bord du ruisseau sur le rocher où elle s'asseyait toujours. Sous le regard des hommes, en plus. Fou. Il était devenu fou.

Sylvanus hocha la tête. Il connaissait leur parlotte et n'y prêtait aucune attention. Adélaïde lui raconta que, ce fameux jour où elle s'était enfuie au lieu de prendre le thé chez Jake et Elsie, elle avait entendu par hasard son frère dire à sa femme qu'elle était « plus faible qu'une infirme ». Il n'avait pas remarqué qu'elle était debout sur le seuil. Elsie, en revanche, l'avait bien vue. Et pourtant, elle n'avait rien dit pour expliquer son départ précipité aux autres villageoises. Ils avaient fini par se disputer, Adélaïde affirmant qu'Elsie aussi devait la trouver plus débile qu'une infirme, et que si elle pensait ça, toutes les autres devaient le penser, et le dire, aussi. Et que, à coup sûr, elles avaient dû écouter les ragots des médisants de Ragged Rock, qui affirmaient qu'elle passait ses journées à traînasser dans la crasse jusqu'au cou, alors que, pendant tous ces étés, elle trimait comme une esclave sur les vigneaux.

« Mais non, elles ne disent pas ça, protesta Sylvanus. Moi, en tout cas, personne ne m'a jamais rien dit sur toi, et c'est sûr que si Melita ou Elsie avaient entendu des choses, elles m'en auraient parlé. Tu as toujours l'air tellement en colère, Addie, quand tu parles des gens.

– C'est ce que disait ma mère, que j'étais tout le temps en colère. Comment ne pas l'être quand tout le monde me traitait de feignante parce que je préférais développer mon cerveau plutôt que mon dos ? Mais ne t'inquiète pas, Syllie. Je sais que c'est dans ma tête, mais quand je suis avec d'autres femmes, j'ai l'impression d'être cette fille feignante et sale. Et c'est tout.

– Alors pourquoi tu te crois supérieure ? rétorqua-t-il. Parce que tu te penses vraiment au-dessus, pas vrai ? Ça s'entend dès que tu parles des autres.

– Peut-être qu'à force de rester enfermé et de t'occuper de tes affaires, tu finis par te croire au-dessus des autres. Parce qu'en dessous, il y a celles qui espionnent et qui flairent les ragots, et rentrent les répandre chez elles. Oh, ne discute pas avec moi, Syllie, je sais comment enflent les commérages. Ça part d'une chose et ça se termine en autre chose, mais entre les deux, elles déforment tout pour que ça corresponde à ce qu'elles veulent – ce qui ne poserait pas de problème si c'était pour dire du bien de toi. Mais on sait tous que ce qui n'est pas choquant n'est pas intéressant. Donc, tu peux me croire, ce n'est pas pour dire du bien qu'elles passent leur temps à jacasser. Et tout ce qu'elles critiquent – elle esquissa un sourire –, c'est précisément ce que je préférerais faire plutôt que de m'asseoir avec elles. Et d'abord, j'adore la solitude, c'est aussi bête que ça. »

Elle n'en dit pas plus. C'était sans d'importance. Elle changea de sujet. Naturellement, il aurait bien aimé qu'elle soit plus liante avec les gens de Cooney Arm, ce qui mettrait un terme aux ragots. Mais non contente de ne pas se sentir à sa place parmi ses voisins, elle appréciait vraiment la solitude. Qu'aurait-il pu trouver à y redire quand lui-même n'aimait rien tant qu'être tout seul sur son bateau, en train de pêcher à la dandinette ?

Vraiment, elle était faite pour lui, son Addie. Elle avait laissé tomber son idée d'aller vivre en ville, pour devenir sa femme. S'il l'avait pu, il lui aurait décroché la lune en retour. Mais pour le moment, il peignait en jaune les murs de sa cuisine et disposait autour de la fenêtre des pots de plantes grimpantes dont la couleur verte reproduisait celle des arbres, en prévision des longs soirs d'automne et de la prairie plongée dans l'obscurité, quand elle serait seule à la maison et lui jusque tard à la pêche.

Une cuisine, une chambre et une véranda, c'était ce qu'il leur fallait jusqu'à l'été suivant, et il travailla avec empressement, suivant attentivement les instructions de Manny et des autres qui prenaient le temps de lui montrer comment mesurer, scier et clouer, soulever des charges et des poutres ou réaliser des fondations, et toutes ces choses nécessaires quand on construit sa maison. Il débordait de joie en la voyant prendre forme. Entre ces murs, sur ces planchers, sous ces plafonds érigés à la force de ses mains calleuses, il ressentait la valeur de sa propre existence. Il avait éprouvé la même chose l'année où il avait abandonné l'école et fait siens l'appontement et l'échafaud de son père, osant s'aventurer à l'intérieur et mettre le nez dans ses tourets de lignes et ses filets, et s'approprier les barils, les tonnes, les boîtes de dandinettes, de flotteurs et d'étoupes, et tout un tas de ciseaux, de grappins, d'outils à moitié rouillés et d'autres objets. Et peu à peu, il avait rassemblé ces choses et ces morceaux épars, les ajustant les uns avec les autres jusqu'à ce qu'un ordre apparaisse. Et maintenant qu'il avait enfin terminé de construire sa maison, posé la dernière planche et enfoncé le dernier clou, sa poitrine se gonflait de la même fierté qui l'avait rempli quand, durant cette première saison de pêche, il développa en mer et sur terre toute la chaîne d'actions qui allait de la dandinette au séchage, en passant par la découpe et le salage en saumure. Et ce jour-là, comme aujourd'hui, il avait embrassé d'un regard circulaire ce qu'il avait créé, s'apercevant que lui, Sylvanus Now, se situait en son centre, et était le garant de son harmonie.

Pendant l'été qui suivit le mariage, il déclina la proposition de ses frères d'acheter avec eux une troisième trappe à morue, et ils le sermonnèrent. Avec une femme à entretenir et des petits qui n'allaient pas tarder à arriver, ils pensaient qu'il aurait dû saisir cette opportunité de gagner plus d'argent et de passer moins de temps en mer. Sans compter que c'était plus sûr de pêcher à trois dans un plus grand bateau.

Balayant leur proposition de cette manière hautaine qui les exaspérait autant qu'elle irritait Adélaïde, il ignora leurs railleries et partit en mer seul, comme il l'avait toujours fait, avec ses dandinettes à ses pieds et un sourire satisfait sur le visage. Pendant qu'il franchissait le goulet au moteur, son regard s'attarda sur sa maison dressée fièrement sur la prairie. Bon sang, comme ça faisait du bien. Le cœur comblé, il contourna la pointe, dépassa Old Saw Tooth, Little Trite et les mioches des Trapp qui faisaient des ricochets en direction de son bateau. Puis il rallia Pollock's Brook et mouilla l'ancre à l'endroit où la rivière se jetait de son estuaire dans l'océan. Quand il se mit debout dans son bateau, il était un plus grand homme que la veille. Aujourd'hui, il avait une maison. Triomphalement, il enroula une ligne autour de chacune de ses mains, lança ses dandinettes à l'eau et, plantant ses pieds de part et d'autre de la coque, commença de dandiner : avant-bras droit en haut ; avant-bras gauche en bas ; avant-bras gauche en haut ; avant-bras droit en bas ; en haut, en bas ; en haut, en bas ; les fils trempés scintillaient quand il relevait la ligne, les jambes raidies pour absorber le roulis, les hanches un peu relâchées, mais bien équilibrées, droites comme ses épaules, et les mains lacées de fil de pêche levées vers le ciel ; en haut en bas, en haut en bas, en haut en bas.

Une touche. Une touche à gauche. Coinçant la deuxième ligne dans le tolet de l'aviron, il se mit à siffloter en relevant sa ligne, brassée après brassée, jusqu'à ce qu'il croise les yeux exorbités d'une morue de belle taille. Le repas du soir. Pour son premier dîner dans sa nouvelle maison, quel meilleur mets que cet oiseau de la mer ?

Il aurait voulu emmener son Addie avec lui et pouvoir lui montrer comment, alors qu'il sortait à peine de l'adolescence, l'échafaud de son père l'avait attiré avec ses odeurs âcres et piquantes de saumure et de poisson. Et comment, par la suite, à force de passer ses journées à pêcher, à vider et à saler le poisson, il avait acquis la grâce du vol sur ses jambes arquées. Peut-être alors cesserait-elle de prendre la pêche de haut, ainsi que le pêcheur qu'il incarnait. Il aurait voulu qu'elle se tienne face à l'estuaire à ses côtés en ce moment précis, et qu'elle observe, de la même façon qu'on ne peut pas se passer des autres, comment une telle embouchure sert de poumon à l'océan, aspirant la marée montante dans sa bouche et la faisant circuler le long de ses rives luxuriantes, puis la filtrant dans les herbiers d'algues ondulantes avant de l'expulser, une fois enrichie et purifiée, avec la marée descendante. Elle comprendrait alors à quel point tout était lié, que, même quand la marée montait, les rivières et les ruisseaux continuaient de couler vers la mer, remuant à contre-courant le fond de l'océan, et faisant remonter dans son reflux les crabes, les crevettes, les étoiles de mer et les plies qui nourrissaient les morues qui mordraient à ses leurres, remplissant son bateau et garnissant sa table pour le repas du lendemain. Elle verrait même alors que, tout comme lui, cette maison qu'il avait construite contenait la terre et la mer. Et que, si elle devait reproduire en constellations le plan de cette construction dans les cieux, elle verrait que lui, Sylvanus Now, dessinait le Cygne dans la Voie lactée, ses jambes arquées formant les ailes, et que le champ lumineux des myriades d'étoiles et de nébuleuses autour de lui était comme la laitance sur laquelle il avait déposé sa création. Et alors, il était sûr qu'elle voudrait percer une fenêtre sur ce mur aveugle, et qu'il faudrait qu'elle soit grande afin qu'elle puisse voir tout ce qu'il continuait de créer, dans son échafaud et sur son bateau, dans le ciré et le suroît de son père. Pour sûr, c'est ce qu'elle voudrait, alors.

Il sourit ; la seule image d'elle l'observant depuis une fenêtre percée sur l'arrière lui faisait chaud au ventre. Il relança sa dandinette et se projeta chez lui au moment où il enlevait ses vêtements de pêche sur la véranda et se baissait, nu, pour entrer dans le baquet d'eau chaude savonneuse qu'elle lui faisait chauffer chaque soir sur le poêle crépitant de la cuisine dont il sentait la chaleur comme il sentait ses doigts frais sur sa nuque lorsqu'elle faisait ruisseler sur ses cheveux l'eau chaude qui imprégnait son cuir chevelu et s'écoulait dans les poils noirs et soyeux de son torse, jusqu'à former un bassin brûlant au creux de son nombril. Évidemment, les mauvaises langues avaient persiflé : il n'avait pas le droit de rentrer chez lui après sa dure journée de travail sans s'être d'abord déshabillé et lavé au tuyau d'eau froide dans son échafaud ! Qu'ils aillent au diable avec leurs racontars. Ça ne le dérangeait pas de devoir récurer le sang et les excréments sur ses mains avant de rentrer. Lequel, parmi ces médisants, n'aurait pas adoré s'accroupir dans un baquet d'eau chaude et savonneuse après avoir été assis dans son bateau toute une froide journée, avant de contempler une silhouette comme la sienne quand elle mettait la table pour le dîner, ses cheveux soigneusement ramenés sur la nuque et sa taille élancée et élégante dans une jupe qu'il l'aurait vue couper et coudre elle-même ? Quel homme n'aurait pas adoré ça ?

Parfois, quand elle se penchait au-dessus de lui pour lui sécher les cheveux avec une serviette, sa peau sentait la rosée, et il avait envie de poser sa bouche sur le creux palpitant à la base de sa gorge. Mais elle était mal à l'aise, même si elle ne le quittait pas des yeux et, parfois, se penchait un peu plus vers lui et ralentissait la friction de ses mains dans sa chevelure. C'était seulement dans la chambre à coucher qu'elle l'autorisait à la toucher. Elle exigeait le noir complet, mais il s'était débrouillé pour laisser une petite lampe allumée dans la cuisine qui laissait entrer juste assez de lumière pour dessiner la courbe de son sourcil, l'arrondi de sa joue parfaitement adapté à sa paume et ses yeux qui s'assombrissaient à mesure que ses pupilles grandissaient.

« Tu es comme un oiseau », murmurait-il, enserrant son poignet dans sa grande main, le pouce posé sur sa peau délicate. Et quand elle souriait pendant qu'il explorait avec sa bouche les ombres dansantes sur son corps nu, c'était le paradis.

La possibilité qu'elle tombe enceinte l'inquiétait. Non que ça l'eût dérangé d'avoir un petit ou deux, mais il savait qu'elle détestait les enfants.

« Je ne les *déteste* pas, expliqua-t-elle un jour qu'Elsie s'était invitée pour le thé et faisait mine d'admirer son parquet soigneusement ciré. Seigneur, je ne pense pas détester quoi que ce soit.

— Mais peut-être que tu détesterais qu'ils salissent ton beau parquet », dit Elsie. Sylvanus lui adressa un sale regard. « Je plaisantais, c'est tout », ajouta-t-elle. À son ton agacé, il sentit que c'était le cas. Sachant que son Addie n'en croyait pas un mot, il réprima un sourire en découvrant sa corpulente belle-sœur se tasser sous le regard bleu glacé de sa femme.

« Pour plaisanter de quoi ? De mon parquet qui brille ou de ma détestation des bébés ? reprit-elle. Ne viens-je pas de te dire que je ne détestais rien ? »

Elsie piqua un fard. « J'ai seulement entendu Suze dire un jour que tu détestais les bébés.

— Suze ! répéta Adélaïde avec mépris.

— Je suis sûre qu'elle aussi, elle voulait plaisanter, dit Elsie. Mais maintenant, vu comme tu t'énerves, je me demande si elle n'a pas touché juste. »

Adélaïde soupira. « Eh bien, non, je ne les déteste pas, répondit-elle. Simplement, ma mère n'arrêtait pas de faire des bébés, et ils se mettaient toujours en travers du chemin. »

Elsie écarquilla les yeux. « Ça devient choquant : ce que tu veux dire, ce n'est pas *un bébé en travers du chemin*, mais *un bébé en travers de ton chemin*. »

Cette fois, Adélaïde ne le prit pas avec humour. « Pas de *mon* chemin, dit-elle très sérieusement. C'étaient les bébés de maman. Ils auraient pu se mettre en travers de *son* chemin tant qu'ils voulaient…

— Donc, tu ne veux pas d'enfants parce qu'ils se mettraient dans ton chemin.

— Si un jour j'en ai, ils ne seront pas dans mon chemin, parce qu'ils *seront* mon chemin – si cela te parle, ajouta-t-elle alors qu'Elsie fronçait les sourcils, perplexe. Tu reprends un peu de thé ? »

Après le départ d'Elsie, Adélaïde débarrassait quand Sylvanus lui demanda : « Tu le pensais vraiment, Addie ? Quand tu disais ne pas détester les bébés ?

— Ça ne veut pas dire que j'ai envie d'en avoir, répondit-elle. Lorsque le jour viendra – et il viendra –, ça m'ira très bien. Mais comme j'ai dit, au moins ce seront mes enfants, pas ceux de quelqu'un d'autre. » Elle sourit. « Le truc, c'est d'en avoir beaucoup – comme ça, les aînés s'occupent des plus petits et la maman n'a qu'à rester assise et à tout régenter. Ça, je l'ai appris de ma mère. »

Il lui sut gré de son sourire et de ce qu'elle venait de dire, mais il perçut le poids de ses paroles, et mit en pratique avec application les astuces qu'il avait apprises pour éviter d'avoir des bébés. Il aurait pu en faire plus, dire autre chose, mais ces affaires intimes la mettaient mal à l'aise. Alors, il n'insista pas, préférant consacrer son temps à l'aimer.

Une nuit, après la saison de la pêche, alors qu'il s'apprêtait à sortir avant le jour pour aller couper du bois et ne rentrer qu'au soir, il lui demanda si ça ne la dérangeait pas de rester toute seule toute la journée de l'autre côté du ruisseau sans voir personne.

« Non ! » s'exclama-t-elle, le visage dur, comme si on l'accusait injustement. Puis, secouant la tête, elle éclata de rire, posant le bout de ses doigts sur sa main. « Tu te rappelles ce que je t'avais dit ? J'adore être toute seule. C'est un bonheur d'avoir un endroit pour soi. » Et il vit bien que c'était vrai – à sa façon de pétrir une pâte à pain devant ses yeux admiratifs, et d'adorer garder sa cuisine aussi propre et bien rangée que possible, posant sur chaque accoudoir ou au centre de la table des morceaux de tissus récupérés sur des vêtements, ou des chiffons, qu'elle brodait avec du fil de couleur que lui fournissait Eva. Suspendus au-dessus de la grande fenêtre qu'il avait rapportée de Corner Brook et encastrée dans le mur face au sud, il y avait des bouquets d'asters et d'épervières, dont les parfums mêlés embaumaient la cuisine – et masquaient son odeur de poisson, comme elle le lui avoua un soir où il se plaignait en blaguant de ce que l'extérieur prenait le contrôle sur leur intérieur.

Ça ne le gênait pas. Ses petits caprices et ses envies la rendaient encore plus adorable à ses yeux, et lui procuraient de nouveaux moyens de lui faire plaisir. Quant au mur sans fenêtre qui occultait le goulet, son échafaud, son bateau et ses vigneaux – qu'importe ? Son échafaud et son bateau étaient comme des pièces en plus et c'était ce qu'il lui avait promis, plus de place. Où était le problème si elle en préférait certains espaces à d'autres ? Les siens étaient tous à l'intérieur de la maison, surtout le petit coin qu'elle s'était aménagé derrière un rideau, à l'abri des regards.

Elle ne le lui raconta jamais, mais il le sentit l'importance de ce réduit la première fois qu'elle sortit un petit livre déjà bien usé consacré à un saint dont elle n'aimait pas parler, et commença de s'absorber dans sa lecture pendant des heures, parfois sombre, parfois souriante, ne lui prêtant aucun regard – qu'il soit couché ou en train d'errer dans la pièce en quémandant son attention. Et les autres ne manquèrent pas non plus de lui raconter qu'elle se glissait furtivement assez souvent dans la petite église en bois pendant la semaine après s'être assurée que personne ne la regardait.

« Je ne comprends pas ce qu'elle fait là-dedans en pleine semaine, sans prêtre ni personne », lui dit Elsie un jour sans masquer sa désapprobation, heureuse en même temps de pouvoir relater une nouvelle lubie d'Addie. Il se contenta de hausser les épaules, marmonnant une phrase au sujet de Dieu, qui n'avait plus d'horaires précis depuis qu'il avait achevé la Création. Pourtant, il avait honte de l'admettre, il ressentait un peu de jalousie qu'elle fît des choses en cachette de lui. Et il se mit à ressasser l'idée que, peut-être, c'était la maison, et pas lui, qu'elle avait épousée : un moyen d'échapper à sa vie misérable. Mais il avait tellement l'impression de faire partie des murs autour d'elle qu'il se disait que ce voile allait bientôt se déchirer et qu'elle se tiendrait alors dans toute sa nudité devant lui. En plus, elle semblait toujours si passionnée après une de ses visites à l'église, ou après une heure passée à lire son petit livre saint, qu'il se mit à imaginer que les livres, l'église et Dieu étaient des préludes au bon moment à venir.

Alors, balayant sa jalousie, il se consacrait à l'aimer. Et plus rien d'autre n'avait d'importance, et elle aurait pu avoir une centaine de recoins derrière des rideaux si ça lui faisait plaisir.

Seul son bien-être comptait pour lui, et elle semblait aller bien. Même quand arriva leur premier hiver ensemble, lorsqu'en grande partie la cascade et le ruisseau furent pris par la glace et que la neige recouvrit la prairie, elle semblait aussi contente que lui d'écouter la chanson du vent dehors et le crépitement joyeux du poêle à l'intérieur, sans rien à faire qu'un peu de vaisselle. Et un soir, il sentit son cœur sur le point d'exploser lorsqu'elle leva ses grands yeux bleu clair de son assiette de hachis de corned-beef et lui dit avec un air surpris qu'il était devenu son tout premier meilleur ami. Le lendemain, alors qu'elle était assise près de la fenêtre ouvrant sur le sud, la tête rejetée en arrière et les yeux clos tournés vers les montagnes blanches qui se détachaient sur un immense ciel bleu, il se faufila près d'elle, conscient qu'elle détestait ce genre d'enfantillages, et approcha sa joue si près de la sienne qu'il en sentit la chaleur sans la toucher. Puis il s'enhardit et caressa sa paupière en battant des cils, tels des filaments de velours.

« Un baiser papillon, murmura-t-il lorsqu'elle ouvrit les yeux.

– Mais comment tu penses à des trucs pareils ? » s'exclama-t-elle tandis qu'il tournait tranquillement les talons en bombant le torse, ainsi qu'il le faisait toujours quand elle lui attribuait une petite chose toute simple comme s'il en était le créateur – et c'était l'impression qu'il avait parfois en la regardant s'affairer dans la cuisine, faisant briller la bouilloire, les poignées de porte, les feuilles de ses éphémères et ses fenêtres : d'être son créateur, de l'arracher à une misère abrutissante et de lui construire de ses mains une maison vibrante de vie.

Bien sûr, les créateurs ont besoin d'âmes sœurs pour réaliser leurs œuvres. Et jusqu'à présent, Adélaïde l'avait merveilleusement complété. Et si les choses étaient restées en l'état, une grande harmonie aurait pu persister dans ce petit foyer. Mais comme ses jours entiers passés en mer le lui avaient appris, Sylvanus savait que rien n'est jamais figé, mais toujours en pleine mutation, vers le pire ou le meilleur. Et sans nul doute, vu les signes annonçant la première grossesse d'Adélaïde, il se préparait au pire.

# 10

## État de changement

Cette année-là, le printemps fut précoce, brisa la glace dans le chenal et dispersa les blocs dérivants dans le goulet autour de la pointe. Dès que le bras de mer fut praticable, Sylvanus mit son bateau à l'eau, entassa un peu de nourriture dans le rouf et posa son fusil de chasse et sa carabine près de lui. Le ciel blanc crème rendait les eaux grises et nacrées par cette matinée de pétole. La journée idéale pour repérer la vague en V créée par le museau d'un jeune phoque fendant les flots en nageant sur le dos. Une fois le goulet franchi, Sylvanus mit les gaz vers le large.

À plusieurs reprises, il débusqua la fourrure noire et lisse de vieux phoques du Groenland se détachant nettement sur un bloc de glace blanche. Mais non, il n'avait pas envie de ralentir, pas aujourd'hui avec ce vent tiède pour son premier jour en mer depuis le mois d'octobre. Il adorait ça, vraiment, le grand large devant lui et le sentiment de liberté qu'il tirait de filer sur les flots par ces jours calmes et doux réchauffés par la brise du sud.

Une vingtaine de milles plus loin, il doubla sur sa droite la pointe de Cap Ray. La mer était parsemée de bateaux à moteur naviguant dans différentes directions. Eux aussi chassaient le phoque, et en observant l'un d'eux qui dérivait sans bruit, vers un museau noir qui ondulait vers lui, il envisagea de couper son moteur et de se joindre à la chasse. Mais une autre chose capta son attention, une forme blanche et massive apparaissant au-dessus de Cap Ray tel un iceberg immense. C'est ce qu'il pensa au début, mais en constatant que la masse continuait d'avancer depuis l'arrière du cap vers la haute mer, il resta bouche bée. C'était un navire – différent de tout ce qu'il avait vu, ou aurait pu imaginer – au moins trois fois plus grand que les chalutiers et les cargos de haute mer, avec une cheminée plus large que son bateau.

Il siffla doucement. Il a dû être pris par les glaces, pensa-t-il, et s'abriter derrière le cap. L'énorme bâtiment contournait la pointe. Il aurait pu submerger une douzaine de chalutiers s'ils avaient été sur sa route. Pratiquement cent mètres de long pour plus d'un millier de tonnes, comme il le raconterait plus tard à ses frères, avec un drapeau britannique qui flottait au-dessus et son nom en grandes lettres blanches sur sa coque : *Fairtry*. Mais c'était le filet installé à la poupe qui était le plus impressionnant. Ça, un bateau de pêche ?

Non. Pas possible. Impossible que ce Léviathan des mers puisse passer pour un bateau de pêche. Sylvanus secoua la tête avec stupeur en le regardant doubler la pointe et mettre cap au large, sa cheminée crachant un panache de fumée noire dans son sillage, avertissant de son passage à grands coups de corne de brume. En quelques minutes, il disparut, sa dunette blanche s'enfonçant dans le ciel printanier et sa proue fendant les flots sans effort.

« Bon Dieu, mais d'où tu sors, mon frère ? dit Jake, quand Sylvanus, de retour à terre et amarré à l'appontement de son aîné, lui dit ce qu'il avait vu. Tu n'en avais pas entendu parler ? » Partagé entre émerveillement et appréhension, il écouta ses frères lui raconter, tout en réparant les filets et les agrès en prévision de la campagne de pêche estivale, que ce bâtiment battant pavillon britannique – mis en service la même année – était à la fois un navire-usine et un congélateur, capable de congeler et de traiter trente tonnes de poisson par jour, et qu'il pouvait rester en mer pendant quatre-vingts jours sans faire escale.

Trente tonnes de poisson par jour pendant quatre-vingts jours. Sylvanus essaya bien de compter, mais il ne savait pas calculer une somme pareille. Il repensa aux cinq cents chalutiers qui parsemaient la mer quelques années plus tôt avec leurs filets gigantesques de trois cents mètres qui pouvaient remonter plus de vingt tonnes de poisson en une heure de virage, et ce, six ou sept fois par jour, stockant le tonnage dans leurs cales avant de retourner vers leur port d'attache. Et il repensa à Ambrose et aux autres qui lui avaient dressé le tableau du carnage des chaluts ouverts en deux et des prises non désirées rejetées à la mer. Sa gorge se serra. Quelle serait l'épaisseur de la couche de poissons morts répandue sur les eaux si ce monstre des mers abîmait ses filets et perdait le fruit de sa pêche ? Et plus encore que les chaluts abîmés et vidés, quel serait le prix à payer quand ces filets géants auraient raclé les zones de frai ? C'était ça qui rendait malade Sylvanus Now – qu'une chose trop grande pour être calculée soit quelque part en train de ravager les fonds marins.

Selon ses frères, il se disait aussi que les Russes avaient berné les Anglais pour obtenir les plans de ce navire-usine. Mais les Russes ne disposaient pas encore de flotte de pêche – pas de quoi s'inquiéter de ce côté-là. Il y avait aussi ceux qui étaient déjà sur place, les Français, les Espagnols, les Portugais, les Américains. Bon sang, en ce moment, il y avait plus de couleurs sur les pavillons flottant au-dessus des zones de pêche que sur la courtepointe en patchwork d'une vieille dame.

« Parfaitement, mon gars, l'année dernière les étrangers ont pris plus de poisson que nous autres, dit Manny. C'est la première fois que ça arrive – que les étrangers pêchent plus de poisson que tous les Canadiens réunis.

– C'est vrai ? » demanda Sylvanus, surpris.

Penché sur le billot, occupé à ciseler une dame de nage d'aviron, Jake lui jeta un coup d'œil dégoûté. « Vas-y, Manny, jette-lui un seau d'eau dans la figure pour le réveiller avant que les chalutiers ne s'amarrent à son appontement pour débarquer son poisson.

– Ah, les joies du bonheur conjugal, dit Manny. Ça se terminera bien assez tôt. Tu ferais mieux de rentrer, mon grand, il y a quelque chose qui t'attend là-bas. »

Sylvanus fit semblant de n'avoir pas entendu. Sa vie entière, il avait écouté les vieux pêcheurs parler de leur père, et du père de leur père, qui avaient quémandé, supplié et signé des pétitions afin que les gouvernements châtient les chalutiers qui ne cessaient de piller le ventre de l'océan, ne laissant que destruction et dévastation dans leur sillage, et menaçaient d'extinction une certaine façon de vivre – la sienne. Et à maintes reprises, il avait entendu les réponses apaisantes apportées par les dirigeants de la province depuis des temps immémoriaux. « Rasseyez-vous, mes amis, car l'océan est aussi vaste que le ciel et abrite plus de poissons qu'il n'y a d'étoiles. Alors, ne vous

146

inquiétez pas pour quelques chalutiers quand les bancs sont si épais qu'on peut marcher sur l'eau, et ne vous en faites pas non plus pour les fonds marins, car un bon passage de chalut est nécessaire pour épurer le lit de l'océan et assurer la croissance des poissons. »

« Écoute, Syllie, dit Manny, une brassée de filets dans les mains, il y aura toujours des moyens plus importants et plus efficaces de faire les choses. Tout ce qu'il nous reste à faire, c'est de sauter à bord, frérot, et de continuer à pêcher jusqu'à la fin.

— Et on sait tous comment ça va finir, dit Jake. Une pénurie de poisson, voilà. C'est déjà arrivé du temps de Père après la Première Guerre, et on se prépare à une nouvelle crise aujourd'hui, après la Seconde… toujours la même chose. Une nouvelle guerre, c'est ça qu'il nous faudrait pour chasser ces salauds de nos eaux…

— Oui, mon gars, tu as raison, une nouvelle guerre », l'interrompit Manny en quittant l'échafaud avec ses filets, lui adressant une grimace. Jake se relança dans sa tirade bien connue sur l'accumulation de chalutiers sur les bancs avant la Première Guerre mondiale, et la façon dont les quantités de pêche s'étaient effondrées, avant de se redresser pendant la guerre grâce aux sous-marins et aux mines qui protégeaient les eaux des gros navires de pêche. « Et ça a été la même chose avec la Deuxième Guerre, affirma-t-il en suivant Sylvanus qui rejoignait Manny à l'extérieur. Il y avait des dizaines de chalutiers qui venaient pêcher dans le coin et les prises ont commencé à baisser. Alors les sous-marins se sont pointés en faisant sauter tout ce qui naviguait, et vous savez quoi ? Les prises ont commencé à remonter, et la morue est revenue en masse vers le rivage. Alors bon Dieu, arrête de me raconter qu'il y aura toujours du poisson, parce que je viens de t'en donner la preuve : ils peuvent piller nos fonds autant qu'ils veulent, c'est clair comme de l'eau de roche.

– Tu as raison, dit Sylvanus. Comme de l'eau de roche.

– Et maintenant, voilà qu'un navire plus grand qu'une usine vient traîner au-dessus des zones de frai. Regarde bien, frangin, regarde bien ce qui va se passer si le poisson ne revient pas. On a besoin d'une autre guerre, et parbleu, s'ils déchirent encore un de mes filets, ils vont l'avoir et je t'assure que ce ne sera pas un coup de canon tiré du rivage. Tu peux ricaner, lança-t-il à Manny, qui souriait en étendant son filet sur la plage, mais moi, je rigole pas, je te le garantis. Et ça me posera pas de problème d'abattre quelques-uns de ces salauds d'étrangers – et nos propres gouvernants avec – s'ils continuent à déchirer mes filets.

– Eh bien vas-y, mon gars, va donc tous les buter, dit Manny. Et toi, Syllie, regagne tes pénates. Je t'ai pas dit que quelque chose t'attendait ? Quoi, ça n'a aucune importance. Contente-toi de rentrer chez toi. »

Sylvanus se fendit d'un grand sourire. Pas facile avec Manny d'avoir des idées noires. Il s'éloigna en captant, portées par le vent, les chicaneries de ses frères.

À l'instant où il posa le pied sur le perron, sa mère ouvrit la porte à la volée et il dessaoula d'un coup.

« Addio est enceinte, dit Eva. Dépêche-toi d'entrer et referme la porte. Elle ne va pas bien. Tiens, apporte-lui ça. Allez, prends-le ». Elle lui mit un torchon dans les mains alors qu'il restait planté bouche bée, idiot.

Il marcha comme un automate vers sa chambre. Allongée sur leur lit, Adélaïde vomissait dans un pot de chambre.

« Je ne me rappelle pas que ma mère était malade, haleta-t-elle à son entrée. Je… je ne me rappelle pas l'avoir jamais vue malade.

– Avec sept petits, elle n'a pas trouvé le temps », dit Eva en lui apportant un bol qui semblait contenir du brandy fouetté avec de l'œuf. Elle se tourna vers Sylvanus. « Tiens. Aide-la à boire ça. » Elle récupéra le torchon dans ses mains et le tendit à Adélaïde. « Syllie, tu m'écoutes ? » demanda-t-elle alors qu'il restait immobile, observant son Addie qui chassait les cheveux de son visage, sans cesser de vomir.

Hochant la tête, il se posa sur une chaise, le regard inquiet ; Adélaïde se redressa un peu et but une gorgée du brandy qu'il portait maladroitement à sa bouche.

« Ce n'est pas comme si on n'avait jamais parlé d'avoir un bébé, hein ? dit-elle, la voix toute tremblante et les yeux ancrés dans les siens, avant de se laisser retomber sur son oreiller. Donc tu arrêtes tout de suite de te faire du souci – à moins que tu ne penses que je suis la princesse qui vient de trouver son premier petit pois. C'est ça que tu penses ? » Les yeux de Sylvanus oscillaient entre la pâleur de sa peau et le pot de chambre à moitié plein de vomi. « Que je vais me mettre à crier et à chialer comme une mioche ? Que j'ai perdu la raison ?

– Non, non », marmonna-t-il, cramponné au bleu profond de ses yeux, tentant d'ignorer ses cheveux ternes et mouillés sur ses épaules frêles. Seigneur, elle semblait si fluette sous sa montagne de couvertures. Et soudain, comme sous l'effet d'une bouffée de chaleur, elle les repoussa et il vit ses épaules étroites, sa taille mince, et ses hanches si fines qu'il avait l'impression d'en pouvoir faire le tour avec ses deux mains…

« Arrête ! s'écria-t-elle, s'efforçant de se redresser. Je suis équipée pour faire une dizaine de bébés. Ma mère en est la preuve.

— Je t'ai fait la promesse que ça ne serait jamais une obligation.

— Des promesses, ricana-t-elle. Seuls les fous font des promesses. Écoute-moi bien, Sylvanus Now. Je t'ai déjà dit que je serais prête quand le jour viendrait. Eh bien, il est venu. Mon Dieu, ça irait tellement bien si je pouvais faire cesser ces nausées. J'imagine que ma mère n'a jamais dégobillé de sa vie. » Portant la main à sa bouche, elle sembla sur le point de vomir à nouveau ; mais par un effort de volonté, elle sortit du lit, une main sur le ventre et l'autre sur la bouche, et appela : « Eva ! Eva, c'est du pain qu'il me faut. »

Sylvanus se retint de poser un bras apaisant autour de ses épaules, tandis qu'elle se traînait dans la cuisine, ses pieds nus flottant sous sa chemise de nuit en coton. Et à plusieurs reprises durant les semaines qui suivirent, il s'obligea à retenir sa main ainsi, alors que ses malaises matinaux persistaient, jour après jour, et même parfois jusqu'au soir, quand elle essayait de rester debout, préparant quelques repas et briquant sa cuisine.

Et quand il tentait de la convaincre de retourner s'allonger, elle répliquait sèchement en mettant dans le même sac ses beaux-frères, ses belles-sœurs et les autres femmes du village qui lui rendaient visite : « Ne t'en mêle pas, Sylvanus. Il ne sera pas dit que je reste à rien faire. Déjà qu'ils me prennent pour une infirme.

— Enfin, Addie, tu ne penses pas encore à la sottise de Jake.

— Jake ou pas, c'est l'impression que j'ai quand ils sont assis autour et moi dans le lit – d'être une infirme. Je t'ai déjà dit : quand ils sont là, je me sens comme une souillon, même quand j'ai tout astiqué. Qu'ils restent donc couchés eux, si tout ce qu'ils ont à faire, c'est de fureter chez les autres.

— Bon sang, Addie, tu ne peux pas dédaigner des gens qui veulent seulement t'aider.

— M'aider ? M'aider à quoi faire ? À vomir ? C'est ce qu'ils font quand ils s'asseyent et papotent, à l'affût de la moindre saleté. Ils me font vomir. Oh, ne discute pas avec moi, Sylvanus, je n'en ai pas la force. Je ne me sens pas bien et tout me porte sur les nerfs, surtout quand il y a une bande de bonnes femmes autour de la table qui tendent le cou et donnent des coups de bec comme des poules à la moindre occasion… » Elle mit la main à sa bouche, prise d'un nouveau haut-le-cœur. « Tu vois ? Il suffit que je parle de poules pour que je pense à des jaunes d'œuf coulants. »

Il la regarda, inutile, quand elle se pencha pour vomir dans son pot de chambre.

« Mais va donc faire un tour, s'exclama-t-elle un dimanche matin, assise à table, en repoussant la tasse de thé qu'il lui avait préparée.

— Du pain, conseilla-t-il vivement, ça calmera ton estomac.

— Rien ne calme mon estomac. Et enlève-moi tous ces trucs, grogna-t-elle en balayant d'un revers de la main les petits bocaux bruns et les flacons qui encombraient le centre de la table. Pas étonnant que je sois malade, à force de boire tous ces trucs qu'elles m'apportent – du vin de gingembre, de l'huile de ricin. Rien qu'en sentant leur vin de gingembre, j'ai l'estomac qui se retourne. Et la liqueur de nitre. Si tu n'as jamais eu de crampes dans ta vie, avale un verre de liqueur de nitre. C'est pour le bébé, c'est pour le bébé. Seigneur, je n'entends que ça toute la journée. Comment veulent-elles que j'aie un bébé en bonne santé si elles m'empoisonnent sans cesse avec leurs boissons reconstituantes ? Allez, ouste… Est-ce quelqu'un qui vient ? Par pitié, Syllie, raconte qu'on doit partir à Ragged Rock, et que je suis en train de me préparer dans ma chambre.

— C'est sûrement Mère.

— Alors fais-la entrer ; le perron est tout boueux. Où est passé l'été, Syllie ? J'ai l'impression que ça fait une éternité que je n'ai pas vu le soleil, et ce n'est pas ta mère qui me gêne, même si je sais que c'est toi qu'elle vient voir. » Il fit mine de protester. « Ah, ne discute pas avec moi, dit-elle. Pourquoi apporte-t-elle le repas chaque soir si ce n'est parce qu'elle pense que je ne te nourris pas ?

— Elle vient s'assurer que toi, tu manges.

— Alors pourquoi c'est pas le petit-déjeuner qu'elle apporte, mais seulement le dîner quand elle sait que tu rentres ? Et pourquoi y a-t-il toujours des navets, alors qu'elle sait que je les déteste ?

— Oh, Mère ne pense pas comme ça ; elle adore les navets, c'est tout.

— N'en dis pas plus, Sylvanus. C'est déjà assez compliqué de garder un peu de porridge sans avoir à sentir en plus l'odeur des navets bouillis. Et cette Suze, ah, je préférerais discuter avec la vieille Ethel et son cochon. La pire chose que j'aie faite, c'est d'accepter d'être la marraine de son fils. Maintenant, c'est elle qui se prend pour ma mère et elle n'arrête pas de me seriner pratiquement tous les jours : "Bouge-toi, Addie, il faut que tu bouges, ou le bébé grandira trop dans ton ventre." Qu'est-ce qu'elle croit ? Que je reste allongée toute la journée ? De toute façon, c'est ce qu'ils pensent tous.

— C'est péché, Addie. Elle veut toujours t'aider, et toi, tu ne fais que la tourner en ridicule… » Il se leva d'un bond au moment où Suze ouvrit la porte.

« Je ne m'arrête pas, dit celle-ci en passant une tête à l'intérieur, laissant un courant d'air s'engouffrer dans la cuisine. Je suis juste venue voir si tu allais à l'église ce matin. J'aurais pu t'y accompagner. »

Adélaïde s'efforça de sourire. « Pas ce matin. Mais tu ferais mieux de te dépêcher si tu ne veux pas être en retard.

— Pristi, tu parles comme ça m'embête. C'est le vieux pasteur Reeves qui prêche ce matin. Je pense que je serai endormie avant qu'il ait fini sa première prière. Comment ça va, Syllie ? Pas trop crevé à force de faire les choses pour elle ?

— Je n'ai besoin de personne pour faire les choses à ma place », coupa sèchement Adélaïde.

Suze éclata de rire. « Alors, tu n'es pas comme moi. Quand je suis enceinte, je mène tellement la vie dure à ce pauvre Am que, la moitié du temps, il ne sait plus comment il s'appelle. Bon, tu es sûre que tu ne veux pas venir ? Tu es spéciale, quand même. Tu vas à l'église quand il n'y a personne et tu restes chez toi quand elle est pleine.

— Je préfère prier toute seule le samedi plutôt que de dormir le dimanche pendant le prêche, répondit Adélaïde avant d'ajouter : En tout cas, rentre ou sors, mais décide-toi. Le courant d'air est en train d'éteindre le feu. »

Le sourire de Suze s'évanouit et une légère rougeur empourpra ses joues. « Bon, alors, à plus tard. Au revoir, Syllie. »

Sylvanus hocha la tête et lui adressa un bref sourire en allant refermer la porte derrière elle. Puis il se retourna vers Adélaïde, la bouche pincée. « Bon Dieu, pas étonnant qu'ils te trouvent arrogante. Elle voulait seulement t'accompagner à l'église. Ce n'était pas déraisonnable, si ?

– Si je n'avais pas tout le temps la tête penchée au-dessus d'une cuvette, peut-être pas. Bon sang, Syllie, ils savent tous que je suis malade comme une chienne, et ils continuent pourtant à venir. Et maintenant, c'est ta mère que j'entends. As-tu déjà rempli les seaux ? Comment tu veux que je fasse du thé si tu n'es pas allé chercher de l'eau ? À moins que ce ne soit déraisonnable de demander de l'eau ? »

Il ouvrit la porte à sa mère en serrant les dents, et se glissa dehors en portant les seaux vides.

Pendant l'automne, quand il se mit à passer plus de temps auprès de son épouse alitée, la saison de la pêche touchant à sa fin, Sylvanus allait apprendre pas mal de choses sur ce qui était raisonnable ou pas. La vérité, c'était qu'il n'avait plus l'impression de contrôler son destin, mais d'arpenter le chemin d'un autre. Indubitablement, depuis le premier moment où il l'avait vue, il errait sur un terrain où des lois inconnues de lui déterminaient la raison. Mais il ne s'était jamais senti aussi perdu que pendant ces premiers mois où le malaise de sa femme enflait en même temps que son ventre, creusant ses joues et réduisant ses yeux lumineux à de vulgaires bleus sur son visage amaigri.

D'ordinaire, marcher dans les broussailles et lutter pour avancer avec de la neige jusqu'aux genoux ne le comblait pas autant que de voguer vers le large, à l'écoute des murmures de l'océan qui clapotait contre sa coque comme une vieille mère poule. Mais une fois le bateau en cale sèche, les hameçons et les fûts entreposés dans l'échafaud et une centaine de livres de morue mise à tremper dans la saumure pour assurer leur subsistance pendant l'hiver, il rechercha ardemment le refuge des forêts pour échapper à la mauvaise humeur croissante de son épouse et au silence qui s'abattait sur eux. Heureusement, il savourait encore la sensation nouvelle de subvenir aux besoins du foyer, et c'était ce qui l'aidait à endurer les jours de plus en plus sombres qui annonçaient son deuxième hiver à la maison : tendre des collets, suivre les pistes des caribous et couper du bois de chauffe, en plus de son travail journalier de bûcheron pour les scieries. À l'évidence, se consola-t-il le matin où il logea une balle entre les deux yeux stupéfaits d'un orignal, c'eût été un hiver de disette sans son habileté à trouver de quoi manger. Une fois qu'il eût éviscéré, dépecé et découpé l'animal en quartiers, il préleva quelques portions pour sa mère et lui-même, et mit le reste à congeler dans le bûcher. Puis il prit le chemin du retour, empli d'une sérénité qu'il n'avait plus ressentie depuis des mois. Et durant les jours suivants, à force de garnir les casseroles et les plats d'Addie de viande brune et granuleuse de macreuses et de guillemots (qu'elle adorait), ou d'autres canards marins volant au ras des flots chassés depuis son bateau, ou de gros blancs de perdrix et de tétras tirés au fond des bois, ou d'anguilles pêchées dans le ruisseau qu'il conservait par dizaines dans la saumure, il recommença d'éprouver le sentiment de sa propre valeur. Bon sang, il avait même parfois l'impression d'être à nouveau maître de son domaine.

Quand le vent se levait et qu'il neigeait dehors, il restait près d'Adélaïde, débordant d'affection, et la rassurait, pendant qu'elle observait, effrayée, les flocons s'amasser sur les fenêtres. Alors, il sortait essuyer la neige pour lui permettre de voir le bleu du ciel et le gris de la mer et lui certifiait que tout allait bien. Ce n'était qu'un peu de neige et, quand elle voudrait, elle pourrait aller voir Eva, sa mère, ou n'importe quel autre être cher à son cœur.

« En bateau ? s'inquiéta-t-elle un jour, les yeux fixés sur les flots déchaînés dans le goulet et les vagues de plus de dix mètres qui s'écrasaient contre les falaises. Comment faire si quelqu'un tombe malade, vraiment malade, je veux dire, et doit aller voir un docteur ?

— La route des bois, bécasse, répondit-il. Les lacs sont tous gelés, donc faciles à traverser. Ça ne prendrait pas plus d'une heure avec le traîneau à chevaux. Ou avec les chiens d'Alex — ils sont encore plus rapides que les chevaux. En plus, une bonne partie de la baie sera bientôt prise dans les glaces jusqu'à Ragged Rock : ça fera une belle balade en traîneau.

— J'ai toujours peur sur la glace.

— Elle sera trop épaisse pour qu'il y ait le moindre risque. À partir de la mi-décembre, rien que pour percer un trou dedans, ça prend une demi-heure. Addie, tu es inquiète ? Peut-être que tu préférerais rester chez ta mère pour le dernier mois. »

Elle se détourna de la fenêtre. « Non. Aucune autre femme ne quitte sa maison pour accoucher, et je ne serai pas la première », répondit-elle. Au fil des jours, elle reprit le cours de son règne, et le laissant à la traîne derrière tandis qu'elle continuait à avancer, avec son malaise qui ne s'apaisait jamais, son ventre de plus en plus gros, et ses gémissements de plus en plus forts quand ses cheveux devenus ternes et fins restaient pris dans sa brosse et recouvraient son oreiller le matin. Il était vraiment effrayé par cette masse enflant dans sa frêle silhouette qui voûtait ses épaules et paralysait le bas de son dos, l'obligeant même parfois à boitiller dans la maison en se massant la nuque ou la colonne vertébrale. À d'autres moments, elle dérivait, flottant dans l'air comme un fantôme, ses yeux bleus pris dans une ombre qui les rendaient imperméables à la lumière.

Même la cuisine était devenue terne en dépit de ses tentatives quotidiennes pour la briquer. Et alors qu'elle atteignait enfin les dernières semaines de sa grossesse, et que ses horribles nausées semblaient encore empirer, elle sombra dans la déprime et se retrancha dans son lit.

« C'est la faute aux odeurs. Tout pue, bon Dieu, s'écria-t-elle un soir qu'il revenait des bois, tout transi par la pluie qui l'avait fouetté toute la journée, et se blottissait contre elle sur le lit. Et toi aussi tu pues, Sylvanus. Et tes cheveux sont tout poisseux de myrrhe. Tu ne te laves jamais ? » Il protesta vainement, arguant qu'il venait de se laver les cheveux. « Alors recommence, poursuivit-elle d'une voix faible. Ça me retourne l'estomac, toute cette puanteur. Et cette fois, ne lésine pas sur le savon.

– Je le ferais s'il restait de l'eau chaude, maugréa-t-il en se relevant, et il se dirigea vers la cuisine.

– La bouilloire est sur le fourneau – je n'y peux rien si elle n'est pas bouillante.

– Tu pourrais peut-être commencer par mettre de l'eau dedans, Addie. Ça l'aiderait à bouillir.

– Oh, ne commence pas à discuter avec moi, Syllie. Je ne suis même plus capable de soulever un dé à coudre, alors une casserole pleine d'eau, n'en parlons pas. Pourquoi tu ne mets pas une casquette pour éviter d'avoir de la myrrhe – et cette affreuse puanteur – dans les cheveux ?

– Je porte une casquette tous les jours, et la myrrhe ne pue pas.

– Ça sent plus fort que des abats de poisson, tu veux dire.

– Tu préfères que je dorme dans l'échafaud ? demanda-t-il avec une voix de petit garçon, en profitant de ce qu'elle ne regardait pas pour passer la main dans sa tignasse et renifler ses doigts.

– Si tu es assez fou pour ça, répliqua-t-elle. Sinon tu peux aussi aller chez Jake – à l'heure qu'il est, il doit être en train de picoler près de son feu de camp.

– Ah, tu aimerais que je sente la fumée ? Peut-être bien que je vais y aller, alors.

– Que ça me plaise ou pas, c'est bien l'odeur que tu trimballes avec toi ces derniers temps : celle du maquereau fumé. Ce que ça doit être amusant de passer sa nuit à boire et à fumer autour d'un feu de camp.

– Je ne fume pas, dit-il d'un ton sec.

– Peu importe, si c'est le feu qui te fume. Oh, éloigne-toi de moi, Syllie. Si tu étais malade comme un chien, ça te plairait qu'on discute avec toi ? »

Il écarquilla les yeux, n'en croyant pas ses oreilles. « Ce n'est pas moi qui discute », cria-t-il. Puis, saisissant sa casquette dans la boîte à chaussures, il ouvrit grand la porte et disparut au milieu des rafales.

# 11

# Le mur du fond

« Il vaut mieux pas s'approcher d'elles quand elles sont comme ça », dit Manny.

La pluie crépitait sur l'auvent de toile au-dessus d'eux.

« Il vaut mieux ne jamais s'approcher d'elles. Les femmes sont folles comme des poules ; sans arrêt à caqueter, sans même savoir sur quoi.

— Ex-ac-te-ment, éructa Manny. Et je suppose que ça n'a rien à voir avec le coq qui chante devant, pas vrai ? » Il fit un clin d'œil à Sylvanus. « Bon Dieu, Syllie, ressaisis-toi. Si tu fais cette tête-là chez toi, pas étonnant qu'elle te jette dehors. »

Sylvanus essaya de sourire. « C'est qui, le patron de ce palangrier tout neuf amarré près de l'usine ? demanda-t-il d'une voix distraite.

— Un gars de Hampden, répondit Manny. C'est le troisième palangrier qui vient de Hampden. Il y a de plus en plus de monde qui se met à la pêche.

— T'as qu'à voir comment le gouvernement favorise le secteur, dit Jake. Bon sang, tous ceux qui ont abandonné le métier depuis des années reprennent du service dans les usines ou sur les grands chalutiers. Comment tu veux améliorer la situation des habitants des petits ports si de plus en plus de gens se pointent et prennent tous les boulots ? N'importe qui peut obtenir un permis et s'acheter un bateau. Mais ça ne durera pas, mon gars, tu verras, ce n'est pas fait pour durer. C'est pour ça que, si on veut s'acheter cette trappe à morue, il faudrait se décider. Parce que, vu la vitesse à laquelle les anneaux sont distribués au port, il n'y aura bientôt plus la place dans l'eau pour un nouveau filet. »

Manny hocha la tête sans énergie. « Tu as raison, il est grand temps qu'on en parle. On va acheter une troisième trappe, expliqua-t-il à Sylvanus.

– Une troisième trappe ? Seigneur, et comment ferez-vous pour traiter tout ce poisson ?

– On va laisser tomber les vigneaux et tout vendre directement à l'usine de Ragged Rock, répondit Manny. C'est plus facile, mon petit, bien plus facile. » Sylvanus recula, sous le choc, tel un enfant abandonné sur la grève. « Tout le monde laisse tomber les vigneaux pour vendre sa pêche aux usines de transformation. De toute façon, c'est de la foutaise de vouloir faire sécher le poisson quand le temps n'arrête pas de te cracher au visage. Même la morue verte[1] rapporte plus. La morue salée est vouée à disparaître. »

Jake leva la main pour endiguer le flot de protestations qui se bousculaient dans la bouche de Sylvanus. « Avant que tu commences, on te propose de venir avec nous… Bon sang, laisse-moi une chance de finir ! dit-il en haussant la voix. Ça ne sert à rien de continuer à dandiner en mer tout seul. Mère est toujours en forme, mais tu dois accepter le fait qu'elle commence

1. Quand elle n'a pas été mise à sécher, la morue porte le nom de morue verte ou blanche. (N.d.T.)

à vieillir. Elle ne sera pas toujours capable d'accourir à la moindre averse pour couvrir ton poisson, et d'après ce que racontent les femmes, ce n'est pas celle que tu as mariée qui va aller sur les vigneaux… »

Sylvanus faillit s'étouffer. « Qu'est-ce que tu racontes ? C'est Mère qui s'occupe de mon poisson ? Mais je paie tes fils pour le faire.

– Mes fils ! » Jake renifla bruyamment. « Ils passent leur vie dans les bois à construire des cabanes. Ils ne sont bons qu'à ça, les garçons. La plupart du temps, c'est Mère qui grimpe sur tes vigneaux.

– Eh bien, il était temps que quelqu'un m'en parle, grogna Sylvanus en se levant. Ces petites fripouilles. Je les paie et c'est Mère qui fait leur travail ?! »

Manny lui fit signe de se rasseoir. « Attends un peu, dit-il avec impatience. Melita et Elsie lui donnent un coup de main – et évidemment que personne ne va t'en parler, pas avec Mère qui les menace.

– Oh mon Dieu, s'exclama Sylvanus. N'en dis pas plus.

– Il n'y a rien à ajouter, dit Manny. Juste passer à autre chose. Retourner les poissons, c'est pas un problème, les femmes s'en sortent très bien. Je te parle d'avenir, là. La pêche est en train de changer, et nous aussi, on doit changer si on veut continuer à en vivre et s'en sortir. Les enfants sont tous en pleine croissance, et leurs besoins avec. À les entendre, les autres pêcheurs se passent des vigneaux sans problème et vendent directement aux usines. En tout cas – il marqua une pause et tapota le genou de son petit frère – voilà ce qu'on a pensé et ça ne mènera à rien de continuer à discuter dans le vide. Tu veux peut-être du temps pour réfléchir avant de te décider.

– Ma décision est déjà prise, le coupa Sylvanus.

– On dirait Père, dit Jake. Tu es son portrait craché. »

Manny secoua la tête, énervé. « Laisse tomber la dispute, dit-il. Il n'y a pas de mal à faire sécher ta pêche sur les vigneaux, ni à saler tes morues, si c'est ça qui te chante. » Il baissa les yeux vers Sylvanus. « Mais moi, j'arrête. Et si tu veux venir avec nous, tu es le bienvenu. C'est tout ce que je voulais dire. » Il leva sa chope de bière. « Allez, trinque avec moi, s'écria-t-il tandis que Sylvanus prenait un air renfrogné. Petit frère, si tes sourcils continuent de pousser, il va falloir les attacher en queue-de-cheval pour que tu puisses voir où tu vas.

– Et tu ressembleras à ces globicéphales mâles qui viennent tout le temps s'échouer sur le rivage », ajouta Jake, faisant montre d'un humour rare. Il s'arrêta, une expression ravie illuminant son visage. « Bon Dieu, tu ne crois quand même pas que c'est pour ça qu'ils s'échouent chaque année ? demanda-t-il à Manny. Parce qu'ils ont des cils coincés dans les yeux qui les empêchent de voir où ils vont ?

– Non, mon gars. Ils se suicident – et ce sont les femelles qui les poussent à s'échouer sur le rivage », rétorqua Manny. Il émit un gémissement sonore. « Parce que, je te le dis, si elles le pouvaient, les femmes ramèneraient même un bateau naufragé sur la terre ferme. » Levant sa chope, il accompagna ses paroles d'une bonne goulée de bière.

Jake l'observa attentivement. « Alors, elle t'a mis dehors, toi aussi ? » Il éclata de rire alors que Manny simulait un frisson. « Va lui dire que tu l'aimes, mon gars, c'est tout ce qu'il te reste à faire, va lui dire que tu l'aimes.

– Tais-toi, dit Manny. Les femmes sont bonnes à tous égards – sauf quand elles regardent dans ma direction, et dans ces moments-là, moi, je file dehors comme le chien. » Il jeta un coup d'œil à Sylvanus qui fixait le fond de sa chope avec un air sinistre. « Mais on ne va pas passer la nuit là-dessus. Pourquoi tu boudes – à cause des vigneaux ? Baisse-toi que je te botte les fesses, et Jake, commence à creuser un trou, pour qu'on l'enterre. Où on a mis la pelle ? Et toi, mon gars, tu ferais mieux de rentrer chez toi si tu comptes passer la nuit assis là à te morfondre. Et si c'est sur ta femme que tu pleurniches, ne te fais pas de souci. Elle viendra se blottir contre toi comme un chiot à ton retour. » Sylvanus lui retourna un regard incrédule. « Exactement, continua son grand frère. Toutes les femmes sont les mêmes après une dispute – douces et câlines. Elles ne vont pas t'arracher les yeux comme des coyotes, pas vrai, Jake ? Le truc, c'est de leur dire qu'on les aime. »

Jake jeta un regard piteux vers sa maison. « Et ne t'en fais pas si elles jettent ton repas aux chiens.

– Nan, ne t'en fais pas pour ça. Si elles leur donnent ton dîner, c'est parce qu'elles aiment les chiens. Et c'est aussi pour ça qu'elles acceptent que tu te blottisses contre elle comme un chiot. Garanti, mon fils. Oh, Syllie, tu m'écoutes ? Tu devrais, mon petit, si tu veux domestiquer la femme que tu t'es choisie. Tu vois comme Elsie est domestiquée ? Alors tu sais ce qu'il te reste à faire.

– Oui, dit Syllie.

– Oui, répéta Manny. Nous, les Now, on rend nos femmes heureuses parce que c'est ça qui nous rend heureux – quand elles sont contentes, hein, Jake ? » Jake marmonna quelques mots inaudibles et Manny éclata de rire en retour. « Non mais regarde-le, dit-il à Sylvanus. Il est tellement heureux qu'il n'arrive plus à parler. Mais oui, mon grand, on la connaît ta joie, elle se voit sur ton visage, hein, Syllie ? Allez, maintenant, on chante. » Il attrapa la main de Sylvanus, la porta sur son cœur et se mit à brailler « Y a d'la joie » d'une voix de basse profonde.

« Arrête, ou c'est ma femme que tu vas entendre chanter si tu continues, cria Jake. Tais-toi, bon Dieu ! Tais-toi. » Sylvanus et Manny éclatèrent de rire. « Ah vraiment, tous les deux, vous faites la paire. »

La soirée avançant, la bière coula à flots, on ne parla plus des vigneaux. Manny continua de débiter des tirades sans queue ni tête et, grâce aux flammes qui lui réchauffaient le corps et aux rires qui détendaient son visage, Sylvanus oublia bientôt sa dispute avec Addie. Et il était tard, très tard, quand il se retrouva penché près du feu en train de hocher la tête en souriant aux anges, même quand personne ne parlait. Il est temps de rentrer, pensa-t-il, et il tenta de se mettre debout. Ses jambes flageolaient comme si elles étaient en caoutchouc, et il se demanda depuis combien de temps il était ivre.

« Maintenant, tu rentres comme un agneau au bercail, lui conseilla Manny tandis qu'il essayait de viser l'angle de la maison et titubait dans cette direction. Et souviens-toi : comme un agneau.

— J'croyais que c'était un chiot.

— Non, oui, mais non, c'est après que tu te blottis comme un chiot. D'abord, tu ouvres la porte, ensuite, tu entres comme l'agneau au bercail. Les bêlements, ça les calme tout de suite.

— C'est vrai qu'il faut bêler comme un agneau, Jake ? demanda Sylvanus en trébuchant sur le pied de son frère quand il chancela devant lui. Tu peux me montrer, Jake ? Tu peux me montrer comment on bêle ? » Il poussa un cri quand Manny lui mit un coup de pied aux fesses qui le propulsa dans le vent déchaîné qui soufflait dans le goulet.

Des types bien, se dit-il, repensant à ses frères en se frayant un chemin dans l'obscurité. Des types bien. Une nuée d'embruns lui gifla la figure. « Ce n'est pas ce soir que je vais te chevaucher, coquine, murmura-t-il à la mer. Ah ça non, pas ce soir. » Et il hâta le pas vers son foyer, devinant son chemin grâce aux fenêtres illuminées des maisons sur sa gauche, et avança les mains tendues à la recherche d'une barrière invisible qui le protégerait de l'eau de mer écumante jaillissant des abysses, sur sa droite.

En passant près de la maison de sa mère, il aperçut son visage à la fenêtre, qui l'observait. « Je fais ça depuis tes trois ans. Alors ne me demande pas d'arrêter maintenant », lui avait-elle cloué le bec un jour, après sa nuit de noces, quand il s'était plaint de cette surveillance incessante. Et pour le coup, elle n'avait pas arrêté, continuant à le traiter comme un petit enfant. Il leva la main avec un grand sourire, s'efforçant de marcher droit pour qu'elle ne pense pas qu'il était saoul et se fasse du souci. Après sa fenêtre, la dernière éclairée, c'était la nuit noire. En chancelant sous les rafales, il essaya de rester sur le chemin et de discerner les contours de sa maison dans l'obscurité devant lui. Percevant le murmure du ruisseau dans le brouhaha de la chute d'eau et des vagues, il poursuivit son avancée. Une fenêtre, se dit-il en trébuchant hors du chemin. Une ouverture sur ce sacré mur du fond. Voilà ce qu'il nous faut. Quel mal y aurait-il à percer une lucarne pour éclairer le chemin de la maison, surtout si on a des petits ? Oui, il leur fallait une fenêtre. C'est ce qu'il allait lui dire quand il serait rentré : « Une fenêtre, Addie, on a besoin d'une fenêtre, pour éclairer le chemin de la maison. » C'est ce qu'il allait lui dire, mais pas comme un bélier furieux en hurlant « Addie, il nous faut une fenêtre ! », plutôt de façon calme : « Addie, on devrait percer une fenêtre sur le mur du fond. Une toute petite fenêtre. Comme ça, quand le petit sera né, il ne risquera pas de tomber dans le ruisseau en rentrant à la maison… » Il poussa un cri en sentant ses pieds glisser, au même instant où sa mère ouvrait sa porte, là-bas, diffusant la lumière de sa lampe à l'extérieur, pour lui montrer, mais trop tard, le ruisseau qui l'accueillit dans ses eaux bouillonnantes.

« Merde ! » lâcha-t-il quand l'eau glacée remplit ses bottes. Il parvint à remonter sur la petite pente, se redressa, grelottant, et fit signe à sa mère de rentrer.

« Syllie ! Tu es tombé dans l'eau ? demanda-t-elle depuis le seuil.

– Pas vraiment ! Retourne à l'intérieur.

– Syllie !

– Je suis là, je suis passé de l'autre côté, hurla-t-il en battant frénétiquement des bras. Rentre, maintenant. Rentre !

– Tu es tombé dans l'eau ?

– Bon sang de bois, Mère, rentre chez toi, maintenant. Allez. » La porte se referma, il grommela en se dandinant sur une jambe, essayant d'ôter et de vider une de ses bottes.

Fouetté par une bourrasque, il tomba sur les fesses et poussa un juron, sa botte à la main, essayant d'éviter que sa chaussette ne touche le sol, tout en se demandant à quoi bon puisqu'elle était plus gorgée d'eau que la terre sur laquelle il était assis. « J'aurais mieux fait de te chevaucher, coquine », murmura-t-il. Il reposa son pied dans la terre et retira sa deuxième botte. « J'aurais sacrément mieux fait. » Quand il parvint à se relever, une nouvelle rafale lui coupa le souffle et le recouvrit d'un nouveau voile d'embruns.

« Pute vierge ! » jura-t-il, en se dressant face au vent, ses bottes dans les mains. Et il repartit vers la maison, hilare, tanguant et roulant comme un bateau dans une mer déchaînée. Des flammèches orange jaillirent de la cheminée et il sut, à leur brusque regain, qu'Addie était en train d'attiser le feu avec le tisonnier. Il fut dégrisé d'un coup, inquiet soudain. Avait-elle froid ? Était-elle effrayée par le vent qui hurlait comme un possédé près de la pointe ? Elle n'aimait pas la mer. Elle le lui avait dit. Et voilà que la mer bouillonnait telle une sorcière sur le rivage, sa fureur écumante faisant un bruit de grincement de dents à quelques mètres de sa fenêtre. D'autres flammèches jaillirent. Il se mit à courir. Ses pieds nus dérapaient sur la terre et il ne progressait pas plus vite qu'en marchant, et pourtant il courait, ne sachant plus ce qui dans sa démarche était dû à la bière, au vent, ou à ses glissades sur le chemin boueux. Et en courant, il pensait : Elle a froid, elle est effrayée, elle a froid, elle est effrayée. Il arriva sur le perron complètement hors d'haleine. Se rappelant les paroles de Manny au sujet de l'agneau, il s'arrêta et tâcha de calmer son cœur affolé. Il reprit son souffle et retira ses chaussettes trempées, sa veste et sa chemise de travail, qu'il empila près de ses bottes. Puis, après avoir plaqué ses cheveux en arrière, il essuya ses mains sur son pantalon encore plus détrempé que les vêtements qu'il venait d'enlever, et poussa doucement la porte.

Il faisait chaud à l'intérieur. Un châle sur les épaules, paisiblement assise dans son rocking-chair devant la fenêtre donnant sur le goulet, les pieds posés sur le rebord, Adélaïde lisait à la lumière de la lampe à pétrole la vie de quelque saint avide de Dieu dans son petit livre rouge.

« Rajoute une bûche, Sylvanus », dit-elle d'une voix calme, levant à peine les yeux à son entrée. Il contempla le haut de ses cheveux au-dessus du rocking-chair, ses chevilles fines posées sur l'appui de fenêtre qui imprimaient un mouvement de bascule au fauteuil, et tout le reste de son corps emmitouflé dans son châle en laine. Elle était si chétive quand on ne voyait pas son ventre, à l'image de la petite fille qu'ils auraient bientôt (il était sûr que ce serait une fille). Il bomba le torse, encore gonflé de ses fanfaronnades par grand vent, puis s'accroupit dans cette petite cuisine qu'il avait bâtie pour elle et posa sa main sur le bras du rocking-chair.

« Addie », chuchota-t-il. Elle ne l'avait pas entendu approcher et faillit tomber du fauteuil de surprise en constatant cette soudaine proximité.

Dans son ivresse hébétée, il se sentait à la fois son créateur et son protecteur, et ses yeux se remplirent de larmes quand il effleura ses fines chevilles en murmurant avec ferveur : « Je ne te laisserai plus jamais avoir froid, je le jure devant le Tout-Puissant. Je ne te laisserai plus jamais avoir froid.

– Froid ? Qu'est-ce qui ne va pas chez toi, Sylvanus ? Je n'ai pas froid.

– Jamais. Plus jamais – il secoua la tête, le visage baigné de larmes –, j'en fais le serment devant Dieu, Addie, tu n'auras plus jamais froid.

« – Mais je n'ai pas froid. Pourquoi tu pleures ? »
L'inquiétude lui fit hausser la voix et elle se redressa
à moitié. « C'est Eva ? Syllie, qu'est-ce qui se passe ?

– Chut, souffla-t-il en la réinstallant dans son fauteuil. Je... Je sais que tu peux t'occuper de toi toute
seule. Tout le monde le sait : Addie n'a besoin de
personne. Je ne dis pas que...

– Que quoi ?

– Rien, rien. Je ne veux pas que tu t'inquiètes, c'est
tout. » Il leva la main en signe d'apaisement. « Je sais,
tu penses que je suis idiot de m'inquiéter comme ça,
mais je voulais juste te le dire, je prendrai soin de
toi, je veux que tu le saches, c'est tout. Je... Je vais
m'occuper de tout. »

Elle s'était reculée et l'observait, étonnée, débiter sa
tirade. Quand il eut fini, elle lui dit platement : « Tu
es saoul. »

Il écarquilla les yeux, affichant un regard offensé.
« Sympathique comme réponse. Je te dis que je vais
prendre soin de toi, et tu me traites d'ivrogne. Merci
bien. » Il se releva, vexé de vaciller et qu'elle le regarde
tituber vers la chambre. Encore ce bon Dieu de vent
qui le malmenait. Il s'agrippa au chambranle de la
porte pour arrêter le tangage. Puis, s'efforçant de
bien viser, il se laissa tomber sur le lit. « Ah, c'est
chaud, murmura-t-il. Tellement chaud. » Alors qu'il
enfouissait avec délectation son visage dans les draps
confortables, il l'entendit crier quelque chose. Que
voulait-elle ? Du bois ? Remettre une bûche ? C'était
ça qu'elle demandait ? Bien sûr, mon Addie adorée,
ton mari chéri va remettre des bûches, il va pousser
le poêle à ses limites, faire rougeoyer sa fonte à force
de chaleur, et jamais, au grand jamais, il ne laisserait
plus seule son Addie adorée...

« Des types bien, répéta-t-il en rouvrant les yeux, quelques minutes plus tard, sentant qu'elle le tirait par le bras et le réprimandait parce qu'il était en train de mouiller les draps. Des types bien. »

# 12

## Un signe divin

Elle perdit les eaux deux semaines avant terme. Une vague de froid s'était abattue, cristallisant l'air et obligeant tout le monde à briser la couche de glace dans les puits deux ou trois fois par jour. Refusant de la laisser seule et d'obliger sa mère à faire des allers-retours à travers les congères, Sylvanus remisa sa hache et sa scie et demeura à la maison cette semaine-là. Lorsqu'elle l'appela d'une voix terrifiée depuis la cuisine en plein après-midi, il jeta la pelle près du perron qu'il était en train de déblayer, et se précipita, martelant la passerelle, pour aller chercher sa mère. Il lui fit traverser le ruisseau en la portant à moitié et la déposa devant la porte. Puis, arrachant la nappe de la table, il retourna sur le perron et se mit à la secouer furieusement – un signal qu'il avait mis au point avec la sage-femme pour la prévenir qu'on avait besoin d'elle.

Il l'accueillit à une centaine de mètres de l'autre côté de la maison de sa mère. Avec la couverture en laine foncée drapée autour de ses épaules osseuses et la peau de castor nouée autour de sa tête, elle ressemblait à une femme de ménage dans une école. Ce n'était pas ainsi qu'Addie l'avait imaginée – cette vieille chose au crâne marbré parsemé de touffes de

cheveux et avec un gros mégot collé à demeure sur sa
lèvre inférieure. Mais il était trop tard pour aller chercher la jeune sage-femme qui accouchait les femmes
de Ragged Rock. Exhortant la vieille à se dépêcher
– s'il vous plaît, vite, vite –, Sylvanus s'élança devant
elle, à deux doigts de la porter en courant comme il
l'avait fait avec sa mère. Une fois son examen terminé,
elle décréta qu'il y en avait pour des heures, voire
des jours, avant que le bébé naisse. Cédant au regard
suppliant d'Adélaïde, il s'emmitoufla dans plusieurs
épaisseurs de lainages et de fourrures et lança le cheval attelé au traîneau de Manny à travers la forêt et sur
les étangs gelés, jusqu'en bas des collines à Ragged
Rock.

Mais la jeune sage-femme avait déjà été appelée
à Hampden pour un accouchement. Il sauta sur son
traîneau, et était en route pour aller chercher Florry en
remplacement lorsqu'une frayeur soudaine l'envahit.
Il s'arc-bouta sur les rênes, arrêtant le traîneau. Puis,
écoutant son intuition, il fit demi-tour et cravacha le
cheval jusque chez lui. Suze sortit en trombe de chez
sa mère en enfilant sa parka à capuche. Elle avait un
foulard noué autour de la tête et de la pâte à pain collée
sur les doigts.

« Le travail a commencé, c'est ça ? » s'écria-t-elle
en accourant devant le cheval. L'animal renâcla et
fit un brusque écart pour l'éviter, mais elle parvint à
agripper la poignée et se hissa dans le traîneau sans
qu'il eût même à s'arrêter. « Elle est où, Florry ?
Pourquoi tu ne l'as pas ramenée ? Fais attention, bon
Dieu, tu vas nous casser le cou », hurla-t-elle tandis
qu'il cinglait les flancs du cheval à la volée, manquant
de l'expulser quand ils franchirent en cahotant un ruisseau gelé en bas d'une pente. Il ne disait rien, ne voyait

rien, lâchant la bride à l'animal, le stimulant à coups de cravache pour qu'il galope plus vite.

« Elle a déjà envoyé au diable Melita et Elsie, dit Eva en l'accueillant devant la porte. Ça m'étonnerait qu'elle t'accepte. »

Laissant Suze argumenter avec sa mère, Sylvanus se rua à l'intérieur et tressaillit à la vue des doigts crochus de la sage-femme dont une main était posée sur le ventre dénudé de son Addie, et l'autre fouillait son intimité.

« Pas un endroit pour un homme », gémit la vieille, qui n'avait pour une fois pas de mégot fiché entre les lèvres.

Mais il ne bougea pas. « Ne t'inquiète pas, murmura-t-il à l'oreille d'Addie qui s'arc-boutait sous les doigts croches de la vieille chouette. Mère s'occupe du feu et de l'eau chaude, et elle a vécu assez d'accouchements pour s'y connaître un peu. »

Adélaïde hocha la tête, le visage pâle et pensif. « Je ne veux voir personne, cria-t-elle en entendant la voix de Suze derrière la porte.

– Elle restera dans la cuisine, mais tu ne te débar-rasseras pas de moi comme ça, jeune dame. Je vais res-ter ici jusqu'à ce que ce bébé pleure dans mes bras. »

Et comme il l'avait dit, il resta assis là tout du long, sa tête proche de la sienne, soucieux de ne pas lui souffler dans la figure à cause de son aversion pour les odeurs, la câlinant dans ce qui semblait être le cercle glacé de l'enfer de Dante, car jamais il n'avait connu de nuit si froide, ni été témoin d'un corps tourmenté par une telle douleur. À part celui d'une jument peut-être ; une fois, il avait vu une jument s'affaler sur le flanc, les yeux et les naseaux dilatés par l'épuisement, et chaque muscle tendu au seuil de la déchirure, alors que cet animal fort et mince hennissait et frappait la terre à coups de sabot tout au long de la nuit. Et quand, aux premières lueurs de l'aube, un poulain chétif fut expulsé de ses entrailles, la jument mourut en convulsant. Et Dieu sait qu'il eut peur pour ce petit bout de femme qui se refusait à crier, ou à geindre, ou à frapper son oreiller malgré son corps arc-bouté parcouru de spasmes, et qui retenait son souffle alors qu'on l'encourageait à respirer amplement, et qui grinçait des dents au fil de paroxysmes de douleur successifs en laissant échapper de petits râles entre l'étau de ses mâchoires.

La nuit passa, minute après minute, heure après heure, et quand l'aube la laissa gisante et en sueur, le visage plus glacé que le paysage hivernal à l'extérieur et les yeux plus tourmentés que les eaux du goulet, ses gémissements se firent de plus en plus audibles. Mais elle était trop épuisée à présent pour pousser autre chose que d'infimes lamentations, et lui restait derrière elle, maudissant Ève en silence pour avoir cru au péché véniel, et il aidait sa femme, sa pécheresse en souffrance, à se mettre en position assise, entre grognements et contractions, jusqu'à ce qu'enfin, au moment où un pâle rayon de soleil se posa sur la fenêtre, elle accouche.

Il se mit à pleurer de soulagement, couvrant de baisers son front trempé lorsqu'elle se laissa retomber, épuisée, sur son oreiller. « Tu vois, ânonna-t-il d'une voix étranglée, tu vois, c'est fini. Tout va bien, tout va très bien. »

Mais tout n'allait pas bien. Pas bien du tout. Car pendant la nuit, alors qu'une épaisse couche de gel recouvrait la mer à Cooney Arm, le cordon ombilical du bébé se trouva comprimé dans le col de l'utérus d'Adélaïde. Et à l'instar des eaux du goulet prises dans la glace, la pression du fœtus sur le cordon bloqua l'arrivée d'air et de sang. Et au matin, le bleu de la mer sous une fine pellicule glacée fusionna avec le bleu du bébé mort-né dans le linceul de sa membrane amniotique.

« Qu'est-ce qui se passe ? s'écria Adélaïde. Qu'est-ce qui lui arrive ?

– Il est mort, dit la vieille sage-femme. Ton bébé est mort.

– Mort ? Eva ! » Mais Eva se signait, les yeux clos, la tête inclinée, en prière. Adélaïde essaya de s'asseoir pour voir. « Syllie !

– Ne regarde pas, c'est… ça va aller, dit-il en essayant de la retenir, ses yeux fixés, comme les siens, sur la chose blanche et fripée entre les mains de la sage-femme, telle la pellicule tapissant la coquille d'un œuf qui n'aurait jamais dû être pondu.

– C'est une coiffe, dit la vieille, et ses yeux calcifiés semblèrent s'illuminer quand elle approcha la chose de la lampe. C'est un présent précieux : une coiffe évitera à ton homme de se noyer comme son père et son frère.

– Non ! Non, ne le touchez pas. Ne le touchez pas ! s'écria Adélaïde, qui ferma les paupières quand la vieille sage-femme entreprit de tirer sur la membrane blanche. Eva, ne la laissez pas faire, arrêtez-la ! »

Elle blottit son visage dans le cou de Sylvanus. « Là, calme-toi, Mère s'en occupe. »

Eva se signa une fois encore et, se penchant en avant, prit la chose des mains de la vieille.

« Addie, écoute-moi. Et toi aussi, Sylvanus, dit-elle d'un ton sévère alors que son fils, secouant la tête, lui faisait signe de sortir. La coiffe, ce n'est que la membrane qui recouvrait le bébé. Il faut que tu regardes, Addie, tu dois voir ton bébé… » Adélaïde enfouit plus profondément son visage dans le cou de Sylvanus.

La voix de Suze s'éleva dans la chambre, chevrotante comme un murmure : « Addie, tu devrais regarder. Ça n'a rien d'horrible. »

Addie se raidit en l'entendant. « Qu'est-ce qu'elle fait là ? » s'écria-t-elle, au bord de l'hystérie. Elle s'arracha des bras de Sylvanus et lança un coup d'œil assassin à Suze qui la regardait, apeurée, depuis l'autre bout de la chambre. « Sors d'ici ! rugit-elle. Va-t'en !

– Addie, je t'en prie, arrête », la supplia Sylvanus, en la serrant plus fort quand elle se recroquevilla contre son épaule. La vieille s'approcha et saisit le bras d'Adélaïde.

« Maudite ! siffla-t-elle, tu seras maudite, femme ingrate qui refuse un présent du Seigneur. »

Sylvanus repoussa sa main ridée. « Fais-la sortir », cria-t-il à sa mère. Puis il plongea son visage dans la chevelure d'Adélaïde qui sanglotait convulsivement.

Prenant la vieille par le bras à son tour, Eva la conduisit hors de la chambre.

« Calme-toi, dit-il d'une voix implorante en étreignant sa femme qui tremblait contre lui. Ne l'écoute pas, personne ne fait attention à ce que dit cette sorcière. Mettre des enfants au monde est la seule chose qu'elle sache faire. Mère s'occupe de tout. Addie, je t'en supplie. » Il continua de la bercer dans ses bras pendant un moment jusqu'à ce qu'elle se calme.

« Laisse-moi, maintenant, Sylvanus, murmura-t-elle.

– Addie. » Il lui toucha le front. Il était froid et moite. Elle le repoussa, loin de lui à présent.

Oh non, Addie, ne te détourne pas de moi, eut-il envie de dire. Mais il ne prononça pas un mot, se releva et sortit lentement de la pièce.

« Et ferme la porte, dit-elle d'une voix plus calme.

Après un dernier regard vers sa silhouette immobile sous les couvertures et son visage obstinément tourné de l'autre côté, il referma la porte de leur chambre.

# QUATRIÈME PARTIE

# ADÉLAÏDE

Hiver 1955 – Printemps 1960

# 13

## Le cadeau de Suze

Pendant le reste de la matinée, puis tout au long de la journée, elle resta sans bouger, le visage enfoui dans son oreiller, refusant de se laisser aller au sommeil, de parler ou d'accepter la présence de quiconque à ses côtés. Mais le lendemain matin, Eva entra dans sa chambre en portant un petit écheveau d'étoupe de chanvre goudronné soigneusement lissé. Elle referma la porte et l'aida à s'asseoir et à enlever sa chemise de nuit. Adélaïde se regarda dans le miroir, les traits figés, pendant qu'Eva couvrait le haut de son corps dénudé avec un morceau de feutre rouge et entreprenait de lacer étroitement l'étoupe autour de ses seins gonflés, si fort qu'elle ne pouvait pratiquement plus respirer. Le chanvre rêche et collant la démangeait là où sa peau n'était pas protégée par le feutre, et la puanteur du goudron lui faisait monter les larmes aux yeux.

« Voilà, dit Eva avec bienveillance en l'aidant à reboutonner sa chemise de nuit. D'ici quelques jours, la montée de lait devrait se tarir. Ce n'est pas trop serré ? »

Elle fit non de la tête et, une fois qu'Eva fut sortie, tira à nouveau les draps sur elle, interdisant à quiconque, y compris à Sylvanus, de pénétrer dans sa chambre. Et lorsqu'il entra quand même avec un rouleau de coton blanc, elle insista pour qu'il laissât la porte ouverte. À moitié basculée sur son oreiller, elle observa ses mains tandis qu'il enveloppait le bébé mort-né dans plusieurs couches de coton blanc, sans même connaître son sexe, jusqu'à ce qu'il ressemble à une aile difforme. Il le déposa dans le minuscule cercueil en bois qu'il avait fabriqué, puis ils allèrent l'enterrer dans le petit cimetière de Cooney Arm lors d'une très brève cérémonie. Presque tout le monde y assista, mais – ainsi que Sylvanus l'avait dit un jour au sujet des gens des villes – ils se collèrent les uns aux autres tels des arbres dans une forêt. Elle ne sentait que ses doigts engourdis dans sa main chaude, ses yeux rendus vitreux par ses larmes trop glacées pour couler soulignés par des cernes comme des ecchymoses, aussi sombres et visibles sans doute que des lambeaux de terre nue sur un paysage de neige.

Elle passerait les jours suivants prostrée, penchée en avant dans son rocking-chair à regarder dehors à travers les épervières séchées suspendues devant sa fenêtre, enserrée dans ses propres bras, les jambes étroitement croisées et le regard égaré – comme un justiciable assis au bord d'une chaise attendant le verdict, pensa-t-elle à un moment, ce qui était peut-être le cas. La sage-femme avait dit que la coiffe était un présent de Dieu. Un présent, quelle foutaise ! Des radotages de vieille bigote. Elle reporta plutôt son attention vers ceux qui lui avaient rendu visite. Tous ceux de Cooney Arm étaient venus. Et même certains de Ragged Rock, qui prirent le risque d'affronter les eaux récemment gelées de la baie, pour lui présenter leurs hommages et lui apporter du pain, des cookies ou quelque autre petit présent. Elle les observait siroter du thé et grignoter des cookies et des gâteaux en cherchant des paroles pas encore prononcées, mais leurs yeux dissimulaient la même désapprobation et la même soif de calomnie que ceux de sa mère et de ses voisines les fois où elles l'avaient surprise en pleine journée sur le sofa en train de lire des livres alors que la maison débordait de crasse. Et en effet, c'était ainsi qu'elle se sentait depuis le matin de l'accouchement où l'on avait exhibé devant elle l'enfant mort-né dans sa coiffe, et le regard dur et globuleux que la sage-femme avait posé sur elle : crasseuse. Trop paresseuse et arrogante, elle n'avait pas tenu compte de tous les remèdes miracles qu'on lui avait apportés et sa négligence l'avait rendue inapte à porter un bébé vigoureux et en bonne santé. Ensuite, ses angoisses et son égoïsme l'avaient évacué avant que le souffle de Dieu ne lui donne vie.

Sentant son cœur se serrer, elle porta la main à sa poitrine. Ces contractions avaient commencé quand la vieille sage-femme avait parlé de la coiffe et semblaient s'être aggravées depuis qu'Eva lui avait sanglé les seins. En plus, elle avait constamment des haut-le-cœur, sûrement causés aussi par cette histoire de coiffe – la vue de cette membrane blanche et visqueuse –, et la sensation de nausée ne cessait d'enfler en elle.

La sentant monter, grouillante, du fond de son estomac, elle mit la main sur sa bouche et se concentra sur ces femmes assises à table autour d'elle qui picoraient les gâteaux et les confitures qu'elles avaient apportés histoire de mettre un peu de graisse sur leurs os en donnant leur avis sur les bienfaits des framboises pour régler les problèmes gastriques. Une part d'elle les avait toujours tenues pour responsables – les voisines de sa mère, sa mère et les autres – de lui avoir constamment donné l'impression de n'être qu'une fille malpropre et dégoûtante. Mais elles n'étaient pas présentes dans sa chambre au moment de l'ac-couchement, secouant la tête avec horreur devant le nourrisson malformé. Et c'était bien ce qu'elle avait ressenti quand elle était restée allongée longtemps après le départ de la sage-femme – l'impression d'être cette fille malpropre et dégoûtante qui s'était fait sur-prendre à lire des livres quand l'évier débordait de vaisselle sale. Elle se dit tristement que Sylvanus avait peut-être raison en affirmant qu'on ne peut pas donner à quelqu'un l'impression d'être ce qu'on n'est pas. Peut-être était-ce justement parce qu'elle *était* vrai-ment malpropre et dégoûtante, que les voisines de sa mère pouvaient lui donner cette impression. Et que cette petite souillon qui scrutait leurs visages n'était après tout qu'une créature créée par elle, aussi répu-gnante que celle à qui elle avait donné naissance.

Elle sentit à nouveau son ventre se nouer, ce qui l'effraya autant que ça l'écœura, et elle se rapprocha du cercle de femmes – Melita, Elsie qui habitait un peu plus loin le long du goulet, sa mère, Florry, et deux autres qui travaillaient à l'usine de transforma-tion du poisson – et s'obligea à les écouter raconter leurs épreuves passées. Même Gert s'était déplacée ce soir-là, adaptant le volume de sa voix au silence solennel qu'un groupe de femmes doit adopter en de telles circonstances, même si elles ne pouvaient s'em-pêcher de parler toutes en même temps. Certaines se voyaient pour la première fois, et pourtant elle remar-qua la facilité avec laquelle elles se rapprochaient les unes des autres, déployant toute une gamme de signes corporels, se tapotant, se touchant et se prenant dans les bras, racontant leurs chagrins collectifs et le réconfort qu'elles s'étaient apporté les unes aux autres jusqu'à ne plus former qu'un seul cœur soulageant du même coup le fardeau de la plus éprouvée. Pour un observateur qui les aurait vues se serrer autour de Melita tandis qu'elle relatait son histoire de fausse couche durant sa première année de mariage, il eût été difficile de deviner celle qui était la plus affligée. Et malgré leurs regards compatissants, leurs caresses, leurs petites tapes et leurs accolades, Adélaïde avait l'impression d'être une observatrice au milieu de ces femmes : une morte assistant à sa propre veillée funèbre, présente, mais trop froide pour ressentir le toucher des pleureuses.

Puis, sans grand espoir, lançant le signal tacite du départ qui finit par les faire se lever environ une heure plus tard, elle se leva et chercha, telle une petite fille en attente, un adoucissement dans leurs yeux ou sur leurs visages quand elles lui dirent au revoir, espérant que ce truc, ce battement de cœur collectif, entrerait en elle, desserrerait le nœud nauséeux dans son ventre et soulagerait sa poitrine oppressée. Mais l'apaisement ne se décide pas et, ayant vécu jusque-là à l'écart de la vie de ses voisins, leur bienveillance eut moins d'effet sur son cœur qu'un baiser tiède sur une joue glacée par la bise d'hiver.

« Pourquoi ? Pourquoi est-ce que je ne ressens rien de ce qu'elles disent ? demanda-t-elle à Eva, juste après le départ de Melita et de la femme qui habitait plus bas le long du bras de mer, ne laissant rien derrière elles de la chaleur qu'elles avaient apportée. Quand elles me regardent, j'ai l'impression qu'elles parlent à quelqu'un d'autre.

— Certaines choses ne s'entendent qu'avec le cœur », dit Eva qui s'affairait devant l'évier.

Adélaïde ricana. « Même quand c'est le cœur qui souffre le plus ? Mon Dieu, Eva, vous dites des choses étranges. » Et comme une enfant, elle commença de prendre en grippe leurs visites et cette générosité qu'elle n'arrivait pas à ressentir, ne prêtant plus qu'une oreille hautaine à leurs bavardages, n'attendant que leur départ pour pouvoir se blottir dans son rocking-chair et laisser errer ses yeux moroses sur les eaux tumultueuses dans le goulet. Mais en réalité, elle se sentait toujours plus mal après leur départ, plus oppressée et nauséeuse. Ce fut donc avec impatience et presque en colère qu'elle ouvrit sa porte à Suze environ trois semaines après les funérailles.

Près de deux années avaient passé depuis le baptême de son fils, et pourtant, elle ballottait encore dans sa graisse de femme enceinte, nota Adélaïde avec un peu de mépris. Elle avait beau essayer de contrôler sa méchanceté, elle en voulait toujours à Suze de s'être pointée à son accouchement et d'avoir vu cette chose qui faisait si intimement corps avec elle. Elle n'avait aucun droit d'être présente et de voir ça. Peut-être même que c'était la raison de toutes leurs visites continuelles : Suze avait excité leur curiosité en leur racontant des ragots à ce sujet.

Elle se rapprocha de la chaleur du poêle pendant que Suze envoyait bouler ses chaussures de neige près de la porte et enlevait sa parka à capuche et ses mitaines en avançant dans la cuisine, donnant l'impression que celle-ci rétrécissait autour de son corps lourdaud.

« Brrrr », fit-elle en frissonnant, soufflant le froid dans la pièce tandis qu'elle se frottait les mains pour les réchauffer. Puis elle s'installa à table, les yeux brillants, et s'efforça de lisser vers l'arrière ses cheveux noirs hirsutes qui rebiquaient autour de ses joues rouges, en racontant son trajet sur la glace avec Dicky Bennet et son cheval, qui apportaient le sac de courrier. « Tu sais que je suis morte de trouille sur la glace, s'exclama-t-elle, mais c'était le seul moyen pour passer te voir, alors j'ai laissé Stewie avec Maman, même s'il n'est pas encore sevré et qu'à l'heure qu'il est, il doit être en train de brailler parce qu'il a toussé toute la semaine et qu'il a toujours faim. Il mange tout ce que tu lui donnes, mais il continue de beugler pour avoir le sein – et il a bientôt deux ans. Je l'ai dit à Dicky Bennet. D'ici mon retour, ma pauvre mère va s'arracher les cheveux. » Suze fit une pause, le temps qu'Adélaïde s'asseye face à elle. C'était la première fois qu'elles étaient seule à seule depuis son accouchement, et Suze jetait des coups d'œil timides autour d'elle, mal à l'aise.

« Alors, tu n'aurais pas dû le laisser, déclara sans conviction Adélaïde, irritée malgré elle.

– Oh ça va, tu sais, dit Suze avec un haussement d'épaules exagéré. De toute façon, il ne devrait plus téter avec toutes les dents qu'il a dans la bouche. Dès que j'essaie de décoller ce petit casse-pieds de mon sein, il se met à hurler comme un démon. » Elle lui fit un sourire sympathique. « Enfin, je ne suis pas venue pour parler du petit…

– Et comment va Benji ? » la coupa Adélaïde, repoussant à plus tard le moment des condoléances qu'elle sentait venir.

Suze garda le silence.

« Il y a quelque chose qui ne va pas ? demanda Adélaïde.

– Oh, toujours la même chose : son asthme. Mais je ne suis pas venue non plus pour parler de ça.

– Je préfère parler de tes problèmes plutôt que des miens, répliqua Adélaïde. Je vais te dire, j'en ai assez des gens qui ont de la peine pour moi. Il a passé une mauvaise nuit ? Bon sang, tu vas me dire ce qui ne va pas ? »

Suze avait les larmes aux yeux. Luttant pour ne pas se laisser submerger par l'émotion, elle prit une profonde inspiration et dit à voix basse : « Ils ont dû l'emmener hier matin. Mais… il va bien.

– L'emmener où ?

– À l'hôpital de Springdale. Il… il était à moitié mort… » Et la jeune femme, à cran, fondit en larmes. « Je l'ai retrouvé dans la neige, murmura-t-elle en sanglotant. Il avait eu une crise et s'était endormi. Son asthme lui donne toujours envie de dormir. Quand je l'ai découvert, j'ai cru… mon Dieu, j'ai cru qu'il était mort… » Prenant conscience de ses paroles, elle ravala ses sanglots et essuya les larmes sur son visage. « Après tout ce que tu as traversé, je devrais m'estimer heureuse, gémit-elle, scrutant Adélaïde à travers le rideau de ses pleurs. Mais je repense sans cesse à la tête qu'il avait – il était tout blanc –, et maintenant, ils l'ont emmené à l'hôpital et je ne suis pas avec lui.

– Pourquoi tu n'y es pas allée ? s'emporta Adélaïde. Il y a bien quelqu'un qui pourrait s'occuper de Stewie – et, comme tu l'as dit, ce n'est plus un bébé, il a presque deux ans. »

Suze hocha la tête en soufflant dans le mouchoir qu'elle avait sorti de sa poche. « J'aurais dû, j'imagine. Mais Stewie aussi était malade. Je ne pouvais pas le laisser à ma mère dans cet état – en plus, comme je le disais, il pleure sans arrêt pour avoir la tétée. Elle non plus n'est pas très en forme. Pas en forme du tout même. Bon Dieu, on dirait que tout arrive toujours en même temps. Mais il n'y a rien d'irréparable. » Elle secoua la tête en se mouchant bruyamment. « Mais

188

qu'est-ce que je fais à me morfondre sur mes petits problèmes alors que c'est des tiens que je suis venue parler ? » Elle essuya ses larmes qui continuaient de couler. « À force d'imaginer ce que tu traverses, je suis à fleur de peau. Je n'arrive pas à les retenir. Oh Addie, je ne sais pas comment tu fais pour tenir le coup. Je n'aurais jamais cru qu'une telle chose pourrait te tomber dessus. »

Adélaïde changea de position, mal à l'aise. « Et pourquoi ça ne me serait pas arrivé ?

– Je ne sais pas. Tu es toujours tellement comme il faut dans ta manière de faire les choses.

– Comme il faut ! » Adélaïde laissa échapper un rire mauvais. « Mon Dieu, je n'ai jamais agi comme il fallait de toute ma vie. Qu'est-ce qui te fait dire ça ? »

Suze haussa les épaules et s'essuya de nouveau le visage. « Tu as toujours l'air si convenable avec ta façon de rester à l'écart, de ne rien dire sur les autres et de garder pour toi ce que tu ressens.

– Eh bien, je ne suis pas sûre que ce soit convenable, comme tu dis. Peut-être que je ne me soucie pas assez des autres pour parler d'eux. Les convenances – rendre visite à quelqu'un qui a besoin de compagnie –, c'est toi qui les respectes. De toute ma vie, je n'ai jamais fait une chose pareille. » Elle lâcha cette dernière phrase à voix basse, comme si elle se parlait à elle-même.

Tendant le bras au-dessus de la table, Suze lui caressa la main. « C'est pourtant ce que tu fais en ce moment en m'écoutant raconter mes problèmes après tout ce que tu as traversé ces derniers jours. » Elle se rapprocha, hésitant à en dire plus, et serra un peu plus fort la main d'Adélaïde. « Addie, je sais qu'il faut beaucoup de temps pour surmonter quelque chose comme ça, mais tu aurais dû le regarder. Ça te paraîtrait moins horrible si tu l'avais regardé…

– Je ne veux pas parler de ça, s'écria Adélaïde en retirant sa main. Et j'apprécierais que tu n'en parles pas non plus – à personne !

– Je ne l'ai pas fait… Et je n'en parlerai pas, protesta Suze, dont le visage s'empourprait. Mais je dois te dire une chose… »

Elle fit un bond en arrière quand Adélaïde se leva si brusquement qu'elle faillit renverser sa chaise. « Rien, tu comprends ? Je ne veux rien entendre à ce sujet. » Puis, détournant les yeux, elle s'approcha du fourneau et demanda, d'une voix agitée : « Tu veux du thé ? »

Suze fit non de la tête, les joues rouges.

« Tu devrais, j'ai déjà fait bouillir de l'eau. » Avec des gestes vifs et nerveux, elle prépara le thé et fit tinter les tasses dans leur soucoupe en les déposant sur la table, haïssant le nouveau flot de larmes sur le visage de Suze, d'autant plus qu'elle savait en être la cause. « Je peux couper du pain, si tu veux, proposa-t-elle, un peu contrite.

– Non… Je… » Suze se racla la gorge. « Dicky a été clair : quinze minutes, pas plus, dit-elle la voix calmée. On doit déjà y être. Il n'a vraiment pas envie d'être pris dans la tempête qui arrive. Donc, je ferais mieux d'y aller.

– Tu l'entendras bien, va, quand il sera prêt. Tiens, bois un thé. » Elle versa le liquide brûlant dans sa tasse et se rassit, indécise, ne sachant trop quoi dire. Elle préférait de loin le flot constant de bavardages de l'ancienne Suze écervelée et pleine d'entrain, qui rendait tout bien plus léger que ce silence étouffant. « Et Benji ? Il va mieux maintenant ? » s'enquit-elle.

Suze acquiesça en avalant une gorgée de thé brûlant.

« Est-ce que quelqu'un est avec lui ?

– Maisie y est allée.

– C'est bien. Benji l'aime bien, non ? »

Suze fit oui de la tête. « Oh oui, il l'adore. Il n'arrête pas de lui crier après, ça veut dire qu'il va bien. Cette fois, je crois que c'est Dicky Bennet que j'entends. Je ferais mieux d'y aller. » Elle se pencha en avant. « Addie, je ne voulais pas t'embêter avec ce que j'ai dit.

– Ce n'est pas grave. J'imagine que je suis un peu irritable.

– C'est le moins qu'on puisse dire. Peut-être que tu devrais barricader ta porte et nous laisser dehors. On sait bien que tu aimes être seule. »

Adélaïde hocha la tête, soulagée de retrouver un peu de l'ancien ton enjoué de Suze. « Laisse-moi t'envelopper une part de gâteau pour chez toi, proposa-t-elle. Je ne mangerai jamais tous ceux qu'elles m'ont apportés.

– Non ! Non, je suis déjà assez grosse comme ça ! » Suze éclata de rire en se levant. « Oh, j'ai failli oublier. » Elle traversa la cuisine et sortit d'une poche de sa parka un paquet grossièrement emballé dans du papier. « Je t'ai apporté quelque chose. » Adélaïde recula. « Tiens, prends-le. Quand je l'ai vu, je me suis dit qu'il était fait pour toi. » Suze déchira l'emballage et lui tendit un châle au bleu profond entrelacé de fils argentés qui scintillaient dans un rayon de soleil perçant par la fenêtre, et rappela à Adélaïde la statue de Dieu sur l'autel de l'église, et sa robe azur dont elle avait vaniteusement comparé la couleur à celle de ses yeux.

« Où as-tu trouvé ça ? » souffla-t-elle, stupéfaite de penser qu'il puisse s'agir d'une telle étoffe.

« Liney Bullis, le vieux marchand juif ambulant, est arrivé hier de Hampden, juste après qu'ils avaient emmené Benji à l'hôpital. C'est une chance que j'aie aperçu le châle depuis ma porte, je ne serais pas allée fouiller ses marchandises, je n'arrive plus à rien faire qui m'amuse, surtout quand toi, ici, tu traverses tout ça. Bref, c'est Mère qui lui a dit d'entrer, ajouta-t-elle sur un ton adouci, son malaise évanoui. Elle a dit qu'on ne pouvait pas le renvoyer, qu'il penserait qu'on avait quelque chose contre lui si on lui fermait la porte au nez. Et c'est là que j'ai vu le châle. Un coup de chance, vraiment. Mon Dieu, Addie, il est de la même couleur que tes yeux. Tu sais que tes yeux sont de ce bleu particulier. »

Un frisson parcourut Adélaïde. Lentement, elle effleura des doigts le châle bleu froid, puis retira sa main et regarda dans les yeux cette femme chaleureuse qui avait abandonné son fils pas encore sevré et affronté le vent et la glace pour la voir ; une femme qu'elle avait constamment dépréciée, tels les cochons de la vieille Ethel, et évitée parce qu'elle n'était pas capable de lire un livre de prières, une femme dont elle venait de mépriser les paroles consolatrices et qui était encore là, debout devant elle, avec ses yeux gris pleins d'espoir et de larmes et son sourire, attendant qu'Adélaïde accepte son présent.

Lassée d'attendre, Suze jeta l'étoffe sur les genoux d'Adélaïde. Et ce n'était pas elle qui lançait le châle sur ses genoux, mais bien ce Dieu qu'elle, Adélaïde, avait bâti à partir de sa vanité d'enfant et qui n'existait – croyait-elle à l'époque – que sur l'autel bien net-toyé de ses visites hebdomadaires. Celui qui regardait ses pages soigneusement calligraphiées et consolait ses yeux brillants, exactement du même bleu que sa robe. Et bien que l'enfant eût grandi, elle continuait à l'envelopper de concepts ronflants. Et voilà qu'il avait arraché le châle de ses propres épaules pour le jeter sur ses genoux.

« Mais qu'est-ce qui ne va pas chez toi ? dit Suze quand Adélaïde repoussa le châle.

– Ce… Il est pour toi, pas pour moi, s'exclama Adélaïde. Prends-le, toi !

– C'est sûr que ça irait à merveille sur mes épaules replètes. Et je t'ai dit, il est assorti à tes yeux.

– Non, les tiens sont plus beaux. S'il te plaît… je… il a dû te coûter une fortune.

– L'argent ! railla Suze. À quoi ça sert ? Ça n'a pas empêché Benji de tomber malade, ni toi de traverser ce qui t'est arrivé. Je devrais avoir honte de te l'avoir apporté, mais, Seigneur, tu as l'air si pâle, Addie. Si ça ramène un peu de couleur sur ton visage, ça en valait la peine. Cette fois, je ferais mieux de partir, Dicky m'attend sûrement dehors – il a dit pas plus de quinze minutes, et le compte y est. » Adélaïde fit mine de se lever. « Non, reste assise, ajouta Suze avec un hochement de tête sans équivoque, en la repoussant par les épaules avec ses mains épaisses. Tu dois te lever le moins possible. Je connais le chemin.

– Mais… » La voix d'Adélaïde n'était qu'un murmure. « Je ne le mérite pas.

– Oh, ça suffit, dit Suze en renfilant ses chaussures de neige. La moitié du temps, on ne sait pas ce que l'on donne aux autres. C'est étrange à dire, mais hier soir, quand Benji me manquait tellement, j'ai pensé à toi et à ce que tu traverses, et je me suis sentie mieux. C'est peut-être diabolique, mais c'est un réconfort de savoir que d'autres souffrent plus que toi. Du coup, tu penses à eux plutôt qu'à toi. J'ai déjà entendu des gens dire la même chose, donc je dois pas être la seule à réagir comme ça. Et s'il arrivait quelque chose à Benji cette nuit – Dieu fasse que ce ne soit pas le cas –, j'espère que toi aussi, tu te sentiras mieux à cause de mon malheur. C'est une chose difficile à dire – que le malheur des uns fait le bonheur des autres – mais, encore une fois, je ne fais que répéter ce que les gens racontent. Les voies du Seigneur sont impénétrables, n'est-ce pas, jeune fille ? »

Adélaïde se sentit prise de frissons. « Suze. » Elle rejoignit sa visiteuse près de la porte. « Merci. » Serrant le châle dans ses mains, elle alla à la fenêtre après son départ et la regarda s'éloigner en raquettes sur une neige si poudreuse qu'elle projetait des nuées de flocons autour de ses pieds, pas après pas, vers les eaux gelées du goulet, Dicky Bennet et son cheval, noir comme du charbon dans la blancheur immaculée. Une larme traversa sa pupille, ravivant un peu le bleu du tissu dans ses mains. Puis, elle leva le châle devant elle et plongea son visage dans ses plis.

# 14

## Le gouffre

Peu de temps après la visite de Suze, Adélaïde essaya de se lier avec ses voisins. Presque tous les jours, elle traversait le ruisseau pour aller prendre le thé avec Melita et Elsie, faisait des gâteaux pour la vieille sage-femme, qui semblait toujours avoir la grippe, et tous les samedis, elle aidait à nettoyer les planchers et les classes dans l'école. Le dimanche, quand le temps était clément, elle faisait le voyage jusqu'à Ragged Rock, où elle berçait Benji dans le rocking-chair en discutant avec Suze (portant toujours le châle, même si Suze n'y faisait plus jamais allusion, comme pour épargner à Adélaïde de pénibles remerciements). Et aussi, elle allait voir sa mère. Elle participa même aux parties de cartes dominicales, dans l'église. Un jour qu'elle en était, elle écouta en hochant la tête les protestations de son père et d'autres pêcheurs contre l'arrivée des Russes à St. John's dans un navire-usine construit d'après des plans « qu'ils avaient volés sous le nez des angliches ».

« Et maintenant, se plaignait son père, voilà que notre propre gouvernement dépense des fortunes et les laisse sillonner le pays en leur offrant à boire et à dîner. » Il tritura ses cartes quand sa mère lui coupa son as. Il prit un mauvais accent russe : « *Nous pas là pour pêcher dans eaux canadiennes. Nous juste là pour regarder.* » Adélaïde sourit en hochant la tête comme les autres, et rit de plus belle quand Ro, le mari de Gert, renchérit, encore plus fort, en la regardant au-dessus des cartes. « *Nous avoir abondance poissons, tovaritch. Nous juste rendre petite visite.* Tu le crois, ça ? Et notre gouvernement qui croit ces maudits Russes. Attends un peu et tu verras si ces diables ne vont pas revenir, pas vrai, Leam ? »

Elle quitta la partie de cartes après une poignée de main à tout le monde et prit place à une autre table avec deux joueurs, écoutant en hochant la tête, ajoutant parfois un commentaire de son cru sur la pêche, les palangriers, les chalutiers et les navires-usines. Le simple fait de discuter avec les femmes autour d'une tasse de thé devint un exercice qu'Adélaïde pratiqua assidûment ; elle souriait et les remerciait lorsqu'elles s'exclamaient qu'elle avait l'air d'aller mieux, malgré la pâleur de sa peau, et vantaient la propreté de sa maison et combien elle était bonne ménagère – certaines assurant même qu'elle l'avait toujours été, se rappelant ses longues heures de labeur sur les vigneaux et la chaîne de l'usine de transformation.

Gentilles. Chacune avec son caractère, bien sûr, mais gentilles pour la plupart. Et qui sait, peut-être aurait-elle pu apprendre à apprécier ces nouvelles relations – les scènes que lui faisait sa mère chaque fois qu'elle venait lui rendre visite, apportant du pain et de la brioche, et les plaisanteries continuelles des femmes qui nourrissaient sa table avec leurs pensées et leurs anecdotes –, peut-être qu'elle aurait pu, si sa seconde grossesse lui avait donné un enfant.

Mais son deuxième bébé, né deux ans après le premier, ne vécut pas plus d'une minute, le temps de lui montrer un œil bleu, et de mourir sur sa poitrine. Deux années plus tard, la naissance du troisième approchait. Cette fois, Sylvanus insista pour qu'elle fasse les quatre heures de voyage en train jusqu'à l'hôpital de Springdale. Le bébé vécut trois jours en bonne santé, puis une infection se propagea dans la nurserie et l'emporta. Elle rentra chez elle, inflexible et glacée, la petite boîte blanche posée derrière elle dans le wagon. Elle demanda à Ambrose de la rapporter à Cooney Arm pendant qu'elle ferait le trajet avec Sylvanus. Et quand elle arriva, elle ordonna qu'on la porte dans l'église, pendant qu'elle resterait assise chez elle, en attendant l'office religieux. Pas une fois, elle ne se recueillit devant ce petit cercueil blanc. Pas une fois, elle ne leva les yeux quand il était posé sur l'autel, et même lorsqu'ils le mirent en terre devant elle, elle ne fixa pas la petite boîte blanche. Gelés. Ses yeux étaient gelés, et son sang, froid comme la pluie d'hiver. Car elle portait encore cette fine enveloppe d'orgueil que Suze avait ôtée de ses épaules et jetée sur ses genoux. Sinon, pourquoi en serait-elle venue à croire que l'horrible naissance du bébé enveloppé dans sa coiffe n'était qu'un appel vers son propre salut, et que quelques sorties de l'autre côté du ruisseau pour prendre soin d'une malade, ou quelques heures passées à bercer le fils de Suze n'étaient que justes rachats pour ses péchés passés ? Et que, par conséquent, son deuxième accouchement donnerait sûrement naissance à un joli et doux bébé expiatoire ? Et que la vie allait lui sourire comme elle avait souri à l'immaculée Mère de Dieu sur l'autel de sa jeunesse ?

Mais il n'y avait point de salut ; il n'y avait que ses voisines. Et leurs condoléances furent comme du sel sur une plaie, car Adélaïde ne correspondit pas à la mère éplorée qu'elles s'attendaient à voir. Elle, c'était l'Enfant Jésus qu'elle pleurait, croyant l'avoir offensé, d'abord avec son orgueil, son arrogance, et à présent avec son égoïsme, et le fait que les heures passées à balancer le petit dans le rocking-chair, à nettoyer l'école et à s'occuper des malades n'étaient jamais le fruit d'une vraie bonté, mais de tentatives de corruption. Pourtant, elle avait honnêtement essayé de bien faire les choses, et de s'attirer la sympathie des gens. Pour se sauver elle-même de cette tristesse atroce, comme si leur affection pouvait valider sa bonté devant Dieu qui sait tout.

« Dites-leur d'arrêter, murmura-t-elle un matin à Eva, la tête sur son oreiller froissé. Dites-leur d'arrêter de venir.

– Si je le fais, ça ne fera que t'apporter plus de soucis, répondit Eva en bordant ses draps.

– Pourquoi ? Pourquoi vous dites ça ?

– Parce que, ces derniers jours, tu te tracasses pour tout. On pourrait croire que tu dors, mais tu luttes pour entendre ce qu'elles racontent en prenant le thé. »

Elle aurait voulu demander à la vieille femme comment elle connaissait tellement bien les méandres de son cerveau. Mais elle savait déjà sa réponse – tu ne deviens pas si âgée sans avoir appris quelques petites choses, jeune femme –, alors, elle ne dit rien, acceptant la gouvernance tranquille de cette vieille dame, confiante dans sa délicatesse quand elle allait et venait dans sa chambre, et reconnaissante envers son silence.

Un matin, elle se redressa pourtant, le visage déformé par la peur, quand il approcha doucement d'elle avec sa tasse de thé matinale. « Je n'ai jamais senti la vie, Syllie. Pas même quand la date de l'accouchement approchait – c'est comme s'ils étaient déjà morts dans mon ventre. » Ses mains tremblaient si fort qu'il posa la tasse sur sa table de nuit.

« Ils n'étaient pas morts, Addie, dit-il sur un ton qui se voulait apaisant. On le sait – au moins, les deux derniers…

– Je ressens la même chose en ce moment, comme s'il n'y avait pas de vie en moi. C'est une sensation terrible, Syllie, reprit-elle fébrilement. Et cette fois, c'est comme si mon âme était exclue – ou peut-être l'idée que j'avais d'une âme –, mais qu'est-ce qui nous tient debout s'il n'y a pas de vie à l'intérieur ?

– Oh, Addie, c'est la volonté de Dieu qui nous tient debout. Le simple fait que tu te réveilles le prouve. Ne… ne pense pas à des choses pareilles.

– Comment faire autrement ? s'écria-t-elle. Quand je rêve sans arrêt qu'il y a une pierre tombale au pied de notre lit – je veux voir le nom inscrit dessus, mais j'ai trop peur de regarder, je suis terrifiée à l'idée qu'il n'y ait aucun nom écrit –, une fosse ouverte pour le suivant, mon prochain bébé. » Elle avait haussé la voix, mais se rendit compte qu'il ne pouvait pas écouter, ni même entendre ce qui pouvait passer pour un signe de folie, et elle se replia en elle-même pendant que, le visage enfoui dans sa poitrine, il la suppliait de ne pas penser à ce genre de choses, affirmant que les rêves n'étaient que des rêves après tout, et que, comme Grand-Père Now avait l'habitude de le dire, on finit par perdre la tête à trop lire de livres religieux, qu'il faut vivre sa vie plutôt que de la penser, que la religion, c'est ce qu'on a dans le cœur, et que donc elle n'avait pas à s'en faire, parce que le sien était aussi pur que celui des bébés qu'elle avait perdus.

« Et ne commence pas à t'inquiéter pour autre chose, ajouta-t-il quand elle se mit à crier pour protester.

Contente-toi de prier pour avoir une bonne santé, moi, je m'occuperai du reste. J'ai de bonnes mains, et un mental solide quand il s'agit de prendre soin de toi, alors arrête de penser à des choses pareilles. »

Elle aurait aimé le pouvoir. Elle aurait voulu qu'il puisse ouvrir à mains nues cette cavité secrète au fond d'elle qui l'attirait de plus en plus vers le fond à chaque bébé mort. Car, au fil des jours, elle était de plus en plus plombée par la dépression et désespérait d'en sortir, se persuadant que ses craintes, ses pénitences et sa culpabilité n'avaient servi à rien, que jamais aucune âme ne la soutiendrait, que Dieu n'était qu'un produit de sa propre imagination et le royaume des cieux, une construction, un plafond posé sur les quatre murs de la pièce qui l'enfermait.

Elle était à deux doigts de se mettre à crier sur Sylvanus, mais ne put trouver de mots, ni de pensées assez précises pour être partagées. Elle se contenta de l'observer, son pas lourd de ses propres pensées, ses mains toujours occupées à réparer des choses. Elle admira sa force quand il construisit et enterra ces petites caisses blanches, ou quand il maintenait leur garde-manger rempli ou le feu allumé dans le poêle. Et elle apprécia les petits présents qu'il lui apportait sans cesse, des crabes des neiges, des coquilles Saint-Jacques grandes comme de petites assiettes, et des brassées de thé à la menthe de l'été dernier enfoui sous la neige, et qu'il dégage le chemin à la pelle pour lui permettre de se promener autour de la maison, le long du ruisseau, ou de traverser la passerelle pour aller tenir compagnie à sa mère. Il fit tout comme il fallait, comme toujours, même écouter ses banales petites histoires de bonnes notes aux examens qu'elle aurait pu passer, de cendriers à vider, de bonnets informes, de tuniques-tabliers et de salive de mouche.

Cependant, il restait certaines choses qu'elle ne lui avait jamais fait partager, trop profondément ancrées à l'intérieur pour être révélées – comme quand elle était assise toute seule telle une petite fille devant un autel, en béatitude devant la sainteté empreinte de couleur et de paix, la divinité de la mère et de son enfant, et les rêves qu'elle faisait devant ce Dieu complice. La beauté. Ces moments de rêve avaient représenté la beauté dans sa jeune existence, sa part de magie, malgré les jugements qu'elle portait à cause d'elle sur tout ce qui l'entourait. Mais à la manière d'un flocon de neige qui fond si on le touche, les rêves se dissolvent si on les raconte. Alors, elle ne les avait pas confiés à Syllie, et les avait gardés cachés dans sa petite caverne intime. Et aujourd'hui, dans l'obscurité qui s'était abattue sur elle, avec ses pensées tellement... En fait, depuis qu'elle avait commis l'erreur de se dire que peut-être ni Dieu, ni sa Sainte Mère, ni le bébé dans son étable n'avaient existé, elle n'en avait plus, de pensées. L'effroi d'une telle découverte, la peur qu'elle fût réelle, l'en avait comme purgée. Même les contractions et le pitoyable sentiment de malheur qui la martyrisait avaient été radiés de ses entrailles, oubliés, la plongeant dans un immense vide qui aspirait son attention vers l'intérieur tel un maelström, et la déconnectait de Sylvanus ainsi que du monde extérieur comme un bébé dans son propre utérus. Qui pourrait raconter des choses pareilles ?

C'est pourquoi elle gardait le nez enfoui dans son oreiller, ne sortant du lit que pour se laver ou aller aux toilettes, ou quand elle se laissait persuader par Eva de picorer de petites portions de nourriture. Et seulement

Eva. Elle ne supportait plus personne autour d'elle, pas même Sylvanus.

Mais ce vide allait finir par aspirer également Sylvanus. Au fil des heures qu'il passait à son chevet, ses yeux marron mangés par le noir de ses pupilles, tellement soucieux de la voir si perdue, elle sentit qu'il était en train de sombrer à force de vouloir l'accompagner. C'est pourquoi, huit semaines après qu'elle eut donné naissance et enterré leur troisième enfant, elle se remit à sortir de la chambre, s'asseyant quelques minutes à table, et à apprécier la présence de Sylvanus, et aussi celle d'Eva, de Suze, de sa propre mère et de toutes les autres qui traînaient dans sa cuisine, bien qu'elle fût trop fatiguée pour se rappeler leur nom, apportant avec elles des ragoûts, des brioches, des salades, des liqueurs nitrées, du vin de gingembre et des histoires pleines de malheurs et de banalités. Mais malgré sa volonté de se montrer reconnaissante envers leurs bonnes manières, elle voulait qu'elles s'en aillent ; elle avait envie d'être seule.

Or, personne n'entendait ses requêtes. « Ça va aller, maintenant, je peux m'en sortir toute seule. Oui, oui, il est temps que je recommence à faire les choses moi-même.

— Sottises et idioties, répliquaient-elles alors. Tu n'es pas remise, tu es encore si faible. Tiens, prends une chaise, une tasse de thé et du ris de veau. Et va enlever cette chemise de nuit, il est temps de la laver. Et tant que tu y es, prends aussi tes draps et tes taies d'oreiller. Tu as vu là-bas, près du lavabo, il y a des serviettes propres pour ta toilette. » Même Sylvanus restait toute la journée à proximité, ne s'éloignant que pour aller chercher du bois, ou un morceau de viande.

Un matin, au début du printemps, alors que la glace avait libéré le goulet et qu'il aurait dû déjà être en train de pêcher, elle se glissa dans la cuisine au moment où il préparait le petit-déjeuner et mit la bouilloire sur le fourneau, les mains tremblantes.

« Je vais bien. Cela fait plus de deux mois, protesta-t-elle quand il essaya de la ramener au lit.

— Mère dit que tu as encore des saignements.

— Rien d'anormal. Je me demandais pourquoi tu ne t'étais pas encore remis à pêcher.

— C'est un peu tôt.

— D'autres ont repris la mer il y a plus de deux semaines.

— Dans l'échafaud, j'ai une centaine de quintaux de morue en réserve dans la saumure, Addie. Un bon début pour commencer la saison. Si je veux, je peux encore prendre une semaine. Assieds-toi. Veux-tu bien t'asseoir ? Je vais faire du thé. »

Elle finit par obtempérer, l'observant pendant qu'il vidait les résidus de la théière dans la poubelle derrière le fourneau, la rechargeait en thé et en eau et la posait dans l'étuve. Une petite casserole d'eau bouillait sur le fourneau ; il y ajouta une tasse d'avoine et remua lentement. Elle nota son air las et ses mains lourdes, et détourna les yeux, ne voulant pas partager le fardeau de ce qu'il avait dû penser ces derniers jours, d'elle, de sa maladie, des bébés et des morts.

« Si c'est pour moi que tu restes à la maison, je te répète que je vais bien, dit-elle calmement.

— C'est ce que tu dis. Et ce n'est pas ce que tout le monde dit.

— Tout le monde ! » Elle poussa un soupir, se tassant dans le fond de son rocking-chair. « Si elles étaient restées chez elles, si j'avais été un peu seule, je serais déjà rétablie.

– Être seule, ce n'est pas pour tout de suite, dit-il en posant une tasse devant elle. Pas avant d'avoir remis un peu de couleur sur tes joues.

– Alors je vais en mettre moi-même ». Avec un regain d'énergie, elle se redressa et se pinça les joues. « Là. C'est mieux comme ça ? Oh, je sais que j'ai encore un peu les traits tirés, Syllie, ajouta-t-elle devant son air peiné. C'est juste que, enfin, je vais bien, compte tenu de ce que je traverse. C'est normal d'être pâle et fatiguée et… et tout le reste. » Elle secoua la tête, soupirant lorsqu'il recommença de s'agiter, remuant son thé, n'écoutant rien de ce qu'elle disait, ne voyant rien de ce qu'elle faisait, juste qu'il fallait remuer son thé, et qu'elle était faible et pâle, et qu'elle avait encore des saignements. N'y avait-il donc personne pour l'écouter ?

Elle se dit que, peut-être, elle n'utilisait pas les bons mots, qu'elle les pensait juste, car c'était à ça que ça ressemblait chaque fois qu'elle parlait – avec sa voix lointaine et distante. Peut-être que c'est pour ça qu'ils ne l'écoutaient pas et se contentaient de hocher la tête et de sourire quand elle argumentait avec ses visiteurs : « Je vais bien, je vais très bien, et vous, vous devriez être chez vous en train de vous occuper des vôtres. Je suis capable de laver une tasse et de faire cuire un ragoût. »

« Tu m'écoutes ? » demanda-t-elle à brûle-pourpoint.

Il leva les yeux, repoussant les flocons d'avoine vers l'arrière du fourneau, ses yeux miroitant son désarroi d'enfant blessé. Et elle se sentit accablée – doublement accablée – par sa propre charge, puis par la sienne aussi, qu'il faisait peser sur elle sans le vouloir.

« Oh, laisse tomber. » Se levant de son rocking-chair, elle prit le couteau à pain sur l'évier et entreprit de trancher la miche qu'il avait sortie du four. Son poignet se tordit sous l'effort, comme s'il était fracturé. Il lui prit calmement le couteau des mains.

« Tu as traversé beaucoup d'épreuves, Addie, dit-il.

— Mais je dois recommencer à faire des choses, dit-elle. Comment ce sera possible si tout le monde continue à les faire à ma place ?

— Elles essaient juste d'aider.

— Je ne veux pas de leur aide ! Qu'elles restent chez elles si elles ont envie d'être utiles. Bon sang, Syllie, tous les jours, il y en a deux ou trois assises autour de ma table qui jacassent et caquettent sur cette fichue météo et leurs jardins et s'empêchent de parler d'enfants pour ne pas bouleverser la pauvre Addie. Pauvre Addie. Je déteste la tête qu'elles font quand elles disent *pauvre Addie*. Je préférerais même qu'elles se moquent de moi. » Il lui adressa un regard sceptique. « Je t'assure que je préférerais, poursuivit-elle. Au moins, je ne devrais plus rester assise à discuter et à sourire tout le temps. Faire semblant, bon Dieu. C'est de ça qu'il s'agit et je déteste ça ; et je déteste faire semblant en ce moment.

— Faire semblant de quoi ?

— Faire semblant d'être gentille, de les trouver gentilles et de croire que tout le monde est gentil. » Elle s'interrompit, stupéfaite de se trouver encore emplie de haine et du désir de les maudire tous et toutes après ce qu'elle avait traversé, et continuait d'endurer ; toujours cette bonne vieille Addie qui détestait tout et tout le monde en dehors de sa propre maison, et qui commençait même à la prendre en grippe aussi, avec ces gens qui y passaient tout le temps et ne faisaient que bavarder et manger. Seigneur ! Elle était consternée.

« Oh, laisse tomber », dit-elle comme si elle avait parlé à voix haute, et elle gloussa en découvrant la perplexité croissante sur le visage de Sylvanus. Effrayée qu'il puisse croire qu'elle était en train de devenir folle – ce qui était peut-être le cas –, elle arrêta de faire semblant, et se traîna, découragée, devant la fenêtre, levant les yeux vers le ciel sans soleil, les falaises tristes et ternes au-dessus du goulet et des flots gris. Lessivée. Un paysage vidé de toute couleur comme les petits corps souillés – au moins, les deux qu'elle avait vus, le premier ayant été dissimulé sous cette horrible coiffe. Et la terreur qui l'oppressa quand les paroles de la vieille sage-femme lui revinrent à l'esprit : « Maudite ! Maudite ! »

« Addie. » Elle sursauta à son contact. « Addie, murmura-t-il en posant ses deux mains sur ses épaules comme pour tenter de la faire revenir. Si c'est ce que tu veux, je leur dirai de ne plus venir. C'est moi qui vais m'occuper de toi pendant quelques jours. » Il l'enlaça dans ses bras, la tenant fermement, et elle se laissa aller, l'autorisant à la bercer contre elle. Au moins ainsi, il pouvait être le pilier contre lequel elle s'appuyait. Elle leva le regard vers lui et réussit à lui faire un sourire aussi tremblant que reconnaissant.

Il arrêta de la bercer ; ses yeux plongèrent dans les siens. Et sous la vive lumière du matin, dans l'abstinence de la solitude d'Adélaïde, ils implorèrent une intimité que, même quand ils couchaient ensemble en amoureux, elle ne pouvait lui offrir que sous couvert de l'obscurité. Et avec son corps encore tourmenté par les séquelles d'un troisième bébé mort, et l'air encore chargé d'odeur de sang, elle essaya de se détourner de lui quand il posa sa bouche sur la sienne.

« Oh mon Dieu, Syllie, gémit-elle en se retournant, comment peux-tu même imaginer que… » Et elle se laissa tomber sur une chaise, les mains sur l'estomac, une moue sur sa bouche exprimant le dégoût d'elle-même. Il dut croire que c'était lui qui la dégoûtait, parce qu'il se mit à rougir d'un coup. Et quand elle tendit le bras vers lui, il se précipitait déjà dehors, laissant battre la porte derrière lui. « Syllie ! » Elle se leva, tituba derrière lui. « Tu aurais dû me laisser pourrir dans cette satanée usine », lui cria-t-elle, comme s'il était debout en train de l'écouter de l'autre côté de la porte. Elle sortit sur le perron et le regarda traverser la passerelle et passer à grands pas devant la maison de sa mère, tel le fou qui, contrairement à l'homme sage qui a construit sa maison sur de la roche, a érigé la sienne sur du sable, et s'enfuit pour ne pas voir sa chute.

« Tu aurais dû me laisser pourrir, murmura-t-elle en se calmant. Tu aurais dû me laisser pourrir. »

# 15

## Le Chemin de la Veuve

Sylvanus claqua la porte de son échafaud et Adélaïde rentra en titubant dans la maison, se cramponna à un coin de la table et se laissa tomber sur une chaise. Épuisée. Harassée. Un bruit de pas à l'extérieur lui fit relever les yeux – c'était lui, il revenait. Mais non. C'était Eva qui entra avec un air entendu et lâcha un murmure de compassion qui autorisa Adélaïde à replonger dans ses pensées.

« Peut-être que ça te ferait du bien de sortir prendre l'air, dit Eva en s'affairant dans la cuisine, sortant le moule à pain, la boîte à farine et le pot de levain du placard du bas.

– Oh, c'est seulement mon ventre », mentit Adélaïde, espérant que cela soit effectivement le cas, quitte à ce que les nausées reviennent avec ; tout, plutôt que ce vide au fond d'elle, tout mieux que ce néant !

Sans énergie, elle observa Eva intégrer des petits morceaux de beurre à la farine, puis ajouter de l'eau chaude dans un bol de levain sucré.

« Les promenades sont toujours bénéfiques, dit Eva. Après leurs noyades, j'allais tous les jours marcher, toute seule. »

Leurs noyades. C'était la première fois qu'Eva en parlait. Adélaïde continua de l'observer tandis qu'elle versait le levain et une louche d'eau chaude sur la farine beurrée, et pliait, amalgamait et pétrissait le mélange entre ses mains, faisant tourner le fin anneau d'or autour de son doigt noueux recouvert d'une pellicule blanche. Une phrase de Suze le jour où elle lui avait offert le châle lui revint en mémoire. Elle parlait du réconfort que procurait la souffrance des autres.

« Ça a dû être horrible, s'exclama-t-elle. Les noyades, je veux dire. »

Eva ne dit rien, ses yeux perdus dans le mélange d'eau et de farine qui devenait une boule de pâte collante entre ses mains puissantes. Adélaïde détourna le regard, honteuse de ses continuelles idées égoïstes qui cherchaient maintenant à se nourrir de la peine d'une autre pour atténuer la sienne.

« Vous avez raison, dit-elle, presque avec colère. Peut-être que je devrais sortir un peu. »

Elle soupira, épuisée rien qu'à l'idée de dépenser tant d'énergie. « Il faut que je fasse quelque chose – mais tout le monde va vouloir venir avec moi.

– Moi, j'aimais bien le chemin de la falaise », dit Eva.

Le chemin de la falaise. Adélaïde se tourna vers elle. Elle n'était plus montée là-haut depuis la fois où elle avait vu des oiseaux de tempête. « C'est comme si c'était hanté », dit-elle. Et une fois de plus, elle regretta son inconséquence, se rappelant ce bout de planche où l'on avait gravé « Chemin de la Veuve ». Eva continuait à malaxer, retourner et pétrir le pain.

« Les fantômes ne sont pas un problème, jeune femme, dit-elle, un peu essoufflée. Ce ne sont que des âmes errantes, comme nous quelquefois.

« – Le Chemin de la Veuve. C'est dur, comme nom, dit tranquillement Adélaïde. Pourquoi l'avoir nommé ainsi ?

– On plante des pierres dans la terre pour marquer les âmes en paix, répondit Eva. Pourquoi on ne marquerait pas le chemin de croix des âmes encore en peine ?

– C'est de votre âme que vous parlez, Eva ?

– Exactement, jeune femme. Et de toutes les veuves qui veillent sur les restes de leur homme.

– Et vous n'arrêtez jamais ? De veiller, je veux dire. »

Eva haussa les épaules. « Certaines n'arrêtent jamais. Elles ne se réveillent que pour veiller. Et attendre. C'est là où ça devient un problème, quand toute la vie se réduit à cette toute petite chose : être une veuve. » Elle soupesa une pleine main de farine dans la boîte. « Tu vois ça ? Rien n'en sort jamais, tant qu'on la laisse à part. » Elle jeta la farine dans le moule. « Alors, tu crois que le sommet de la falaise est hanté ? » Et avec le même grand sourire que Syllie quand il était content, elle saupoudra d'une dernière main la pâte qui avait pris la forme d'une miche ovale. Elle grava une croix en son centre avec la pointe d'un couteau.

« Voilà. C'est ainsi qu'on éloigne les fantômes : en brandissant un signe de croix. Après, ils te laissent tranquille, à moins que tu ne sois une âme errante comme eux. »

Longtemps après son départ, Adélaïde regarda la pâte lever dans le torchon. Quand ce fut l'heure du second pétrissage, elle défit le torchon et se mit à malaxer, à malmener et à presser la masse molle. Puis, hors d'haleine, elle recula et regarda fixement la pâte dégonflée étalée dans le moule. Entendant des bruits de pas, elle remit en hâte le torchon sur le moule et courut dans sa chambre pour faire semblant de dormir au cas où le visiteur ne serait pas Eva.

« Les fantômes de la falaise », marmonna-t-elle quand personne ne frappa à la porte. Elle retourna dans la cuisine, à l'affût du bruit de pas, prête à s'enfuir à nouveau dans sa chambre.

Autant en avoir le cœur net, se dit-elle avec un air abattu. S'enveloppant de plusieurs couches de laine, elle enfila ses bottes et sortit. Gonflée par le dégel, la chute d'eau bouillonnait furieusement, rafraîchissait l'air et transformait le ruisseau en un torrent sauvage qui coupait la prairie. Elle était attirée par sa sauvagerie ; mais Suze allait accourir avec des couvertures et son rosaire si jamais elle regardait par la fenêtre et la découvrait, assise au pied de la chute déchaînée. Suivant les conseils d'Eva, se demandant si elle en aurait la force, elle partit vers le Chemin de la Veuve. Elle le gravit lentement, mais d'un pas régulier en s'accrochant aux branches des conifères, marquant souvent une pause pour reprendre son souffle. Par deux fois, elle se dit qu'elle allait s'évanouir d'épuisement, et par trois fois elle tomba assise, adossée contre un tronc, à bout de souffle. Mais le sentier abrupt finit par sortir du bois de sapins, débouchant sur les tuckamores et le sommet chauve de la falaise balayé par un vent hurlant. Elle se recroquevilla, s'accrochant à son châle et à son chapeau, et continua d'avancer, tantôt pliée à quatre pattes, tantôt courant, poussée vers un buisson de tuckamores abritant un grand terrier de lièvre. Elle se coucha dessus, se nichant sur le dos dans la terre. Les branches entremêlées formaient au-dessus de sa tête une canopée qui la protégeait d'éventuels objets tombés des cieux.

« Maintenant, vous pouvez hurler autant que vous voulez, cria-t-elle, autant au vent qu'aux fantômes. Et si je deviens folle, je hurlerai avec vous. » Puis, s'enfonçant plus avant dans ce ventre, elle se fit un oreiller avec son châle, et passa la matinée (et beaucoup d'autres à venir), allongée confortablement au milieu des tuckamores, sommeillant par moments, ou bien fixant des yeux le bord de la falaise, à l'abri des plaintes du vent qui tournoyait autour d'elle, des rugissements de la mer en dessous, de l'odeur de pourriture quand la terre exhalait certaines choses qu'on y avait enterrées, du goût acide de sel dans l'air et des lourdes gouttes de pluie qui s'écrasaient sur ses joues. Dans un cocon. Elle se sentait dans un cocon, sans aucun désir pour rien en dehors d'elle-même, et aucune envie d'obéir aux desiderata que d'autres formulaient à sa place. Et gisait, comme un corps fiévreux allongé dont toute l'énergie brûlée par les forces en conflit à l'intérieur. Une silhouette menue au visage blafard, emmitouflée dans de gros lainages qui se protégeait du vent derrière les tuckamores, fixant les flots de ses yeux vides.

Pendant des semaines, elle monta là-haut se nicher dans la solitude, quittant la maison juste après le départ de Sylvanus vers les zones de pêche, et le passage matinal d'Eva ; la plupart du temps, elle y était encore quand, regardant vers Old Saw Tooth et la pleine mer, elle apercevait Sylvanus qui doublait le cap, de retour au moteur des zones de Little Trite. Alors, elle se dépêchait de dévaler la pente vers la maison pour préparer le dîner – en tout cas, les fois où elle l'apercevait, parce que parfois elle s'endormait. Ça n'avait pas d'importance. De toute façon, tous les soirs, Eva était là avec, dans une casserole, le plat chaud qu'elle avait préparé.

Ce n'était pas de préparer à dîner pour Sylvanus qui devint un problème. C'était la manière qu'il avait de rentrer pleins gaz jusqu'au port et son regard pitoyable de chiot perdu quand il arrivait alors qu'elle était encore là-haut. Était-ce de lui-même, ou d'elle qu'il avait pitié ? se demandait-elle. Il devait sûrement la voir comme une chose brisée, une aigrette de pissenlit ballottée par le vent. Et sans doute, avec Melita, ou Elsie, ou Suze qui nourrissait son oreille attentive de graines d'inquiétude – qu'est-ce qu'elle pouvait bien faire quand elle disparaissait ainsi chaque matin –, il se mit à la bassiner avec la taille de leur maison qui n'était peut-être pas assez grande, le manque d'espace, et la pièce qu'il comptait ajouter l'été venu – oui, c'est ça qu'il fallait faire, ajouter une pièce, une jolie véranda avec plein de fenêtres qui pourraient lui remonter le moral et où elle pourrait continuer à faire pousser des plantes en hiver. Et quand il n'était pas en train d'imaginer des extensions à la maison, il s'occupait à remplir ses autres petites missions, la nourrissant d'encore plus de tasses de thé, de menthe et de gourmandises trouvées dans la mer ou au fond des bois.

Mais comme il arrive souvent quand les actions désintéressées sont offertes par une personne chargée de peurs, on n'est jamais certain que de ses propres besoins. Et Sylvanus ne tarda pas à trottiner de nouveau derrière elle comme un chien perdu désireux qu'on lui caresse les oreilles pour sa gentillesse. N'obtenant en retour qu'un soupir impatient ou un vague regard, il recommença de passer plus de temps dehors, restant de longues heures en mer, bricolant dans son échafaud et traînant jusque tard autour du brasero cerné de pierres de Jake, buvant de la bière en se lamentant sur son sort auprès de ses frères. Ou peut-être n'était-ce pas à ses frères qu'il allait se plaindre, pensa-t-elle. Peut-être que c'était à la table de sa mère qu'il laissait libre cours à ses jérémiades. Ou chez n'importe qui d'autre. Elle entendit Eva qui l'appelait.

« Le dégel est sacrément tardif, cette année, dit-elle. J'aurais dû semer plus tôt. » Elle regardait dehors par la porte de la maison d'Adélaïde, humant l'herbe moisie de l'année précédente comme si elle évaluait sa transformation. On était à la mi-juin, quatre mois après le troisième enterrement, et cela faisait quatre semaines qu'elle avait commencé à s'aventurer dehors pour aller dans les tuckamores.

« Je peux m'en charger », dit Adélaïde quand Eva s'empara du balai posé dans le coin pour balayer le perron. Son ton devait manquer de conviction, parce que Eva ne s'interrompit pas. Se sentant aussi à l'aise qu'on peut l'être dans une vieille robe de chambre, elle débarquait presque chaque matin dans la cuisine pour laver quelques tasses ou balayer le plancher, et Adélaïde appréciait de se prélasser au lit pendant ses visites très matinales, avant d'enfiler ses vêtements et de se glisser hors de la maison pour se rendre là-haut.

Ce matin-là, alors qu'Eva ouvrait la porte et chassait miettes et poussières vers l'extérieur, Adélaïde se sentait encore plus apathique que d'habitude quand elle la regarda sur le perron d'un air maussade, mettre à sécher le paillasson détrempé sur des bûches. La chute d'eau bouillonnait bruyamment. Eva contempla un moment les flots furieux du ruisseau qui déferlaient devant elle, captivée par leur urgence. Adélaïde repensa à ces moments où elle aussi se tenait devant la porte, transportée par l'intensité d'un matin.

Un rayon de soleil franchit le seuil, réchauffant un rectangle de plancher autour de ses pieds. Il aurait été bien agréable sur la falaise. Eva allait partir bientôt ; elle aurait déjà dû partir.

« On sent bien la terre par des matins pareils, dit Eva en respirant profondément. Il était temps. Seigneur, je commençais à croire qu'on ne sèmerait jamais cette année. Tu sens cette odeur ? C'est le signal qu'il faut commencer à préparer le jardin. » Elle rentra vivement dans la maison, referma la porte puis traversa la cuisine à petits pas rapides, comme si, après avoir exprimé sa pensée, elle devait désormais la mettre en acte. « Ça promet un bel été après tout, tu ne crois pas ? reprit-elle en secouant la nappe dans le coffret en bois. Ça va faire du bien de recommencer à jardiner au grand air. Il est encore bon, le thé ? Je peux t'en faire un autre. » Balayant encore quelques miettes tombées du torchon, elle rouvrit la porte et les chassa sur le perron, puis se mit à nettoyer une deuxième fois la poubelle et remplit à nouveau la théière.

La vieille dame ne faisait que déplacer du vent, se dit Adélaïde en s'impatientant. Par contre rien ne semblait jamais énerver Eva.

« La neige a couché la clôture par endroits, dit celle-ci en fouillant le cendrier du poêle avec le tisonnier. Il faudra que Syllie répare ça rapidement. Cette année, je ne pense pas que Melita ou Elsie pourront aider au jardin – elles reprennent déjà le potager de la vieille sage-femme qui est trop âgée pour rester pliée en deux toute la journée.

– Je pourrais peut-être vous aider à préparer la terre, dit Addie d'une voix distraite.

— Très bien, alors. On commence après-demain. Je laisse encore une journée à la terre pour sécher. Tu veux des toasts ? Moi je mangerais bien un peu de pain grillé. »

Adélaïde sursauta. Le moment était-il venu ? L'heure d'aller bien à nouveau ? Depuis combien de temps n'avait-elle pas ressenti cet appétit de bien-être ?… Six semaines ? Douze semaines ? Cent semaines ? Elle ne se rappelait plus ce qu'il y avait avant ce découragement et avait beaucoup de mal à imaginer pouvoir jamais s'en débarrasser.

« Je suppose qu'ils me traitent tous de feignante à l'heure qu'il est ? demanda-t-elle.

— Tu as le droit d'être en deuil, mon enfant.

— Entre dix et douze semaines, c'est ça ? Comme pour une poussée d'arthrite. » Eva cessa d'un coup de trancher le pain. « Parfois, j'ai tendance à être impatiente, marmonna d'un air confus Adélaïde en rougissant.

— Tu tiens mieux le coup que la plupart d'entre nous », dit Eva en déposant les tranches de pain sur la grille du four.

La plupart d'entre nous ? C'est qui, ce « nous » ? pensa Adélaïde, jetant à la vieille femme un regard en coin. Mais comment déchiffrer ce qui se passait dans cette surprenante combinaison d'yeux gris clair et de sourcils noirs ? « Eva, allez-vous vous asseoir enfin ? s'emporta-t-elle presque quand la vieille femme commença de tourner encore une fois autour de la poubelle tel un oiseau en quête de perchoir.

Un cri d'enfant dehors, suivi par le rire bruyant de Suze, épargna à Eva de répondre et fit monter un gémissement dans la gorge d'Adélaïde.

« Je le jure devant Dieu, s'écria-t-elle avec un tel désarroi qu'Eva la regarda, surprise. Je vais finir par le percer moi-même, ce mur. On ne peut jamais voir qui arrive. »

Eva sortit le pain grillé du four, en lui adressant un coup d'œil sympathique. « Va t'allonger, si tu veux, et fais-lui croire que tu as des contractions. » La porte s'ouvrit, laissant pénétrer pêle-mêle le fracas de la chute d'eau, Suze et Benji, qui rechignait à entrer, avec ses bottes pleines de boue et le visage dissimulé sous un faux suroît.

« Allez, rentre, disait Suze. Tu n'es quand même pas timide à ce point. Là, tu ne bouges pas du paillasson et tu enlèves tes bottes. Mon Dieu, dans quel état il est ! » Elle passa la tête dans la cuisine, rouge d'avoir marché, les yeux brillants comme des lanternes. « Comment allons-nous aujourd'hui ? » Elle fit un grand sourire en direction d'Adélaïde. « Je t'ai attrapée à temps ce matin, hein ? Quel que soit l'endroit où tu vas. Allez, mange ton toast avant qu'il refroidisse. Mon Dieu, Eva, vous êtes vive comme une alouette. L'âge n'a pas de prise sur vous – pas comme la vieille mère d'Ambrose. Je lui ai dit, à Am, qu'on devrait venir vivre ici, à Cooney Arm, parce qu'elle perd un peu plus la boule chaque jour et bientôt ne sortira plus du tout de sa maison. De toute façon, on va devoir tous déménager. Si vous écoutiez les nouvelles, vous seriez au courant de cette histoire de relogement – ce programme de déplacement, peu importe le nom qu'ils lui donnent – qui vise à reloger les gens un peu partout. » Benji finit par rentrer dans la pièce. « Tiens, assieds-toi par terre, ordonna-t-elle au petit garçon. Que je retire tes bottes.

– Le grand déplacement, c'est comme ça qu'ils l'appellent, dit Eva en se précipitant vers le balai à franges. Laisse-moi essuyer l'eau sur le parquet. Ce sacré mauvais temps devrait bientôt s'éclaircir. Obliger les gens à changer de maison, c'est une des choses les plus idiotes que j'aie jamais entendues.

– Le gouvernement donne une bonne prime si on accepte. Et comme ils disent, on ne peut pas construire des routes et installer des lignes électriques vers toutes les criques de l'île – et ils promettent beaucoup plus de travail et des logements plus grands. Ça m'étonne qu'il n'y en ait pas plus que ça intéresse par ici. Pour sûr, il y a assez de gens disséminés un peu partout. Bon sang, comment as-tu réussi à coincer cette botte, mon garçon ? » Elle l'arracha en tirant d'un coup sec. « Voilà ! Maintenant, enlève ton suroît. Tu ressembles à Wessy Noseworthy. Mais regarde-moi ces cheveux, encore plus frisés que les miens – finalement, c'est peut-être mieux de ressembler à Wessy. Va dire bonjour à tante Addie – tu sais qu'il adore le rocking-chair, Addie. Et au fait, comment vas-tu, ma chérie ? Ma foi, elle a l'air beaucoup mieux, vous ne trouvez pas, Eva ? Elle reprend des couleurs. Non, Addie, ne le balance pas comme ça ; il a juste le droit de s'asseoir dans le rocking-chair. » Elle finit par se taire quand Adélaïde prit l'encombrant petit garçon sur ses genoux.

Résignée, elle se dit qu'il était plus facile de simuler un sourire et un câlin dans le rocking-chair que de feindre des crampes et d'endurer toute cette agitation. Elle lança à Eva un regard reconnaissant, car, alors que d'habitude elle s'enveloppait dans ses écharpes et prenait la porte à la moindre intrusion, là, elle s'attardait dans la cuisine, préparant un thé pour Suze et ouvrant la boîte à biscuits pour offrir un cookie au gingembre à Benji. Elle aurait mieux fait, d'ailleurs, se dit Adélaïde, aussi maussade que pleine de gratitude, parce que, si la vieille femme avait cessé de brasser de l'air et était repartie plus tôt, à l'heure qu'il est, elle-même pourrait être là-haut, en sécurité dans son cocon.

« Bon sang, on dirait qu'il a peur qu'on le lui reprenne, s'exclama Suze affectueusement quand le garçon cacha le cookie dans sa poche. C'est mon gros bébé. Le garçon à sa maman, comme son papa. » Elle leva les yeux au ciel. « Am a toussé toute la semaine et, mon Dieu, il n'en faut pas beaucoup pour le terrasser. À la moindre quinte de toux, il sort le matelas de la chambre et le tire par terre, à côté du poêle, et c'est là qu'il se couche en attendant d'aller mieux. Parfaitement – le lit est à trois mètres, mais il tire le matelas pour être plus près du poêle. Peut-être qu'il croit que c'est le poêle, et pas la chaleur, qui le réchauffe. J'ai l'impression que si je le laissais faire, il se blottirait dans mes bras comme un des petits. Les garçons sont pires que les filles, faut avouer. Qu'est-ce que vous en pensez, Eva ? Vous en avez eu, des gars, vous devez le savoir.

– Je les ai souvent bercés dans un rocking-chair, les garçons, dit Eva.

– Et quand il tousse ! Oh, mon Dieu, c'est tout son vieux corps qui tremble – une petite quinte et on dirait qu'il a des convulsions. C'est ainsi. Le moindre hoquet devient un gros éternuement qui le secoue tout entier. J'imagine que Sylvanus est d'un tout autre genre, hein ? demanda-t-elle en se tournant vers Adélaïde. Il ne laisse rien paraître.

– Il ne se confie pas beaucoup, dit Eva, répondant à sa place. C'est difficile à dire avec toute la pression qu'il subit en ce moment et les marchés qui chutent sans arrêt. »

Adélaïde, qui avait écouté d'une oreille distraite, jeta un coup d'œil à Eva, mais la vieille femme était occupée à servir à Suze du thé et des toasts beurrés, hochant la tête pendant une nouvelle tirade de Suze à propos de ce pauvre Am qui se faisait un sang d'encre à cause des chalutiers et des navires-congélateurs et d'autres maudits trucs.

« Mon Dieu, je n'arrive même pas à imaginer des chiffres pareils. Pas toi, Addie ?

— Quels chiffres ?

— Ce qu'ils sortent de l'eau, enfin, Addie ! Je te croyais la plus futée d'entre nous. » Adélaïde lui renvoya un regard vide. « Mon Dieu ! poursuivit Suze. Je crois qu'elle ne comprend rien de ce qu'on raconte. Les chalutiers et les navires-congélateurs – et les trois cents tonnes de poisson qu'ils ont prises à la mer l'année dernière. » Elle s'interrompit, semblant douter de ses propres chiffres. « Enfin, je crois bien que c'est ce qu'ils ont dit. Ces derniers jours, on ne parle que de ça à la radio : de ce que les chalutiers-congélateurs prélèvent chaque année, et des Russes qui rappliquent avec deux ou trois navires-usines supplémentaires. Un sang d'encre, qu'il se fait, Am. Il craint qu'ils vident les zones de pêche. Il ne parle pas beaucoup non plus, mais il ne sait pas cacher les choses. C'est une de ses grandes phrases en ce moment : une fois qu'une chose comme ça a commencé, on ne peut plus rien faire pour l'arrêter. Am, ça le rend très nerveux, même si le poisson continue à remplir les filets. Et même si ceux qui pêchent au large disent le contraire, les pêcheurs côtiers sont toujours les premiers à le sentir. Quelle quantité de l'année dernière Syllie a-t-il en réserve ? » demanda-t-elle à Adélaïde.

Celle-ci cligna des yeux. « En réserve ?

– Dans la saumure, Addie. Ils mettent toujours la morue dans la saumure pendant l'hiver. Sinon, comment ils feraient pour la faire sécher en automne, quand il pleut tout le temps ?

– Ça, je suis au courant, bon sang. Mais je ne sais pas quelle quantité il en a. Syllie ne me dit pas ces choses. »

Suze l'arrêta. « Ce n'est pas quelque chose que tu as besoin qu'on te dise : c'est quelque chose que tu sais, pas vrai ?

– Quelque chose que toi, tu sais peut-être. Mon père pêchait dans le Labrador, et je ne traînais pas près des vigneaux. Une centaine ! lança-t-elle en se rappelant une phrase de Sylvanus, quelques semaines auparavant. Il a une centaine de livres de morue en réserve.

– De livres ? » Suze ricana. « Pas de *livres*, jeune femme. Il devrait en avoir des *quintaux*. Elle ne sait pas de quoi elle parle. Où as-tu été élevée ?

– Une centaine de quintaux, alors, dit Adélaïde.

– Il n'a rien en réserve », intervint Eva.

Adélaïde se figea, observant Eva qui s'agitait près de l'évier, ses mots restant comme en suspens dans l'air. Le malaise emplissait la cuisine et, pour une fois, Adélaïde apprécia que Suze reprenne son bavardage, aussi irréfléchi soit-il.

« Enfin, je ne vois pas Syllie en train de te surcharger avec ses problèmes de pêche. Tu en as déjà assez dans la tête, et je ne doute pas qu'il aura bientôt rempli ses barils. Même s'il a commencé tard, cette saison, les choses peuvent encore changer, n'est-ce pas Eva ? »

Maudite langue, pensa Adélaïde avec mépris, faisant descendre le petit de ses genoux, une main sur son ventre. Mais pas moyen de tromper les yeux usés de la femme dressée devant elle, sa théière à la main, ni de se méprendre sur le coup d'œil aigu qu'elle adressa à Adélaïde quand elle se mit à parler : « Syllie est comme il est. Il y a toujours un garçon qui a besoin plus que les autres de câlins dans le rocking-chair, et j'ai toujours senti que c'était lui. »

C'était donc de ça qu'elle parlait, se dit Adélaïde. Elle retira la main de son ventre, tendit sa tasse et, fuyant le regard perçant de la vieille femme, retourna s'installer dans son rocking-chair, où elle se laissa bercer par la voix bourdonnante de Suze qui continuait à s'extasier sur les filets maillants, et à s'étonner que Syllie ne s'en soit pas encore procuré un, lui qui aimait tant travailler seul, parce qu'il prendrait plus de poissons avec un filet maillant qu'en pêchant à la ligne, et que c'était beaucoup plus pratique, le filet maillant, vu qu'on pouvait les déplacer là où il y avait du poisson. « Comment se fait-il qu'il ne s'en procure pas un, si les choses vont si mal ? »

Cette dernière question s'adressait à Adélaïde, qui se massait le front à cause du fin bandeau qui semblait enserrer son crâne tandis qu'elle essayait de retrouver une phrase de Syllie qu'elle avait entendue l'autre jour – non, ce n'était pas Syllie. À la radio. C'était à la radio qu'elle avait entendu quelqu'un parler des filets maillants. Elle s'en souvenait maintenant. Elle avait failli se sentir mal quand ils avaient expliqué qu'on les tendait à la verticale comme des rideaux dans la mer, pour que le poisson se prenne par les branchies dans les mailles d'un nouveau type de fibre à base de nylon qui ne pourrissait jamais – ce qui était une bonne chose, sauf quand ils rompaient leurs attaches et dérivaient des années sur les flots, continuant à se gonfler de poissons jusqu'à être entraînés au fond par leur propre poids avant de remonter une fois tout le poisson pourri ou dévoré par les autres, et de se remplir et de couler à nouveau. Et ainsi de suite, gonflant et pourrissant, gonflant et pourrissant, entraînant d'autres espèces dans leurs mailles, des requins et des phoques, devenant un garde-manger flottant pour d'autres qui suivaient ces proies fraîches ou en décomposition. Elle avait failli vomir quand un type avait raconté à la radio qu'on avait retrouvé un de ces filets échoué sur la plage, avec à l'intérieur un requin à moitié dévoré et des centaines de poissons éventrés par les phoques. Elle s'était dépêchée de couper le poste quand il se mit à expliquer comment certains toujours en vie dans le filet, frétillaient et étouffaient au milieu de leurs congénères déjà morts ou en décomposition, et comment, avec un collègue, ils avaient pu ramasser un quintal de poissons encore vivants ce matin-là, rien qu'en se baladant sur la plage.

« C'est indigne, dit-elle en frissonnant, ne cherchant plus à simuler son mal de ventre. Personne ne devrait être autorisé à utiliser ces horribles choses.

– Sauf si c'est la seule chance qui leur reste », dit Eva, et à nouveau Adélaïde se sentit anéantie. La porte s'ouvrit à la volée, lui épargnant une plus longue discussion, et le visage parsemé de fossettes de Melita apparut. Mais ce matin, ce n'étaient pas les sourires qui creusaient ses joues, plutôt un air pincé, comme si on l'avait irritée sans raison.

« J'aurais dû me douter que vous étiez ici ! » criat-elle à Eva. Elle fit un clin d'œil à Adélaïde. « Vous avez laissé votre feu s'éteindre. Elsie est en train de le rallumer. On pourra se mettre à sarcler après le déjeuner, si ça vous va.

– Non, laissez tomber. Allez travailler dans vos propres jardins, dit Eva. Je commencerai après-demain. Addie va m'aider. »

Melita leva un sourcil.

« Je viens de vous dire qu'on peut commencer après le déjeuner.

– Et moi je te dis de laisser tomber, dit Eva en la chassant sur le perron. Allez. Vas-y. Et dis à Manny de venir jeter un coup d'œil à ma clôture quand il rentrera. La neige l'a fait tomber.

– Tss-tss, siffla Suze quand Eva referma la porte. Tu as vu comme elle t'a regardée, Addie ? Qu'est-ce que tu lui as fait ? Tu as volé ses œufs ?

– Elles me regardent toujours comme ça, répondit Adélaïde. J'espère qu'elles ne croient pas que c'est moi qui vous demande de passer, Eva.

– Pas mon problème, ce que les autres pensent », répondit Eva en nouant un foulard autour de sa tête. Elle enfila son manteau. « Je passerai ce soir. J'ai mis un os à moelle sous le gril pour le dîner. Au revoir, jeune homme », lança-t-elle gentiment au petit qui jouait tout seul avec des bouts de bois près du poêle. Elle se retourna vers Suze. « Pourquoi vous ne passez pas à la maison ? Je lui donnerai des bonbons à la mélasse.

– Pourquoi pas. Addie, maintenant, tu devrais faire une sieste. Tu as l'air épuisée. » Suze alla lourdement rassembler le manteau et les bottes de Benji. « Allez, viens, mon petit homme. Tu aimes bien jouer tout seul, pas vrai ? On va aller chez Grand-Mère Evie et tu auras des bonbons à la mélasse. C'est très bon pour ton asthme. » Adélaïde fit mine de se lever. « Non, toi, tu ne bouges pas. On connaît la sortie. Allez, Benji, dépêche-toi maintenant. Range ces bouts de bois.

— Non, laisse, ça va, dit Adélaïde, se levant malgré tout. Je les rangerai moi-même, c'était agréable de voir un petit jouer ici. » Elle vit le visage de Suze s'empreindre de tristesse et de sympathie. « Oh non, par pitié, ne fais pas cette tête-là. Il n'y avait pas de sens caché. »

Les deux femmes finirent par partir, le petit à leurs basques. Après un dernier coup d'œil pour s'assurer qu'elles traversaient bien la passerelle, Adélaïde enfila son manteau et ses bottes, et se couvrit d'écharpes. Après une dernière gorgée de thé, elle sortit à son tour, se retournant encore une fois pour vérifier que personne ne la regardait, puis s'élança dans la prairie boueuse et gorgée d'eau vers le chemin qui menait là-haut.

# 16

## Bercer son homme

Cette nuit-là, après la visite d'Eva et de Suze, elle prit la main de Sylvanus quand il vint se coucher près d'elle, et la posa contre ses seins, la pressant plus fort lorsqu'il tenta de la retirer.

« Tout va bien, Addie, murmura-t-il. Tout va bien.

– J'ai envie. »

Et curieusement, sentant la chaleur de sa main sur sa poitrine, elle avait vraiment envie de lui, là, tout de suite, et plus elle se lovait dans sa chaleur et son odeur, plus elle avait urgemment envie de sentir son corps autour du sien, comme un cocon qui la réchaufferait et qui la protégerait. Et lorsque, agrippé à son corps, il s'enfonça en elle, elle resta sans bouger sur le dos, à l'image de la femme d'Adam avant son premier souffle de vie, tel un morceau de chair morte. Et tandis qu'il la pénétrait, elle eut l'impression que, une nouvelle fois, la vie s'insufflait en elle. Sans la moindre passion. Elle avait depuis longtemps soufflé la lampe dans l'entrée, effaçant les ombres tremblantes qui auraient pu l'exciter ou l'inciter à parcourir sa peau avec sa langue. Mais la vie – sentir à nouveau la vie, même si elle venait de lui. Alors, elle souleva les hanches à sa rencontre, et exigea aussi de la passion. Et pourquoi pas ? Pourquoi pas la passion ? Et elle fit tout son possible, de plus en plus fort, pour la ressentir, et elle détesta sentir sa jouissance, et son sexe se rabougrir, semblant mourir en elle comme tant d'autres choses.

Plus tard, ils étaient allongés côte à côte, corps tremblants et cœurs battants et elle pensa avec une sombre satisfaction : Voilà, Eva, je te l'ai bien bercé, ton petit. Et, malgré sa mauvaise humeur passagère parce que les gens continuaient à venir chez elle alors qu'elle ne demandait ni ne voulait rien de personne, au moment où ils avaient fait l'amour, elle avait senti quelque chose se réveiller en elle, alors qu'elle pensait que tout était mort.

Elle lui fit face et remarqua la tension de son visage et ses yeux, qu'il détournait pour fixer le reflet blanchâtre de la lune sur la vitre.

« Ça a l'air beau, dehors, dit-elle.

– Il fait froid, répondit-il laconiquement.

– Pas ici, en tout cas.

– Ici, on ne ressent rien. »

Elle garda le silence. « Alors tu sais ce que c'est de ne rien ressentir », dit-elle. Puis, elle se laissa rouler sur son côté du lit.

« C'est comme ça que tu te sens, Addie ? Comme… rien ? »

Elle ne répondit pas.

« Imagine que tu tombes enceinte ?

– Et si c'était le cas ? »

Elle le sentit qui se rapprochait d'elle. « Je ne te ferai plus subir une chose pareille, murmura-t-il à moitié.

– Toi ? Qu'est-ce qui te fait croire que c'est *toi* qui me fais subir une chose pareille ? » Elle tourna la tête juste assez pour voir sa silhouette se détacher au-dessus de son épaule. « Peut-être qu'il n'y a pas seulement toi et moi qui vivons dans cette maison, Syllie. Peut-être qu'il y a un dieu qui règne sur notre foyer et qu'il s'exprime à travers ces bébés morts. Tu as déjà pensé à ça ? »

Il se souleva à demi avec stupeur. « Tu crois que tu es punie, c'est ça ? Que c'est pour ça que nos bébés meurent ? Bon sang, Addie, tu n'as jamais rien fait qui mérite qu'on te punisse !

– Les pensées valent bien les faits !

– Si on nous jugeait sur nos pensées, on finirait tous pendus. C'est insensé. De la folie pure et simple, Addie… » Elle laissa retomber sa tête sur l'oreiller. « Non, tu dois m'écouter : tu te comportes comme s'il n'y avait que toi qui faisais et perdais les bébés. Mais moi, pourquoi ton dieu me punit-il, si c'est à toi qu'il en veut ? Tu ne te dis jamais que ce sont aussi les miens ? Que moi aussi, j'ai le cœur en deuil ? »

Elle tira la couverture sur ses oreilles, refusant de l'entendre, n'aspirant qu'à trouver l'oubli de l'obscurité, malgré le souffle vital qu'elle venait de ressentir, et la touche d'espoir qu'il apportait – et Dieu sait qu'elle avait besoin d'espoir, surtout en ce moment. Mais il avait encore des choses à dire et arracha la couverture.

« Addie, je les ai touchés, j'ai touché ces bébés. Il y en avait un qui ressemblait à Janie – ta sœur Janie –, sa joue était glacée.

– Oh Syllie, pitié ! » Elle s'enfonça plus profondément sous son oreiller, et couvrit les oreilles pendant qu'il continuait à dire des choses qu'elle ne voulait pas entendre. Elle sentit monter la fureur. « Arrête ! hurla-t-elle, arrête tout de suite ! Ne dis plus un mot ! Plus un !

« – Plus un mot sur quoi, hein ? » Cette fois, il arracha l'oreiller dont elle se couvrait la tête. « Plus un mot sur les bébés, ou sur moi ? De quoi est-ce que tu n'aimes pas parler ? Bon Dieu, Addie, j'ai le droit de savoir ce que tu penses... ce que tu penses de moi !

– Ça n'a rien à voir avec toi, dit-elle en pleurant. Va-t'en, Syllie. Je t'ai déjà assez bercé ce soir.

– Tu m'as bercé ? Ça veut dire quoi, tu m'as bercé ?... Seigneur, Addie, quelle étrange façon de présenter les choses. En plus, c'était toi qui en avais envie... Moi je ne voulais pas.

– Oh ! » Elle se renfonça sous l'oreiller, n'entendant plus ses paroles, seulement les bribes de phrases qui dérivaient encore dans son cerveau, *qui ressemblait à Janie, il y en avait un qui ressemblait à Janie...*

*Pardonner !* Elle se réveilla pendant la nuit avec ce mot qui résonnait dans tout son être. *Pardonner !* Elle avait presque parlé à voix haute, s'efforçant de rester éveillée. Pardonner quoi et à qui ? Elle lutta encore, laissant cette question tourner dans sa tête, puis se perdit dans les ténèbres.

# CINQUIÈME PARTIE

# SYLVANUS

Printemps – Été 1960

# 17

## Conserver l'habitude

Sylvanus la regarda piteusement s'écarter de lui et disparaître sous ses couvertures. Il s'allongea en soupirant, désireux de se rapprocher d'elle, de se serrer contre son corps frêle et tendu. Mais jamais encore elle n'avait paru aussi distante. Il se sentit assailli par une solitude encore plus terrible que celle qu'il avait éprouvée pendant les tristes journées qui avaient suivi leur rencontre – son premier regard sur elle, par la fenêtre de chez Eb Rice –, quand il arpentait les plages et les falaises en languissant d'amour. Au moins à ce moment-là, il anticipait sa présence. Comme il désirait ses petits coups de langue et le bleu intense de ses yeux, cette femme qui avait un jour frissonné sous la caresse de ses doigts. Pendant la nuit, il la sentit remuer. Elle était réveillée. Il se rapprocha un peu plus pour profiter de sa chaleur à travers les couvertures. Mais il aurait tout aussi bien pu dormir avec les gens de l'autre côté du ruisseau – et se sentait comme Tantale qui meurt de soif près d'une douce source jaillissante dont l'eau ne franchit jamais ses lèvres desséchées.

À contrecœur, son esprit le ramena à ce pitoyable matin dans la cuisine, quelques semaines plus tôt. Elle s'était collée contre lui, et lorsqu'il avait commencé à l'embrasser, plein de désir, elle l'avait repoussé en le regardant avec dégoût. Et même maintenant, dans l'obscurité de leur chambre, il se sentit rougir comme ce jour-là, quand il s'était enfui de la maison. Enfermé dans la pénombre de l'échafaud, assis sur un baril retourné, il avait entrepris de dénouer un fil de pêche emmêlé depuis l'été précédent et s'était planté un hameçon dans le doigt. Il s'était mis à jurer, aurait préféré cent fois d'autres piqûres si ça lui avait permis de repousser ces visions de lui-même en train de se traîner derrière elle tel un jeune chien tirant la langue, de se morfondre sur le perron comme un enfant rejeté ou sur son oreiller comme un amant refusé, ou encore d'espionner ses faits et gestes – il avait planté à nou-veau l'hameçon plusieurs fois dans sa chair, se bles-sant volontairement afin que la douleur oblitère une autre image de lui-même, toujours lui, en train de frap-per en vain à la porte de sa chambre, derrière laquelle elle s'était barricadée.

À son tour, il enfouit son visage sous son oreiller, grimaçant à cause de la clarté de ce souvenir, qui ne fit qu'en convoquer d'autres : sa déprime, son manque, ses soupirs se mélangeaient les uns aux autres comme les remous de plus en plus rapides d'un tourbillon qui l'entraînaient vers le fond, jusqu'à ce qu'il soit sur le point d'étouffer. Pathétique. Il était pathétique dans son manque. Et pourtant, le lendemain matin, il avait l'air désemparé d'un nourrisson affamé, incapable de détacher les yeux de son visage quand elle traversa la cuisine pour se laver la figure et préparer du thé.

Elle finit par avoir pitié de lui. Il s'en rendit compte quand elle se mit à lui lancer de fréquents coups d'œil et l'accompagna sur le perron quand il quitta la maison, l'observant en se tordant les mains et ne le

quittant pas des yeux avant qu'il eût franchi la passerelle et emprunté le sentier vers son échafaud. Une fois
à l'intérieur, il se retourna et la regarda rentrer dans
la maison d'un pas las. Et à son tour, il commença de
s'apitoyer sur elle autant que sur lui-même. Une peur
froide comme de la cendre le saisit : en essayant de la
libérer d'une forme de servitude, il s'était lui-même
emprisonné, et il ployait sous ce joug, oubliant parfois ce qu'il était en train de faire quand il se dres-
sait, dandinant dans le vent avec ses lignes dans les
mains. Une épreuve digne de Job, pensa-t-il en jetant
un coup d'œil au ventre vide de son bateau, après avoir
passé une demi-heure à dandiner. En temps normal,
il aurait déjà dû remonter et ouvert trente ou quarante
livres de morue. Les choses avaient commencé de
tourner au vinaigre l'année précédente. Il avait menti
à Adélaïde en disant qu'il avait une centaine de quintaux en attente. À l'automne, le poisson avait repris
sa migration avec deux semaines d'avance, laissant
ses barils presque vides alors qu'il aurait dû remplir
ses réserves d'hiver. Et il avait aussi menti en disant
qu'il s'octroyait une semaine en plus avant de commencer à pêcher ce printemps. Il y avait déjà passé
quelques matinées, mais rien ne mordait. Rien ! Et
d'autres pêcheurs côtiers dans la baie racontaient la
même chose. Il n'y avait plus de poisson.

« C'est la pêche au large qui marche, avait dit Am
sur le quai de Ragged Rock quelques matins plus tôt.
Tous les palangriers s'en sortent très bien et font le
plein de morue. » Il secoua la tête. « Je déteste penser
que je vous dépouille, vous autres, pêcheurs côtiers.

Sylvanus fut prompt à répondre : « Mais pas du
tout. Les palangriers ne posent aucun problème. Ce
n'est pas en lançant tes palangres que tu vas dépeupler

les zones de pêche. Les coupables, ce sont ces assassins de la pêche hauturière, dont les chaluts raclent le fond et prélèvent les poissons mères qui n'ont pas encore frayé.

– Entièrement d'accord avec toi sur ce point, mon gars, dit Ambrose.

– Et aussi ces saloperies de congélateurs-usines, continua Sylvanus. Bon sang, ils se reproduisent comme des capelans. Bientôt, ils seront encore plus nombreux que les chalutiers. »

Il regarda vers l'usine de transformation, entendant les claquements métalliques des machines à l'intérieur et le fracas encore plus bruyant dehors, sur le quai où des hommes déchargeaient les prises de six palangriers en criant, environnés des mouettes hurlantes qui plongeaient autour d'eux. Des heures supplémentaires. « Tout le monde fait des heures sup ce soir », lui avait dit Am. Pour gagner plus d'argent. Encore autre chose, les heures supplémentaires. Lui, il travaillait jusqu'à ce que son poisson soit préparé, parfois bien après la tombée de la nuit en automne. Il n'avait jamais pensé faire des heures supplémentaires. *Des heures sup*. Il renifla. Qu'est-ce que c'était que cette histoire d'heures sup ? Afin de ne pas heurter Ambrose, il lui souhaita une bonne soirée et s'éloigna au moteur en se retournant plusieurs fois, les yeux empreints de scepticisme, vers la douzaine d'hommes d'équipage qui couraient et sautaient à côté les uns des autres, en chantant et en braillant, ou faisaient une pause cigarette autour d'un vieux pêcheur qui trouvait étrange d'être sorti tous les jours depuis des semaines sans avoir pris un seul poisson. Des ouvriers. Ces hommes avaient été transformés en ouvriers industriels payés pour travailler *en heures sup* pour le compte de quelqu'un d'autre. « Comme s'ils n'avaient jamais mené leur propre barque », marmonna Sylvanus avec mépris.

Puis, leur tournant le dos pour de bon, il était rentré chez lui. L'automne dernier, quand le poisson avait déserté les zones avec deux semaines d'avance, une vingtaine de pêcheurs de Hampden et de Jackson's Arm, et d'autres des petites baies, avaient commencé à se réunir. Ils avaient bien compris les signes de surpêche. C'était trop loin pour que Sylvanus se joigne à eux, mais il s'était mis à écouter les nouvelles et les quelques émissions de radio qui donnaient la parole aux pêcheurs. Et il avait signé les pétitions et les lettres qui circulaient, appelant les types du gouvernement à réagir, à faire un foutu quelque chose contre les chalutiers et les navires-usines congélateurs.

Mais jusque-là, ils n'avaient rien fait. Ils les avaient câlinés, c'est tout. Ils s'étaient déplacés dans quelques baies pour leur seriner la même vieille chanson. « Allons, les gars, c'est un peu tôt pour parler de surpêche. Nous savons tous que ce ne sont pas les mêmes poissons qui circulent dans les eaux côtières, semi-hauturières, ou hauturières. Oui, nous en sommes pratiquement sûrs – et sans aucun doute, il y en a qui traversent les zones, mais pas assez pour que ça change vraiment quelque chose dans vos prises. La mer est plus froide cette année, ça nuit à la pêche côtière ; vous savez bien que la morue n'aime pas les eaux froides. Donnez-leur le temps de se réchauffer, les gars, et elle va revenir, si ce n'est pas cette semaine, alors la suivante. Il y a toujours eu des hauts et des bas dans la pêche, mais la morue reviendra parce qu'elle revient toujours. Ne vous en faites pas pour ces étrangers, nous travaillons avec eux. Les eaux de l'Atlantique Nord ne sont pas simples à surveiller, mais on discute. Tous les jours, on discute avec eux et leurs gouvernements, on essaie de déterminer ce qui est le mieux pour tous, et en attendant, nous vous construisons de nouvelles usines de transformation, et affrétons de nouveaux bateaux pour vous garantir une part équitable de la pêche. Elle sera conséquente, les gars, et le poisson va revenir bientôt. Vous verrez qu'il reviendra, vous verrez. »

« Vous verrez », marmonna Sylvanus ce froid matin en regardant son Addie rentrer sans énergie dans la maison, et la coque toujours aussi vide de son bateau. Vous verrez quoi ? Qu'un jour il n'y aura plus aucun poisson à pêcher ? À quoi bon voir, alors, s'il n'y a plus rien à remonter ?

Ce matin, le clapotis de la mer ne l'apaisa pas, et il ne parvint pas à laisser vagabonder ses pensées dans le va-et-vient de ses leurres dans les profondeurs. Il avait peur. Il avait peur de ne rien faire d'autre jusqu'à la tombée de la nuit que de rester debout à dandiner en pure perte sur une zone de pêche morte. Il leva les yeux vers le soleil déjà haut. Dire que sa matinée de travail n'avait pas encore commencé ! Quelque chose clochait dans le ciel. Cette pensée l'ébranla. Il n'y avait pas de mouettes autour de lui. Où étaient ces bon Dieu de mouettes ? Et il éclata de rire. Évidemment qu'il n'y avait pas de mouettes. Pourquoi viendraient-elles quémander leur petit-déjeuner sur une zone de pêche morte ?

Enfin, une touche sur une de ses deux lignes. Seigneur. Il fléchit les genoux, soulagé, et s'assit pour la relever. Une morue. Une morue de bonne taille. Avant qu'il n'ait eu le temps de la saigner, ça mordit sur l'autre ligne. Parcouru par un frisson d'excitation, il remonta une autre morue de bonne taille et brandit son corps humide et chatoyant à bout de bras devant lui, à deux doigts d'embrasser sa bouche grande ouverte, en quête d'air. Encore une prise. Et une autre. Elles étaient revenues. Loué soit Jésus, elles étaient revenues, et il répéta dans sa tête une prière de gratitude. Bras gauche levé ; bras droit baissé ; bras droit levé ; bras gauche baissé ; levé, baissé, levé, baissé, une autre touche, un autre poisson, une autre touche, un autre poisson, il n'arrêtait pas de dandiner, et quand il en eut au moins pour cinquante livres, il se laissa aller au rythme de la houle. Elle était revenue. La mer nourricière était de retour. Et il devrait avoir honte d'avoir douté de ses bienfaits. Elle changeait parfois ses habitudes, c'est tout. Quel mal y avait-il à ça ? Et quel mal y avait-il à ce qu'Addie veuille quitter la maison quelques heures chaque matin, pour aller se promener près de la falaise, et avoir un autre point de vue sur les choses ? Personne ne reste comme moi figé dans ses habitudes, se dit-il. Pas même les morues.

Il sourit, soulagé du retour de la mer nourricière. Désormais, il ne devrait plus jamais douter de sa fertilité, et devrait croire que le goût salé de ses entrailles liquides imprégnerait ses lèvres pour toujours. Il repensa à son Addie, à l'air qu'elle avait ce matin quand elle l'avait suivi devant la maison, le visage pâle comme une lune d'hiver – Addie, son Addie. Et comme s'il avait crié son nom à voix haute, il baissa la tête, honteux de son désir pour elle.

Un peu plus d'une semaine après le retour de l'abondance, il remarqua que les poissons avaient tendance à être plus petits. De l'un ou l'autre de ses trous de pêche, c'est à peine s'il remontait des morues de dix livres. Il leva l'ancre et se mit en quête du banc de grandes morues à ventre noir qui nichait dans la ravine sous-marine de Woody's Inlet. Et quand, là encore, il ne pêcha que de plus petits spécimens, il mit le cap vers le banc de sable et les crevasses de Gull Rock, qui surgissaient de l'eau à marée basse et faisaient partie d'une arête rocheuse s'enfonçant profondément dans l'océan. Ensuite, il alla traquer les poissons plus petits à Peggy's Plate et la morue à petites écailles qui préférait la surface lisse et sablonneuse de Petticoat Falls. Enfin, il navigua pendant deux heures jusqu'à un autre coin de pêche, abandonné depuis longtemps, et dandina le long du rivage entre les écueils.

Rien de plus de dix livres, d'un bout à l'autre de la baie, et pas plus pour la pêche semi-hauturière. Et des gars sur les chalutiers lui avaient raconté qu'il n'y avait plus non plus de gros poissons au large. Partis. Ils avaient disparu, engloutis dans les gueules de ces Léviathans géants qui commençaient à envahir la haute mer comme les chalutiers envahissaient les eaux côtières.

Des ampoules apparurent sur les paumes de Sylvanus après ses heures passées à dandiner une ligne dans chaque main. Plus la morue était petite, plus il fallait pêcher longtemps pour atteindre le quintal. Et ça devenait de plus en plus difficile de rejeter ces poissons trop petits, qui n'avaient pas encore frayé. « Pourtant, bon Dieu, je continuerai à les remettre à l'eau », grommela-t-il un matin, alors qu'il détachait sa quatrième morue trop petite après une heure de dandinette. Il la rejeta à la mer, et la regarda s'enfoncer sous sa coque. Elle était sa pêche de demain, alors bon vent car que serait-il sans elle, alors ? Sans la laitance de cette mer nourricière qui faisait tanguer son bateau pendant qu'il dépouillait son ventre ?

Un nuage passa devant le soleil et une forte brise du nord-est le fit frissonner, s'engouffrant dans le col ouvert de son ciré. Le vent allait souffler avant la marée basse, mais aussi longtemps que le poisson mordrait, il resterait au même endroit. Il dandina encore une heure. Les prises se firent plus rares, son estomac criait famine, et ses jambes tremblaient sous la tension. La marée commençait à refluer, charriant avec elle la nourriture qui attirait la morue près du rivage. Il lui restait encore deux heures avant la marée basse, et tant que son bateau ne serait pas plein, il continuerait.

Après encore vingt minutes passées à dandiner sans succès, il leva l'ancre et retourna au moteur jusqu'à Gregan's Hole, à un quart de mille nautique plus loin le long du rivage. Les jambes fléchissant dans la houle qui enflait, l'estomac rongé par la faim, il mit pied à terre et assembla en hâte un rond de pierre pour allumer un feu avec de l'herbe séchée et du bois flotté. Il piocha la plus petite prise dans son bateau, vida et découpa le poisson en morceaux qu'il jeta ensuite dans une poêle en fonte avec un oignon et un biscuit de mer qu'il emportait toujours quand il partait pêcher. Il posa la poêle sur le feu et mouilla l'ensemble avec un peu d'eau douce tirée dans un ruisseau, puis s'allongea sur la plage, les bras sous la nuque, et ferma les yeux sous le ciel gris, appréciant de sentir se dénouer ses courbatures. Le sommeil se chargea de soulager son cerveau. Une quinzaine de minutes plus tard, il fut réveillé par le délicieux fumet du poisson, du biscuit de mer et des oignons mijotés.

Retirant la poêle du feu, il posa le biscuit de mer sur un galet plat et propre, et commença de manger avec les doigts. Une tasse de thé renforcé avec de la mélasse noire et une brioche au porc plus tard, il était de retour, dandinant sur son bateau, rassasié, et pêcha pendant une heure supplémentaire en sentant la brise dans son dos qui ne cessait de forcir. Avec un peu de chance, il serait rentré à terre quand elle se transformerait en coup de vent, épargnant de l'inquiétude à sa mère. D'habitude, il était de retour bien plus tôt avec son bateau lourdement chargé. Trente livres de plus. Il s'autorisa à s'asseoir en dandinant encore un peu malgré lui, voûté en avant, les mains brûlantes. Bientôt l'étal de marée basse, le poisson désertait ses dandinettes et le vent continuait de forcir. L'heure de lever l'ancre et de rentrer au moteur. Pas si mal, pensa-t-il en évaluant sa prise au fond de son bateau. Pas si mal. À part que ça prenait une foutue éternité pour faire une pêche décente.

Une fois à Cooney Arm, il déchargea ses morues à la fourche sur l'appontement et les hala dans son échafaud. Puis l'une après l'autre, il les plaqua sur le billot, tranchant les ventres et jetant les abats dans l'eau en dessous par un trou à vidange dans le plancher sur pilotis, où les mouettes attendaient en se querellant. Peu à peu, sa lame se fit plus sûre, ses gestes plus rapides et il créa un rythme qui n'avait besoin que de la sensation de ses doigts pour se déclencher. Une fois le poisson vidé, il saisit un couteau différent dont il enfonça la lame arrondie plus profondément derrière l'épine dorsale, ouvrant le poisson des branchies à la queue, et l'aplatit jusqu'à ce qu'il prenne une forme de papillon. Ensuite, il rinça chacun d'eux à l'eau de mer dans un grand bac à chalut, nettoyant avec soin le sang, les viscères, et tout ce qui pouvait pourrir et gâter leur apparence. Il les superposa dans des barils entre des couches de sel, un peu plus sur les parties épaisses, un peu moins sur les parties fines, mais toujours avec parcimonie pour éviter l'acidification. Car la morue de qualité supérieure, c'était la moins salée, et malgré la fatigue qui lui engourdissait les doigts quand il restait parfois debout dans l'échafaud jusqu'à une heure du matin pour accomplir la double charge de travail à cause de poissons plus petits, on ne pourrait jamais dire que la morue de Sylvanus Now était de piètre qualité.

Et cet été-là, il n'y avait pas que ses jambes et ses mains qui étaient fatiguées. Car à mesure que la saison avançait, son cerveau aussi était assailli par des chiffres qu'il n'aurait jamais imaginé utiliser au sujet du poisson : les centaines de milliers de tonnes pêchées chaque année par des pays auxquels il n'avait jamais pensé ; les Allemands qui faisaient leur apparition sur les bancs avec trente à quarante navires-usines-congélateurs tout neufs ; les Espagnols qui, non contents de la centaine de chalutiers qu'ils avaient déjà sur place, en construisaient de nouveaux ; les Japonais qui arrivaient dans la course avec la plus grande flotte de pêche au monde ; et d'autres venus de Pologne, de Roumanie, de Grèce, de Belgique, des Pays-Bas et d'ailleurs encore qui croisaient en direction des zones de pêche. Et maintenant, les pêcheurs pleurnichaient parce que ces Russes puants avaient abandonné le maillage, ramassant des millions de morues plus petites en ciblant des espèces différentes – hareng, maquereau, calamars, capelans – qu'ils pêchaient jusqu'au point d'épuisement. Sans parler des deux cents chalutiers supplémentaires amenés pour compléter leurs trente-cinq navires-usines-congélateurs, et de tous les autres immenses bâtiments, les Espagnols, les Portugais, les Français et la moitié des pays du globe qui venaient mouiller à deux cents milles du rivage, illuminant la mer comme un ciel étoilé, au printemps, en été, en hiver, à l'automne, pompant les ressources de la mer nourricière.

Un soir qu'il rentrait tard, vers le milieu de l'été, Sylvanus eut la surprise de découvrir Jake et Manny qui l'attendaient sur son appontement. Remarquant que ses morues séchées au vent avaient été déjà ramassées sur les vigneaux et empilées en fagots, il se leva, submergé par une soudaine consternation.

« La tête que tu fais, ce soir, dit joyeusement Manny, quand Sylvanus lui lança son bout. Chaque fois que je te vois, tu es de plus en plus sombre.

— Qu'est-ce que vous fichez là ? demanda Sylvanus.

— On pêche des poulamons. » Manny baissa les yeux vers sa prise, au fond de son bateau. « À peu près aussi gros que les morues que tu ramènes. »

Sylvanus sourit, se détendant un peu grâce au ton léger de Manny. « Mais sûrement plus facile à attraper aussi. Qu'est-ce qui se passe, les gars ? » Il fit un geste vers ses vigneaux.

« Vu comme tu te ramollis, on s'est dit qu'on allait te filer un coup de pouce », dit Manny.

Jake renifla. « Vu comment *lui* se ramollit, il veut dire, fit-il à Sylvanus. Une bonne chose que nous, on en ait fini avec les vigneaux. Ces derniers temps, il est plus lent que le vieux chevalet de Père. »

Manny sourit. « Tu as vu comme il est revêche ? Ne fais pas attention à lui, Syllie. Il a cassé la bonde de son foudre et la moitié de sa bière s'est répandue par terre.

— Répandue ! Mon vieux, je n'aurais rien répandu si tu n'avais pas essayé de la récupérer dans un seau troué. » Il se tourna vers Sylvanus. « Tu le crois, ça ? Au lieu de faire rouler le foudre pour que le robinet se retrouve en haut et que la bière arrête de couler, il n'y touche pas et essaie de la récupérer dans un seau – cent cinquante litres de bière dans un seau de moins de cinq litres. Et troué, en plus ! Bon sang, mon gars, tu es du genre à vouloir pêcher le reflet de la lune dans la mer. Ça ne m'étonne pas que tu penses encore qu'un cheval se noie par l'arrière. » Manny se mit à grommeler bruyamment ; Jake pointa son doigt sur lui. « La croupe de sa jument était passée à travers la glace de l'étang, et lui, il trépignait pour qu'on la tire de l'eau, vite, plus vite, avant qu'elle se noie. Grand benêt, va ! Un des vieux du village lui avait raconté que les chevaux prenaient l'eau par le cul.

— Pas juste un vieux, mais le vieux Pete Watford, rétorqua Manny. Cette vieille ordure avec sa gueule en berne qui n'avait jamais souri de toute sa vie. Qui aurait pu croire qu'il plaisantait ? Les seules fois où il parle, c'est au confessionnal. » Ses frères continuaient à glousser. « Allez, faites-vous plaisir, lança-t-il. Mais je vais vous dire une chose – et ce fut sa dernière tentative pour prendre part à la blague –, quand on l'a sortie de l'eau, elle semblait pleine. Mais c'était de pisse qu'elle était remplie. Et pour pisser, mon vieux, elle a pissé. Toute la nuit – Mère s'en souvient encore : on l'a ramenée sur la rive, et elle a inondé son jardin. On en rigole maintenant, mais cette jument pissait encore deux jours après être sortie de l'eau, alors peut-être bien qu'elle s'est vraiment remplie par le cul. Pourquoi pas, après tout ? En plus, ce vieux salaud de Pete n'aurait pas reconnu une blague s'il était assis dessus. Je suis sûr qu'il avait déjà vu ça.

— Ce qu'il avait vu, coupa Jake, c'était un canasson qui pissait après avoir traversé un étang à la nage, point final. Et ensuite, il te l'a raconté… » Jake s'interrompit en entendant un de ses fils qui l'appelait en criant depuis la grève.

« Oui, on y va. Partez devant », cria-t-il en réponse. Puis, se retournant vers Manny, il dit : « On va devoir se dépêcher, mon gars. Les petits attendent.

– Les petits, ricana Manny en transférant à coups de fourche d'autres morues dans l'échafaud. Ils peuvent attendre, j'irai quand je serai prêt. » Puis il bondit dans le bateau et se mit à décharger les poissons avec Sylvanus. « C'est la troisième cabane qu'on les aide à construire cette année, dit-il à Sylvanus. Chaque fois, ils se bagarrent, et ils la démolissent. Bon Dieu de petits sauvages. » Il désigna le panier à poissons vide aux pieds de Jake. « Qu'est-ce que tu attends, mon gars ?

– Moi, c'est vous que je vais démolir si vous ne fichez pas le camp de mon échafaud, dit Sylvanus, appuyé sur sa fourche à morue, en lorgnant ses deux frères. C'est quoi le problème, ce soir ? Qu'est-ce que tu fais dans mon bateau ?

– On va acheter un skiff et on voudrait que tu viennes avec nous », lâcha Jake.

Manny continuait à transvaser la morue. « Tu as raison, mon vieux Jake, commence par lui passer la pommade. Seigneur, tu as raté ta vocation, toi. Tu aurais dû faire prêtre. À l'heure qu'il est, on serait tous convertis. » Il s'appuya sur sa fourche et regarda Sylvanus avec gravité. « Mais il a raison, frérot. Le gouvernement propose des fonds pour acheter des petits palangriers de moins de dix mètres. La moitié de la taille normale. Et meilleurs, bien meilleurs – moins de frais et assez sûrs pour la pêche semi-hauturière. Alors, comme a dit Jake, on va s'en acheter un.

Sylvanus se remit à fourcher près de son frère.

« Tu serais idiot de ne pas te joindre à nous, dit Jake. Près de la côte, il n'y a plus de poisson. Rien qu'un peu de plancton pour les mouettes, c'est tout ce qui restera à pêcher, tant qu'on n'aura pas une nouvelle guerre. Dans le passé, ça a déjà réglé le problème. » Manny leva les yeux au ciel. « Pour sûr, ça chasserait tous ces salauds de l'océan pendant quelques années, et la morue reviendrait. Père et les autres de son temps, ils ont vu ça pendant la Première Guerre, et nous, on l'a vécu après la Seconde…

– C'est vrai, mon gars, tu as raison, grogna Manny, mais pour l'amour du Ciel, ne nous raconte pas encore un coup toute l'histoire. » Il se tourna vers son petit frère, qui fourchait de plus belle. « La mer change, Syllie, et tout le reste avec. »

Sylvanus hocha la tête. « Je connais la chanson. Quand vous avez abandonné la dandinette pour les trappes à morue, je l'ai déjà entendue. Et quand vous avez abandonné les vigneaux pour l'usine. Vous ferez quoi quand il n'y aura plus rien à abandonner ? C'est ce que je me demande.

– On viendra quémander à ta table, rétorqua Manny. Vu la taille des poissons que tu ramènes, je me dis que tu auras toujours de quoi nous nourrir. Syllie ! » Il posa une main ferme sur le bras de son frère, interrompant son va-et-vient. « Ça nous pend au nez. Les morues plus petites que tu pêches en sont le premier signal – non, le deuxième, le premier, c'était que la saison raccourcisse. Et maintenant, le poisson commence à manquer – c'est le deuxième signal de surpêche que la mer nous envoie. Toutes les grandes morues sont parties, et les plus jeunes n'ont aucune chance de grandir.

– Oui, je suis au courant, dit tranquillement Sylvanus. Et je vous remercie pour la proposition. Mais je vais rester dans le coin. La mer s'est montrée généreuse ces dernières semaines. Peut-être qu'elle parviendra à remettre de l'ordre dans tout ça, elle y arrive toujours.

– Réfléchis, mon gars. C'est tout ce que je te demande – de réfléchir.

– C'est déjà fait. Et comme j'ai dit, je vais rester dans le coin. Mais si je changeais d'idée et de méthode de pêche, ce serait avec vous que j'irais. » Il adressa un signe de tête reconnaissant à Jake, puis recommença de décharger sa prise.

« Oh tu y viendras, grogna Jake. Ne t'y trompe pas, c'est toi qui demanderas… Mais il sera trop tard, tous les postes seront pris.

– Si on en arrive là, je me ferai engager sur le bateau de quelqu'un d'autre.

– Je ne parle pas du bateau. Écoute, petit frère, il y a des choses qui se préparent et qui ne vont pas être agréables si tu ne te mets pas à penser au futur.

– Il y a toujours des choses qui se préparent, dit Sylvanus.

– Tu n'écoutes pas », dit Jake. Il n'alla pas plus loin en voyant le regard dissuasif que lui lança Manny, puis, marmonnant des mots inintelligibles, il se mit à transvaser les poissons que ses frères avaient déchargés autour de ses pieds dans les paniers empilés sur l'appontement.

Sylvanus se tourna vers Manny, soudain méfiant.

« Qu'est-ce qu'il raconte ?

– Rien, répondit Manny. Il essaie de clarifier les choses, c'est tout. Quand on aura le skiff, on prendra des filets maillants. Je n'aime pas les palangres.

Peut-être qu'il t'en faudrait un aussi. Ça te rendrait la tâche plus facile.

— Des filets maillants ? Des filets fantômes, tu veux dire. » Sylvanus coinça sa fourche sur le plat-bord et regarda son frère en secouant la tête. « Mon vieux, je ne jetterai jamais un truc si dégueulasse dans la mer.

— C'est dégueulasse seulement si les filets arrachent leurs points d'amarre. On s'assurera que les nôtres ne brisent pas.

— Ne brisent pas ! Comment tu feras avec les chalutiers qui les déchirent sans arrêt ? Tes filets maillants, c'est encore pire que les chalutiers.

— Tu es bien comme Père, grogna Jake. Tu te crois meilleur que tout le monde, et tu es trop coincé dans tes habitudes pour écouter.

— Oh, va au diable avec Père, s'écria Sylvanus. Tu ne vaux pas mieux que ces fichus étrangers si tu te joins à eux en achetant des bateaux et des filets plus grands. Et si tu penses que ça va arranger les choses d'éloigner les pêcheurs des côtes, c'est que tu as la tête dans le cul.

— Comme toi, mon gars, si tu crois qu'en restant à déblatérer sur le rivage, tu vas arriver quelque part, dit Jake en haussant la voix. Et je me tape de ce que les autres pensent – toi ou n'importe qui – dès qu'il s'agit de nourrir ma famille. Tes grands mots, ce sera de la merde, quand tous les pêcheurs seront trop occupés à bosser pour t'écouter.

— On se calme. Syllie ne voulait pas dire ça », tempéra Manny. Mais Jake sentait le rouge qui lui montait aux joues. Il repoussa le panier de poissons et pointa son frère du doigt.

« Et je vais te dire autre chose, reprit-il. S'il le faut, je pêcherai jusqu'au dernier poisson parce que je passe avant eux. Et si jamais tu as un petit un jour, tu seras en mer comme les autres pour essayer de trouver de quoi manger. Alors, tes sermons, je me les mets au cul, là où j'ai la tête selon toi, comme ça j'aurai une meilleure chance de t'entendre.

— Non, mais écoutez-les, on dirait des chiens, s'exclama Manny, tandis que Jake s'enfonçait dans l'échafaud, laissant Sylvanus grogner derrière. Rien que d'imaginer relever les filets avec vous deux au petit matin, ça me fait grincer des dents. » Il soupira en entendant son frère sortir de l'autre côté et claquer la porte de l'échafaud. « Écoute, mon frère, dit-il sur un ton apaisé au moment où Sylvanus déchargeait en boudant le dernier poisson sur le ponton. Ce n'est pas grave si tu ne viens pas avec nous, mais tu ne peux pas continuer comme ça non plus – à pêcher à la dandinette. Vu les furoncles sur tes poignets, vaudrait mieux pas. À quelle heure as-tu fini de vider tes vigneaux la nuit dernière ?... Deux heures du matin ? Je le sais parce que Mère t'a vu.

— Laisse tomber, Manny, répondit Sylvanus, la voix lasse. Je vais continuer comme je fais jusqu'à ce qu'il n'y ait plus rien à pêcher. Après, je réfléchirai à autre chose. Mais je ne suis pas du genre à mettre les voiles au premier coup de vent.

— Au premier coup de vent, hein ? » Manny se laissa choir sur le banc du bateau, et leva vers son frère des yeux résignés. « Très bien. Parfait. Mais laisse-moi juste te dire une chose, et je ne la dirai qu'une fois, reprit Manny. Il n'y a pas que du mauvais à abandonner les vigneaux. » Sylvanus lâcha un grognement exaspéré. « Écoute-moi, reprit Manny. Quand tu vends directement à l'usine, ça fait une grande différence dans ta journée de travail. Tu ne dois plus passer tes nuits à nettoyer le poisson, ni courir sur les vigneaux à la première goutte de pluie de peur qu'elle gâte toute ta pêche. Tu n'as pas à rester accroché à tout ça, Syllie. C'est un vrai confort de pouvoir relever tes filets et décharger directement ta prise aux usines – surtout maintenant, avec les autres choses qui risquent d'arriver. Enfin. » Il se releva pour remonter sur l'appontement, mais Sylvanus l'arrêta.

« Quelles autres choses ? demanda celui-ci. C'est quoi ces autres choses dont vous parlez tout le temps ? Tu ferais aussi bien de me le dire, maintenant. » Manny l'écarta et se hissa sur le ponton en planches. « Oh, attends, je sais, poursuivit Sylvanus. Noé croise dans le coin sur son arche et il n'arrive pas à trouver une couple de morues, alors il veut mon poisson, c'est ça ? Noé veut mon poisson… oh, et mon échafaud aussi ? » Il pointa un doigt vers Manny au moment où celui-ci se retournait. « Oh Seigneur, Noé veut mon échafaud.

– Bingo, mon grand. Je ne savais pas comment te le dire, répondit Manny. Mais tu vas devoir lui dire d'attendre un peu, parce que la première pêche sur notre nouveau skiff, on va la décharger ici, devant ton échafaud. Et maintenant, tu peux brailler tant que tu veux, mais c'est pourtant ce qu'on va faire : t'offrir notre première pêche. Alors tu ferais mieux de tirer ton bateau plein de sang de l'eau avant qu'il soit trop tard et que tu doives ressortir en mer en pleine nuit. Mère était folle d'inquiétude. »

Sylvanus laissa tomber sa fourche. « Maintenant, c'est toi qui vas m'écouter ! dit-il avec colère.

– Il n'y a rien à ajouter, coupa sèchement Manny. Passe à la maison quand tu auras fini, on goûtera la nouvelle bière de Jake. D'ici là, il sera calmé. Et ne me fais plus ce coup-là, Mère déteste quand tu sors comme ça. Et regarde, il y a un poisson sous ta botte, même pas encore saigné. Tu te laisses aller, mon gars, tu te laisses aller. »

Alors que Manny disparaissait à l'intérieur de l'échafaud, Sylvanus se rassit sur le banc de nage et ramassa en tremblant le poisson oublié. Ah, j'ai rendu Mère folle d'inquiétude. Elle aurait plus de souci à se faire s'il partait en mer avec Jake chaque matin. Là, elle aurait eu des raisons de s'inquiéter.

Sortant son couteau piqueur de sa botte, il égorgea le poisson, imaginant à quoi lui, Sylvanus, ressemblerait si le destin voulait qu'il finisse sur un skiff d'une dizaine de mètres, à relever des filets maillants toute la sainte journée en supportant les postillons de Jake, et les discussions, les crachats et les pets de deux ou trois autres marins sur le pont autour de lui, qui gâcheraient la quiétude du matin.

« Aucune chance, maugréa-t-il à voix haute. Aucune maudite chance. » Remontant sur le ponton, il retourna dans l'échafaud et nettoya rageusement son billot, essayant de mettre le doigt sur ce qui le mettait le plus en colère – la surpêche ou la dispute avec Jake. S'attaquant à sa maigre prise, Sylvanus commença de vider et de fendre, de vider et de fendre, le rythme né de ses mains finissant par prendre le dessus sur tous les bruits du dehors, même s'il lui manquait cet équilibre confortable qu'il ressentait toujours quand il se concentrait sur ses tâches ; et peu importait que ses barils à moitié vides viennent fausser son sens des valeurs, les bébés morts et le désir désespéré qu'il ressentait quand il était couché près de son Addie, et qu'il fasse désormais en seize heures ce qui, d'habitude, lui en prenait douze. Car la pêche dans les règles de l'art était sa base. Et quand le dernier poisson fut vidé, tranché et soigneusement empilé dans un baril, il se redressa avec un sourire satisfait et sortit prendre l'air.

La nuit tombait. La lampe était déjà allumée chez sa mère, qui regardait par la fenêtre… Qui était avec elle ? Addie ? Oui, c'était elle. Elle sortit de la maison, ramassa quelques cailloux qu'elle lança vers deux corbeaux qui soupaient de déchets pourrissant dans un coin du jardin. Elle passait la plupart du temps chez sa mère désormais, depuis qu'elle s'était mise à aider au jardin. Elle jeta un coup d'œil dans sa direction ; ses traits étaient flous dans le clair-obscur qui suit le crépuscule.

« Tu as fini pour aujourd'hui ? » cria-t-elle.

Il hocha la tête, réchauffé par son sourire quand elle pénétra dans le halo de la lampe, des ombres dansant sur son visage. Elle se dirigea vers lui. Sentant sa propre odeur, il s'en voulut d'être encore en ciré, taché de sang, les mains puantes des tripes de poissons.

Il se précipita dans son échafaud et lui cria : « Je serai à la maison dans une minute ! » Puis, il referma la porte et l'observa par la fenêtre. Elle attendit une minute avant de faire volte-face vers la maison. Il regarda l'échafaud pauvrement éclairé par une lampe à pétrole au manchon cabossé. Après avoir pompé un peu plus d'air pour augmenter sa luminosité, il se débarrassa de ses survêtements de pêcheur. Puis, alors qu'auparavant il se contentait de se laver les mains et le visage avant de rentrer, ce soir il se déshabilla entièrement – pull, tricot, pantalon et sous-vêtements. Une fois nu, il détacha le vieux tuyau d'arrosage, se mouilla le corps à l'eau froide, et entreprit de savonner son large torse et ses bras en frottant vigoureusement ses aisselles. Il se pencha en grognant et frictionna son ventre, ses reins, ses cuisses lourdement musclées, ses genoux arqués, ses mollets. « Tous plantés de poils noirs, marmonna-t-il. Comme une bête silencieuse. »

Claquant des dents à cause du froid, il se rinça, s'essuya avec une vieille serviette et se dépêcha de remettre ses vêtements sales. Puis, il se pencha et se mouilla la tête. Enfin, il se frictionna les cheveux dans la serviette, les plaqua en arrière avec les doigts et, après s'être admiré, tout propre, dans un morceau de vitre fêlé, il sortit de l'échafaud et prit le chemin de la maison, réconforté.

# 18

# Old Saw Tooth

Un jour, à la mi-marée montante, Sylvanus largua les amarres en début d'après-midi, le cœur lourd. À cette heure, il aurait dû déjà être en train de dandiner en mer, et pas de quitter seulement son appontement. Mais vu ses maigres prises de ces derniers jours, cela lui prenait un temps fou pour remplir son quota de pêche du matin. Et comme ensuite il lui fallait nettoyer les morues, les saler, les empiler en fagots et aller retourner celles qui étaient sur les vigneaux, il avait l'impression de toujours courir contre la marée pour repartir assurer sa pêche du soir, et à présent que l'automne était venu, de faire ensuite la course contre la nuit tombante pour regagner la terre.

Mais cet après-midi, ce n'était pas seulement une question de retard qui le tourmentait. Non, cette nausée venait d'une chose bien pire, qu'il avait entendue dans l'émission des pêcheurs à la radio. La pêche au haddock était sur le point de s'effondrer. S'effondrer ! Un poisson aussi abondant que la morue avait pratiquement disparu. La peur rampait sur le rivage, comme des flammes.

Qu'est-ce que j'avais dit ? s'écria silencieusement Sylvanus, debout dans sa barque en traversant le goulet. Qu'est-ce que j'avais dit, bon Dieu ? Et la morue est aussi en sursis. À force de surpêche dans les zones de frai, elle n'en a plus pour longtemps. Quel genre d'idiots ne s'en rendraient pas compte ? Quel genre d'idiots ne se rendraient pas compte que nous sommes des fermiers et pas des chasseurs ; que nous ne détruisons pas les zones de frai et attendons que le poisson ait fini de pondre avant de le pêcher ? Que ce qui se passe à la surface de la mer est le reflet de ce qui se passe en dessous ? Et qu'au vu des abysses et des complexités incommensurables de la mer nourricière, un poisson disparu risque de ne jamais se retrouver. Quel genre d'*idiots* ne s'en rendraient pas compte ?

Un grand silence tomba autour de lui. N'importe qui pouvait comprendre cette logique. Dès lors, quelle vérité révélait-elle ?

Ils savaient. La puissance de cette pensée le força à s'asseoir. Ils savaient. Évidemment qu'ils étaient au courant. Tout le monde savait. Les gouvernements. Les compagnies. Les commerçants. Même les pêcheurs qui louaient leurs services sur les gros navires savaient. Et pourtant, ils continuaient sans rien changer, comme un gamin qui s'obstine à engloutir les profits de son commerce de bonbons – conscient du désastre à venir, mais incapable de s'arrêter.

Écœuré, il mouilla l'ancre à un jet de pierre de Pollock's Brook et laissa couler ses deux lignes vers le fond. Puis il se mit à dandiner. Bras gauche levé, bras droit baissé, bras droit levé, bras gauche baissé. Gauche, droit, gauche, droit. Deux heures passèrent, pendant lesquelles il prit à peine un quart du poisson qu'il pêchait d'habitude. L'estomac tiraillé par la faim, il rama jusqu'à Gregan's Hole et mit pied à terre. Puis il assembla un cercle de galets, fit un feu, vida la plus petite morue prélevée dans son bateau et la jeta dans sa poêle avec du pain de mer et des oignons.

« Un vrai gouvernement, c'est ça qu'il nous faut, grommela-t-il en attisant le feu afin d'accélérer la cuisson pour retourner pêcher le plus vite possible. Qui n'ait pas peur de tenir tête et de stopper l'engorgement de nos côtes. Et qui rentre dans le tas pour faire ce que Jake propose : chasser ces salopards hors de nos eaux. Et plus besoin de beaux discours ; les discours ne servent à rien, parce que personne ne les écoute. Un nom de Dieu de gouvernement qui ne leur donnera pas encore dix ans de prospection, parce que les dix dernières années ont prouvé leur échec, et qu'aujourd'hui, ça va prendre encore dix ans pour en comprendre les raisons. Une limite, voilà ce qu'il nous faut, une limite de deux cents milles comme celle que les Chiliens ont instaurée pour protéger les zones de frai – nos zones de frai ! – et les renvoyer tous dans leurs fichus pays pêcher ce qu'il reste de poissons près de leurs propres côtes. »

Il sauça le dernier morceau de poisson avec un bout de biscuit de mer, jeta les arêtes aux mouettes et reprit la mer. Il mouilla de nouveau près de Gregan's Hole, se mit debout péniblement, bras gauche levé, bras droit baissé, bras droit levé, bras gauche baissé, baissé à droite, levé à gauche, levé à droite, baissé à gauche, son cerveau repassant avec lassitude la suite de l'émission entendue le matin même, et la réponse gouvernementale aux accusations des pêcheurs, après l'annonce de l'effondrement de la pêche au haddock.

« Bien sûr, les gars, avaient-ils déclaré sur le ton de l'apaisement, il est indéniable que vous avez vu et appris des choses avec le temps, et pour sûr, il est incontestable qu'il y a du vrai dans votre expérience, mais elle ne pèse pas lourd dans la balance comparée aux prospections que nos experts réalisent sur les chalutiers et les navires-usines-congélateurs. Et vous pouvez nous croire : il y a encore des tas de poissons dans la mer. Nous le savons parce que nous les pêchons – et c'est ce que vous aussi, vous devriez faire, comme on vous le répète sans arrêt. Ce dont vous avez besoin, c'est de meilleur matériel pour pêcher la morue, de meilleures méthodes pour la transformer et de meilleurs marchés pour l'écouler. Et sortez-vous de la tête cette satanée idée de *chasser les flottes étrangères hors de nos eaux* ; vous ne pouvez pas chasser des bateaux qui pêchent dans le coin pour la plupart depuis plus longtemps que vous, et qui ont, tout comme vous, des familles à nourrir. Mais une limite, oui, vous avez droit à une limite, et nous travaillons à la mettre en vigueur, les gars. Le jour approche. Donnez-nous juste un peu de temps. Un peu de temps. »

« Du temps, maugréa Sylvanus en relançant ses dandinettes. Du temps pour quoi ? Pour qu'on meure tous de faim ? »

Il dandina pendant encore deux heures et sa prise fut bien inférieure à ce qu'elle aurait dû être. Il leva les yeux – quelques nuages blancs étirés comme des plumes filaient un peu trop vite, mais le ciel était bleu et le soleil encore chaud et agréable pour une fin septembre. Plutôt que de rentrer chez lui sans avoir rempli le fond de son bateau, il actionna le volant d'inertie et croisa encore au large de la baie pendant une quarantaine de minutes à bas régime, dandinant à l'aplomb de la ravine sous-marine de Woody's Inlet, en quête de poissons de plus grande taille.

Le destin était avec lui, et il fit une touche moins d'une minute après avoir mis ses lignes à l'eau – pas aussi gros qu'il espérait, mais ces derniers temps, il avait appris à se contenter même de petits poulamons. Le poisson continua de mordre, et à mesure qu'il en remontait, il sentit un peu de sa tension quitter son corps. Ça pourrait être pire, après tout, se dit-il. Dans toute la baie, tous les jours, on racontait des histoires de pêcheurs à la dandinette contraints de passer aux pièges à morue, ou de se faire embaucher sur les palangriers ou à l'usine de transformation. Et de pauvres bougres forcés de déménager, pas seulement à cause de la pénurie de poisson, mais aussi parce qu'ils se jetaient, avec femmes et enfants, dans le piège du satané programme de relogement que le gouvernement continuait à encourager. Il secoua la tête. Ça n'avait pas de sens de regrouper les gens isolés dans un endroit plus grand, où il serait peut-être plus facile de construire des routes et de planter des poteaux électriques, mais pas de trouver du poisson. Il fallait aller plus loin le long de la côte pour le débusquer – trouver une crique, un bras de mer, une pointe où personne n'habitait – puis repérer les bons coins. C'est ainsi qu'ils avaient toujours fait, et ça avait plus de sens que de s'entasser à plusieurs familles dans la même crique et à plusieurs pêcheurs sur les mêmes fonds, surtout quand ceux qui vivaient là avant occupaient déjà les meilleurs emplacements. Pas comme si on pouvait jeter l'ancre et s'amarrer à côté d'un autre pêcheur pour dandiner dans son coin. Ou pas comme s'il y avait des pancartes signalant où étaient les fonds sableux et plats ou rocheux, les zones où migrait le poisson et les espèces qui venaient s'y nourrir. C'est une gageure de naviguer en imaginant ce que recèlent les entrailles de la mer. Alors, autant maximiser ses chances en mettant le cap vers des zones inhabitées où personne n'avait pris les meilleures places.

À mesure que sa barque se remplissait lentement, il perdit un peu de la morosité qu'il traînait depuis l'annonce matinale à la radio. Dans le marasme ambiant, il se trouvait plutôt chanceux. Et comme personne à Cooney Arm ne pêchait plus à la dandinette, cela lui laissait plein d'endroits et beaucoup de trous pour pêcher. Et même si ça l'obligeait à rester plus longtemps sur l'eau pour remonter moins de poissons qu'auparavant, il ne rechignait pas à un surcroît de travail, du moment que la mer maintenait le taux de remplissage – du moment qu'elle continuait à nourrir !

L'après-midi avançait mais il faisait encore chaud. Il ôta son ciré et savoura la chaleur du soleil sur sa peau comme un onguent puissant. Bras droit levé ; bras gauche baissé ; bras gauche levé ; bras droit baissé ; levé, baissé ; levé, baissé ; à droite, à gauche ; à gauche, à droite. Il bâilla, commençant à sentir le poids de sa journée. Il pensait que certaines fois, sans les poissons qui mordaient à ses hameçons, il aurait pu s'endormir debout, tel un cheval, et que peut-être, il s'endormait vraiment, et que c'était pour ça qu'il continuait à dandiner à la nuit tombée. Il aurait dû le savoir – il ne le savait que trop ; les plus petits bateaux pêchaient près des côtes, pas au large, et encore moins en haute mer. Ils restaient dans cette zone parce qu'ils pouvaient regagner la terre en vitesse s'ils rencontraient un vent mauvais, que ce soit un grain de face, une traîne d'est ou le vent furieux du nord-ouest qui se levait sans prévenir par beau temps comme une tornade glissant à la surface en propulsant des vagues de plus de trois mètres avant de s'agglutiner en une trombe noire dans le ciel et de s'abattre à nouveau sous forme de forte pluie. Ce fut celui-là, le vent furieux du nord-ouest, qui le frappa d'abord.

Il savait s'en sortir. Aussi vicieux soient-ils, il y avait une grâce salvatrice dans les vents du nord-ouest. Les risées qu'ils produisaient à la surface ne dépassaient pas trois mètres de large, les bourrasques étaient sporadiques et surtout, ne frappaient jamais à moins de cinquante mètres l'une de l'autre. Ce qui laissait à Sylvanus pas mal d'espace pour prévoir là où la prochaine *ne frapperait pas.* Mais au lieu de se mettre à souquer vers la zone de la dernière rafale, il resta là où il se trouvait, et prit le temps de remonter le poisson qu'il avait ferré.

Une nouvelle bourrasque s'abattit juste derrière, précipitant une déferlante sur lui et son bateau. Bon Dieu, il n'avait pas l'intention de perdre cette prise ! Il continua de relever sa ligne, mais se recroquevilla au fond de sa barque au dernier moment en regrettant de n'avoir pas remis son ciré. Un paquet d'eau glacée s'écrasa sur le bateau, le trempant jusqu'aux os. Il poussa un juron et serra la ligne encore plus fort, s'agrippant aux tolets tandis que sa coque tanguait et ruait tel un bélier énervé.

« Fils de pute ! » jura-t-il à nouveau. Mais tout allait bien. Son bateau était solide, et le coup de vent était reparti aussi subitement qu'il était venu, aspirant son venin en vue d'une autre frappe. Et dans la minute, la mer redevint aussi calme qu'une mare aux canards sous le ciel toujours bleu.

Chassant la frange de cheveux noirs plaquée sur son front qui faisait couler de l'eau salée dans ses yeux, il bascula enfin la morue dans sa barque et la saigna. Ses mains étaient aussi glacées et trempées que son corps. Il enleva son pull marin, attrapa une vieille chemise dans le rouf, la passa et enfila son ciré par-dessus. Les bourrasques reprirent de plus belle, soulevant sans cesse la mer autour de lui, lui donnant l'impression d'être un pion assis sur un damier géant, en attendant de passer par-dessus bord.

« Il est temps de regagner ses pénates », maugréa-t-il, puis il poussa un autre juron en apercevant la crête noire de haute pression au large, après la pointe de Cape Ray – les vents du nord-ouest fusionnaient en tourbillonnant avec un gros coup de chien venant de l'est. Si on avait confiance dans son bateau, il était possible de traverser un grain du nord-ouest, mais seul un fou aurait tenté de l'affronter dans un canot plein de poissons et à plus d'une demi-heure du rivage. Il releva ses lignes et bondit vers le compartiment moteur, maudissant le châtiment divin qui l'avait contraint à pêcher si tard. Il étudia encore une fois le ciel, la sombre muraille de nuages qui arrivait de l'est et l'épais brouillard qui se formait en dessous, et mit les gaz vers la côte plutôt que directement sur la pointe ouvrant sur le chenal de Cooney Arm. De deux choses l'une, soit, dans les vingt prochaines minutes, les vents auraient atteint leur paroxysme et se stabiliseraient, soit ils forciraient encore. Et si un grain encore plus violent venait à lui tomber dessus, il était préférable d'être près du rivage plutôt que pris dans les lames grondantes du goulet.

Dix minutes plus tard, le vent avait balayé le brouil-lard, ballottant son bateau dans la houle. Accroupi près du compartiment moteur, il observa le ballet des vents furieux et les sales nuages gris qui obscurcissaient le soleil de cette fin de journée. Lugubre. Le seul moment où il détestait la mer, c'était quand il était bringuebalé par un vent d'est sous un ciel sombre chargé de pluie qu'il s'apprêtait à lui faire tomber dessus. Le vent avait encore forci. Il se positionna au portant, parallèle à la côte, de manière à concentrer le maximum de vent arrière sur sa poupe, et non par le travers. Il était plus facile d'avancer au moteur face au vent que de l'avoir dans le dos comme ça, car on risquait de se retrouver drossé par une déferlante isolée. Little Trite apparut, avec sa grève déserte balayée par les rafales et ses fenêtres éclairées tels de petits soleils dans la nuit tombante. Il desserra la poignée de gaz. Un bon coin pour se mettre à l'abri – mais il y avait le poisson à nettoyer, il était couvert de déchets de poissons, et il croyait déjà sentir l'odeur de mouton grillé qui arrivait depuis la porte de Mère. Dans dix minutes, il doublerait le cap, mais par ce vent, ça risquait d'être la tempête dans le goulet. Cela dit, il avait déjà vu ses frères bringuebalés dans des eaux plus agitées.

Il remit les gaz et s'éloigna de la côte. D'ailleurs, ça pouvait encore se calmer. Quelques minutes plus tard, il se mit à douter de ses propres pensées. La houle se levait, écumant d'un blanc sale en frappant sa proue, submergeant presque ses plats-bords. Pour le coup, ce n'était pas un grain qui atteindrait son pic en vingt minutes. C'était un coup de vent violent qui allait taper dur, toute la nuit, sans cesser de forcir. Il jeta un coup d'œil derrière lui et découvrit avec stupeur le mur gris presque au-dessus de lui. Un tentacule s'en échappa, projetant de l'air froid autour de son cou. Il continua d'avancer, inquiet, et vit apparaître plus loin les récifs noirs et saillants de Old Saw Tooth, qui écumaient comme un chien enragé dans le clair-obscur. Bon Dieu, comment avait-il pu se mettre dans une telle situation ? Il poussa un juron, agrippé au plat-bord dans le vent qui continuait de forcir. Sa proue se redressa, soulevée par une lame, et il constata avec dégoût qu'il était pris dans le contre-courant de Old Saw Tooth. En proie à une peur croissante, il se sentit, impuissant, entraîné, dérivant, vers les rochers noirs et escarpés. Retombant dans le creux de la vague, il fut tout de suite soulevé par une autre, et cette fois, sa proue pointait sur Old Saw Tooth et ses crocs ourlés d'embruns. Les mêmes, pensa-t-il, auxquels, son père et son frère s'étaient cramponnés quand leur bateau avait heurté le récif.

Un cri rauque retentit au-dessus des sifflements du vent, puis un autre, des cris de mise en garde. Il cria en retour tandis que sa proue se redressait encore plus haut dans la houle, et qu'il ne voyait plus ni la terre ni Old Saw Tooth. Dès qu'il franchit la crête, le canot replongea, lui retournant les tripes, et les récifs réapparurent, pas loin devant lui.

Les cris retentirent à nouveau, aigus et puissants. « Ohé ! Ohé ! » Il scruta les flots avec effroi, redoutant de voir émerger la tête hurlante de son père. « Ohé ! Ohé ! » Il se redressa et cria à son tour dans le vent, le plus fort possible : « Oh-é, oh-é ! »

Deux hommes couraient sur le rivage, le long de l'eau en agitant les bras frénétiquement. Ils hurlaient : « Ohé ! Ohé ! » C'étaient les Trapp. Une nouvelle bourrasque le frappa, il vacilla et s'accroupit près du moteur, réduisant encore sa vitesse. Agrippant la barre, il vira trop brusquement vers la côte, presque vent de travers. Et quand il releva la tête, il sentit pour la première fois le souffle fétide de Old Saw Tooth, mélange d'algues en décomposition et de guano de goélands. Il se rabattit à nouveau vers la côte en s'efforçant de ne pas virer de manière trop abrupte. Une autre violente rafale, puis une autre vague qui le souleva, rendant son safran inutile, et il put discerner la gueule de Old Saw Tooth derrière ses crocs acérés. Bon Dieu, il n'arrivait pas à croire qu'il s'était mis dans une panade pareille. Et tout avait été si soudain.

« Va te faire foutre ! » rugit-il. Saisi d'effroi, il coupa le moteur et vira au portant sous le vent, puis il attrapa ses avirons et se mit à ramer. Quelques minutes. D'ici quelques minutes, il serait précipité dans la gueule de Old Saw Tooth. Souquant comme un dément, les épaules en feu, il se sentit emporté complètement de travers par une autre lame. « Vire de bord, gronda-t-il à son canot. Allez vire, mon beau, vire ! » Il se prit en pleine figure une grande gifle d'écume qui lui brûla les yeux et lui remplit la bouche. Il recracha, jura et continua de ramer, aveuglé, sans plus la moindre idée du cap qu'il tenait. Il replongea, impuissant, dans la mer creusée et eut le temps de constater, une douce seconde, que sa proue virait de bord en direction du rivage. Une lame de fond. Il était porté par une lame de fond. Poussant un cri, il reprit les avirons et se remit à ramer en allongeant la nage avec une telle ardeur qu'il faillit arracher ses tolets. Un autre homme ! Seigneur, comme il aurait besoin de quelqu'un avec lui pour mettre le moteur ! Tout de suite, il avait besoin du moteur ! Il continua de tourner ses avirons, effrayé à l'idée de les lâcher.

Les cris sur la grève devinrent plus forts : « Par ici ! Par ici ! » Les bras tendus, il tira sur les rames, ses mains les agrippant comme les serres d'un oiseau immense – deux fois, trois fois, de toutes ses forces, puis les lâcha et se rua sur son moteur. Il appuya sur le démarreur et poussa la barre à quatre-vingt-dix degrés vers la côte. Et il se sentit porté, transporté – ce n'était plus la mer à présent qui l'emportait désormais, c'était son bateau. Et il sentit aussi son safran qui reprenait contact avec l'eau. Il retrouva son cap. Sa proue vira face au vent alors qu'il basculait dans une houle plus longue. Bien, mieux valait affronter des creux plus amples que d'aller se fracasser contre tes crocs, hurla-t-il en silence à l'intention de Old Saw Tooth. Il était près du rivage, à présent. Presque à terre. Dans une minute, il s'échouerait sur la grève. Plus qu'une minute. Il pouvait pratiquement voir le blanc dans les yeux des Trapp. Il coupa le moteur et releva les avirons. Sa quille racla un rocher affleurant près de la plage. Il fut projeté en avant et se tordit douloureusement les épaules. Les Trapp accoururent près du canot, un de chaque côté, dans l'eau jusqu'aux genoux. Agrippant les plats-bords, ils le tirèrent vers le rivage. Sylvanus sauta à terre et tomba à genoux, à deux doigts d'embrasser les rochers, mais il s'abstint – on verra ça plus tard –, levant les yeux vers les visages des Trapp qui le regardaient en souriant. Il se remit péniblement sur pied et hocha la tête en signe de reconnaissance.

Ils hochèrent la tête en retour et finirent de haler son bateau hors de l'eau. Reprenant des forces, il empoigna un plat-bord et tira avec eux.

« On veillera sur lui », dit un des deux Trapp pendant que l'autre grimpait à bord pour jeter l'ancre à terre. Après s'être assuré que le bout d'amarrage était bien attaché à la poupe, ils la traînèrent juste au-dessus de l'estran.

Sylvanus les regarda faire, debout, surpris de se sentir si faible sur ses jambes flageolantes.

Les frères coincèrent l'ancre entre deux gros rochers. « C'est bon, dit-il. Il sera bien, ici. » Il hocha de nouveau la tête pour les remercier. Jamais il ne s'était retrouvé plus près des Trapp que quand il passait le long du rivage en bateau et il fut surpris de constater qu'ils avaient l'air agréables, le visage sans barbe et les traits lisses. Mais ils gardaient les mâchoires serrées, comme bloquées par une pensée obsédante.

« Le repas est prêt, si tu as faim », proposa celui qui semblait être l'aîné, avec ses yeux plissés.

Sylvanus tourna la tête vers leur maison. Les petits soleils aux fenêtres s'étaient éteints. De si près, elles reflétaient plutôt un clair de lune froid et bleu.

« Nan, répondit-il, je ferais mieux de rentrer. Mère doit être dans tous ses états. »

Le plus jeune des deux Trapp pointa du doigt une trouée dans les arbres éclairés par la lune. « Le chemin est par là-bas », dit-il.

Sylvanus acquiesça. Il se demanda si c'étaient eux qui avaient repêché et ramené le corps de son frère à la maison après sa noyade. Il se tourna vers son bateau chargé de poissons. « Je repasserai demain matin. Merci pour votre aide. » Après un dernier hochement de tête, il s'éloigna vers le haut de la colline où il trouva le vieux chemin carrossable qui conduisait près de la pointe.

# 19

## Eva

Sylvanus avançait d'un bon pas, profitant du clair de lune et des arbres qui l'abritaient du vent. Il était frigorifié. Son pantalon et ses sous-vêtements ressemblaient à des draps détrempés lui collant à la peau. Le chemin se fit plus escarpé, et ses jambes, encore tremblantes de la frayeur qui l'avait saisi près de Old Saw Tooth, étaient maintenant percluses de crampes. La journée a été longue, pensa-t-il avec lassitude en levant les bras pour s'étirer de manière à diminuer le contact avec les vêtements mouillés qui lui irritaient la peau. Encore un quart d'heure de marche, plus cinq autres minutes pour être sûr d'avoir bien dépassé la pointe. Il quitta le chemin et coupa à travers bois. Il progressa difficilement sur le tapis de bois mort, les bras tendus devant lui pour protéger ses yeux des branches nues invisibles dans la pénombre qui lui giflaient le visage. Bon Dieu, ce qu'il pouvait détester la forêt.

Il finit par ressortir à découvert, mais son soulagement fut de courte durée en raison du vent qui l'assaillit de plus belle. Heureusement, il avait bien visé et se trouvait sur les falaises dominant la pointe – au-dessus du sentier qui descendait vers la maison. Il se plia en deux face au vent, hésitant à traverser le sommet décharné de la falaise à quatre pattes comme un chien. Il l'aurait peut-être fait, s'il n'y avait pas eu cette silhouette noire qui émergeait du bois et semblait avancer vers lui en flottant. Bien qu'ayant été déjà servi en frayeurs au cours de la soirée, il se figea, les poils dressés sur la nuque. Une rafale balaya le spectre par le côté, arrachant son châle. Il poussa un cri de soulagement en reconnaissant sa mère, le visage rongé par l'anxiété, qui luttait pour tenir debout, les bras tendus vers lui.

« Bon Dieu ! jura-t-il en accourant pour saisir ses mains. Mais tu veux me faire mourir de trouille ? »

Elle se colla contre lui et le serra dans ses bras maigres, enfouissant sa figure en larmes dans ses vêtements trempés. Il baissa la tête. Il comprenait très bien la raison de ces larmes.

« Bon sang, Mère, tu sais que je ne vais pas rester en mer pendant un coup de chien. »

Elle recula, le poing tendu, hurlant comme une diablesse : « Mais c'est ce que tu as fait. Tu t'es trop éloigné, pas vrai ? Et tu n'as pas pu rentrer à temps !

– Tu vois bien que je suis rentré à temps. Je suis là, non ?

– Grâce à Dieu ! Tu es là grâce à Dieu.

– Mère, pour l'amour du Ciel…

– Pour l'amour de moi, s'écria-t-elle, baissant la voix, à peine audible dans les plaintes du vent. Pour l'amour de moi, reste loin du large. Promets-moi que tu ne t'aventureras plus en haute mer – ou alors, accepte d'aller pêcher sur le skiff, avec Manny et Jake.

– Oh, par pitié, se rebiffa-t-il. Ne recommence pas avec tout ça… » Mais déjà, elle faisait demi-tour et s'éloignait en titubant dans les rafales vers le bord de la falaise, courbée en deux, son châle battant autour d'elle comme des ailes obscures.

« Mère… Maman, où vas-tu ? » Il s'élança derrière elle, et lui saisit vivement le bras avant qu'elle soit emportée par le vent. Elle tomba à genoux, le dos raide. Ses cheveux tout défaits lui fouettaient le visage. Il resserra sa prise sur ses poignets quand elle se pencha au bord, attirée par le vide et la mer en dessous. Les bois étaient obscurs et les vagues grises se brisaient, les unes après les autres, sur les récifs de Old Saw Tooth.

« Je l'ai vu », murmura-t-elle.

Il se pencha pour la prendre dans ses bras, et faire écran avec son corps aux vents qui sifflaient autour d'eux.

« Tu as vu qui ? demanda-t-il.

– Ton père. Je l'ai vu. J'étais venue le guetter… tout comme je suis venue te guetter… Et j'ai vu ce qui s'est passé… sa barque prise sur une lame.

– Oh Mère, je t'en prie.

– Il a chaviré. Ils sont passés tous les deux par-dessus bord… Je les ai vus. Ton père qui remontait et s'agrippait aux récifs de Old Saw Tooth. Il a levé les yeux vers moi. Il était en retard. Il savait que je serais là, en train de le guetter. Il m'a vue – je sais qu'il m'a vue – et par mes yeux, je le tenais à flot. Et je l'aurais tenu pour l'éternité s'il n'avait pas détourné le regard. Mais il n'avait pas le choix – il était obligé de retourner chercher Elikum… »

Il s'efforça de respirer, la serrant trop fort entre ses bras, essayant de chasser avec son esprit ce que ses yeux avaient déjà vu.

« Elikum. » Elle geignit de douleur. « Je ne l'ai revu qu'une fois. Sa tête qui sortait de l'eau, et sa main, son bras… comme s'il me disait adieu… ou les tendait vers moi pour que je le sauve. Puis, il a disparu. Et quand j'ai tourné les yeux, ton père aussi avait disparu.

– Mon Dieu, Maman », s'écria-t-il. Le vent qui le fouettait sembla plus froid encore quand les larmes se mirent à couler sur son visage, lorsqu'il regarda la mer et revit son père agrippé aux récifs de Old Saw Tooth, et son frère, Elikum, le bras tendu hors de sa tombe liquide pour attraper la main d'une mère qui ne pouvait pas le sauver. Et il revit cette mère immobile sur cette falaise balayée par le vent, la tête baissée, qui combattait la mer à la seule force de ses yeux pour ramener son homme et son garçon. Et il entendit ses cris lorsque Elikum coula après un dernier adieu, et encore lorsque Old Saw Tooth lui adressa un sourire mauvais en se pourléchant les babines après avoir dévoré son mari.

« Je suis restée longtemps, à regarder, murmura-t-elle. À regarder – et à attendre qu'ils reviennent. Prie le Ciel que je n'aie plus jamais à venir m'asseoir ici pour guetter ton retour. » Elle se tut brusquement, reculant pour le fixer des yeux. Et dans la nuit noire, il ne vit presque pas ses larmes.

« Je ne me noierai pas ! Je le jure devant Dieu, je ne me noierai pas. » Il pleurait, le visage collé au sien. Elle frissonna, il la serra plus fort pour insuffler dans son corps le peu de chaleur qui restait dans le sien. « Seigneur, comment as-tu pu garder tout ça pour toi ? Tu aurais dû en parler, à moi ou à quelqu'un d'autre.

– Eva. »

Il sursauta à ce nom prononcé doucement comme un souffle de brise à son oreille. C'était Adélaïde. Elle s'agenouilla près de lui, comme si elle était là depuis un certain temps. On discernait à peine son visage dans la pénombre quand elle répéta, la voix noyée dans un sanglot :

« Eva. » Elle enlaça les épaules de la vieille femme et se serra contre elle, essayant de la réchauffer à son tour. « Vous auriez dû en parler à quelqu'un, Eva, dit-elle d'une voix plus forte. Vous auriez dû le dire, plutôt que de garder ça pour vous durant toutes ces années. »

Eva continuait à provoquer la mer du regard, sans montrer qu'elle avait bien entendu la jeune femme, ni même qu'elle était consciente de sa présence. Elle sortit la main de son châle et tapota celle d'Adélaïde.

« Ça a été encore plus dur pour les garçons. » Puis elle se libéra de leur étreinte commune et, lorsqu'elle regarda Sylvanus, sa voix était redevenue bourrue : « Si je raconte ça maintenant, c'est pour te sauver de ta propre témérité… Si seulement ça pouvait épargner à ta mère une peine supplémentaire. »

Adélaïde posa les yeux sur lui. « Que faisais-tu en mer ? s'énerva-t-elle. Pourquoi es-tu rentré si tard ? Seigneur, Syllie, tu vois le souci que tu causes à ta mère ? »

Il effleura son épaule de la main. Plus que ses mots, c'était la frayeur dans sa voix qu'il entendit. Une voix tremblante comme sa mère. Et il fut parcouru par un frisson qui n'était pas provoqué par la fraîcheur de la nuit ou ses vêtements mouillés, mais par toutes les larmes glacées qui avaient dû imprégner l'oreiller de Mère durant ces dernières années.

« Rentrons à la maison, dit-il, se redressant lentement, les protégeant du vent de sa large carrure.

— Je ne sais pas qui de vous deux est le plus insensé, dit Adélaïde en prenant Eva par l'épaule pour l'écarter du bord de la falaise et la conduire vers les arbres. Vous êtes sûrement aussi fous l'un que l'autre pour être sortis par une nuit pareille.

– Fais attention, Addie », dit Sylvanus quand elle faillit tomber. Marchant juste derrière elle, il avançait en écartant les rabats de son ciré comme une tente pour les abriter du vent autant que possible. Dans le bois, l'obscurité était encore plus profonde et le sentier à peine visible. « Laisse-moi passer devant, dit-il à Addie, mais elle l'arrêta d'un geste.

– Je connais bien le chemin, je l'ai arpenté assez souvent », dit-elle en sondant le terrain avec son pied. Elle dut s'arrêter quand Sylvanus, perclus de fatigue, trébucha sur une racine d'arbre. Poussant un juron, il se rattrapa de justesse à une branche, évitant de tomber sur elles deux, la tête la première.

Adélaïde lui tendit la main pour l'aider à se rétablir. « Tu vas finir par avoir notre peau cette nuit. » Sa paume était douce et chaude quand il la saisit et il savoura un instant le contact de ses doigts, avant qu'elle le lâche et s'agrippe à une branche pour garder l'équilibre à son tour. Il savoura aussi sa remontrance, parce qu'elle était pleine de tendresse, comme celle d'une mère désemparée qui retrouve ses enfants imprudents égarés, frigorifiés, mais sains et saufs. Et lorsqu'ils atteignirent le pied de la falaise, il obéit, docile, quand elle lui ordonna de l'attendre à la maison pendant qu'elle raccompagnait Eva de l'autre côté de la passerelle.

Il les regarda partir, préoccupé par la silhouette voûtée de sa mère qui s'appuyait sur Adélaïde. Comme si elle avait senti son inquiétude, elle se retourna et lui fit signe de rentrer, se redressant légèrement – cherchant à se montrer forte pour qu'il ne s'inquiète pas, se

dit-il, tandis qu'Adélaïde la ramenait vers sa maison.
« Sacrée Mère », maugréa-t-il.

Il se traîna à l'intérieur, retira ses vêtements et s'écroula sur le lit sans se laver ni manger. Quand il ferma les yeux, épuisé, il se sentit à nouveau assailli par des images de son père et d'Elikum à Old Saw Tooth. Et de sa mère, qui les avait vus, qui avait tout vu. Il entendit ensuite le vacarme de l'océan se fracassant sur la pointe, et pour la première fois, il se mit à détester la jalousie de cette mer nourricière, capable d'arracher les bébés des seins de la terre maternelle et de les noyer dans ses sillons immenses. Tourmenté, il se retourna sur son oreiller, tâchant de faire taire le grondement de ses rouleaux qui se brisaient sur la grève, et la plainte des morts coincés dans son giron, contraints de se débattre dans le sommeil éternel et de rouler sur différents rivages pour retrouver la plage où ils avaient vu le jour, à la recherche d'un vent portant les lamentations de leurs proches en deuil.

Il se laissa flotter vers la voix de sa mère qui l'appelait. Il leva la tête pour l'apercevoir et lui répondre ; mais une vague hurlante le frappa de plein fouet et le fit tomber en arrière. Et dans la seconde, cette garce le recouvrait, le tripotant, l'entraînant vers le fond, étouffant les cris de sa mère qui l'appelait. Mais il était trop loin, entre deux eaux, sans rien à quoi se raccrocher dans le linceul glacé de la mer nourricière, lourd, si lourd, et glacé, qui l'engourdissait, et le faisait couler… toujours plus profond…

« Syllie ! »

Il essaya de respirer, il essaya de se débattre – mais il ne pouvait pas –, il était incapable de bouger. La voix l'appelait encore, le rappelait, de plus en plus faible, et il se débattit de plus belle pour la rejoindre

– un tout petit peu, s'il arrivait à bouger un tout petit peu, une main, un doigt –, mais la voix s'éloignait de plus en plus, noyée dans les rugissements terrifiants de la mer nourricière.

« *Syllie !* »

Il se débattit, secoué. Quelque chose le tenait, le tirait, le remuait. Il suffoqua, le regard vide, la poitrine haletante de peur. Une harpie, c'était une harpie qui l'étranglait entre ses doigts tels des tentacules de brume glacée serrés autour de sa gorge, l'étranglant. Son visage apparut devant lui, fondu, tordu, grotesque, derrière la mince membrane blanchâtre d'une coiffe.

« *Syllie, pour l'amour de Dieu !* » Addie. Son Addie était penchée sur lui et le secouait tandis qu'il s'agrippait aux plis de sa chemise de nuit en coton blanc.

Il se redressa, le cœur battant. Il essuya son visage ruisselant de sueur. Il détestait cette sensation moite et humide. Il arracha la couverture, tout le brûlait, il ne voulait aucun contact avec sa peau.

« Tu me fais peur, Syllie », s'écria Addie. Et lui aussi avait peur, même s'il avait rouvert les yeux et voyait où il se trouvait. Et il se raccrocha à la couverture, comme si c'était une bouée apparue au moment où il allait être à nouveau emporté.

« Syllie ? »

Il se tourna vers elle ; son visage semblait blême dans la pièce pauvrement éclairée. Elle avait laissé la lampe allumée dans la pièce d'à côté, comme aux premiers temps de leur mariage. La lumière tamisée et dorée la rendait plus douce. Et rendait la chambre aussi plus douce. Il commença de respirer plus profondément, reprenant peu à peu conscience de ce qui l'entourait, et de son Addie. Il prit sa tête entre ses mains et laissa échapper un long soupir.

« Bon sang, lâcha-t-il d'une voix rauque. Ça, c'était un mauvais rêve.

– J'ai cru que tu étais en train de mourir, s'exclamat-elle. Que tu avais eu une crise cardiaque ou une attaque. »

Il l'attira vers lui et se rallongea. « Mais non… » Il essaya de trouver des mots. Elle ne lui en laissa pas le temps : « Je n'arrivais pas à te réveiller. Tu faisais des bruits horribles – des sons inhumains, je le jure devant Dieu, Syllie, ça n'était pas humain. »

Il soupira de nouveau en lui tapotant l'épaule, craignant que la harpie ne revienne s'il fermait les yeux. « Comment va Mère ? demanda-t-il, voulant entendre sa voix.

– Tu nous as vraiment fait une peur bleue cette nuit, Syllie.

– Ce n'était pas mon but.

– Et elle, tu n'aurais pas dû lui faire peur comme ça.

– Ce n'était pas mon but.

– Mais c'est le résultat. Elle n'a pas arrêté de faire des allers-retours. Si Manny et Jake n'étaient pas partis acheter leur skiff, elle les aurait envoyés en mer à ta recherche.

– Ils se seraient doutés que j'aurais cherché un abri à terre.

– Tu es en train de me dire que ça ne peut pas t'arriver, c'est ça ? Que tu ne peux pas te noyer ? Ce vieil océan en avale de nouveaux tous les jours, tu devrais le savoir. »

Elle reprenait ce ton de mère éplorée. Il la fixa du regard, cherchant à plonger dans le bleu de ses yeux, comme un soleil mourant s'enfonce dans la mer. Il avait peur. Peur du noir, peur de la peur.

« Elle les a vus, dit-il pour rester éveillé et faire durer la conversation.

– Ne dis rien, Syllie. C'est au-dessus de mes forces – ce qu'elle a dû voir de là-haut.

– Elle les a vus, nom de Dieu ! » La tension accumulée dans la journée se relâcha d'un coup, lui laissant la figure fripée, comme celle d'un bébé. Elle glissa la main sous sa nuque et le berça entre ses bras. Sa figure sale s'enfonça dans la douceur de sa poitrine. « Addie, je ne me suis pas lavé… Je…

– Chut. » Elle le serra plus fort, caressant ses cheveux, massant sa nuque. « Je ferai chauffer de l'eau demain matin et je remplirai le baquet.

– Addie, toi aussi tu as eu peur ?

– Oui ! » Elle laissa échapper un sanglot sonore, qu'elle étouffa en enfouissant sa bouche dans sa chevelure. « Ne retourne jamais pêcher quand il y a un coup de vent. Ce serait vraiment de la folie.

– Je ne le referai plus, murmura-t-il.

– Je ne pourrais pas vivre sans toi. Je sais que tu crois que je ne pense qu'à moi… et c'est peut-être injuste.

– Je ne crois pas ça.

– Bien sûr que si, mais je ne peux rien à ce qui m'arrive – du moins, pas tout. »

Il se blottit un peu plus contre elle, refusant de l'entendre, malgré son besoin de la garder éveillée. C'était sa propre peur qui le tourmentait, plus que la sienne, et il voulait lui consacrer la nuit.

« Mais tu me prendrais pour une folle si je te parlais de ce qui tourne dans ma tête ces derniers jours. » Elle se raidit, laissant tomber ses mains qui caressaient sa nuque, l'éloignant du même coup de ses seins qui lui servaient de coussins.

« Attends », grogna-t-il, essayant de la retenir pour qu'elle revienne et qu'il puisse sentir encore son souffle doux sur son visage. Mais elle allait retourner dans cette pièce où il n'avait pas sa place.

Pourtant cette fois, elle s'arrêta à la porte et revint prendre sa main en disant : « Je sens ta compassion, Syllie. Je la sens toujours, et même si la plupart du temps je la déteste, elle m'aide à *sentir* que je ne suis pas toute seule, même si c'est pourtant le cas. » Elle poussa un bref éclat de rire. « Voilà, maintenant tu te rends compte à quel point je suis dingue. C'est pour ça que je ne peux pas te parler de la plupart des choses… tu voudrais m'enfermer. » Il essaya de la calmer. « Bien sûr que si, tu le voudrais. Il y a des mots qu'il vaut mieux ne pas dire… abandonnée… je me sens comme abandonnée. Oh, Syllie, si tu disparaissais, je ne m'en remettrais pas. Et je ne supporterais pas non plus que tu me croies folle, ou que tu ne veuilles plus de moi. Voilà, tu te rends compte à quel point je suis dingue. Mais ne t'en fais pas, j'aime travailler au jardin avec Eva. Je ne deviendrai pas folle. Et je ne retournerai pas près de la pointe si tu ne t'aventures plus en mer pendant un maudit coup de vent. Tu m'écoutes ? »

Elle le serra encore, mais à l'ancienne mode, avec ses bras serrés autour de lui et son corps pressé contre le sien, en se retenant de respirer comme si elle essayait d'entendre, à l'affût, son souffle vital, pour que celui-ci pénètre en elle et qu'elle puisse à nouveau respirer. Il adorait autant qu'il détestait cette façon de s'accrocher à lui, réduisant leurs étreintes à quelque chose en elle et quelque chose hors de lui. Mais maintenant il la comprenait. Il comprenait sa peur et son besoin de s'accrocher à un être vivant et fort. Et il s'agrippa à elle avec le même désespoir, comme à une bouée lancée qui pourrait le sauver de la mer nourricière, qui continuait de jeter ses bras vides contre les rochers de la plage, à sa recherche. Il frissonna, se demandant comment il pourrait jamais remonter dans un bateau.

# 20

## Un banc de poissons à marée haute

Le matin où Manny et Jake passèrent près du rivage dans leur tout nouveau skiff de neuf mètres, la saison de la pêche tirait à sa fin. Ils l'appelèrent à tout vent, mais il continua d'arpenter la plage comme s'il ne les entendait pas, bien conscient de ce qu'ils voulaient – ou de ce qu'ils lui offraient.

« Ramène-toi », claironnait Manny.

Sans même lever la tête, Sylvanus leur fit signe de s'éloigner.

« Allez, viens, hurlait Manny. Une journée sur un skiff ne te fera pas de mal. Bon sang, pour cinquante quintaux de poisson, tu peux quand même nous aider à relever les filets.

– Je ne veux pas de votre poisson, dit Sylvanus.

– Bien sûr que tu n'en veux pas. Tu ne seras pas le premier à péter plus haut que le trou. Allez, viens, monte à bord. »

Ils longeaient le rivage, Manny à la proue, appuyé sur un des avirons pour maintenir le skiff de travers, et Jake à la poupe, qui se servait de l'autre comme d'une perche qu'il appuyait sur le fond pour les faire avancer. Secouant la tête, Sylvanus s'éloigna du bord de l'eau et bifurqua derrière la maison de sa mère, ignorant les grognements vexés de Manny et les vociférations de Jake.

« Comme Père, exactement comme Père. »

Penché sur la clôture, il observa Adélaïde qui enjambait un sillon de carottes, les arrachait par les fanes et les mettait dans le sac qu'elle tirait à côté d'elle. Avec quelle facilité elle s'était mise au jardinage, il n'en revenait pas. Même quand il pleuvait à verse et par vent fort, elle se levait du lit, enfilait à la hâte ses habits de jardin et grignotait un morceau de pain en chemin vers la maison de Mère. À l'image de tout ce qu'elle faisait, Addie n'en parlait pratiquement jamais, si ce n'est pour dire que c'était bien, que tout allait bien. Il avait arrêté de la reprendre là-dessus, car ces derniers temps, il se sentait aussi coupable de lui cacher des choses quand il répétait « Oh ça va, la pêche est bonne, tout va bien », dès qu'elle l'interrogeait. Bon Dieu, déjà qu'elle devait se contenter d'un pêcheur, et en plus de Cooney Arm, il n'allait pas se mettre à pleurnicher en lui expliquant qu'il était un pêcheur sans poisson. Et pour dire la vérité, depuis la nuit du coup de vent, il appréciait de plus en plus qu'elle garde ses pensées pour elle-même, car sans aucun doute, elle savait par sa mère, Elsie, Melita et les autres que les choses n'allaient pas si bien que ça. Mais elle ne lui en parlait pas – n'exigeant pas d'explication comme Melita en demandait à Manny, se contentant de se faire du mauvais sang. Il lui en était infiniment reconnaissant. À lui, les soucis et la nécessité de remplir le garde-manger. À elle, les inquiétudes intimes.

Pour sûr, c'était un étrange sujet de discussion, la peur – la peur d'un cauchemar, la peur du néant, la peur de la peur elle-même. Comme elle l'avait dit, certaines choses ne pouvaient se raconter. Mais il devait comprendre que ce n'était pas après lui qu'elle en avait, et la laisser seule trouver sa propre lumière et vaincre les ténèbres de la cellule intérieure dans laquelle elle marinait, en broyant du noir.

Arrivée au bout du sillon, elle s'apprêtait à traîner son sac bourré de carottes en haut du monticule du cellier à racines, à l'autre extrémité du jardin, lorsqu'elle l'aperçut. Abandonnant le sac, elle s'avança vers lui. Il aurait pu compter chaque tache dans les iris bleus de ses yeux qui illuminaient son mince visage blême, teinté d'un léger hâle depuis l'été, encadré par ses cheveux très courts. Et à mesure qu'elle se rapprochait, levant sa main pour desserrer le foulard noué autour de son cou, il imagina sans peine les veines qui palpitaient dans le creux de sa gorge longue et gracieuse.

« Tu aurais dû partir en mer avec Manny, dit-elle presque sur un ton de reproche, même si tu ne veux pas accepter son poisson. »

Il sourit. Il avait toujours l'impression qu'elle le réprimandait depuis sa frayeur de l'autre nuit. « Et pourquoi j'irais, si je ne veux pas de son poisson ?

– Pour plein de raisons. Parce que tu n'as jamais pêché sur un skiff en zone semi-hauturière. Et que tu devrais essayer avant de refuser en bloc. Peut-être que ça te plairait, et Dieu sait que c'est beaucoup plus sûr et que ça rapporte plus. Et aussi parce que ça ne te ferait pas de mal d'accepter le poisson qu'il te propose. Parce que tu en as besoin et pas lui. »

Il fut trop stupéfait qu'elle soit déjà au courant pour atténuer la brusque montée de colère qui assombrit son visage. « Elsie a encore trop parlé, c'est ça ? s'écria-t-il en fouillant des yeux le jardin autour de lui, comme s'il s'attendait à découvrir sa pipelette de belle-sœur cachée derrière le cellier.

– Tu crois que certaines choses m'échappent ? demanda-t-elle. Que j'ai besoin de toi pour tout m'expliquer ?

– Alors, tu sais que je suis capable de rapporter de quoi manger sur la table et que je n'ai pas besoin qu'on me fasse l'aumône.

– Mais tu avais besoin qu'Elsie et Melita retournent tes poissons jour après jour – oh, tu penses peut-être encore que c'est le gamin de Jake qui s'en occupe, pas vrai ? »

Sylvanus s'étouffa de rage. « Mais j'avais réglé ça avec ce petit abruti. Ne me dis pas qu'il a encore fait sa feignasse. »

Elle le rattrapa par la manche quand il tourna les talons, prêt à se débiner. « Oh non, tu ne t'en tireras pas comme ça. Tu ne t'es jamais soucié de cette petite meute – encore plus feignants que leur mère, voilà ce qu'ils sont. Et c'est pour ça que, pour une fois, Elsie n'a rien dit de ceux qui retournaient vraiment tes poissons – parce que son rejeton touchait cinq cents pour le faire, cinq cents pour ne rien faire du tout. »

Sylvanus frappa sa paume du poing. « Je vais étrangler ce petit salaud !

– C'est moi qui vais t'étrangler si tu recommences à me raconter des histoires sur tes barils et tes quintaux. Écoute-moi bien, Sylvanus Now. Je sais que je n'ai pas été très gentille avec toi par le passé, mais tu aurais pu me parler de certaines choses, ça m'aurait évité les regards hautains de Melita, d'Elsie et de toutes les autres. Le travail ne me fait pas peur. Tu peux me croire, j'en ai suffisamment retourné, du poisson, quand j'étais chez moi, pour pouvoir m'occuper de ta maigre pêche – et si je m'en occupais, j'aurais aussi mon mot à dire, et je te dirais d'accepter le poisson de Jake. Alors arrête de faire comme si tu étais un roi, et moi, ta petite gourgandine.

– Gourgandine ! s'étrangla-t-il. Bon Dieu, Addie, où as-tu été chercher…

– Une gourgandine, qu'est-ce d'autre qu'une fille enfermée dans une chambre ?

– Addie, je ne t'ai jamais enfermée dans une chambre.

– Non, tu m'as coupée de tout le monde avec ton sacré mur sans fenêtre pour être bien sûr que je ne sois jamais acceptée.

– Pourtant, c'est ce que tu voulais, non ? s'écria-t-il. Ne plus jamais voir un vigneau ?

– Pas avec quelqu'un comme Elsie sur mon dos qui me méprise parce qu'elle doit faire mon travail. Je préférerais travailler sur des milliers de vigneaux plutôt que de continuer à me faire traiter comme une infirme. Et je me moque de savoir si c'était – ou pas – ce qu'elle voulait dire, c'est l'impression que j'ai eue quand j'ai découvert qu'elles faisaient le travail à ma place : elles me traitaient comme une infirme ! Et surtout ta mère, avec sa manière de trimer toute la journée dans le jardin et de se précipiter sur les vigneaux à la moindre goutte de pluie.

– Ne m'en parle pas, s'étrangla-t-il. Je vais m'occuper de ce petit salopard, mais toi, Addie, tu aurais pu t'en douter. Ce n'est pas comme si tu ne connaissais pas la vie de pêcheur.

– J'aurais peut-être pu, mais tu ne m'as pas rendu les choses faciles. Oh, et ne discute pas avec moi, Syllie, s'écria-t-elle en levant les mains. Et pas la peine d'en parler aux collègues de Jake, à Elsie, ou à ta mère. J'ai recommencé à retourner le poisson quand tu n'étais pas là. Ne me regarde pas comme ça : je l'ai fait tout l'été. Alors, tu n'es pas le seul à devoir accepter ou refuser ce que Manny te propose. Si tu ne veux pas de son poisson, moi, je le prendrai. »

Il faillit s'étouffer. « Tu vas voir, si tu le prends ! » Il s'avança vers elle, les poings serrés.

Elle recula, effrayée. Puis, après un regard plus glacé que celui de sa mère par un matin d'hiver, elle retourna vers son sac de carottes, le dos raide comme un piquet.

Ah, très bien, tout était formidable. Comme si ce n'était pas suffisant d'avoir tous les autres sur le dos, elle s'y mettait aussi. Il s'était dit que c'était une vraie aubaine qu'elle s'occupe de ses propres problèmes et le laisse gérer ses affaires ; mais bien sûr, bon sang de bois, ça ne pouvait pas durer. Il fallait qu'elle aussi se retourne contre lui – et contre son travail ! Il sentit palpiter une veine dans son cou. Il s'était attendu à se faire débiner par Jake, Elsie et tous les autres colporteurs de ragots ; mais ces reproches adressés par celle à qui il consacrait toutes ses forces et tous ses talents occasionnèrent plus qu'une blessure à son amour-propre : ils éveillèrent en lui un sentiment de crainte à l'idée de leur prochain affrontement, car bien sûr, elle n'allait pas s'arrêter maintenant qu'elle avait commencé, il la connaissait assez bien pour le savoir. Et sa mère qui venait retourner son poisson ! Et Elsie et Melita. Bon Dieu, pourquoi personne ne lui avait rien dit ? Et même elle, son Addie, qui faisait sur ses vigneaux ce qu'il avait juré qu'elle ne devrait plus jamais refaire. Et tout ça derrière son dos. Il bouillait de colère.

Entrant en roulant les épaules dans son échafaud, il envoya un grand coup de pied dans un baril, qui se déforma sous l'impact. Repérant un rouleau de lignes de pêche blanchies qui avaient besoin de teinture, il s'en saisit et se rua dehors. Il chassa deux des garçons désœuvrés qui traînaient dans le coin, et rassembla du pied des bouts de bois flotté et des branches pour faire un bon feu. Puis il traîna à l'extérieur le vieux baquet en fer où son père faisait tremper ses lignes dans un bain d'écorces et de pommes de pin, pour les protéger de la corrosion du sel. Il le déposa sur les deux bâtons entrecroisés au-dessus des flammes crépitantes et le remplit à moitié d'eau de mer, en vouant aux flammes de l'enfer les garçons qui tentaient un retour prudent.

Comment avait-elle su que Manny lui avait offert sa pêche – à moins que ce ne soit lui qui l'ait raconté à la ronde ? Mais non, Manny ne ferait jamais un truc pareil – Jake, oui, en revanche. Et Elsie aussi se précipiterait pour le répéter. Mais peut-être Jake n'avait-il rien fait non plus et Addie était-elle venue fouiner autour de son échafaud, en espionnant ses paroles et ses actes. Bon sang, cette Elsie n'avait jamais cessé de fouiner et d'espionner – et il n'avait jamais coupé sa mauvaise langue. À tous les coups, elle était allée tout rapporter à Addie en lui faisant promettre de garder ça pour elle.

Pourtant, il savait que c'était improbable, même s'il aurait préféré. Addie aurait fait tout le contraire de ce que lui disait Elsie, parce qu'elle était aussi manipulatrice qu'elle à sa manière, et que ça arrangeait tout le monde, car personne n'aimait rien tant que de voir Elsie se faire avoir. Il soupira et alla chercher un sac de pommes de pin dans l'échafaud, qu'il vida dans l'eau juste frémissante. L'air lugubre, il observa la teinture troubler l'eau de mer un peu comme sa colère embrouillait ses pensées. Et pendant tout ce temps, son Addie retournait ses poissons.

Il poussa un grognement. Mais que ça lui plaise ou non, cette pensée – Addie, en train de retourner ses poissons – ne le quittait pas. Et elle commença de le réchauffer, comme le fer sur ses manches de chemise, quand il la regardait repasser, et imaginait que c'était lui qu'elle défroissait et caressait. Nouveau grognement. Mais pourquoi ne le lui avait-elle pas dit ? Pourquoi, bon Dieu, ne le lui avait-elle pas dit ?

Il secoua la tête. Parce qu'elle ne voulait pas le lui dire. Ne rien dire, c'était sa manière d'être, il avait fini par s'y faire, à sa manie de garder les choses pour elle. Il commençait à s'en accommoder. Mais là, c'était différent. C'était *son travail* qu'elle avait fait à sa place en silence.

Sa colère commençait à s'apaiser. S'il était encore furieux à l'idée qu'elle puisse se mêler de cette histoire de poisson de Manny, il se faisait peu à peu à celle qu'elle se soit mise à travailler sur les vigneaux, sans lui en parler. Pour ça, Addie n'était pas du genre à vous mettre le nez dans sa crotte. Et pas non plus du genre à se plaindre, même si elle s'était mise avec un pêcheur de Cooney Arm, et même si les temps étaient difficiles. Elle gardait tout pour elle et ne faisait rien peser sur lui.

Après un nouveau soupir, il jeta ses lignes dans l'eau teintée et s'accroupit, les bras croisés sur les genoux, en observant d'un air maussade la mixture bouillonnante qui rongeait le dépôt blanc de sel sur le fil de pêche, qu'elle laissait vierge de toute altération. Pas comme son Addie. Depuis qu'il l'avait rencontrée, elle s'était toute rongée à l'intérieur. Pourtant, malgré ses tentatives pour la comprendre, ces derniers temps, elle lui apportait plus de soutien que son échafaud et son canot réunis. Car avec la crise de la pêche, tout était sens dessus dessous, et il avait plus de doutes sur sa vie avec la mer nourricière que sur celle avec la femme qui partageait son lit.

Et si les étrangers et leurs plus gros navires avaient vraiment tout raflé ? Et si, au printemps, plus rien ne mordait à l'hameçon, même des morues trop petites ? Que se passerait-il alors ? Jusqu'à présent, son foyer n'avait manqué de rien, et ce malgré la pénurie de poisson de l'année précédente. C'était à ça qu'avaient servi ses maigres économies, et elle ne s'était rendu compte de rien, ne voyant pas plus loin que ses barils remplis à ras bord. Et sans doute rentrerait-il à nouveau du gibier cet hiver. Mais il n'avait plus de réserve, tout y était passé, et ce n'était pas ce qu'il chassait qui allait mettre de la farine dans le garde-manger, du beurre sur la table ou des vêtements sur leur dos. C'était le poisson qui lui rapportait de l'argent. Son emploi à la scierie lui permettait de respirer un peu, mais pas assez.

Cette pensée morose lui fit l'effet d'une douche froide. Puisque c'était comme ça, il allait le prendre, ce foutu poisson. Il accepterait n'importe quoi qui lui permette de passer l'hiver, et il priait Dieu pour que le printemps à venir favorise autant ses dandinettes que les filets maillants et les chaluts – et ce n'était pas juste une question financière. Le poisson était son pilier, mental et aussi spirituel, car il s'était construit sur cette maudite mer et, sans elle, il n'était que l'ombre de lui-même.

En prenant cette décision, il se sentit aussi pris d'une immense lassitude, presque réconfortante, tel le soulagement qui suit quand on donne un grand coup de poing à quelqu'un, et il eut envie de rouler son ciré en boule comme un oreiller et d'aller dormir dans son bateau. Mais non. Toujours, la brutalité de ses menaces de fort en gueule et ses poings serrés le ramenaient au jardin où il s'occupait, trouvant des choses à bricoler, comme si tout allait bien et comme si sa brutalité était une chose ordinaire, parce que, sinon, il serait de plus en plus difficile de revenir en arrière, et ça l'obligerait à reparler de certaines choses. Et ça, il ne le voulait surtout pas. Je n'ai pas besoin de ça, se dit-il en baissant le front, l'air penaud.

Pour faire sécher sa ligne, il la suspendit aux poutres de l'échafaud, puis étouffa le feu en poussant les galets dans le foyer et crapahuta comme un vieux soldat vers le jardin de sa mère. Et c'était bien à ça qu'ils ressemblaient tous les deux quand ils fermaient leur maison à l'approche de l'hiver : à deux vieux soldats fatigués de trop de batailles sur des champs différents qui fouillaient à présent avec précaution dans les fondations de ce qui avait été leur base commune, de crainte de faire sauter une mine et de porter atteinte à leur solitude respective, qui maintenait hissé entre eux le pavillon de la trêve.

# 21

## L'océan des anciens

Maudit. Il jura qu'il était maudit quand l'hiver apporta son flot de vent et de neige, et des tempêtes de glace qui embrumaient même les souvenirs des anciens. Comme il se languissait de la mer quand il essayait de se frayer un chemin dans les broussailles, bataillant contre les flocons qui s'infiltraient dans son cou, les branches qui lacéraient sa figure comme des griffes de chat et le vent glacé qui lui coupait le souffle. Même les belles journées semblaient misérables quand le soleil étincelait sur la neige, brûlant les yeux et la rendant juste assez poudreuse pour qu'il s'y enfonce jusqu'à mi-cuisse. Et ce silence ! Il y avait toujours ce silence lorsque les bois étaient couverts de neige, un silence étouffant qui figeait tout, les arbres et la terre, dans son calme mortel. Isolé. Il isolait chaque son : le grincement d'une botte, le froissement de ses vêtements, une quinte de toux – tous séparés les uns des autres et répartis dans le temps, de sorte que le temps aussi devenait une chose qu'il fallait surmonter. Ah ça, non, les bois ne pouvaient pas l'emporter comme le faisait la mer, quand elle le berçait sur son ventre, éventant son visage tandis qu'il la chevauchait et fouillait ses profondeurs en épousant son langage avec les hanches, sur sa robe si

290

immense qu'il était impossible de discerner la limite entre l'eau et le ciel.

Au mitan de l'hiver, la neige atteignait près de quatre mètres d'épaisseur presque partout, rendant toute tentative de bûcheronnage ou de chasse quasi impossible, et le rendant du coup complètement fou à force d'arpenter l'espace confiné de la maison et de s'inquiéter pour la nourriture dans le garde-manger, tout en sachant très bien que, pendant qu'il restait ainsi bloqué par la neige, les chalutiers, les navires-congélateurs-usines, et tout ce qui flottait autour d'un moteur diesel, étaient positionnés à la verticale de ses bancs, et aspiraient son poisson quotidiennement, de jour comme de nuit.

Risquant un regard en biais vers sa femme, Sylvanus se dit avec tristesse que, de son côté, ça n'avait pas non plus l'air d'être la grande forme. Tout ce que le jardin avait pu lui apporter de légèreté avait apparemment disparu en même temps que le soleil d'été. Néanmoins, l'hiver avançant, contrairement à lui qui fulminait d'impatience, le front et les mains collés contre la vitre givrée tel un animal captif, Adélaïde demeurait étonnamment calme et gardait sa mélancolie pour elle.

Bon sang, ce qu'il pouvait l'envier quand il parcourait tous les jours le chemin entre leur maison et celle de sa mère, parfois deux fois dans la même journée, pour déblayer la neige, lui apporter de l'eau alors que ses seaux n'étaient même pas vides ou bourrer ses bûchers de bois. Et quand il restait un peu de temps, lorsque les œilletons qu'il avait tracés au doigt sur le givre disparaissaient dans la buée blanchâtre de ses soupirs impatients, il faisait encore un aller-retour, s'épuisant pour être sûr que ses yeux fermés ne s'accrocheraient pas à son regard comme des teignes si elle venait à dériver près de lui – car c'était l'impression qu'il avait, qu'elle *dérivait*, avec ses yeux qui ne se posaient jamais sur rien, sauf quand il les captivait avec les siens.

Exprimant bruyamment son irritation devant son impatience, elle alla s'asseoir dans le rocking-chair devant la fenêtre, le dos tourné à la pièce comme pour lui échapper. Elle pouvait rester des heures assise ainsi, face à sa fenêtre, les pieds posés sur le rebord, à balancer son rocking-chair – comme quand elle se plongeait dans ses petits livres rouges au début de leur mariage. Il s'était toujours retenu d'aborder le sujet des petits livres rouges avec elle, car ils étaient directement liés à ses grossesses et à leurs bébés mort-nés. Pas fou. Un seul mot sur les bébés et elle aurait bondi tel un chat dans l'eau froide. Pour elle, peu importait la douleur qu'il avait ressentie en construisant les petits cercueils en bois. Comme peu lui importaient les larmes qu'il avait versées sur chacun des clous et ses errances après toutes ces funérailles, aussi vide que son ventre à elle, et le fait que chaque espérance déçue ait creusé un fossé encore plus grand dans son cœur que la tombe où on les avait enterrés. Évidemment, elle s'en moquait, trop engluée dans sa propre douleur pour remarquer la sienne.

Alors il se ressaisissait et baissait la tête, comme un chien blessé en demande de caresses, alors que son humeur maussade n'avait rien à voir avec elle ; ni même avec les enterrements. La vérité, c'était que, au fil de ces longues journées d'hiver, il s'était mis à s'en moquer complètement : de ce qu'il rabâchait, de ce qu'elle ressassait, de ce qu'ils ruminaient tous. Il n'aspirait qu'à retourner en mer et à remplir sa coque et ses barils de morues qui garniraient ses vigneaux, et à retrouver un peu de réconfort grâce à la certitude que la mer nourricière était toujours là pour lui, qu'elle ne l'avait pas abandonné, et qu'il pouvait reprendre la vie qu'elle lui avait un jour si généreusement offerte.

À la mi-mars, le vent tomba et le soleil commença de faire fondre la neige. Sylvanus franchit la porte comme un chat échaudé et se mit à scier un tronc de chêne noir dégoulinant de sève, débitant les branches à la hache, éparpillant des éclats de bois autour de lui, le fracas de sa hache résonnant dans les bois telles des cloches d'église. Dès le début du mois d'avril, il se mit à poser des collets, à traquer l'orignal et à ramer à la surface des étangs libérés de la glace dans l'espoir d'un repas de truite rose toute fraîche. Quel soulagement de balancer bras et jambes au-dessus des lacs et des marécages, en attendant le jour où il pourrait pour de bon commencer à calfater son bateau, apprêter ses dandinettes et se préparer pour la nouvelle saison.

Son premier jour en mer, il tremblait presque d'excitation. Pourtant, c'était la nervosité de la mer nourricière qui occupait son esprit. Il se persuadait qu'il la connaissait, qu'il sentait ses moindres changements, même les jours les plus ternes, ses brusques sautes d'humeur quand elle passait sans prévenir de la brise au coup de vent, les orages injustifiés qu'elle multipliait durant tout le mois d'avril, et les interminables matinées de pétole jusqu'à la fin mai. Il savait que le vent était le complice de la mer, mais il avait l'impression que le soleil et la lune étaient aussi de la partie, car il y avait une lumière étrange ces derniers jours, et il n'arrêtait pas de regarder vers le ciel pour y trouver une interprétation des choses à venir. Ou plus précisément des choses qui ne venaient pas.

Deux semaines, trois semaines, quatre semaines après le début de la saison, avant que le premier banc de morues deux fois plus petites que quatre saisons plus tôt ne vienne paresseusement se laisser prendre à ses hameçons.

Et soudain, il en aurait pleuré, il comprit pourquoi la mer était nerveuse et agitée, et réticente à garnir ses hameçons. À moins d'un quart de mille au sud-ouest, il découvrit un chalutier et deux autres encore qui stationnaient quelques milles derrière.

« Bande de salopards ! » cracha-t-il en observant la fumée du chalutier le plus proche se rapprocher encore, deux milles plus près des côtes que la loi ne l'y autorisait, déchirant des chaluts de pêcheurs dont les flotteurs orange étaient avalés sous sa coque. Au moment où il prit conscience qu'il risquait à son tour d'être englouti par ce monstre, il coupa son moteur, plongeant d'un coup la mer dans le silence. Puis, le grincement des treuils crissa sur la surface, et il entendit au loin les voix des marins à bâbord, penchés sur les bordages du pavois. Le chalutier relevait ses filets. Souquant ferme, Sylvanus s'approcha à quelques centaines de mètres du mastodonte, protégeant ses yeux de la lumière quand, hissés par les chaînes dans un fracas de métal, les patins de bois ferrés surgirent de l'eau en ruisselant contre la coque. Et la mer en dessous se mit à frétiller, bouillonnante d'écume quand le chalut apparut.

« Bon Dieu ! » On lui avait parlé de la taille des filets d'un chalutier, mais il n'en avait jamais vu en vrai, et il fut fasciné par cette nasse en forme de bulbe de trois cents mètres de long qui sortait de l'eau, vibrionnant de milliers de poissons écrasés, étouffant, ou cherchant à passer entre les mailles. Les treuils se firent encore plus stridents quand le filet s'éleva au-dessus des plats-bords. Un des hommes poussa un cri, et Sylvanus, bouche bée, vit le chalut s'ouvrir par le milieu et sa prise – des sébastes, surtout – commença de retomber dans la mer, lentement d'abord, puis en un ruissellement continu, comme à travers les doigts de la main ouverte de Dieu.

« Bon sang. » Incrédule, il fixa la masse de poissons morts flottant à la surface comme une tache sanglante qui ne cessait de se répandre au gré des flots, se propageant vers lui, debout dans son bateau. Les hommes surgirent des plats-bords en poussant des cris furieux. Puis la cheminée vomit une fumée noire, signalant que le chalutier regagnait la haute mer, abandonnant dans son sillage les sébastes asphyxiés qui s'étendaient telle une plaie ouverte à la surface de l'eau.

En quelques minutes, le bateau de Sylvanus fut encerclé de poissons dérivant le ventre en l'air, les yeux gonflés comme de petits œufs de poule, vomissant leurs minces sacs membranaires roses. Les mouettes tournoyaient en criant, battant frénétiquement des ailes, s'accrochant aux ventres des poissons, piquant de leur bec les sacs roses jusqu'à ce que les membranes éclatent, répandant les entrailles. Quand sa barque fendit cette mer sanglante, Sylvanus fut pris de nausée et se plia en deux en découvrant les ventres blanc crémeux autour de lui. Des poissons mères. Des milliers de poissons mères. Une énorme mouette tachetée s'était posée sur une des femelles pleines et s'affairait à picorer son ventre, l'attendrissant jusqu'à ce qu'il rompe, et que ses œufs jaillissent comme du lait renversé.

Qui ? s'écria Sylvanus dans sa tête. Qui accepterait un tel sacrifice au nom de la faim ? Il se rassit dans sa petite coque en bois clapotant sur l'immensité bleue de l'océan, avec sa pitoyable pêche à ses pieds, et il sentit son insignifiance et le manque d'influence qu'il avait sur un monde où des milliers de poissons pouvaient être jetés mille fois aux mouettes et ne compter pour rien. Il repensa à toutes les morues pleines qu'il avait remises à l'eau au fil des années, à toutes ces poches remplies d'œufs, puis reposa ses yeux sur le ballet frénétique des mouettes criblant les ventres à coups de bec, arrachant les entrailles et les vies non vécues, et il se sentit tout faible en s'imaginant un destin similaire à celui des poissons mères. Il se redressa, rongé par la colère devant la stupidité, la *folie* de tout ça, et montra les poings aux pilleurs en hurlant : « Salauds ! Bandes de salauds ! Maudits connards ! »

Désespéré par l'horrible spectacle qui l'entourait, il ferma les yeux, puis les rouvrit en se rappelant les œillères du gouvernement qui répondaient aux cris furieux des pêcheurs forcés de débarquer en masse : « On vous entend, les gars, on aura bientôt nos périmètres de pêche délimités, on est en train de se mettre d'accord avec les gouvernements étrangers ; mais ne nous blâmez pas trop vite. Comme on vous l'a déjà dit cent fois, il y a un front froid ces derniers temps et la morue n'aime pas l'eau froide et c'est probablement la raison pour laquelle elle ne vient plus près du rivage ; en plus, cette année, nous avons une prolifération de phoques qui se régalent de vos prises ; et pour le moment, c'est la pire saison en ce qui concerne le nombre de filets défectueux qui dérivent dans la baie ; mais c'est à cause de votre manière de faire, messieurs qui n'avez pas renoncé aux traditions du passé ; vous êtes trop nombreux à rester accrochés à la pêche à l'ancienne que pratiquaient vos pères et à refuser d'adopter les moyens plus modernes qu'on vous propose. Que dire des nouveaux filets maillants en fibre ? On vous les donne, gratuitement – ils rendront la pêche côtière beaucoup plus compétitive. Vous êtes plus de vingt mille à pratiquer la petite pêche à la morue près des côtes, et vous aimez votre métier. Oui, vous l'aimez vraiment. »

Un après-midi, quelques jours après avoir assisté au colossal gaspillage de poissons, Sylvanus renâcla, à deux doigts de frapper la radio quand il entendit une nouvelle exhortation du gouvernement à utiliser des filets maillants.

« Non ! explosa-t-il. On n'aime pas ces fichus filets. On les déteste. Par le Christ, arrêtez de nous donner ce qu'on ne veut pas et donnez-nous ce qu'on demande. »

Il s'interrompit quand Adélaïde, de retour du fil à linge, fit irruption dans la pièce, un regard inquiet sur le visage. « Maudit gouvernement », marmonna-t-il en éteignant la radio. Il recula sa chaise. « Ils marchent sur la tête. Plus ils en apprennent sur la pêche, plus ils attrapent de poissons, et moins ils les protègent. » Il plongea un verre dans le seau d'eau potable et but. « Ne t'en fais pas, Addie, assura-t-il, faisant fi de ses yeux soucieux. Tout va bien. Juste des histoires de pêche. Tu as vu ma casquette ? Elle est où, bon sang ? Jamais à l'endroit où je l'avais posée.

– Sur la table. » Elle la lui montra du doigt alors qu'il fouillait dans une caisse de lainages, derrière le poêle. « Syllie, qu'est-ce qui te met dans cet état ?

– Rien que tu n'aies déjà entendu cent mille fois », grogna-t-il, enfonçant sa casquette. Il se dirigea vers la porte, mais elle essaya de lui barrer le passage avec sa taille trop fine et ses yeux bleus empreints d'inquiétude. « Écoute, tu n'as pas de souci à te faire. Ce n'est rien qu'une nouvelle idiotie de ce foutu gouvernement.

– Qu'est-ce qu'ils ont fait ?

– Ce qu'ils ont fait ? » Il la regarda avec incrédulité. « Bon Dieu, Addie, tu te tiens quand même au courant de certaines choses, non ?

– Je sais bien plus de choses que tu le penses », répondit-elle du tac au tac. Elle baissa d'un ton : « Syllie, il y a peut-être d'autres méthodes que la dandinette. On peut en parler, tu ne crois pas ?

– Parler. J'en ai par-dessus la tête de parler. Je suis fatigué des discours du gouvernement, de la parlotte des pêcheurs, et de moi-même. Bon sang, comment peut-on tellement parler et si peu changer les choses ? Maintenant, laisse-moi passer ou je te prends sur mon épaule et je t'embarque sur la zone de pêche – et tu comprendras alors ce que veulent dire *mauvaise pêche* et *belles paroles*. » Et sans prêter garde à ses cris de protestation, il la prit par la taille et la déplaça sur le côté. Puis, déposant un baiser sur sa joue, il s'éloigna vers la passerelle en tempêtant sur les nouvelles qu'il venait d'entendre à la radio, qui annonçaient que les Russes étaient en train de bâtir une nouvelle flotte de soixante-dix navires-usines et de deux cents chalutiers supplémentaires, que les Allemands fabriquaient des filets maillants de trois cents mètres avec un sonar intégré pour repérer les bancs de poissons jusqu'à deux milles de distance, et que d'autres pays se préparaient à entrer dans la danse.

Il jura en atteignant son bateau, réalisant qu'il avait oublié son biscuit de mer et ses oignons. « Qu'est-ce qu'on s'en fout, grommela-t-il en cherchant son ciré. Si je ne sors pas en mer, mes barils resteront aussi vides que mon ventre. Et au train où ça va, à tous les coups, on va encore se retrouver sans réserve pour l'hiver. » Il soupira de lassitude. Pourtant, il restait encore six bonnes semaines de pêche. Qui sait ce qu'elles donneraient ? se demanda-t-il, plus pour s'encourager par ce soir terne au ciel gris parcouru de vents violents. Il mit son bateau à l'eau et embarqua, sans courage. Il se sentait épuisé. Il avait pêché moitié moins de poissons que d'habitude et accompli seulement la moitié d'une journée de travail, pourtant, il était épuisé.

Cette même fatigue qui l'avait harassé tout au long de la saison. De sorte qu'à la fin de l'été, à force de faire des heures supplémentaires en mer, de dandiner sans relâche et de rapporter de moins en moins de morue, il se sentait vieux comme Hérode.

Par un froid après-midi de septembre, alors qu'il rangeait sa gamelle dans le rouf, il leva le nez au vent avec attention. Un grain se levait. Soit, d'ici vingt minutes, il aurait atteint son paroxysme, auquel cas son bateau passerait sans problème et il pourrait mouiller l'ancre quelque part pour dandiner, soit il continuerait à forcir, et dans ce cas, il rentrerait s'abriter près de la côte. Mais l'après-midi était déjà bien avancé, et il ne se sentait pas la patience d'attendre près du rivage de voir la force des bourrasques.

« Hé, qu'est-ce que tu fabriques, vieux crabe ? »

Surpris, il leva les yeux vers Manny qui accourait sur l'appontement.

« Ça va, mon gars ? » répliqua-t-il en sortant son ciré de la poupe.

Manny le saisit par le rabat et le colla contre le mur de son échafaud.

« Qu'est-ce qui te prend ? s'écria Sylvanus.

— Je t'ai demandé *ce que tu fabriquais* », hurla Manny, agrippant le col de sa vareuse avant de le relâcher aussi vite, le souffle lourd, le visage plus sombre que les nuages chargés de pluie qui menaçaient de leur tomber dessus.

Sylvanus le fixa avec des yeux ahuris. « Qu'est-ce que tu crois que je fabrique, bordel ? Tu n'as jamais vu un pêcheur à la dandinette ?

— Jamais avec la tête dans le cul. En tout cas, pas encore. Mais d'ici ce soir, j'en mettrais ma main à couper, je vais en voir un si tu t'entêtes à sortir en mer par ce vent !

— Ce vent ? Tu crois que je ne ferai pas demi-tour s'il continue à forcir ? Bon Dieu, Manny ! s'écria-t-il quand son frère le renvoya cogner contre l'échafaud. Tu crois que je suis aussi fou que ça ?

— Exactement, cria Manny. Et c'est ce que je dirai à Mère quand elle montera sur la falaise pour guetter ton retour. "Tu peux rentrer, Mère, je lui dirai. Il est comme un poisson dans l'eau, échoué quelque part sur le rivage." Tu crois que ça lui épargnera une nuit d'enfer, petite merde ? » Manny fit un pas en arrière et lui asséna un uppercut au menton.

Sonné, Sylvanus regarda son frère, dont le visage barbu, habituellement souriant, était à présent endurci par la rage, sa bouche réduite à une fine ligne furieuse, et ses yeux pleins de peur et de… de quoi ?

De fantômes, se dit-il doucement. Ils sont pleins de fantômes. « Mère t'a raconté qu'elle avait vu les noyés ? » se contenta-t-il de répondre. Il détourna ses yeux du visage douloureux de son frère, laissant son regard errer sur la surface de la mer encore plus lugubre.

« Pourquoi tu ne m'en as jamais parlé ? demanda Manny. D'abord elle garde ça pour elle, et après, c'est à ton tour. »

Sylvanus haussa les épaules. « Je n'en sais rien, frérot. Je me disais que c'était à elle de le faire. »

Manny laissa échapper un souffle rauque. « Tu aurais dû nous en parler il y a belle lurette, plutôt que de tout garder pour toi. Bon Dieu de bon Dieu… » Sa voix se brisa.Sylvanus continuait de regarder la mer.

« J'aurais voulu partager ça avec toi », dit-il pour laisser un peu de temps à son frère.

Manny s'essuya le visage. « Tu viens de le faire, rétorqua-t-il. Tu es probablement plus proche d'elle que nous tous réunis. Mais là n'est pas le problème. C'est parce que tu t'es disputé avec madame que tu pensais sortir en mer ce soir ? Allez, Sylvanus, on se dispute tous avec nos femmes. Pas la peine de te noyer pour ça – en tout cas, pas tout de suite. Mieux vaut d'abord te noyer dans l'alcool. Allez, viens, Jake a allumé le feu. »

Sylvanus se détourna avec emportement. « Je ne me suis pas disputé avec madame.

– Ah bon ? Et sinon, qu'est-ce qui pousserait quelqu'un à sortir en mer pendant un coup de vent ? » Comme s'il avait trouvé la réponse à sa propre question, Manny laissa échapper un soupir de lassitude. « Du poisson à pêcher, c'est ça ? Bordel, Syllie, si on en est à sortir en mer quand le temps se gâte, il est peut-être temps de réagir, tu ne crois pas ? Écoute, d'autres choses se préparent et tu ferais mieux de te mettre à penser autrement.

– Quelles autres choses ? » demanda Sylvanus. Une nouvelle angoisse lui étreignit l'estomac, lorsque les yeux de Manny se posèrent sur les collines avec un air de supplique, comme s'il cherchait ses mots. « Qu'est-ce qui se passe, Manny ? Tu n'es pas malade ou un truc du genre ? »

Manny ricana. « Pas que je sache. Écoute, je te dis juste d'arrêter d'être têtu. De laisser tomber ta fichue obstination !

– Mon obstination ! Qu'est-ce que tu veux dire par *obstination* ?

– Exactement ce que je suis en train de dire ! Ta façon de monter sur tes grands chevaux, ajouta-t-il quand Sylvanus lui tourna le dos en grognant avec impatience. Tu vois ? Tu vois ce que je veux dire ? Tu n'écoutes pas, Syllie, tu n'écoutes rien ni personne.

– De quelles choses ?... s'écria son frère. De quelles choses parlais-tu ? Bon Dieu, réponds-moi et je t'écouterai.

– De rien ! Je ne parlais de rien ! Dès qu'il s'agit de pêche, ça ne sert à rien de parler avec des gens comme toi !

– Comme avec Père, je sais, rétorqua Sylvanus en essuyant le filet de bave qui apparaissait au coin de sa bouche à force de s'énerver. Peu importe qui il était. »

Manny s'efforça de sourire – un sourire crispé, qui sentait plus la malédiction que la joie. « Tu es vraiment un cas, frérot, dit-il. On a fini par les avoir, les périmètres délimités – je viens de l'entendre à la radio. Douze milles. Peut-être que ça va tout changer. Allez viens, on va chez Jake.

– Des périmètres délimités ? Ce n'est pas ça qui te tracasse ce soir, les limites ! lâcha Sylvanus alors que Manny tournait les talons. Quelle bonne idée de tracer des frontières quand le poisson s'en choisit d'autres. Du pipeau, c'est tout ce que c'est. Du pipeau ! »

Manny se retourna vers lui. « Tu as raison, alors pourquoi tu ne vas pas en causer avec tes amis à nageoires ? dit-il pointant rudement son doigt dans l'abdomen de son frère. Et quand tu auras tout arrangé entre eux et les ritals, les angliches, les chleuhs et tous les autres, fais-moi signe et on aura une nouvelle discussion, d'accord ?

– Oh, casse-toi ! dit Sylvanus d'une voix rageuse en repoussant sa main. Casse-toi, répéta-t-il lorsque Manny, fou de rage, serra de nouveau le poing. Et ne t'avise pas de me frapper encore une fois.

– Manny ! Syllie ! »

Ils se tournèrent tous deux et découvrirent leur mère qui arrivait en courant, son châle d'hiver tombant sur ses épaules frêles et ses lacets de bottes défaits. Adélaïde se hâtait derrière elle, enfilant son manteau, cheveux au vent.

Manny cacha son poing dans son dos. « Pour l'amour du Ciel, Mère, retourne à la maison, hurla-t-il.

– Pourquoi vous battez-vous ? s'écria Eva. Manny ?

– On ne se bat pas, dit Sylvanus en passant un bras autour de ses épaules pour la réchauffer. Ramène-la, Addie. Bon sang, elle tremble de froid. »

La vieille femme s'écarta de lui, aussi sourcilleuse que ses fils. « Je ne suis pas assez faible pour avoir besoin qu'on me ramène. Tu lui as dit ? demanda-t-elle à Manny.

– Non. Écoute, Mère, retourne à la maison. »

Sylvanus leva les mains au ciel. « Et c'est reparti. » Tournant des yeux implorants vers sa mère, il mit un genou à terre devant elle, les mains jointes en un simulacre de prière, et demanda : « Au nom de Dieu, est-ce que tu vas me dire ce qu'il ne m'a pas dit ?

– Ils nous déplacent. » C'était Adélaïde qui avait parlé.

Sylvanus se leva sans la quitter des yeux. Son visage était blême et ses lèvres bleuies par le froid. « Qui ça ? demanda-t-il sans comprendre de quoi elle parlait. Qui nous déplace ?

– Le gouvernement, dit-elle.

– Frère, tu es le seul à ne pas être au courant, dit Manny d'une voix brisée. Le gouvernement nous déplace – tous autant qu'on est. » Sylvanus les regardait les uns après les autres sans comprendre. « C'est le grand déplacement, ajouta son frère sur un ton dégoûté. Et ça vaut pour tout le monde, sauf pour ceux qui veulent rester. Mais à ce que je sais, il n'y a personne qui refuse – à part la vieille sage-femme probablement. Et toi aussi, Mère, si tu ne veux pas partir », ajouta-t-il après coup.

Sylvanus fixait Manny sans prononcer un mot, le temps d'assimiler ce que son frère essayait de lui dire depuis un certain temps et d'encaisser le coup.

« Depuis quand tu le sais ? demanda-t-il, se figeant une seconde avant de reculer comme si on l'avait frappé. Vous êtes tous d'accord. Vous êtes tous de mèche. Et Jake… Jake est d'accord aussi, évidemment. Et il t'a convaincu, Manny, pas vrai ? » Son frère hocha la tête. « Bien sûr qu'il t'a convaincu, ce fumier », hurla Sylvanus avant de laisser passer un silence, avec l'espoir muet que son frère lui dise que non, ce n'était pas vrai, qu'il n'allait pas se laisser avoir par le plan du gouvernement pour dépeupler Cooney Arm, fermer leurs maisons et tuer leur pêche. Non, c'était impossible, personne ne voudrait mettre la clé sous la porte et se laisser déplacer.

Il sentit le malaise s'insinuer dans son cœur, ses tripes et jusque dans ses testicules, l'affaiblissant de plus en plus, sans quitter des yeux son frère qui se balançait d'un pied sur l'autre, également mal à l'aise, en cherchant les bons mots au fond de lui.

« Tais-toi, dit Sylvanus d'une voix affreusement douce dont la colère avait disparu. Ne dis plus rien, ça me rend malade. » Il se tourna vers sa mère qui le suppliait de rester calme avec les yeux.

« Je sais que c'est dur, Syllie, reprit pourtant Manny. Mais on pourra revenir quand on voudra, et même conserver nos maisons pour les vacances...

– Des maisons de vacances. Va te faire foutre ! Et si tu crois que ça va arranger quoi que ce soit, tu te mets le doigt dans l'œil. » Il pivota vers la mère et Addie. « Et vous, vous le saviez depuis quand, nom de Dieu ? » cria-t-il en frappant son poing dans sa paume. Eva détourna les yeux.

« Seulement hier, répondit Adélaïde. Et tu n'es pas resté assez longtemps à la maison pour que j'aie le temps de t'en parler. »

Elle tendit la main vers lui, mais il se recula. « Tu connais le chemin de l'échafaud, dit-il insidieusement, ça ne t'aurait pas salie de passer une tête pendant une minute. »

Elle devint rouge comme une pivoine et il fut surpris de l'avoir blessée. Et comme s'il venait de l'apercevoir, il fut aussi surpris de découvrir sa mère avec son pauvre châle, debout dans le vent glacé.

« Par pitié, ramène-la à l'intérieur », dit-il à Adélaïde. Puis, il se tourna vers Manny et, l'attrapant aux épaules, ajouta d'une voix forte : « Manny, bon sang, on n'est pas obligés de faire ce qu'ils disent. *Déménager ?* Bon Dieu, ça veut dire quoi, Manny ?

*Déplacer* tout le monde ? Eh quoi, on n'est pas obligés de bouger.

– On ne le fait pas seulement pour nous, mais pour les petits aussi, dit Manny. Ils auront de meilleures écoles, ils auront des routes. Cooney Arm est trop petit et isolé pour avoir les choses auxquelles ils auront droit à Ragged Rock, à Hampden ou ailleurs. » Sylvanus se détourna de lui. « Écoute, poursuivit Manny, ce n'est pas ce qu'on veut, mais c'est tout ce qui nous reste, d'accord ? Tout a changé. Avec les navires-usines-congélateurs, ils n'ont plus besoin de saler le poisson et ne nous ont laissé que les yeux pour pleurer. Ce n'est peut-être pas ce qu'on voulait, mais c'est une méthode plus efficace. Le poisson se conserve mieux dans le froid que dans le sel. Et les plus gros bateaux permettent de plus grosses pêches. C'est aussi bête que ça. Et si on ne joue pas le jeu, on restera sur le carreau.

– Des conneries, tout ça, renâcla Sylvanus. C'est précisément ce qu'ils veulent que tu penses parce que c'est vraiment trop barbant de coller aux marchés, point final, et qu'ils préfèrent la nouveauté : de nouveaux débouchés et de nouveaux grands navires rutilants où tout le monde porte des tabliers et où tout a l'air blanc, propre et moderne… *Moderne !* C'est ce qu'ils répètent toujours, pas vrai ? Qu'il faut qu'on soit modernes, qu'on est attardés et sans vision de l'avenir. La vérité, c'est qu'avec nos suroîts, nos plates et nos doris, on leur fait honte. Et toi, tu devrais te méfier, mon gars, parce que la prochaine fois, ils vont te faire échanger ton skiff contre un chalutier, et ton suroît contre un chapeau melon, et la fois suivante, tu te retrouveras, tout propre et tout moderne, sur le pont d'un navire-congélateur, à faire la même chose que ces salauds depuis des années : nous tuer à petit feu.

Sans vision ! » Il cracha, la bouche déformée par la colère. « Il y a plus de vision dans ma bite que dans leurs têtes. Alors casse-toi avec tous ceux qui croient à leurs foutaises. Mais sans moi. Je ne partirai pas, avec ou sans petit. »

Il évita de regarder Adélaïde en prononçant cette dernière phrase. La tête baissée, il passa devant elle puis descendit vers la grève, le long de son échafaud, les épaules voûtées sous le ciel noir de nuages bas et lourds, entre le vent de terre et les tourbillons d'écume que projetait sur la plage l'océan déchaîné.

Déménager. La nausée lui triturait les tripes. Il se dressa face aux rafales, comme pour éprouver la stabilité du rocher sous ses pieds et se convaincre que lui non plus n'était pas sur le point de s'éroder. Une pluie fine se mit à tomber, l'humidité embaumant l'air d'une multitude d'odeurs qui, à cause de cette menace de déplacement, lui paraissaient déjà étrangères, teintées de nostalgie. Ces parfums, il les respirait depuis le jour de sa naissance. Il ne les avait jamais séparés de tout ce qui l'entourait. Fumées de pin, de bouleau, d'épinette verte – bon sang, il était capable de dire de quelles cheminées elles provenaient : Manny détestait l'épinette, Jake ne brûlait que de l'épinette, et Ambrose, comme lui, adorait l'odeur agréable et pure du bouleau.

Rien qu'aux senteurs, il aurait pu avancer les yeux bandés sur cette plage et reconnaître le galet sur lequel il marchait. Là, le fumet du calamar séché : il n'y avait qu'Ambrose qui en avait séché si tôt dans l'année. Et l'odeur corporelle âcre de la vieille sage-femme qui jetait son eau de vaisselle sale devant son perron depuis plus de trente ans. Et la puanteur du poulailler de Melita, qui était sûrement le seul endroit autour d'elle qu'elle n'avait jamais briqué. Et les miasmes du tas de sciure humide près du bûcher de Manny, ou des algues en putréfaction qui libéraient des substances minérales entre les rangs de pommes de terre de sa mère. Et les parfums puissants des truites dans le ruisseau, de la chute d'eau et de l'herbe de la prairie qui l'attiraient vers la passerelle. Et en cas de brise de mer, quand l'odeur de la saumure masquait toutes les autres, c'étaient les sons qui le guidaient chez lui : les voix étouffées et familières derrière les portes, le caquètement des poules, les *baa* des oies de sa mère, le roulement du ruisseau, le grondement de la chute d'eau, de plus en plus fort.

Remontant de la plage, il traversa la passerelle. Le ruisseau était impétueux et, avec le vent qui forcissait, le fracas de la cascade et les roulements de la mer, il eut l'impression d'être pris dans une tempête déchaînée. Il fit une pause devant le mur arrière de sa maison. Même s'il y avait quelqu'un à l'intérieur, du feu dans la cheminée et des lampes allumées, pensa-t-il avec tristesse, d'ici, on ne pouvait pas le savoir, et la maison avait l'air toujours vide, abandonnée.

Se courbant face au vent, il quitta le chemin et traversa la prairie vers le bas de la falaise. La mer gris sale se brisait sur les rochers. Bientôt, dans le crépuscule, elle semblerait noire hormis les étincelles de plancton qui scintillaient comme des étoiles le long du rivage. Elle non plus, il n'avait pas besoin de la regarder. À l'instar de la terre, elle était gravée dans son cerveau. Il connaissait chacune de ses humeurs, son calme aux premières heures du jour et ses ondulations qui se transformaient en vaguelettes lorsque la brise les taquinait. Ce qu'il préférait, c'était sa paresse lorsqu'il voguait sur elle par un vent favorable, quand une houle lente et longue donnait à son bateau une meilleure flottabilité. Et il savait ses revirements brutaux et la vitesse avec laquelle elle pouvait subitement se creuser et se hérisser de vagues de six mètres sous les assauts des vents tourbillonnants, et aussi comment rentrer se mettre à l'abri au plus vite avant que les déferlantes ne s'écrasent sur lui et son bateau, risquant même de le faire chavirer s'il était trop chargé de poissons. Et quand elle était trop déchaînée et ruait vers l'avant, raclant ses fonds, ses flots semblant noircir sous l'écume, et quand sa fureur répercutée par les rochers de la pointe s'abattait sur les navires qui disparaissaient dans ses creux, alors, sentant la force de la mer nourricière, il s'étonnait de sa phobie de la surpêche et se demandait comment un simple humain pourrait entraver une force vive aussi massive que l'océan.

Il s'interrogea aussi sur sa résistance à quitter les rivages de Cooney Arm, alors que c'était la même mer qui baignait toutes les côtes, et qu'elle seule comptait, et non la terre sur laquelle elle venait se briser. Du temps de son grand-père, les collines ne portaient même pas de nom car c'était toujours vers la mer que les hommes dirigeaient leurs regards. En revanche, c'était aux creux et aux crêtes qu'ils donnaient des noms. Mais lui, c'était aux caps et aux criques qu'il était redevable, et particulièrement à cette anse, Cooney Arm, la terre qui l'avait vu naître. La mer était comme une grosse couverture bien bordée malgré les renflements, les renfoncements et les protubérances causés par les âmes remuantes qui s'abritaient sous la surface.

Un jour, il s'était retrouvé dans les ruines d'un village abandonné. Il avait vu les fondations des maisons qui s'y élevaient autrefois, le puits à sec, le châssis des portes et des fenêtres arraché par le vent, pourrissant sur le sol, entre des monticules d'herbe et de terre bombés telles des tombes. Et il avait eu froid dans ce village mort, en écoutant les gémissements des arbres, comme s'ils pleuraient la perte d'âmes qu'ils avaient jadis ombragées, et le frémissement de la prairie dans le vent qui regrettait le pas d'anciens enfants en quête de pâquerettes.

Il se redressa sur le rocher qu'il escaladait et se retourna vers le hameau de Cooney Arm qui s'enfonçait peu à peu dans la nuit et les petits carrés de lumière jaune qui émaillaient le rivage. Lui aussi à présent était menacé de mort, de voir ses murs rognés au rang de moignons, ses puits desséchés, et ses appontements et ses vigneaux laissés à l'abandon. Car sans le souffle des habitants sur sa prairie, sans leurs cris qui déferlaient à flanc de coteau, sans leurs fêtes, sans leurs mains qui façonnaient les jeunes pousses dans les jardins et sans bouches pour croquer ses fruits, Cooney Arm aussi finirait par mourir.

Alors pas lui, se promit-il. D'autres pourraient peut-être déménager, mais pas lui. Il était aussi enraciné à cette langue de terre que les bois autour de lui.

Sa cheminée cracha une nuée de flammèches orange dans le soir. Elle était de retour. Avait-elle dit quelque chose ? Avait-elle essayé de protester contre ses pensées ? Un carré de lumière illumina sa fenêtre. Ça lui avait mis un coup quand il avait entendu son frère l'accuser d'être coincé dans le passé, de vivre encore comme du temps de son père. Est-ce qu'elle aussi, elle l'en accusait ? Et lui ? Était-il tellement planté que le temps l'avait dépassé ? N'était-il plus qu'une bête muette dans la prairie ? Et est-ce que c'était ça qu'avait vu son Addie – un homme têtu comme une des chèvres de sa mère, qui se contentait de ruminer sans réfléchir toute la journée, pendant que le reste du monde se modernisait autour de lui ?

Cette pensée le rendait malade et sa réponse fut immédiatement non. Sans doute, tel un oiseau qui se développe et croît dans son habitat naturel, il faisait corps avec cette terre. Et ce ne fut que lorsqu'il releva la tête qu'il vit tout ce qu'il avait fait et ce qu'il était devenu et comprit qu'il avait suivi sa propre route. Car il était plus que la terre et la mer. Il était l'accumulation de tous ceux qui avaient été avant lui – son père, son grand-père, son arrière-arrière-grand-père, qui avaient été choyés par ces flots depuis des siècles. Un caveau, voilà ce qu'il était, un cercueil où s'entassaient les anciens. Enfin non, pas un caveau, mais plutôt une passoire par laquelle ils continuaient de le traverser. Et par laquelle passeraient ceux qui naîtraient de lui, si Dieu le voulait. Un océan d'anciens, c'était ce qui s'étendait derrière lui, et lui n'était rien qu'une goutte de pluie en plus dans ce vaste océan.

Peut-être le prenait-elle vraiment pour un idiot sans cervelle et couvert de viscères. Peut-être que le monde entier le voyait comme ça. Mais il n'était pas d'accord. S'éloigner de ce qui le soutenait finirait par le tuer, lui et tout le reste. Et pourtant, c'était exactement ce qu'on lui demandait de faire – d'ailleurs, on ne le lui demandait même pas, on l'exigeait de lui –, de partir s'établir sur les fondations de quelqu'un d'autre. Et pour certains, la voie était toute tracée, ils étaient prêts à déménager tout leur passé et à l'associer à un autre pour se bâtir un avenir différent.

Mais certaines choses ne devraient-elles pas demeurer immuables, tout comme les arbres et les rochers autour de lui ? Et certains ne devraient-ils pas rester sur place pour que les autres, pris dans le tourbillon du changement, puissent revenir en cas de besoin ? Même lui, homme simple accroché à son rocher, pouvait voir le germe de leur propre disparition dans l'accroissement des flottes de pêche au large. Alors quoi ? Était-ce un bienfait seulement parce qu'ils étaient plus grands et plus récents ?

Le carré de lumière jaune où Addie s'était assise baissa d'intensité. Elle s'était relevée et se tenait devant la lampe, les mains collées contre la vitre, scrutant par la fenêtre, à sa recherche. Il devrait rentrer, elle risquait de se faire du souci. Depuis la nuit où elle les avait redescendus, sa mère et lui, de la falaise, Adélaïde devenait nerveuse dès qu'il était un peu en retard.

Elle s'éloigna et, d'un coup, la maison fut plongée dans l'obscurité. Il se redressa à moitié. La lampe était-elle à court d'huile ? Non, non, il apercevait sa lumière par la fenêtre de la chambre, faible et vacillante, comme si elle l'avait posée dans le couloir. Elle allait se coucher. Il sentit gonfler sa boule dans l'estomac. Sans la chaleur de sa lumière et de ses yeux protecteurs, il avait froid. Il laissa son regard errer sur les points de lumière autour de l'anse. Mais c'était vers la sienne qu'il revenait sans cesse, pour y chercher du réconfort.

Et de nouveau, sa fenêtre s'illumina. Elle était de retour et, en écartant le voile du rideau, elle laissa la lumière jaillir à l'extérieur, éclairant une autre partie de l'horrible et superbe vérité qu'il avait déjà apprise ce soir : à savoir que, à l'instar des anciens qui continuaient à le traverser, ceux qui l'entouraient étaient comme une passoire à travers laquelle il devait lui-même passer. Et Adélaïde plus que quiconque. Ne s'était-il pas construit autour d'elle comme il l'avait fait avec la mer ? Sans aucun doute, il pouvait résister à un gouvernement sans visage, se serrer la ceinture et vivre comme il l'avait toujours fait, mais pourrait-il supporter qu'elle se demande si elle devait faire ses valises ? Et même s'il parvenait à la persuader de rester près de lui sur une plage désertée pour une vie défaillante où jamais aucun gadget moderne ne pourrait l'atteindre, est-ce que lui pourrait le supporter ?

Il s'accroupit à nouveau en secouant la tête. Bien sûr, avec son caractère, Addie resterait probablement près de lui toute seule à Cooney Arm, et elle ne se plaindrait jamais. Mais bon sang, à la suite d'un tel sacrifice, comment pourrait-il continuer à vivre à ses côtés sans être constamment à l'affût du moindre signe de reproche dans ses yeux chaque fois qu'elle le regarderait ? Déjà que, une fois, il l'avait persuadée de venir vivre avec lui à Cooney Arm, lui promettant qu'elle n'aurait plus jamais à trimer sur les vigneaux. Et n'avait pas tenu parole. Et il avait échoué aussi en imaginant qu'une belle maison suffirait à lui apporter de la joie, alors qu'elle lui avait dit dès le premier jour, quand ils s'étaient assis sur la prairie, que c'était à ceux qui vivaient dans une maison d'y apporter le bonheur. Et sans doute, le coq chanterait une troisième fois, se dit-il en poussant un soupir maussade, en s'abritant derrière le rocher au moment où une lame déferlait. Car au moment où elle aurait le plus besoin de lui, il finirait par la décevoir encore, ne respectant pas sa solitude et essayant de combler son manque avec le sien. Pourtant, elle avait vraiment veillé sur lui, retournant ses poissons et protégeant contre toute ingérence son monde en cours d'effondrement.

Une autre lame se brisa devant lui, trempant son front d'embruns glacés lorsqu'elle s'éparpilla au-dessus du rocher et vint mourir à ses pieds. La mère nourricière devenait trop envahissante. Levant à nou-veau les yeux vers la lumière, il se releva et reprit le chemin de sa maison en escaladant les rochers, sans conscience du choix qu'il était en train de faire.

Quand il entra, elle était dans son rocking-chair près de la fenêtre. Il remarqua tout de suite qu'elle était plongée dans la lecture d'un petit livre rouge.

« La prochaine fois que tu iras voir ta mère, dit-il, trouve un endroit où tu voudrais construire ta maison. » Sans attendre sa réponse, il passa dans la chambre, se déshabilla et se mit au lit. Bizarrement, il se sentait bien, dans la peau de celui qui se sacrifie en faisant un cadeau. Et encore plus bizarre, il se sentait frais et dispos, prêt à construire une nouvelle maison, un autre monde, à l'endroit qu'elle choisirait. Je me demande ce que Dieu a fait le huitième jour, se demanda-t-il en tapotant son oreiller pour lui donner une bonne forme.

# SIXIÈME PARTIE

# ADÉLAÏDE & SYLVANUS

## Automne 1960

# 22

## Un plan bien huilé

La veille au soir, quand Adélaïde s'était faufilée près de lui dans le lit, il avait fait semblant de dormir. Elle l'avait laissé tranquille, parce que c'était ce qu'elle voulait aussi. Il y avait beaucoup à dire, mais elle n'était pas encore sûre d'avoir trouvé les bons mots. Et ce matin, il s'était levé et avait mis les voiles avant son réveil.

Elle traversa la passerelle à petits pas pour ne pas glisser sur les planches boueuses. Une fois de l'autre côté, elle enleva la capuche de son long ciré vert et étudia le ciel. Il semblait froid et gris, chargé d'une pluie capricieuse qui n'arrivait pas à se décider entre tomber à verse ou se tarir. Une brise cinglante lui gifla le visage, lui rappelant les gelées à venir. Hâtant le pas, elle avança vers le jardin et repéra Eva, déjà courbée au-dessus d'un sillon de pommes de terre. Un bruit de pas lourds retentit sur l'appontement. S'arrêtant, elle aperçut Sylvanus par la porte de l'échafaud. Elle s'attarda et l'observa, comme elle l'avait souvent fait l'été dernier. Sombre et informe dans son ciré, il allait et venait dans la pénombre de sa grotte de pêcheur, ses bottes glissant, légères, au milieu du désordre, et la lame de son couteau à dépecer lançant des reflets argentés pendant qu'il préparait sa maigre prise capturée après une matinée d'efforts. Avec dextérité, il faisait tomber les abats dans le trou du plancher, mettait les langues dans un petit seau posé à ses pieds, et les joues dans une casserole, puis empilait les filets charnus à saler dans un baril de saumure.

Elle descendit d'un pas décidé le chemin qui menait à l'échafaud et se tint sans bouger sur le seuil. D'abord, il ne la vit pas dans la pauvre lumière, tout occupé qu'il était à mettre sa morue dans la saumure et à ranger des choses autour de lui. L'obscurité ne freinait en rien son travail, on aurait dit que ses mains et ses pieds savaient l'emplacement de chaque chose, et n'avaient pas besoin de lumière pour la trouver et la déplacer – comme moi dans ma cuisine, se dit-elle. Il hissa sur son épaule un rouleau de cordage attaché à une ancre énorme et sortit sur l'appontement. Il plissa les yeux dans la lumière, le front farouchement sou-cieux, et pourtant, son visage semblait curieusement apaisé, comme si rien ne l'avait touché de ce qui s'était passé pendant la nuit.

Fléchissant les genoux, il fit glisser à la force de ses bras l'ancre vers le fond de son bateau, plus d'un mètre en contrebas. Elle se rappela avoir pensé qu'il était solide comme une frégate. Et il l'était encore, lié pour toujours à son aire, en attente. Même ses doutes à son égard et sa manière de broyer du noir avaient constitué un ancrage robuste qui l'avait maintenu à flot les fois où elle aurait pu se perdre trop loin dans le labyrinthe de ses noires pensées.

Elle se sentit coupable en remarquant le robinet du tuyau auquel il se lavait chaque soir et frissonna à cause de l'air froid et humide – comme il frisson-nait sans doute aussi quand il se déshabillait avant de rentrer par ces froides soirées de vent d'est. Elle jeta un coup d'œil à ses ongles cassés, à son pantalon taché de terre et à ses cheveux constamment décoiffés par le vent, et se dit qu'elle pourrait aussi installer un robinet près de la passerelle pour se laver les mains et les genoux.

Elle traversa l'échafaud en trébuchant sur les objets impossibles à distinguer dans la pénombre et sortit sur l'appontement. À son tour, elle plissa les yeux vers la lumière.

« Je m'en fous de là où l'on vit, déclara-t-elle. Alors, tu n'as pas à te soucier de quitter Cooney Arm. »

Il releva les yeux, surpris. « Tu es vraiment la plus jolie chose que j'aie jamais vue appuyée contre un tonneau de graisse de phoque. »

Elle s'écarta, mais n'apercevant pas le moindre tonneau de graisse, se retourna vers lui et saisit l'ombre d'un sourire sur ses lèvres. « Oh, on est d'humeur blagueuse ce matin ? fit-elle sur un ton sec. Tu as entendu ce que j'ai dit ?

– Ouaip, et c'est très gentil à toi, Addie. Am emmène Suze à Ragged Rock dans la matinée. Pourquoi tu ne les accompagnes pas pour faire un saut à Hampden ? Histoire de jeter un coup d'œil. Un chouette coin, Hampden – pour pêcher, pour le bois. Pas loin de Deer Lake, de Corner Brook. Un bon endroit pour construire une maison. On emmènera Mère avec nous.

– Ouaip, et c'est très gentil à toi, Sylvanus, le singea-t-elle calmement, mais je doute qu'Eva déménage où que ce soit quand je lui aurai demandé de rester ici avec moi. Et si tu as l'intention de bouger tout seul, tu devrais savoir que le gouvernement ne finance que ceux qui s'installent à Ragged Rock et que tu ne toucheras pas un sou en déménageant à Hampden,

319

Deer Lake ou dans n'importe quel autre endroit que tu aurais en tête. »

Il se cogna les doigts contre quelque chose et poussa un juron. « Nom de Dieu, ne me lance pas là-dessus, l'avertit-il en se frottant la main. Les poules auront des dents le jour où je donnerai à quelqu'un le droit de me dire où je peux construire ma maison. Contente-toi de trouver un emplacement et je me débrouillerai pour qu'on s'y installe, conclut-il, en colère, en essayant de déplacer son ancre.

— Tu n'as pas dû m'entendre : je t'ai dit, deux fois, que je restais à Cooney Arm. Vas-tu enfin lever les yeux de cette bon Dieu d'ancre ? »

Il se redressa et lui fit face, ses yeux comme des fentes sous son large front. « Comme j'ai dit, c'est très gentil à toi, Addie. Mais ce serait vivre dans un endroit sans prêtre, sans électricité et sans route…

— Je n'ai jamais eu besoin d'électricité ou de route jusqu'ici.

— Et sans école – ça on en aura besoin », ajouta-t-il calmement.

Elle hésita. « Alors, tu en sais plus que moi, Sylvanus Now.

— C'est exact, j'en sais plus que toi. » Il se pencha à nouveau vers son bateau, en tirant sur un bout coincé sous l'ancre. « Par exemple, que tu ne serais pas satisfaite bien longtemps à vivre ici sans personne, continua-t-il en forçant la voix pendant qu'il déplaçait l'ancre et libérait le bout. Et c'est normal, je ne m'attendrais pas à ce que tu le sois.

— Tu crois aussi savoir ce que je pense, n'est-ce pas ? Alors, dis-moi un truc, Syllie, si je suis si facile à déchiffrer, pourquoi tout le monde ne pense pas comme moi ? Pourquoi on me voit toujours comme la mère éplorée, ou la sale petite fille trop gâtée, ou la pauvre chose si douce, ou… ou la bonne travailleuse, ou tout ce qu'ils peuvent penser de moi ? » Elle leva la main, lui intimant le silence. « Moi, ça me va très bien, parce que la plupart du temps, je ne sais pas moi-même ce que je pense. Alors, sois béni si tu y arrives, et j'espère que tu ne te trompes pas et que tu pourras continuer à me lire et à m'épargner le souci de le découvrir toute seule. » Sur ce, elle fit volte-face et retourna dans l'échafaud obscur.

« C'est vrai que ça ne t'arrive jamais de me courir après pour me raconter ce que tu penses », cria-t-il dans son dos.

Une fois encore, elle trébucha et s'égratigna la cheville contre un objet pointu. Elle ravala un cri et revint sur l'appontement. « Oh, tu veux remettre ça sur le tapis, c'est ça ? Mais la charge est équitablement partagée, je dirais… Pour toi, les poissons qui meurent et, pour moi, les bébés qui meurent. Maintenant, je t'ai dit ce que je voulais, et je suis sûre que c'est aussi ce que tu veux. La seule question, c'est de savoir si on le *peut*, et ça, c'est à toi de le savoir, Sylvanus Now : comment continuer à remplir ces fichus barils ? »

Cette fois, seul le silence accompagna le bruit de ses pas dans l'échafaud. Esquivant tous les obstacles sur son chemin, elle ressortit de l'autre côté en soufflant l'air humide de ses poumons, et prit le chemin du jardin. Ignorant le regard interrogateur d'Eva, elle marcha droit vers un sillon de choux et commença de retirer les têtes.

Au bout d'une heure ou deux, Eva l'appela pour prendre un thé. Elle se redressa en se massant les reins et observa la vieille femme qui redescendait du perron et retournait vers ses sillons en grignotant un biscuit. Elle avait déjà bu son thé. Ça se passait toujours ainsi : Eva s'arrêtait de travailler, rentrait préparer du thé et des biscuits pour elles deux, puis l'appelait une fois qu'elle avait terminé le sien – comme si les corbeaux allaient voler leurs graines si elles désertaient le jardin en même temps. Mais Eva était comme ça : à l'instar d'Adélaïde, elle voulait être tranquille. Pendant les premiers jours où elles s'étaient mises à jardiner ensemble, mélangeant à la terre de la sciure pourrie et du fumier de mouton, alors qu'elles avaient peu parlé et passé le plus clair de leur temps à travailler chacune à un bout du jardin, Adélaïde avait éprouvé le même sentiment de solitude que lorsqu'elle s'était blottie parmi les tuckamores sur la falaise.

Mais ici, en bas, sur les sillons, dissimulée derrière les larges feuilles de rhubarbe qui poussaient près de la clôture et la cachaient aux voisins, elle ne s'était pas sentie comme une fugitive. De toute façon, dès qu'elle avait commencé à travailler au jardin, ils avaient cessé de se pointer, ne la percevant plus comme une mère éplorée – à l'exception de ses belles-sœurs, Melita et Elsie, pensa-t-elle avec animosité, qui continuaient à passer au jardin d'Eva pour voir comment elle s'en tirait. Mais elle faisait en sorte de ne rien leur donner à critiquer, et le temps passant, à force de la découvrir trimer sur les sillons avant même d'avoir fait leur toilette, leurs visites se raréfièrent. Hormis les discussions et les tasses de thé partagées avec Eva, elle donnait le change du moment qu'on la laissait seule. Et on l'avait laissée merveilleusement seule sur cette terre froide et noire, concentrée sur les graines qui tombaient de sa paume, ne sentant que ses genoux dans la terre des sillons – telle une tombe ouverte, excavée, où elle s'enfonçait de son plein gré. Ses pensées, elle les arrachait comme de mauvaises herbes, et les enfouissait en même temps que les graines dans la terre jusqu'à ce qu'il ne reste plus que ses mains qui bougeaient, machinales.

Chaque jour, elle semait, désherbait et sarclait, le dos fortifié depuis qu'elle s'était remise à tourner le poisson sur les vigneaux. Et quand, à l'été, les plantations furent enfin terminées, elle ne put s'empêcher d'éprouver un sentiment de satisfaction à la vue de ces rangs soigneusement creusés et bien dessinés dans la terre brune, rectilignes comme du velours côtelé. Et elle ne fut pas trop surprise de sentir au fil de l'été ses doigts engourdis par la froideur de la mort qui commençaient à se réchauffer dans la terre, à l'image des graines qu'elle y plantait. Elle sentit d'autres parties de son corps se revigorer aussi, comme si le vent avait fini de souffler sa vengeance contre les falaises de la pointe et c'était radouci en redescendant vers le niveau de la mer. Et avec le temps, lorsque le voile devant ses yeux avait fini par se dissiper, elle avait vu le vert tendre de la première pousse percer la terre et frissonner sous la brise. Elle aimait les pétales blanc crème des pommes de terre en fleur, et plus encore ceux au violet délicat qui ressemblait tellement à celui des fleurs de mauve sauvage qu'elle se demandait pourquoi ils ne sentaient rien, et préférait plonger son nez dans les lobes jaunes des pissenlits sauvages qui poussaient dans les sillons. Elle avait l'impression de s'être semée elle-même, avec l'aide d'Eva, pendant ces longs mois d'été, et d'éclore maintenant dans un monde plein de couleurs et de chants, un monde où elle pouvait à nouveau toucher et être touchée par la brise.

Tout en arrachant un autre rang de carottes, elle se demanda pourquoi sa colère ou sa rancœur ne l'avaient pas suivie dans ce jardin, alors qu'elle y était venue pour les mêmes raisons qui l'avaient menée sur les vigneaux. Sûrement parce que le jardin l'avait probablement sauvée de ses voisins trop amicaux qui encourageaient le travail, sous toutes ses formes.

Rien de tel qu'une bonne travailleuse pour mériter les éloges de ses voisins, pensa-t-elle avec mépris en vidant son sac de carottes dans la gueule béante du cellier. Elle se redressa, se rappelant cette vieille colère étouffante qu'elle sentait monter en elle quand sa mère la traitait de feignante, à l'image de la vieille Ethel, alors qu'elle essayait d'étudier et ne paressait pas du tout.

Eva gravissait la butte en traînant deux sacs de pommes de terre derrière elle, pleurant à cause du froid et le nez rouge à force de renifler. Agacée, Adélaïde descendit à sa rencontre.

« Donnez-moi ça », dit-elle en prenant les sacs des mains de la vieille femme. Elle les tira vers le cellier, rouvrit la porte et les vida à l'intérieur. « Eva, êtes-vous sûre qu'on n'a pas trop attendu pour arracher les carottes ? Il a un peu gelé la nuit dernière.

— Pas de quoi abîmer un légume-racine », répondit Eva. Elle frissonna en regardant le ciel. La bruine avait cessé, les nuages s'éclaircissaient. Elle se moucha dans un morceau de tissu qu'elle avait sorti de sa poche. « On aura peut-être du soleil, après tout.

— Vous prenez quelque chose pour ce rhume ? Tenez, on va faire une pause, dit Adélaïde en étalant les sacs de toile sur la trappe refermée du cellier. On ferait peut-être mieux de rentrer, vous ne devriez pas être dehors par ce froid.

– Mais non, grommela Eva en s'asseyant sur les sacs. Ce n'est rien que le temps d'automne, mauvais comme pas possible. » Ses larmes coulaient en un flot continu. « On va y aller, dit-elle à Adélaïde qui s'agitait autour d'elle. Alors, pose-toi un peu. »

Celle-ci finit par obtempérer. « Vous regretterez de ne pas m'avoir écoutée quand vous aurez attrapé la grippe. Un verre d'eau-de-vie chaude, voilà ce qu'il vous faut. Et un bon lit. »

Eva se contenta de renâcler pour montrer son irritation et Adélaïde lui ficha la paix, laissant errer ses yeux sur le jardin à ses pieds : avec toutes ces feuilles vertes arrachées, il ressemblait encore à une tombe.

« Est-ce que vous avez dormi un peu cette nuit ? demanda-t-elle quand Eva laissa échapper un bâillement.

– Sans ce vent qui cognait à ma porte et toute cette histoire de déménagement, j'aurais pu. Comment était Syllie ce matin ?

– Têtu, comme d'habitude. »

Eva ne dit rien.

Devant son silence, Adélaïde finit par hausser les épaules. « Je ne sais pas ce qu'il pense. Je lui ai juste dit que je resterais ici, à Cooney Arm, si c'était ce qu'il voulait. » Elle laissa passer un silence. « Il ne me croit pas et je ne lui en veux pas. C'est sûr qu'il y a des années, j'aurais sauté sur l'occasion. Mais maintenant… » Nouveau silence. « Peut-être qu'on s'attache à un lieu comme on s'attache à un nom. C'est ça qui se passe, Eva ? » Elle eut un sourire étrange. « Je me suis attachée comme des fanes à un navet ? »

Eva réprima une quinte de toux. « Elikum était comme toi, dit-elle, se raclant la gorge. Toujours à ruminer dans son coin, même quand il n'y avait rien à ruminer. »

La surprise qui s'empara d'Adélaïde à l'évocation de son fils noyé fut éclipsée par la blessure toujours vive qu'elle ressentit dans la voix de la vieille dame. C'est sûr qu'elle, pour le coup, avait de quoi ruminer, pourtant, elle avait trouvé un grand réconfort à travailler au jardin ces deux derniers étés. « Toujours sur le départ avec ses rêves d'aller travailler sur les Grands Lacs l'année suivante. Je l'ai entendu répéter ça pendant des années : il irait naviguer sur les Grands Lacs. Il s'est noyé en le disant. » Elle regarda Adélaïde dans les yeux. « C'est un problème avec les jeunes dans le coin : ils sont trop timides pour aller vers ce qu'ils veulent vraiment. »

Adélaïde recula, piquée. « Moi, je ne veux rien, Eva. Et je n'ai envie d'aller nulle part après ici.

— Maintenant, peut-être bien. Mais il y a quelque chose qui te ronge. Je l'ai vu la première fois que tu as mis un pied sur mon perron. Le même air qu'Elikum avait sur le visage… et pas seulement Elikum d'ailleurs, moi aussi je l'avais en moi autrefois.

— Vous aviez *quoi* en vous ?

— L'envie. Et je ne parle pas forcément d'envie de bouger ou d'acquérir des choses. La plupart du temps, on ne sait pas ce qu'on veut précisément… comme Elikum. Ce n'était pas seulement de trouver un boulot sur les Grands Lacs qui le tourmentait, car il aurait pu en trouver un – ce n'est pas si difficile de se faire engager sur les Grands Lacs. Je ne sais pas ce que c'était, mais il l'a emporté avec lui. C'est sûrement une des choses qui m'empêchent de dormir aujourd'hui : ne pas l'avoir écouté avec plus d'attention. »

Adélaïde renifla. « Seigneur, vous êtes tellement discrète que, pour un peu, il faudrait vous écrire pour vous joindre. Et moi qui pensais que vous vous reposiez. C'est vrai que vous ne dormez pas ?

– Depuis que j'ai mon jardin, je me repose. C'était mon seul désir : avoir un jardin à moi. Ça peut sembler très méprisant, mais quand tu as été élevée comme moi sur des rochers dans des collines arides plantées de tuckamores, un jardin est un bien précieux. Le nombre d'heures que j'ai passées à l'imaginer. Je ne voulais que des fleurs, et pourquoi pas un buisson de roses. Dieu du ciel, comme si les roses pouvaient pousser sur de la roche. Mais laisse-moi te dire une chose, ma fille : le premier été où j'ai eu mon jardin, j'étais dehors chaque matin avant l'aube, pour voir ce qui avait poussé pendant la nuit. Et je le jure devant Dieu, quand vint le moment de cueillir toute cette verdure, j'ai pleuré sur ma houe. »

Addie sourit. « Vous avez pleuré de joie sur votre houe.

– Exactement.

– Eh bien moi, j'avais envie de devenir missionnaire et sillonner les mers. »

Eva laissa passer un temps. « C'est ambitieux. Comment ça t'était venu ?

– Un jour à l'école du dimanche. Ça peut sembler stupide, mais j'ai toujours cru que ça arriverait, répondit-elle avec un rire idiot.

– Ce n'est pas stupide une fois que tu réalises ton rêve, ma petite ; après ça devient un plan bien huilé. Comme je t'ai dit, le problème des jeunes vient de ce qu'ils sont trop timides pour poursuivre leurs rêves. Et, quand il s'agit de filles, le temps qu'elles comprennent qu'elles peuvent y arriver, elles se retrouvent avec une ribambelle de petits dans les pattes qui les empêchent de bouger. »

Adélaïde renâcla. « C'est parce qu'elles perdent courage à force de passer la serpillière, de porter les enfants et de s'occuper du poisson à retourner.

— Je ne dis pas que c'est facile, continua Eva, mais il est écrit dans la Bible que la sagesse est plus grande que la force. Alors fais comme les autres et lessive les planchers toute la journée si ça te tente. Mais si tu ne vois rien de sacré dans le ménage, alors à quoi ça sert d'avoir un plancher rutilant ? » Elle enchaîna sur une quinte de toux humide qui se termina par une série d'éternuements. « Dieu du ciel, haleta-t-elle en tâtonnant dans sa poche à la recherche de son mouchoir.

— Cette fois, on rentre dans la maison », décida Adélaïde. La vieille femme fit mine de protester, mais elle ne l'entendait pas ainsi. « C'est le problème avec les vieux : ils ne savent plus faire attention à eux. » Elle lui prit le bras et la reconduisit autant qu'elle la traîna vers le bas de la butte dans les sillons remplis de mauvaises herbes déracinées. Une fois à l'intérieur, elle l'installa dans son rocking-chair, ranima le feu et partit à la recherche de la bouteille de brandy dans le petit garde-manger de la cuisine.

« Elle est vide, cria-t-elle en brandissant la bouteille.

— Et il ne reste plus de sucre non plus, je le crains, soupira Eva. Oh, mais attends, jette un coup d'œil dans le placard du coin, il doit rester un peu de brandy…

— Trouvé. Ma parole, mais vous manquez de tout. Je vais aller vous faire des courses au magasin. Moi aussi, j'ai des choses à acheter. Syllie a dit qu'Am emmènerait Suze à Ragged Rock dans la matinée. Je pourrais y aller avec eux finalement – au moins jusqu'à Ragged Rock. » Elle versa de l'eau chaude dans deux verres, ajouta le brandy, les derniers grains restant dans le sucrier et mélangea le tout. Elle tendit un verre à Eva, qui huma la vapeur avant de le porter à sa bouche pour prendre une petite gorgée. Puis, se renfonçant dans son rocking-chair, elle regarda son sol avec dédain.

« Seigneur, il y a des lustres que je n'ai pas fait le plancher.

– Il a l'air plus propre que le mien », dit Adélaïde.

Elle observa le tapis, arraché et délavé par endroits, et le plancher raboteux et usé posé directement sur la roche. « Ça ne vous suffit pas d'être malade ? la gronda-t-elle. Vous devez aussi vous inquiéter pour vos sols ? »

Eva sourit dans les grincements du rocking-chair, la tête penchée en arrière, en caressant les franges du châle pendant de ses épaules. Il n'y a plus grand-chose qui la dérange, se dit Adélaïde une fois que les grincements cessèrent et que la vieille femme sembla s'être assoupie. Mais ce visage paisible n'aurait-il pas dû être maintenu en alerte devant la menace de déménagement de sa maison et de son précieux jardin ?

« Cette histoire de réinstallation ne vous inquiète pas ? demanda-t-elle doucement quand Eva sortit de sa somnolence.

– C'est déjà assez dur comme ça pour Syllie. Il n'a pas besoin de me voir fondre en larmes. »

Adélaïde faillit la sermonner une nouvelle fois mais se retint, captivée par les yeux gris clair presque translucides de la vieille femme et ses sourcils bruns, dernier vestige de couleur sur son visage maigre et parcheminé. Prise d'un intérêt soudain, elle se pencha en avant et demanda : « Vous avez quel âge, Eva ? »

Eva soupira. « Ma fille, ce n'est pas bien de se faire des frayeurs, à ton âge, répondit-elle avant d'être prise par une nouvelle quinte de toux.

– À mon âge, bien sûr, grommela Adélaïde. Si les vieux étaient si futés, ils prendraient soin d'eux-mêmes au lieu de traîner des sacs de pommes de terre sous la pluie par un temps pareil. » Une rafale de pluie cingla la vitre. Elle souleva le rideau. « Ce coup-ci, c'est parti pour durer. Ce qui règle le problème : plus de jardinage pour aujourd'hui. Pourquoi vous ne vous allongez pas pour faire une sieste ? »

Eva se laissa aller contre le dossier de son rocking-chair, les yeux fermés. Adélaïde bâilla et se détendit à son tour, savourant le confort du vieux fauteuil et le bruit de la pluie sur le carreau.

« C'est par des nuits pareilles qu'il revient, dit Eva d'une voix calme.

– Qui est-ce qui revient ?

– Il ne fait jamais beau quand il arrive. Toujours de la pluie, ou la tempête. Et non, je ne perds pas la tête, murmura Eva sans rouvrir les yeux, et ne voyant donc rien du visage anxieux de sa belle-fille. Il revient, mais je ne le vois pas. Tard, pendant la nuit. Et il s'assied dans ce rocking-chair et se balance un peu. La première fois, je suis sortie de ma chambre effrayée, et j'ai entendu craquer le fauteuil. Mais il n'y avait personne, juste le rocking-chair qui basculait tout seul comme si quelqu'un venait de se lever. »

Elle marqua une pause, laissant le martèlement de la pluie sur la vitre emplir la pièce. « Aujourd'hui, je ne sors plus en courant quand je l'entends, poursuivit-elle. Je le laisse tranquille. Je me dis que s'il revenait pour moi, il ne repartirait pas. Ou bien, il me rendrait visite dans mon lit… ou quand je suis au jardin. Il aimait bien s'asseoir tout seul et regarder par la fenêtre les nuits d'orage – comme s'il veillait sur nous tous ; je le taquinais toujours avec ça. » Elle rouvrit enfin les yeux, découvrant le regard inquiet d'Adélaïde. « Ce n'est pas une histoire de fantôme, Addie. Et mon Dieu, c'est lui qui aurait peur s'il me voyait après toutes ces années. » Elle grimaça, faisant courir le bout de ses doigts sur ses joues ridées.

Adélaïde se redressa, mal à l'aise. « Alors qu'est-ce que c'est si ce n'est pas un fantôme ?

– Un esprit, je suppose, mon enfant. Les fantômes hantent. Les esprits errent. Souvent, un esprit est lui-même hanté, et c'est pour ça qu'il revient. Il cherche quelque chose. Ou peut-être juste à apporter un peu de réconfort.

– Mais là, puisque ce n'est pas du réconfort qu'il apporte, que cherche-t-il ? Et comment savez-vous qu'il s'agit de lui – et pas d'Elikum ?

– Parce qu'il reste toujours une petite goutte d'eau après son départ. Juste là », ajouta-t-elle, se penchant en avant pour regarder le sol à ses pieds.

Adélaïde frissonna. « Oh mon Dieu, Eva !

– Il ne faut pas t'inquiéter, ma fille. Il n'a pas été enterré comme Elikum. Il n'a jamais reçu la bénédiction du Seigneur. C'est ça qui le hante et qui l'em-pêche de trouver le repos.

– Mais vous, vous auriez pu lui donner votre béné-diction, en priant pour lui.

– J'aurais pu, dit lentement Eva. J'aurais pu dire des prières et faire graver son nom sur une stèle. Tout le monde le voulait. Mais… Oh, je ne sais plus. Pendant longtemps, j'ai espéré son retour – comme Syllie, quand il était réapparu sur la falaise ce fameux soir. Même si j'avais vu la mer l'emporter. » Ses yeux papillonnaient dans la pièce. « Alors, j'ai continué à le chercher dans l'eau, comme un saumon égaré essayant de retrouver l'eau douce de la rivière qui lui avait donné naissance. Et pendant des années, il ne s'est pas passé un jour où je n'ai pas arpenté le rivage à sa recherche. Et c'est quand j'ai fini par me faire à l'idée qu'il ne reviendrait plus jamais sur terre que ses visites ont commencé. Et ça, je ne pouvais pas non plus y renoncer. »

Elle se pencha en avant et prit les doigts d'Adélaïde entre ses mains moites et tremblantes. « C'est pour ça que, le jour de ma mort, je voudrais que tu enterres mon homme avec moi – que tu te tiennes devant la tombe et que tu dises des prières. Écoute-moi. » Adélaïde hocha la tête pour la rassurer. « Non, je t'en prie, vraiment, continua-t-elle d'une voix forte. J'ai encore son manteau – son seul bon manteau. Et son fusil. Je veux qu'on les mette dans le cercueil à côté de moi, et qu'on dise des prières pour nous deux. C'est ce que je te demande : nous enterrer ensemble, et demander à Syllie de graver une croix pour chacun de nous sur notre pierre tombale. Je ne peux le demander à personne d'autre – on penserait que je suis folle d'emporter un fusil dans ma tombe. De toute façon, ils pourront dire ce qu'ils veulent, vu que je ne serai plus là pour les entendre. Alors maintenant promets-le-moi, Addie, promets que tu feras en sorte que Syllie respecte mes volontés. Toi, il t'écoutera. »

Clouée sur place par l'urgence dans les yeux de la vieille femme, Adélaïde ne trouvait rien à dire, se contentant de hocher la tête. « Ce n'est pas si dur à promettre, hein ? » bafouilla-t-elle enfin, mais les mots semblaient coincés dans sa gorge.

Eva ne lâcha pas sa main. « Je ne partirai jamais loin de cette maison, Addie. J'irai passer l'hiver à Ragged Rock pour ne pas inquiéter les garçons, parce qu'ils ne partiront jamais sans moi. Mais dès la débâcle, je rentrerai chez moi. Et je ferai tourner la maison comme avant pour qu'il ait quelque chose à venir surveiller.

– Je commence à penser que je suis hantée, moi aussi, souffla Adélaïde. Pourquoi personne n'entend ce que je dis ? Ne vous ai-je pas expliqué que je ne partais pas ? Et vous nous imaginez déjà tous en train de ramer dans le goulet. »

Eva secoua la tête. « Ce ne sera pas un endroit pour toi si tout le monde déménage.

– Ça me va parfaitement, s'écria Adélaïde. Je serai heureuse comme un poisson dans l'eau si personne ne vient plus mettre son nez dans mes affaires. »

Eva soupira. « Addie, écoute-moi, dit-elle d'une voix lasse. Je vais emménager chez Manny, je le lui ai déjà annoncé. Je t'en prie, écoute-moi. Ça va être dur pour Syllie. Et c'est là que tu as un rôle à jouer. Il déteste Ragged Rock, et toi aussi, je le sais. Alors, allez ailleurs – à Hampden. Et trouvez-vous un endroit agréable… » Elle s'interrompit, traversée par une nouvelle quinte de toux.

Adélaïde en profita pour se lever et l'aida à se déplacer vers un canapé. « C'est vous qui devriez le prendre mal, pas nous qui sommes jeunes et en bonne santé. On peut tout supporter quand on est jeune, j'ai appris ça sur les vigneaux. Le premier été, j'ai cru que j'allais mourir, mais j'ai survécu, et j'aurais aussi survécu à l'usine si j'avais dû. Mais pas vous. Pour les vieux, ce n'est pas pareil. Ça se passe dans la tête, j'imagine. Quand on a vécu si longtemps au même endroit, on finit par en faire partie. En tout cas, c'est ce que je ressens. Et on se retrouve complètement égaré si on vous arrache de là pour vous placer ailleurs. Pour l'amour du Ciel, allez-vous vous allonger ? » s'énerva-t-elle alors qu'Eva, assise au bord du canapé, continuait à essayer de parler malgré sa toux. « Non, je n'écouterai pas, vous avez assez discuté comme ça. Maintenant, allongez-vous et cessez de vous faire du mouron. Je vous ai dit que je ne partirais pas, alors vous n'avez aucune raison de vous inquiéter. »

Résignée, Eva accepta de s'allonger. « D'ici peu, je n'aurai plus de raison, en effet, dit-elle en tapotant sur son cœur.

– Seigneur, et maintenant elle va s'enterrer toute seule.

– Un plan bien huilé, c'est ce que je disais.

– Pour le moment, il faudra se contenter d'un lit bien fait, rétorqua Adélaïde en la bordant sous son châle tiré jusqu'au menton.

– Par pitié, tu m'étouffes, râla la vieille femme.

– Et revoilà Madame Je-râle. Restez tranquillement allongée. Je vais chercher la pommade Vicks et vous frictionnerai la poitrine. Vous avez un gant de toilette ? »

Le temps qu'elle revienne avec un gant de toilette rouge et le pot de Vicks, Eva somnolait. Chétive tel un petit oiseau, se dit Adélaïde en déboutonnant sa robe, dénudant son décolleté. Une fois qu'elle eut appliqué la pommade à l'odeur puissante, elle posa le gant dessus et la borda à nouveau sur le canapé. Puis elle se retourna dans son fauteuil et but son grog brûlant à petites gorgées.

« Un plan bien huilé, hein, Eva ? » chuchota-t-elle quand la vieille femme fut endormie. Elle regarda la pluie ruisseler sur la fenêtre, se rappelant la jeune fille aux genoux malingres assis en train de rêver sur un banc d'église. Intelligente et pleine de rêves comme elle était, pourquoi n'avait-elle pas pensé à quelque chose d'aussi simple qu'un plan bien huilé ?

# 23

## La mer nourricière

L'après-midi suivant, Adélaïde pénétra dans la cuisine de sa mère pour la première fois depuis l'enterrement du dernier bébé, plus de deux ans auparavant. Florry finissait d'émincer une tige de rhubarbe et faisait glisser les tronçons avec les autres dans une marmite. Puis elle posa son couteau et s'essuya les mains sur son tablier.

« Janie, va chercher de l'eau pour remplir la marmite et mets-la sur le feu, commanda-t-elle. Et ne commence pas à picorer la rhubarbe. »

Janie sortit un rouleau à pâtisserie du tiroir du bas. Elle se leva d'un bond, dégingandée comme un poulain – elle avait bien une tête de plus qu'Adélaïde –, et renversa la rhubarbe émincée sur la table.

« Qu'est-ce que je viens de dire ? hurla Florry, mais son attention fut immédiatement détournée par un ballon d'enfant s'écrasant sur la fenêtre. Espèces de petites punaises ! » Et elle se précipita vers la porte de derrière en hurlant après les garçons qui criaient dans la cour.

Janie fit une grimace dans le dos de leur mère et adressa un sourire timide à Adélaïde, tout en mettant de côté les cubes petits et épais, et en jetant les plus gros dans la marmite. Adélaïde lui renvoya un regard compréhensif, frappée par la ressemblance de leurs visages, de leurs yeux bleus impatients, et de leurs mentons saillants et rebelles. Des femmes, pensa Adélaïde avec étonnement ; ses sœurs étaient devenues des femmes.

Elle jeta un coup d'œil à la cuisine. Ivy se regardait dans le miroir au-dessus de l'évier, attachant ses cheveux noirs et brillants en une longue queue-de-cheval. Ses seins remplissaient complètement son pull-over tricoté et ses lèvres peintes en ocre rehaussaient son visage lisse comme l'ivoire. Elle fit, elle aussi, une grimace dans le dos de leur mère et se joignit à Janie pour trier la rhubarbe, en murmurant quelque chose qui fit rougir sa sœur.

« Janie a des vues sur un garçon, chuchota Ivy à l'intention d'Adélaïde.

— Oh, arrête » dit Janie, renfrognée en frappant malicieusement le dos de la main de sa sœur.

Adélaïde fit un grand sourire. « Je suis surprise que tu ne sois pas encore mariée, dit-elle à Ivy. Tu dois avoir au moins vingt ans. »

Ivy feignit de frissonner. « Si je me marie, ce sera loin d'ici. J'essaie de convaincre Janie d'abandonner l'usine et de partir avec moi à Deer Lake. Je suis sûre qu'on pourra trouver du travail à Croaker's Inn, ils embauchent à l'auberge. On pourrait prendre une chambre ensemble, conclut-elle en regardant Janie.

— Pas question, répondit sa sœur. Tu peux aller faire tous les lits que tu veux, moi pas, je préfère trimer à l'usine.

— Ce qu'elle veut dire, précisa Ivy à Adélaïde, c'est qu'elle préfère faire le lit de Jordie. »

– De mieux en mieux, dit Janie en hochant la tête. Tu as trop peur d'aller vivre toute seule à la ville, c'est pour ça que tu veux que je vienne avec toi.

– Tu as raison, dit Ivy. Mais j'y ai passé assez de temps ces dernières années pour avoir quelques repères. Et pour sûr, ce ne sont pas les gens qui me gênent ; des pêcheurs et des forestiers, c'est tout ce qu'on trouve sur cette île. Et quelques personnes élégantes qui se pavanent, mais mangent du poisson salé au petit-déjeuner, juste comme nous. Je parie que toi aussi tu viendrais si tu n'étais pas mariée, n'est-ce pas, Addie ? »

Adélaïde détourna les yeux. Elle ne se départit pas de son sourire, mais il était plus timide que celui que Janie lui avait adressé un peu plus tôt. Ses sœurs. Même devant ses sœurs, elle avait l'impression d'être une étrangère indécise, en dépit des coups d'œil et de leurs apartés qui l'incluaient dans la discussion. Elle se sentait gonflée d'une gratitude accablante. Feignant de s'intéresser aux cris et aux pleurs qui croissaient dans la cour, elle regarda distraitement sa mère mettre de l'ordre et se sentit indigne de l'intimité qu'Ivy et Janie partageaient avec elle, alors qu'il n'y avait pas si longtemps c'était elle, Adélaïde, qui fulminait contre elles.

« Je parie que Deer Lake est formidable, dit-elle. Pas au bord de la mer ; pas de vigneaux ; pas d'usines de transformation.

– Ouais, c'est vraiment formidable, acquiesça Ivy. Et la cuisinière vient de Hampden. Elle me trouvera bientôt un poste. Je lui ai dit que je lui procurerais du poisson décent si elle me trouvait quelque chose, alors elle a intérêt. Bon sang, vous devriez voir les sales poissons qu'ils servent – ils les achètent à Corner

Brook, rien que le fond du panier. Moi je n'y toucherais pas, mais les hommes d'affaires ne se doutent de rien.

– Deux jobs à la fois ? Comme tu y vas, s'étonna Adélaïde. Négociante en bon poisson de Cooney Arm pour les restaurants de Deer Lake, et femme de chambre à l'auberge en même temps. »

Ivy fit la grimace. « Il y a déjà tellement de mouches en ce moment que je ne vais pas me trimballer en plus des quintaux de vieille morue salée.

– Alors, trouve quelqu'un d'autre pour les transporter à ta place – quelqu'un qui a un camion », dit Adélaïde en souriant. Son cerveau la ramena sur la butte, quand elle était assise sur la trappe du cellier. « Ce qu'il te faut, c'est un plan bien huilé, ma petite. »

Janie éclata de rire. « Il faudrait qu'il soit sacrément bien huilé pour qu'Ivy réussisse en affaires. Elle était encore plus mauvaise que moi à l'école. Tu étais la seule maligne de la famille », dit-elle en dévisageant Adélaïde de ses yeux bleus brillants.

Un déchaînement de cris à l'extérieur les interrompit, suivi par une obscénité proférée par un des garçons à voix haute. Cela fit rire Ivy et Janie, et quand les hurlements de ténor de leur mère l'emportèrent sur ceux des enfants, elles se mirent à rouler les yeux et à grogner à l'unisson. La porte sur l'arrière s'ouvrit à la volée, et Florry entra en trombe, frissonnant à cause de la fraîcheur de cette fin septembre.

« Johnnie n'est qu'une petite punaise, s'écria-t-elle en se débarrassant de ses pantoufles souillées par l'herbe mouillée. Effronté comme un bœuf maigre ; et Alf suit le même chemin. » Elle découvrit la rhubarbe mise à l'écart sur la table et accourut en trottinant telle une petite fille surdimensionnée. « Allons bon, qu'est-ce qu'elle a fait, celle-là ? Qu'est-ce que je t'ai dit ? » Elle se mit à rassembler la rhubarbe. « Qu'est-ce que c'est que cette ânerie ? On met tout dans la marmite. Tout !

— Non ! Attends... Arrête... ou je ne ferai pas de tarte, l'avertit Janie, qui resta néanmoins en retrait quand sa mère entreprit de rajouter les résidus de rhubarbe aux autres tronçons.

— C'est du pareil au même, je te le dis, les jeunes pousses, les vieilles pousses, du pareil au même. » Ivy marmonna un juron. « Et surveille tes paroles, continua sa mère. Quelle ânerie ! De toute sa vie, ma mère n'a jamais mis de côté un seul morceau de rhubarbe.

— Ce que *ma mère* a fait, ce que *ma mère* n'a pas fait, persifla Ivy. Qu'est-ce qu'on en a à fiche de ce qu'elle aurait fait ?

— Surveille tes paroles, lança Florry alors qu'Ivy s'éloignait, une expression de dégoût déformant son visage. Effrontée comme pas une, celle-là. » Janie lui arracha la marmite des mains.

« Et toi, rends-moi ça !

— Laisse cette marmite tranquille, dit Janie d'une voix exaspérée. Pour l'amour du Ciel, qu'est-ce que ça peut te faire comment je prépare mes tartes puisque ce n'est pas toi qui les mangeras ?

— Et pourquoi tout ce qui t'importe, à toi, c'est le vieux Jordie Noseworthy qui est rabougri comme pas possible, et Milly Rice qui le colle comme une mouche ? »

Janie piqua un fard. Après un regard assassin à sa mère, elle posa bruyamment la marmite dans l'évier et partit dans sa chambre.

« C'est ça, va-t'en, espèce de sotte », cria Florry dans son dos.

Adélaïde se leva, aussi rouge que Janie, gênée par la gêne de sa sœur. « C'est vrai, qu'est-ce que ça change la manière de couper la rhubarbe ? demanda-t-elle.

— Ah toi, tu ne vas pas t'y mettre ! s'écria Ivy à l'autre bout de la cuisine. C'est déjà assez compliqué avec les commérages de la mère.

— C'est à la mère que je parlais, répondit Adélaïde. Janie devrait pouvoir faire ce qu'elle veut… » Elle se tut, ses paroles étant inaudibles pour Ivy, qui beuglait : « Janie ! Janie, habille-toi. On se tire d'ici. »

Elle a raison de se méfier de moi, se dit Adélaïde avec amertume. Par le passé, moi aussi j'étais prompte à rejeter la faute sur elles et à les prendre à partie. Elle poussa un soupir résigné. Florry leva les bras et les chargea d'un discours bien rodé : « Arrêtez de vous disputer comme des bébés. Je me demande où vous trouvez l'énergie pour ça, vraiment. » Janie sortit de sa chambre, enfilant un long manteau de laine. « Et toi, où crois-tu t'en aller, demoiselle ? reprit sa mère. Écoute-moi bien, Janie, tu ne vas pas avec Ivy à Deer Lake. Je me demande d'ailleurs ce que tu fabriques là-bas. »

Mais déjà, Janie passait la porte à la suite de sa sœur, boutonnant son manteau jusqu'au menton. Elle tourna la tête pour adresser un sourire hésitant à Adélaïde, puis, après un rapide au revoir murmuré du bout des lèvres, elle disparut en claquant la porte, qui trembla sur ses gonds.

Par la fenêtre, Adélaïde observa une voiture jaune qui s'arrêtait et un jeune type aux cheveux bouclés qui ouvrait la portière à Ivy. Janie monta à l'arrière et son visage semblait flou derrière la vitre quand la voiture s'éloigna. Elle se retourna pour lancer un regard furieux à Florry qui agitait le poing sur le seuil, hurlante, fulminante : « Reviens ! Revenez ici tout de suite ! »

Elle finit par rentrer dans la maison et donna un coup de pied dans une botte qui l'empêchait de refermer la porte. « Des problèmes, elles ne ramèneront que des problèmes, tu verras. Ton père va l'écorcher vive s'il apprend qu'elle sort avec Ivy. Parce que celle-là, c'est une dévergondée qui finira par nous attirer des ennuis. Tu verras si je me trompe, à force de se pavaner et de faire des allers-retours à Deer Lake. La pire chose qu'ils nous aient jamais faite, c'est de construire la route pour y aller. » Elle tituba jusqu'à la table, essoufflée, et se laissa tomber sur une chaise, sa frange ébouriffée et des mèches de cheveux courts et épais collées sur son front par la sueur.

Adélaïde se rassit, la colère irradiant tout son corps. « Tu les traites comme si c'étaient encore des petites filles. Janie a presque dix-neuf ans. Pourquoi tu ne la laisses pas tranquille et faire ses tartes comme elle en a envie ?

— Ah, ne commence pas, Addie, parce que c'est de toi qu'elles tiennent ça – tout le temps à te bagarrer et à jouer les fortes en gueule.

— Je ne commence rien du tout. Je veux juste comprendre pourquoi tu ne la laisses pas tranquille, c'est tout. Pourquoi tu ne lâches pas un peu la bride ?

— Parce qu'elle n'arriverait jamais à rien si je la laissais tranquille. Toujours à faire des âneries. Et Ivy, c'est encore pire. Dieu m'est témoin, Addie, attends d'avoir une maison remplie de mioches et tu verras ce qui se passe quand il y en a un qui veut de la panade au petit-déjeuner, un autre qui veut des œufs et un troisième qui exige du poisson bouilli. Et après, reviens me voir et raconte-moi dans quel état sera ta maison si tu les laisses tout seuls. » Elle soupira, sur-jouant la lassitude. « Combien de fois j'ai rêvé qu'elles redeviennent bébés. Le seul âge où elles avaient du bon sens, c'était quand elles étaient bébés. Ma mère disait toujours : "Laisse-moi m'occuper du bébé, et toi, occupe-toi du reste". Je le jure, avant d'avoir les miens, je n'avais jamais touché un enfant de plus de deux ans. »

Sidérée, Adélaïde dévisagea sa boulotte de mère. « Ça ne t'a jamais traversé l'esprit qu'on finirait par grandir ? demanda-t-elle.

— Comme n'importe quelle mère de famille nom-breuse, répondit Florry, si j'avais réfléchi, je n'aurais pas eu d'enfants. Bon sang, Addie, assieds-toi, tu es tellement à fleur de peau. Comme si on avait le temps de réfléchir avec une bande de mioches qui braillent toute la journée. Mon Dieu, je crois que j'ai appris à penser quand j'étais enceinte de toi. Mais il était déjà trop tard. Pourquoi tu fais cette tête ? Tu aurais préféré ne pas naître ?

— Je me le suis parfois demandé, répondit Adélaïde, l'air absent.

— Seigneur, s'écria sa mère. On n'en est quand même pas à ce point-là ? Tu préférerais ne pas être née plutôt que de faire cuire la rhubarbe sans la trier ? Tu sais, il faut rester simple, jeune fille. Sans la simplicité, rien n'avance jamais. Pourquoi compliquer les choses quand tu peux les simplifier ? La rhubarbe n'est pas différente de l'herbe, à condition qu'elle provienne du même jardin. N'importe quel imbécile sait cela. » Le ballon frappa une nouvelle fois la vitre. « Oh bon Dieu, gémit-elle, je vais finir par m'arracher les cheveux. Je parie que tu te souviens de la fois où je me suis mise à genoux devant toi en menaçant de m'arracher les cheveux. C'est te dire si tu étais méchante, Addie. Et je te jure que j'ai failli le faire. Tu te rappelles ? »

Non, pensa tristement Adélaïde tandis que sa mère se laissait tomber dans son rocking-chair, ses pieds touchant à peine le sol quand elle se balançait, le menton enfoncé dans les plis de son cou. Mais si j'ai oublié certaines choses, je me rappelle ce qu'elles voulaient dire. Écœurée, elle se retourna vers la rhubarbe sur la table.

Le ballon tapa encore une fois contre la vitre et Florry se releva d'un coup, et se dirigea vers la porte en soufflant et en râlant. Adélaïde regarda par la fenêtre et aperçut son frère Johnnie, plus grand d'une bonne tête que dans son souvenir, qui rattrapa le ballon et partit en courant, entraînant tous les autres qui criaient derrière lui. Mais ils se figèrent sur place quand Florry apparut en agitant le poing.

« C'est la faute à Johnnie, s'écrièrent les plus jeunes.

– Bande de petits menteurs », rétorqua Johnnie.

Découvrant Adélaïde qui l'observait, Johnnie sourit et se dirigea en roulant les mécaniques vers la touffe de mauvaise herbe qu'Eli piétinait consciencieusement. Et ignorant leur mère qui leur ordonnait de rentrer, ils détalèrent tous deux vers la plage, hors de vue derrière le vieil échafaud de leur père, et s'éloignèrent sur le chemin, épaule contre épaule, aussi proches l'un de l'autre que Janie et Ivy quand elles triaient la rhubarbe.

Puis, après un dernier regard vers leur mère, ils allèrent se cacher derrière l'église. L'église où elle aussi avait trouvé refuge dans la solitude, éprouvant sa camaraderie dans le calme, l'ordre et la sainteté, et où, dans son besoin de reconnaissance, elle avait réduit l'autel à un monde qu'elle s'était fabriqué, et Dieu à une étoffe qu'elle avait découpée.

Sa mère rentra en soufflant après avoir réprimandé les garçons, en marmonnant quelque chose à propos d'un terrain et de son propre père. Sentant l'angoisse monter, Adélaïde bégaya qu'elle devait rentrer et se mit en quête de son manteau.

« Eh bien, je pensais que tu aurais plus de choses à dire, lâcha Florry, vexée. Ce n'est pas tous les jours que ton père propose de céder son terrain à quelqu'un d'autre.

– Son terrain ?

– Et voilà, elle n'écoute rien. Il vous offre une partie de son terrain pour y bâtir votre maison. Il n'y a plus beaucoup d'endroits où construire, surtout près du rivage. Et connaissant Syllie, il voudra être pas loin de son bateau, alors ton père vous offre le jardin de derrière. » Elle s'écroula dans son rocking-chair, essayant de reprendre son souffle, et montra le seau du doigt. « Donne-moi de l'eau, Addie. Je suis épuisée. Hector Rideout a mis en vente la vieille maison de sa mère. Un an plus tôt, on la lui aurait payée des nèfles – ça fait des années qu'elle est condamnée. Mais aujourd'hui, il en demande un bon prix avec vous tous qui arrivez. Qui est là ? C'est ton père que j'entends ? Jette un coup d'œil à la fenêtre et regarde si c'est lui. Tu pourras aller en parler avec lui. »

L'effroi d'une telle éventualité compensa l'importance du cadeau. Par la fenêtre, elle aperçut effectivement son père qui traînait hors de sa remise un filet maillant tout ébouriffé de ces floches verdâtres qui étaient le cauchemar des pêcheurs. Il l'étendit sur la plage en apostrophant les petits qui cherchaient maladroitement à l'aider. Le plus jeune – Gilbert, ou Gilly comme on le surnommait – se prit les pieds dans les mailles et tomba en criant. Adélaïde ressentit plus qu'elle n'entendit le juron de son père, lorsqu'il marcha d'un pas lourd vers Gilly. Jetant le petit sur son épaule, il le transporta, tout hurlant et ruant, dans la cour et le déposa sur le tas de sciure près du bûcher. Gilly se remit sur ses pieds comme une balle et poursuivit son père, l'attrapant par la jambe en braillant pour jouer encore une fois à hue dada.

« Et lui ? Quand a-t-il commencé à nous détester ? demanda Adélaïde avec curiosité.

– Qui ? Ton père ? Tu crois que ton père te déteste ? Qui a jamais dit une chose pareille ? J'ai seulement rappelé que tu étais plus difficile à vivre. Seigneur, on dirait une voleuse qui s'approprie les mots des autres. Quand tu étais petite, ton père aurait fait n'importe quoi pour toi. Tu étais sa petite poupée, et il aurait voulu ne plus partir en mer ou dans les camps de bûcherons. Et quand il rentrait, il disait qu'il avait l'impression de pénétrer dans une maison étrangère, parce que vous grandissiez et qu'il vous voyait peu. »

Adélaïde renâcla, incrédule. « Je ne me rappelle pas les séances de hue dada.

– Je viens de te dire qu'il n'était presque jamais à la maison. Pendant les cinq années entre toi et Ivy, c'est à peine si on s'est vus. Je n'aurais jamais pensé avoir d'autres enfants avec lui. Mais quand je lui ai fait remarquer que nous n'étions même pas mariés, il a commencé à rentrer plus souvent. Après, les autres sont arrivés, il n'a jamais été très patient. Je lui disais qu'il ne restait pas assez pour apprendre la patience. C'est pareil pour tout le monde quand on n'est pas habitué à quelque chose. Mais récemment, je dois reconnaître qu'il a été gentil, surtout avec les petits. Avec Ivy maintenant, ils s'écharpent plus que tu ne l'as jamais fait avec lui. Faut dire qu'elle est sauvage comme une chatte et toujours prête à sauter à la gorge du premier venu. »

Adélaïde continua de regarder par la fenêtre. Son père avait de nouveau hissé le petit sur son épaule et le redescendait vers la plage où les autres s'affairaient sur le filet étalé, pour enlever les floches.

« Qu'est-ce qu'il fabrique avec un filet maillant ? demanda-t-elle. Il ne travaille pas à l'usine ?

– Il a démissionné il y a quelques semaines – ça lui tapait sur les nerfs de travailler dans ce vacarme. Il s'est mis à la pêche semi-hauturière sur le skiff de Hector. Mais même ça, il n'est pas arrivé à le supporter – croiser à presque dix kilomètres des côtes sur un si petit bateau. Il a perdu ses nerfs. Et maintenant, il doit se débrouiller tout seul avec ses filets. C'est la troisième fois qu'il en change cette année, à cause des chalutiers qui les déchirent sans arrêt. Heureusement que le gouvernement les distribue gratuitement.

– Et il rapporte du poisson, avec les filets maillants ?

– Il se débrouille, même s'il aimerait bien avoir quelqu'un avec lui. Il n'est plus tout jeune, ton père. »

Elle se retourna vers sa mère. « Ça veut dire quoi, *le gouvernement les distribue gratuitement* ?

– À la criée aux poissons. Ils en donnent autant qu'on veut.

– Et la pêche fantôme ? Toutes ces prises qu'on laisse pourrir ?

– Par pitié, ne lance pas ton père dans cette voie. Ils lui ont pris sa goélette et ses vigneaux, et maintenant, ils laissent tous ces bateaux étrangers nous voler le poisson. Son filet maillant, c'est tout ce qui lui reste, et si on lui prend aussi ça, il ne sera plus qu'un terrien, et ne retournera certainement pas à l'usine. Alors, comme je lui dis, ces filets ne peuvent pas être mauvais, sinon le gouvernement ne les distribuerait pas comme ça. Ils ne peuvent pas être aussi ahuris, si ? Allez, va parler avec lui. Quand il verra que tu es passée, il voudra savoir à quoi s'en tenir pour le terrain.

– Je… Dis-lui que j'en parlerai à Syllie. Il faut que je m'en aille – Suze et Ambrose doivent être en train de m'attendre. »

Son père se redressa en la voyant sortir par la porte de derrière et couper par le jardin. Elle lui adressa un petit salut de la main et s'éloigna, ressentant un besoin urgent de rentrer chez elle.

# 24

## Un dieu au rabais

En débarquant à Cooney Arm, Adélaïde salua Suze de la main, puis, laissant à Ambrose le soin de décharger et de trier leurs achats, prit le chemin de la maison. Un vent fripon de face faisait balancer les arbres et les arbustes, onduler les herbes et virevolter sa jupe et ses cheveux. Le cimetière apparut sur sa gauche, elle ralentit le pas, les yeux fixés sur les trois petits tertres de terre à présent recouverts de gazon, sur les trois croix de bois qui les surplombaient, et sur les coquillages blanchis par le soleil disposés tout autour par Sylvanus ou Eva, à n'en pas douter, car Adélaïde n'avait pas mis les pieds au cimetière depuis les funérailles.

« Addie ! cria Suze en la rattrapant. C'est joli, non ? » Elle embrassa dans un même geste le cimetière et les coquillages décolorés. « C'est Syllie qui les a installés hier. » Adélaïde se sentit soulagée que Suze n'en soit pas responsable. « C'est pour la bénédiction de dimanche. Addie, tu devrais venir... » Adélaïde passa devant elle en la bousculant et poursuivit son chemin. « Non, attends, je pense que ça pourrait t'aider. Je sais que tu n'aimes pas que je parle de ça – et Am pense aussi que je ferais mieux de me taire...

– Alors, tais-toi », la coupa Adélaïde, sentant une ancienne oppression dans sa poitrine. Elle reprit son avancée, courbée dans le vent, en s'efforçant d'ignorer Suze qui lui courait après en beuglant encore plus fort que Gert.

« Peut-être que je me mêle de ce qui ne me regarde pas, Addie, mais ce que je ressens, et toi qui ne vas jamais sur leurs tombes, je trouve que ça ne va pas. Surtout que tu es leur mère. Ils étaient drôlement beaux, tes bébés, Addie – même le bébé coiffé. Je sais que tu m'en veux de l'avoir regardé, mais il le fallait, pour accompagner Syllie, il était tellement dévasté. Addie, ce bébé, c'était la plus belle petite chose du monde, j'ai toujours pensé que tu aurais dû regarder, tu aurais vu comme ton bébé était beau, la coiffe, c'était horrible, mais ce bébé… ton joli petit bébé… »

Adélaïde s'immobilisa, la main sur la poitrine, à deux doigts de suffoquer. Suze arriva à sa hauteur. « Ça va ? Tu ne te sens pas bien ? C'est la faute à ce sacré vent – il pourrait t'étouffer.

– Ce n'est pas le vent, répondit calmement Adélaïde. Maintenant, s'il te plaît, laisse-moi. Je vais bien. Et je vais réfléchir à ce que tu as dit, si tu veux bien me laisser tranquille.

– Tu dois me détester, s'écria Suze. J'aurais dû me taire, je l'avais promis à Syllie… » Et elle se mit à pleurer à grosses larmes.

Impulsivement, comme si elle voulait recueillir un peu de cette eau miraculeuse, Adélaïde se pencha vers Suze et embrassa une de ses larmes. « Maintenant, va-t'en, murmura-t-elle ensuite à la femme stupéfaite. J'ai envie d'être seule. »

Suze hocha la tête, interdite. Elle resta là encore quelques secondes, puis s'éloigna, ne trouvant pas quoi ajouter, en lançant des regards inquiets au-dessus de son épaule vers la plage balayée par le vent.

Adélaïde leva les yeux vers l'immense ciel de septembre parsemé de nuages filant sous le soleil trop brillant qui dardait ses rayons sur la clôture blanche du cimetière. Une forte rafale secoua le portail, comme s'il l'invitait à le franchir. Jetant un regard autour d'elle, elle repéra plusieurs pêcheurs qui calfataient leurs bateaux plus bas sur la grève, un autre qui martelait dans son échafaud et deux garçons qui accomplissaient leur corvée de petit bois en se battant et en se criant dessus.

Presque furtivement, elle poussa le battant et pénétra dans le cimetière. La poitrine oppressée, n'arrivant presque plus à respirer, elle laissa le vent l'entraîner sur le sentier serpentant entre les tombes, dont seules quelques-unes étaient marquées par des pierres tombales en argile friable. Elle ralentit le pas et s'approcha sur la pointe des pieds des trois tombes endormies comme si elle avait peur de les réveiller. Sottises, se dit-elle. Elle hésita pourtant, baissa le regard, et s'agenouilla près des tombes. L'herbe lui parut si fraîche qu'elle la pensa mouillée. Et pour la deuxième fois dans la journée, en levant des yeux méfiants vers les trois petites croix, elle se sentit comme une étrangère indécise, une intruse et ne put réprimer un mouvement de recul en lisant les prénoms – Eva, Elikum, Eliza – peints en noir sur les croix blanches.

Il les avait nommés. Syllie leur avait donné un nom. Elle tendit la main, comme pour les toucher. Eva. Elikum. Eliza. Ses bébés disparus, bannis sous terre sans mère en deuil pour marchander leur retour. La poitrine oppressée, elle se sentit assaillie par les remords. Elle baissa de nouveau les yeux, cherchant à se faire toute petite, à se cacher au milieu des tucka-mores et dans les sillons du jardin d'Eva, à se replier dans les plis de son corps stérile. Eva. Quel bébé était Eva ? Elle savait que le garçon avait été le dernier, mais lequel était Eva ? Et Eliza ?

Elle arracha une touffe qui poussait sur une tombe, sentant une vague d'hystérie monter en elle tandis qu'elle luttait dans le couloir obscur de sa mémoire aux murs suintant de la sueur de sa souffrance et de l'odeur désolante de la mort. Le labyrinthe, elle retour-nait dans le labyrinthe, mais sans vagabonder cette fois, à la recherche d'Eva, son premier bébé mort – avec sa petite main cachée dans sa coiffe blanchâtre – car c'était elle à qui Sylvanus avait donné le nom de sa mère. Sa première-née, enveloppée dans son linceul informe et enterrée sans bénédiction maternelle ? Tous ses enfants bannis, abandonnés. Le dégel était terminé, et elle n'était plus anesthésiée par le froid quand elle se pencha, rongée par le chagrin, vers la deuxième tombe. La tombe d'Eliza. Son œil bleu profond, c'était ce dont elle se souvenait du deuxième accouchement, avec la voix de la vieille sage-femme : « C'est une fille, ma chérie, une fille. » Et elle avait refermé son œil, elle l'avait refermé. Une bribe de phrase lui revint. « Qui ressemblait à Janie. » Syllie n'avait-il pas dit que ce deuxième bébé ressemblait à Janie ? Oui, il avait bien dit ça. Eliza et son œil bleu profond – elle l'avait vu et c'est vrai qu'il ressemblait à celui de Janie. Et il avait aussi dit que sa joue était glacée. « Oh mon Dieu, murmura-t-elle, et sans savoir s'il s'agissait de l'expression d'une prière ou de sa douleur, sentant couler des larmes sur sa joue, elle baissa la tête et les regarda tomber dans l'herbe rase, glissant le long des brins semblables à des mèches de cheveux d'enfants, avant de s'infiltrer dans le sous-sol pour baptiser les fronts tourmentés de ses bébés, Eva, Eliza, Elikum. Pauvres petites choses. Pauvres, pauvres enfants. Elle se mit à se tournoyer doucement sur ses jambes et lâcha la bonde à ses pleurs.

Au bout d'un moment, malgré ses sanglots, elle sentit un étrange calme s'emparer d'elle. Elle se rappela les propos d'Eva sur les âmes au repos et celles qui errent encore. Et ce fut ce qu'elle ressentit quand ses sanglots diminuèrent, agenouillée près de ces croix blanches gravées : la libération d'une mère qui vient de donner naissance à son enfant. Eva. Eliza. Elikum. Et elle resta assise encore un bon moment, apaisée, à bercer doucement ses bébés. Le pardon. Elle comprenait maintenant. Le pardon devait venir d'elle et être offert à cette jeune fille aux genoux osseux dont la subsistance exigeait qu'elle colle de la vie autour d'elle comme du papier peint, et qui était partie se cacher quand il avait commencé à se froisser, à s'écailler et à tomber en lambeaux. Elle posa ses doigts sur la croix froide – celle du milieu, celle d'Eliza – son œil à l'azur profond qui lui rappela les yeux larmoyants de sa sœur Janie, et son *au revoir* murmuré qui avait dispersé les trahisons d'hier comme des cendres dans le vent. Est-ce qu'elle non plus ne méritait pas un peu de chaleur sur la joue ?

Tâchant de ravaler ses pleurs, Adélaïde s'essuya le visage et se releva. Elle ressortit du cimetière en prenant garde à ne pas marcher sur les tombes et referma le portail. Maudissant les larmes qui s'obstinaient à inonder ses joues qu'elle épongeait pourtant avec ses manches trempées, elle se hâta vers la maison d'Eva et coupa par l'arrière pour esquiver la vieille femme qui devait la guetter derrière une fenêtre. Fouillant dans les outils entassés dans la vieille brouette en bois, elle sortit le sécateur et poussa un cri en se piquant à la pointe d'une lame. Elle avança vers ce qu'il restait du buisson de rhubarbe en suçotant son doigt, puis sépara les vieilles tiges des jeunes, elle coupa les pieds de taille moyenne, fit tomber les immenses feuilles et les ramassa quand elle eut un bon tas à côté d'elle. Eva apparut sur le seuil de sa maison, mais ne lui prêta aucune attention et s'éloigna d'un bon pas.

« Va aider Am pour les pots de résine, dit-elle à Syllie qui avait arrêté de fendre du bois à son approche. Et va faire chauffer un brandy à ta mère. » Il la regarda avec étonnement. Elle referma la porte, entreprit de gratter et d'émincer la rhubarbe, puis sortit la farine et la matière grasse du placard du dessous, le sel et la levure dans celui du dessus, et la bouteille de sirop oblongue au col mince et allongé qu'elle gardait sur le manteau de la cheminée en guise de rouleau à pâtisserie.

Et pendant que la rhubarbe mijotait, elle fraisa la pâte, mélangea la farine, la matière grasse et le beurre, ajouta une pincée de sel, de l'eau, du sucre. Puis elle l'empauma et la malaxa à son image, l'étirant d'une petite boule égoïste à une grande sphère de générosité. Elle dirigea ses pensées sur ses sœurs désespérant de vendre leurs tartes pour la paroisse, sur ses frères qui roulaient les mécaniques devant elles, sur sa mère qui faisait face ou s'effondrait devant les besoins de sa famille, et sur son père qui ravivait pour un de ses enfants l'amour éteint depuis longtemps.

Ensuite, elle fonça le moule à tarte, coupa les bords qui dépassaient, versa au milieu la purée de rhubarbe aigre-douce. Son cœur tressaillit. Elle espérait vraiment que sa résurrection soit réelle, car en plus d'enterrer Dieu en même temps que ses bébés, c'était aussi l'espoir qu'elle avait inhumé. L'espoir de toute chose précieuse : la sérénité d'une prairie, une cuisine confortable, l'amour pour son homme. Ces choses avaient été des fantasmes de sa jeunesse, mais sans espoir, elles étaient mortes, raides, laissant son âme aussi glacée que la terre en hiver et lourde comme un manteau de roches. Et une fois encore, à ce moment, elle se sentit façonnée et réconfortée par une main plus grande qu'elle. Qu'est-ce que l'espoir sinon la foi ?

Après avoir mis au four les tartes pour Janie, elle marcha jusqu'à son petit rocher tacheté au bord du ruisseau et s'assit pour observer le coucher du soleil rouge sur la pointe de Big Arm Head.


Le jour suivant, après le départ de Sylvanus pour les zones de pêche, elle enveloppa les tartes et alla chercher Ambrose pour qu'il la conduise à Ragged Rock. Par sa fenêtre, Eva observait ses allées et venues. Comme une âme en peine, se dit Adélaïde, à l'image de mon homme quand il revient la nuit et ne trouve pas son assiette à la table du dîner. Se sentant coupable, elle posa les tartes près du portail et courut jusqu'à la maison.

« Je dois retourner à Ragged Rock, dit-elle, essoufflée, en passant la tête dans la cuisine. Vous vous reposez ? »

Eva recula de la fenêtre, mouchant son nez rouge dans un mouchoir froissé. « L'automne est un peu avancé pour tant naviguer, dit-elle de sa voix enrouée.

— Oh, mais qu'est-ce qui se passe ? Vous avez peur d'un tour en bateau, maintenant ? Allez, remettez-vous au lit. Vous n'avez presque pas de voix. Vous voulez que je vous masse avec du Vicks ? »

Eva secoua la tête. « Vas-y, tu dois partir », dit-elle en retournant la tête vers la fenêtre.

– Tout va bien ? demanda Adélaïde.

Une quinte de toux rauque lui répondit et une main maigre la congédia. « Cette sacrée mer, je ne l'ai jamais aimée, dit Eva en se traînant de la fenêtre à son rocking-chair. Toujours à s'assombrir dès que l'on monte à bord. » Elle se bascula en arrière, tamponnant son nez et ses yeux larmoyants.

Adélaïde hésitait à la laisser.

« Je vais bien, s'impatienta la vieille femme. Je voudrais juste qu'on me laisse un peu en paix.

– Eh bien, vous êtes en forme ce matin. Vous n'arrêtez pas de vous faire du mouron et, je vous l'ai déjà dit, vous vous inquiétez pour rien. Nous ne partirons nulle part, et si ça se trouve ce ne sont peut-être que des mots, parce que pour l'instant, rien n'est sûr et on ne nous a rien dit. »

Eva hocha la tête – plus pour se débarrasser d'elle que pour la rassurer, pensa Adélaïde. Les raisons d'avoir peur ne manquaient pas avec ces histoires de déplacement, Syllie qui ne ramenait pas assez de poisson, Adélaïde qui filait deux jours de suite à Ragged Rock sans rien de solide, nul ailleurs où pour se projeter. Perdue. À ses yeux, Eva était perdue, assise ici toute seule dans son rocking-chair. Comme son mari perdu en mer.

Eva se pencha et pointa un doigt croche vers la fenêtre. « On dirait que les oies sont en train de manger tes tartes. »

Adélaïde se précipita dehors. Il n'y avait pas d'oies en vue. « Satanée femme », lâcha-t-elle, ébauchant un sourire. Elle ramassa ses tartes, salua de la main Eva qui avait regagné son poste derrière la fenêtre et la regardait, les traits tirés et le visage tendu. Elle hésita à reposer ses tartes et à courir pour la rassurer, mais Ambrose était déjà dans sa barque, appelant Suze qui dévalait le sentier dans son manteau.

La guigne. Pas envie de supporter Suze aujourd'hui, pensa-t-elle. Pourtant, après un dernier regard vers Eva et un soupir de résignation, elle s'éloigna vers le bateau.

Une fois qu'ils eurent largué les amarres, Adélaïde se détendit, n'écoutant que d'une oreille distraite Suze qui s'était lancée dans une demi-heure de monologue ininterrompu, abordant autant le prochain déclin de Cooney Arm que l'estomac douloureux de la mère de Am depuis qu'elle avait entendu les nouvelles, ou la vieille sage-femme qui déclarait à qui voulait l'entendre qu'elle serait morte avant qu'on l'oblige à quitter le hameau, ou Wessy et ses frères qui cherchaient déjà le bon endroit où bâtir leur nouvelle maison, ou Elsie et Jake qui n'étaient pas d'accord sur ce qu'ils allaient faire avec tout cet argent qu'on allait leur donner. « Et je peux t'assurer qu'ils ne sont pas les seuls à se disputer. Personne dans le coin n'a jamais eu autant d'argent et, à mon avis, beaucoup vont faire n'importe quoi – prendre l'argent, le dépenser en espérant revenir ici ensuite. Parce que ce n'est pas comme ça que le gouvernement voit les choses, pas vrai, Am ? Les gens de Bear Cove, ça ne leur a pas plu de déménager à Hampden pour découvrir que tous les coins de pêche étaient déjà occupés par ceux qui vivaient là depuis toujours. Et les emplois qu'une telle concentration de population était censée créer, on ne les avait jamais vus, pas à Hampden en tout cas. Alors je ne vois pas pourquoi ça se passerait différemment ailleurs. Et en plus, tous les vieux, quand ils auront quitté leur maison, c'est sûr qu'au bout de deux jours, ils auront le mal du pays, et là, c'est le gouvernement qui aura du boulot pour les empêcher de rembarquer et de retourner dans leurs anciennes maisons – surtout quand ils auront dilapidé tout leur argent... » Suze s'interrompit, ouvrant de grands yeux stupéfaits. « Oh, ben ça alors !... »

Adélaïde se retourna pour voir ce qui avait suscité son étonnement. Et à son tour, elle se leva, bouche bée, découvrant un spectacle qu'elle n'oublierait jamais. C'étaient les Trapp de Little Trite, toute la tribu, les jeunes comme les vieux, entassés dans leurs embarcations – deux skiffs et deux canots à moteur, chacun avec une plate en remorque. L'ensemble chargé de tables et de chaises, de lits et d'armoires, de balais, de vaisselle et de tout ce qui sert à meubler une maison, sans compter les râteaux, les pelles, les brouettes et les pioches. Plus les chiens qui aboyaient sur les plats-bords, deux cochons qui grognaient dans une des plates, deux oies qui cacardaient dans une autre et deux moutons qui bêlaient dans la troisième. Et enfin un chat qui miaulait quelque part et une nuée de mouettes, qui tournoyaient en criant, comme si elles essayaient de chasser cette incongruité de la mer.

« Ne t'approche pas trop près, Am, l'avertit Suze lorsqu'un des Trapp, découvrant leur bateau, leur tourna le dos délibérément. Bon sang, pas moyen de se fier à un Trapp. Qu'est-ce qu'ils fabriquent ? Pourquoi ils ont fait leurs valises ? Ne me dis pas qu'ils sont déplacés aussi ? C'est pour ça qu'ils déménagent ? »

Adélaïde hocha la tête, incapable de parler. Ambrose se contentait de regarder. Et Suze parlait toujours :

« C'est bien leur genre, aux Trapp. Accepter de se faire reloger sans rien dire à personne avant le jour J. Je te le dis, roublards comme des voleurs. Et d'abord, ils vont où ? Tu le sais, toi, Am, où ils déménagent ? »

Ambrose fit non de la tête. « Ne pose pas de question sur les Trapp.

– Toi, je sais que tu n'es pas roublard, mais les femmes Trapp, j'ai toujours pensé qu'elles l'étaient. Souriantes en face, et capables de t'arracher les tripes dès que tu as tourné le dos. » Suze fit claquer sa langue contre son palais alors qu'Ambrose mettait les gaz, dépassant lentement les embarcations des Trapp.

On ne parlait que de ça à Ragged Rock. Les Trapp auraient discrètement déposé une demande de relogement l'année précédente puis s'étaient mis d'accord avec Hector Rideout pour acheter la vieille maison abandonnée depuis quelques années et une autre ruine qui appartenait à son père, avec l'échafaud et les vigneaux afférents. Sans dire un seul mot sur leur déplacement.

« Ah ça, il faut être roublard pour faire tout ça en douce et acheter des maisons sans prévenir personne, dit Florry qui observait les Trapp par la fenêtre comme tout le monde à Ragged Rock. C'est déjà leur troisième trajet de la matinée. Mais d'où sortent-ils toutes ces affaires ? Ce qu'ils peuvent être roublards. Maintenant, il y a toute leur marmaille qui vit juste à côté. Je vous le dis, ils ont intérêt à rester entre eux parce que personne ne veut se mêler à leur sang. Ce pauvre Hector, il s'est bien fait voler.

– Comment ils ont pu le voler s'ils ont acheté les maisons ? » demanda Adélaïde. Elle venait de déposer les tartes sur la table de sa mère et s'était mise en quête de Janie et Ivy.

« Elles sont sur le quai près de la criée, dit Florry. Elles guettent l'arrivée des Trapp. Et tu sais très bien qu'il s'est fait avoir. S'il avait su que c'était le gouvernement qui payait, et que vous alliez tous aussi débarquer de Cooney Arm, il aurait pu vendre ses bicoques beaucoup plus cher.

— Il faut croire que les Trapp l'ont eu avant de se faire avoir. Elles rentrent quand, les filles ? Et à quelle heure est la vente de gâteaux pour la paroisse ?

— Pas avant deux heures. Tu as dit à ton père que vous vouliez le jardin ? Les terrains sont recherchés en ce moment, et si vous ne le prenez pas, il pourrait en tirer un bon prix.

— Je ne crois pas qu'on va le prendre, dit Adélaïde. Dis à Janie...

— Et tu vas vivre où, alors, si vous refusez le terrain ? C'est Syllie qui rechigne ? Tu lui as dit que ton père cherchait un associé ? »

Adélaïde fit non de la tête. « Je... oh... Je ne sais pas... dis-lui que je parlerai à Syllie demain. Et dis à Janie que j'ai fait les tartes avec le milieu des tiges. Dis-le-lui, n'oublie pas. » Florry hoqueta devant l'incongruité d'une telle recette. Adélaïde l'ignora. « Maintenant, je dois y aller. Am m'attend à bord.

— Tu lui as dit que ton père acceptait de partager son mouillage ?

— Son quoi ?

— Seigneur, elle ne sait rien à rien. Son coin de pêche, ma petite. Tu dois avoir un coin de pêche.

— Ça, je sais bien, mais je n'avais jamais entendu ce mot. N'oublie pas le message pour Janie.

— Je n'imagine pas Syllie laisser passer une pareille chance d'obtenir un bon coin. Il sait que ceux qui donnent sont déjà pris. Tu es sûre que tu lui en as parlé ? »

Adélaïde hocha la tête, essayant de refermer la porte. Mais sa mère la maintint ouverte et la suivit dans la cour. « C'est le problème avec tous ces gens qui viennent habiter ici – il n'y a pas de places pour eux. Ceux qui vivent ici les ont déjà prises – sauf s'ils se sont fait embaucher sur un skiff ou un palangrier. Dis-le bien à Syllie, il y a de plus en plus de gens qui vont pêcher. C'est ton père qui le dit. Pour lui, ça n'a pas de sens de rassembler les gens alors qu'il faudrait au contraire les éparpiller pour trouver de nouvelles zones et d'autres poissons à pêcher. Mettre tout le monde au même endroit, c'est le meilleur moyen d'anéantir la pêche. En tout cas, c'est ce qu'il bougonne ces derniers jours. »

Adélaïde parvint à franchir le portail. « Je le lui dirai. Il faut que j'y aille.

– Mais il est d'accord pour partager avec Syllie. Il n'aime pas être tout seul en mer. Ça le rend nerveux d'être si loin des côtes sur une coque de noix. Il n'a plus le cran, ton père. C'est pour ça qu'il veut embarquer Syllie avec lui. Dis-le-lui bien. Seigneur, voilà les Trapp. Sacré spectacle, hein ? »

Un spectacle, en effet, pensa Adélaïde en rejoignant Ambrose et Suze dans le groupe de spectateurs réunis près de la criée, sur le quai, pour observer l'arrivée des Trapp, telle une version bâtarde de l'arche de Noé, avec leurs embarcations qui avançaient à deux de front et deux passagers sur chaque siège, et tractaient des couples de cochons, d'oies et de moutons sur des plates.

Mais ce ne serait pas cette image qui l'empêcherait de s'endormir la nuit suivante, et elle ne serait pas non plus la plus impérissable. Ils naviguaient au moteur vers la pointe, juste avant Little Trite, lorsque les premières fumerolles apparurent au-dessus des arbres. Puis, doublant le cap, ils furent pris d'effroi en découvrant la fumée noire qui s'élevait en spirale au-dessus de l'eau : Little Trite, ses maisons, ses remises et ses échafauds, tout convulsait dans un mur de flammes orange.

« Oh mon Dieu, Am, éloigne-toi ! » s'écria Suze alors qu'une fumée âcre tourbillonnait vers eux en relâchant des cendres noires sur la mer. Ambrose vira en direction du rivage, contourna le nuage de fumée et se rapprocha de l'incendie.

« Mais qu'est-ce que tu fais ? hurla Suze. Ne va pas plus près, Am !

— Assieds-toi. J'essaie de voir qui c'est », dit Ambrose. Malgré ses yeux embués à cause de la nuée grisâtre qui les recouvrait, Adélaïde avait aperçu, comme lui, un bateau échoué sur la plage et plusieurs hommes autour.

— Satanés agents du gouvernement, cracha Ambrose avec virulence. Suze, assieds-toi.

— Je ne peux pas respirer dans cette fumée, cria Suze. Sors-nous de là. Ne t'approche pas plus.

— Une seconde, intervint Adélaïde en tapotant l'épaule de Suze pour la calmer, le regard oscillant. Quels agents du gouvernement ? demanda-t-elle, le regard tiraillé entre les hommes et l'incendie de ce qui avait été Little Trite.

— Ils viennent pour mettre le feu quand les gens déménagent, expliqua Ambrose. Pour s'assurer qu'ils ne reviendront pas. J'avais entendu qu'ils faisaient ça il y a quelques années du côté de Trinity. Mais on ne l'avait encore jamais vu faire dans le coin. Par contre, Jake en a entendu parler, ajouta-t-il comme si ça lui revenait. Il l'a raconté à sa mère ce matin.

– À Eva ? demanda Adélaïde, étonnée. Il a parlé avec Eva des maisons qu'on brûlait ?

– Je n'ai pas tout compris... » bredouilla-t-il. Le toit d'une des maisons s'effondra, les réduisant au silence dans le jaillissement de flammes grondantes, qui obscurcit le ciel et projeta vers eux une vague de chaleur. Adélaïde serra l'épaule de Suze, sa peur du feu surpassée par une vision des visages d'Eva et de son mari derrière les fenêtres en flammes de Little Trite.

Pas étonnant qu'elle ait eu l'air préoccupée ce matin, pensa Adélaïde. Elle devait être terrifiée à l'idée que l'on puisse incendier sa maison, et que ni elle ni son mari ne puissent plus jamais rentrer chez eux. Eh bien, ça ne se passerait pas comme ça. La maison d'Eva resterait debout. Elle le lui avait promis et, en cet instant, elle eut l'impression que cette promesse était la meilleure chose qu'elle ait faite de toute sa vie. Et comme cette bonne fille de Ruth dans la Bible, elle reporta son attention vers Ragged Rock plutôt que vers le terrain que lui offrait son père, et pointa le doigt vers la criée aux poissons sur le quai.

« Fais demi-tour, dit-elle à Ambrose avec une détermination tranquille. Vers la criée. Je... j'ai oublié quelque chose.

– Il se fait tard, Addie, dit Suze, la voix encore tremblante à cause de l'incendie. Et nous sommes presque arrivés.

– Il le faut », implora Adélaïde. Elle prit appui sur un plat-bord, comme si elle allait se jeter par-dessus bord et finir à la nage s'ils ne l'écoutaient pas. « Je sais que je vous ennuie, mais vraiment, il faut que j'y retourne. Il le faut. »

Ambrose hocha la tête. Tournant la barre, il vira de bord et remit le cap sur Ragged Rock. Agrippée au banc de nage au-dessous d'elle, Adélaïde ignora leurs regards interrogatifs.

« Un filet maillant, dit-elle à Ambrose, une fois qu'ils eurent longé l'usine et la maison de sa mère et se furent amarrés au quai devant la criée. Tu veux bien aller me chercher un filet maillant ? S'il te plaît.

– Un filet maillant ? » Il la regarda sans comprendre. « Je ne pense pas que...

– Tu ne feras pas pêcher Syllie avec un filet maillant, Addie, l'interrompit Suze, si c'est à ça que tu penses. Tu sais qu'il ne veut pas en entendre parler, pas vrai, Am ?

– Prends-en juste un seul, continua Adélaïde, fixant Ambrose des yeux. C'est tout ce que je te demande : va me chercher un filet.

– Il... il va croire que j'ai dit quelque chose.

– Syllie ne pensera jamais de mal de toi. »

Ambrose bougea, mal à l'aise, puis leva un sourcil en signe d'acquiescement. « Si c'est ce que tu veux. » Après un regard suppliant à Suze, il grimpa sur le quai et pénétra dans la criée, le visage soucieux.

« Je n'ai rien à dire, annonça fermement Adélaïde, lorsque Suze se tourna vers elle, avide d'explications.

– Il n'y a pas grand-chose à dire de toute façon, dit celle-ci. Tu veux rester à Cooney Arm. Tu es un cas, Ad... je te l'ai toujours dit. » Elle sourit. « Et c'est ce qui m'a toujours plu chez toi, aussi. J'imagine que Sylvanus te demandera des comptes quand tu seras de retour. Seigneur, j'aurais aimé avoir ton cran. J'aurais peut-être pu tenir tête davantage à Am quand il s'était mis dans le crâne d'acheter le palangrier. Je savais qu'il faisait une erreur de prendre ce gros truc.

Aujourd'hui, on est tellement endettés qu'on ne sortira plus jamais la tête du trou.

– Alors arrêtez, dit Adélaïde, qui parut presque aussi surprise que Suze de prononcer ces mots.

– Arrêter quoi ? La pêche ? »

Adélaïde haussa les épaules. « Il ne s'agit pas d'arrêter, mais de changer. Je ne sais pas, trouve d'autres moyens de gagner plus d'argent. Nous n'avons pas besoin de traverser l'océan pour vendre notre poisson. Ni de rester bloqués dans un endroit à faire ce qu'on ne veut pas.

– Pour le coup, lancer des filets maillants, ce n'est pas ce que veut Syllie. »

Adélaïde était tranquille. Bien sûr que ce n'est pas ce qu'il veut, pensa-t-elle. Une pointe d'angoisse atténua la détermination croissante qui gonflait dans sa poitrine. Ambrose sortit de la criée en traînant derrière lui ce qui ressemblait à deux filets maillants.

« Il lui en faudra deux, dit-il. On les attache l'un à l'autre pour en augmenter la taille. »

Il lança les filets dans le bateau. Adélaïde écarta les pieds et les observa. La masse de mailles apportait un peu de réalité à l'énormité de ce qu'elle était en train de faire – passer outre la parole de Sylvanus, et sur un sujet auquel elle ne connaissait presque rien.

Ambrose largua l'amarre à la proue et ils reprirent la mer. Voilà, c'est fait, pensa-t-elle. Et son soulagement était aussi immense que serait celui d'Eva, car ainsi qu'elle le lui avait dit un jour, elle s'était ancrée dans la terre de Cooney Arm et, aujourd'hui, elle s'était enracinée dans son jardin, autour de Syllie et d'Eva. Elle sourit. Pour la première fois depuis l'époque où elle balançait les jambes sur un banc d'église, elle se sentit en accord avec tout ce qui l'entourait et emplie d'une légèreté qui la soulevait presque du banc de nage. Libérée. Cette sédimentation de son destin la libérait des recoins obscurs où elle avait cherché refuge ces dernières années. Et elle n'avait même pas remarqué à quel point elle avait commencé à refaire surface. Nous sommes comme le temps, se dit-elle en se tordant les mains sur les genoux. Trop occupés à aller et venir pour se soucier du présent. Le temps n'est-il pas un présent de la terre, qui sème une pensée un jour et la fait éclore quelques semaines ou mois plus tard, sans ressemblance avec ce qu'elle était au début ?

Indubitablement, l'âme est une fleur persistante, peu importe à quel point la terre est aride. Et il n'y a qu'en traversant l'abîme effrayant de son moi inconnu que l'esprit peut extirper la lumière qui le nourrit.

Elle s'agrippa au banc lorsqu'ils passèrent au moteur devant Little Trite, dont ne demeuraient que des ruines fumantes, telle une balafre noirâtre sur le jaune pâle de l'herbe d'automne. Ne t'inquiète plus, Eva, pensa-t-elle. Tu auras toujours ton rocking-chair près de la fenêtre, pour toi et ton homme. Et toi, Syllie, laisse tomber le confort illusoire, car c'est tout ce que tu nous offres, à ta mère et à moi, des illusions pour nous faire plaisir. À la fin, elles ne satisferont personne, et surtout pas toi. Et je ne te laisserai pas faire.

Elle en était là de ses pensées quand ils traversèrent le goulet et pénétrèrent dans l'anse, et elle découvrit Syllie debout sur l'appontement, qui les regardait approcher.

Si le visage congestionné d'Ambrose ne lui avait pas donné d'indice, le « Mon grand, cette femme est vraiment un cas » prononcé par Suze ne lui laissa pas de doute sur le destinataire des filets maillants, et elle vit l'air dégoûté qui ombragea son visage lorsque, saisissant le bout que lui lançait Am, il baissa les yeux vers eux.

« Avant de parler, laisse-moi te dire une chose, commença-t-elle, la voix posée. Que tu restes ou pas, moi, je ne partirai pas de Cooney Arm. »

Sylvanus fit un signe vers la maison de sa mère. « Rentre, dit-il, la voix grave.

– Je suis sérieuse, Syllie, tu n'écoutes jamais…

– Parce que toi tu écoutes, je suppose. Oh, ne discute pas avec moi, Addie, contente-toi d'écouter pour une fois et rentre à la maison. Mère voudrait un brandy. »

Elle se leva, se jugeant convenablement réprimandée, et l'autorisa à l'aider à monter sur l'appontement. Il serra sa main et l'embrassa à l'improviste au coin des lèvres. Elle resta interdite un instant, les yeux posés sur sa nuque pendant qu'il aidait Suze, sentant une bouffée de chaleur empourprer son visage. Elle traversa l'échafaud et fit signe à Eva, debout près de sa porte.

Elle m'attend, pensa-t-elle – et elle se hâta sur le sentier. Elle traversait la passerelle quand quelque chose attira son attention et elle trébucha, n'en croyant pas ses yeux. Arrachée. Une grande partie de l'arrière de la maison était arrachée. Posée sur le côté, il y avait une fenêtre, plus large que celle qui dominait le goulet du côté sud.

« Alors ça, murmura-t-elle. Si c'est pas une surprise. »

Le soleil ne s'était pas encore levé, le matin suivant, et la mer était blanche, sans rides, sous un ciel nacré. Seule la proue de son canot reposait sur la

367

plage. L'inclinant sur la quille, il poussa de l'épaule sur la poupe et le mit à l'eau. Répugnant à troubler la tranquillité de sa mère si bon matin, il ne démarra pas le moteur et se laissa dériver depuis le bord, glissant lentement vers le milieu de l'anse, poussé par le courant. Quand il approcha du goulet, la mer nourricière commença de remuer sous lui, ses vagues clapotant paresseusement sur les flancs de la passe étroite. Une fois franchie la pointe, il continua de se laisser dériver, le dos tourné au large. Il dépassa Old Saw Tooth à bâbord, puis les vestiges calcinés de Little Trite, et se pencha en avant, choqué par son herbe noircie et les filets de fumée qui s'élevaient encore de ses braises.

Il tourna les yeux vers l'endroit où l'embouchure de Pollock's Brook rejoignait la mer. Il se rappela ce matin – le premier jour après qu'il avait fini de construire leur maison –, quand il s'était mis debout au même endroit et avait commencer de dandiner, et combien il avait souhaité que son Addie soit près de lui, qu'elle voie comment il s'était créé lui-même à partir de la mer et de l'échafaud de son père, comment, dans la Voie lactée, il formait la constellation du Cygne – dont ses jambes arquées étaient les ailes –, et comment la mer d'étoiles autour de lui était la laitance d'où il était né.

Ce matin-là, il grogna devant l'improbabilité d'une telle situation. Activant le volant d'inertie, il accéléra et passa devant le petit estuaire, puis devant Gregan's Hole et Woody's Inlet, et Gull Rock et Peggy's Plate. Enfin, lorsqu'il approcha de Nolly's Shelf, il vira vers le large jusqu'à ce que la gorge creusée par les chutes de Petticoat Falls se situe au sommet de la quatrième colline à l'est du cap. Il coupa le moteur, et se dressa, jambes écartées, sur son bateau, apercevant au loin les silhouettes noires de cinq ou six chalutiers glissant sur l'horizon. Aujourd'hui, il ne pouvait pas leur tourner le dos comme il l'avait fait ces derniers temps. Il ne pouvait pas se contenter de cracher de dégoût, ni les maudire ou les détester. De sorte qu'il se tourna vers les filets entassés à sa proue et souleva la ralingue plombée qui allait les faire couler au fond. Elle lui glissa des mains, il poussa un juron et la rattrapa, l'extirpant du monticule de mailles. Quand il eut tiré environ cinq mètres de filets dans ses bras, il se tourna maladroitement vers bâbord, et après un long regard à la mer nourricière, il le jeta par-dessus bord et se recula, tel un dieu au rabais par rapport à celui qu'il avait pu être.

# Épilogue

Le tissu rouge que sa mère agitait frénétiquement devant sa maison fut comme un caillot de sang dans le matin blême. Assis dans sa barque, immobile, Sylvanus se laissait dériver vers l'anse, maussade, le cœur battant. Il saisit les avirons et rama vers le rivage. Il sauta sur la plage, s'élança sur l'estran, traversa la passerelle et se figea, tout essoufflé, devant la porte. Sa mère lui ouvrit. Il entra, sentant ses jambes se dérober à cause de la chaleur et de l'odeur du sang. Emmailloté dans ses langes, le bébé était allongé sur la porte du four, baigné par la chaleur qui s'en échappait.

Tout va bien ? voulut-il demander, mais une salive épaisse lui remplissait la bouche et il recula, pris d'un vertige. L'air avait l'odeur de la mort ; son enfant venait de naître et il sentait la mort. Au bord de la nausée, suffoquant presque, il sortit en courant et posa sa tête contre le bois dur et froid de sa maison.

« Syllie. » C'était Eva. Elle le tira par le bras et le fit retourner à l'intérieur. Chancelant derrière elle, il faillit défaillir quand elle lui mit dans les bras ce nourrisson maigrelet, ridé, rouge et recouvert de ce qui ressemblait à des abats de poisson. Sa vue se brouilla et, à nouveau, il ne se sentit pas bien. Elle lui reprit tout de suite le bébé. Il regarda sa bouche s'ouvrir et entendit son cri. Puis un autre.

Ce n'est pas pour rien qu'on dit que les poumons sont les ailes du cœur, car il s'envola littéralement vers la porte, ignorant les cris de sa mère qui l'enjoignait à rester tranquille, et entra dans la chambre. Il ne prêta pas non plus attention aux commandements de la vieille sage-femme – « Sortez ! Allez-vous-en ! Je n'ai pas encore fini ! » –, tituba jusqu'au chevet de son Addie et regarda son visage pâle comme du marbre, et ses cheveux humides de sueur éparpillés sur son oreiller.

Elle ouvrit ses yeux plus bleus que la mer nourricière, puis les referma en tendant une main épuisée vers la sienne.

« Sylvia, dit-elle. Elle s'appelle Sylvia. Sylvia Now. »

# Remerciements

Merci aux biologistes Michael Chadwick et Jeffery Hutchings, et aux recherches des historiens de la pêche, Cynthia Boyd, Miriam Coral Wright, Raymond Blake et Barbara Nies. Également, un grand merci à Ralph Getson au musée des Pêches de l'Atlantique à Lunenburg, Nouvelle-Écosse ; à Douglas Laporte pour ses nombreuses références et communications ; au Département des Pêches et des Océans à Moncton, Nouveau-Brunswick, pour l'accès à leur bibliothèque ; et à John Dalton pour ses inestimables prêches.

Merci au Conseil des Arts du Canada et de la Nouvelle-Écosse. Sans leur soutien financier, ce livre n'aurait jamais pu être écrit.

Merci à mes éditrices, Cynthia Good, Jennifer Glossop et Sandra Tooze, de m'avoir sauvée une fois de plus, à mon agente Beverley Slopen, et à Jill Aslin, mon amie de cœur.

Et merci à mon oncle, Bill Dyke, témoin de la réalité historique de ce roman, et à Connie Jodrey, la femme qui pleurait sur sa houe.

Et pour leur compréhension de ma solitude, je veux remercier mes enfants, David et Bridgette Morrissey ; mes frères et sœurs, Wanda, Glenn, Tommy et Karen, et leurs conjoints, Charlene, Lindy, Dianna, Frony et Andy.

**Les Éditions Points s'engagent
pour la protection de l'environnement
et une production française responsable**

Ce livre a été imprimé en France, sur un papier certifié issu de
forêts gérées durablement, chez un imprimeur labellisé Imprim'Vert,
marque créée en partenariat avec l'Agence de l'eau, l'ADEME
(Agence de l'environnement et de la maîtrise de l'énergie) et l'UNIIC
(Union nationale des industries de l'impression et de la communication).

La marque Imprim'Vert apporte trois garanties essentielles :

• La suppression totale de l'utilisation de produits toxiques
• La sécurisation des stockages de produits et de déchets dangereux
• La collecte et le traitement de produits dangereux

RÉALISATION : NORD COMPO À VILLENEUVE-D'ASCQ
IMPRESSION : MAURY IMPRIMEUR À MANCHECOURT (45)
DÉPÔT LÉGAL : MAI 2025. N° 158454 (283991)
IMPRIMÉ EN FRANCE

# Éditions Points

# Collection Points Les Grands Romans